Clive Cussler est né le 15 juillet 1931 à Aurora, Illinois, mais a passé son enfance et la première partie de sa vie adulte à Alhambra, en Californie. Après des études au collège de Pasadena, il s'engage dans l'armée de l'air pendant la guerre de Corée et y travaille comme mécanicien avion. Ensuite il entre dans la publicité où il devient d'abord rédacteur puis concepteur pour deux des plus grandes agences de publicité américaines, écrivant et produisant des spots publicitaires pour la radio et la télévision, qui reçoivent plusieurs récompenses tels le New York Cleo et le Hollywood International Broadcast, ainsi que plusieurs mentions dans des festivals du film, y compris le Festival de Cannes.

Il commence à écrire en 1965 et publie en 1973 un roman, *The Mediterranean Caper*, dans lequel apparaît pour la première fois son héros Dirk Pitt. Ce roman sera suivi en 1975 par *Iceberg*, puis *Renflouez le Titanic !*, en 1976, *Vixen 03* en 1978, *L'incroyable secret* en 1981, *Pacific Vortex* en 1983 et *Panique à la Maison Blanche* en 1984.

Collectionneur réputé de voitures anciennes, il possède vingt-deux des plus beaux modèles existant de par le monde.

Cussler est aussi une autorité reconnue internationalement en ce qui concerne les épaves puisqu'il a découvert trente-trois sites de naufrages connus historiquement. Parmi les nombreux navires qu'il a retrouvés, on compte le *Cumberland*, le *Sultana*, le *Florida*, le *Carondelet*, le *Weehawken* et le *Manassas*.

Il est président de l'Agence nationale maritime et sous-marine (National Underwater and Marine Agency : NUMA), membre du Club des explorateurs (Explorers Club) et de la Société royale géographique (Royal Geographic Society), président régional du Club des propriétaires de Rolls-Royce, chevalier de la Chaîne des Rôtisseurs, et président de la Ligue des auteurs du Colorado.

Paru dans Le Livre de Poche :

CHASSEURS D'ÉPAVES.
CYCLOPE.
DRAGON.
ICEBERG.
ONDE DE CHOC.
L'OR DES INCAS.
PANIQUE À LA MAISON BLANCHE.
SAHARA.
TRÉSOR.
VIXEN 03.

CLIVE CUSSLER

L'Incroyable Secret

ROMAN TRADUIT DE L'AMÉRICAIN
PAR FRANCE-MARIE WATKINS

GRASSET

Titre original :

NIGHT PROBE !

par Bantam Books

Pour Jerry Brown, Teresa Burkert, Charlie Davis, Derek et Susan Goodwin, Clyde Jones, Don Mercier, Valerie Pallai-Petty, Bill Shea et Ed Wardwell qui m'ont maintenu sur la voie, avec toute ma reconnaissance.

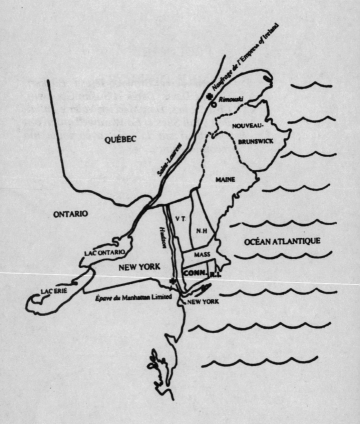

Naufrage de l'Empress of Ireland

Rimouski

QUÉBEC

Saint-Laurent

NOUVEAU-
BRUNSWICK

MAINE

ONTARIO

V T

N.H

Hudson

LAC ONTARIO

MASS

NEW YORK

CONN. R.I.

LAC ÉRIE

Épave du Manhattan Limited

NEW YORK

OCÉAN ATLANTIQUE

PROLOGUE

JOURNÉE DE MORT

1

MAI 1914
LE NORD DE L'ÉTAT DE NEW YORK

Des éclairs annonçaient l'orage alors que le *Manhattan Limited* fonçait à travers la campagne de New York. Un panache de fumée s'élevait de la cheminée de la locomotive, obscurcissant les étoiles. A l'intérieur, le mécanicien tira sa montre d'argent d'une poche de sa combinaison, fit sauter le couvercle et l'examina à la lueur de la boîte à feu. Ce n'était pas l'orage qui l'inquiétait mais l'impitoyable fuite du temps qui compromettait son précieux horaire.

En regardant sur la droite, il voyait les traverses disparaître sous les huit énormes roues de la locomotive de type Constellation 2-8-0. Comme le capitaine d'un navire qui vit à la barre, il était depuis trois ans aux mêmes commandes. Il était fier de « Lena la Galopante », comme il appelait affectueusement les 118 tonnes de fer et d'acier. Construite par les Usines Shenectady d'Alco en 1911, elle était d'un beau noir brillant avec une bande rouge et son numéro 88 élégamment peint en or, à la main.

Il écouta les roues d'acier marteler leur cadence sur les jointures des rails, il sentit l'élan de la locomotive et des sept voitures qu'elle traînait.

Puis il redonna encore un peu de vapeur.

Dans la longue voiture Pullman privée, la dernière du convoi, Richard Essex était assis devant un bureau de bibliothèque. Trop fatigué pour dormir, ennuyé par la monotonie du voyage, il écrivait à sa femme pour passer le temps.

Il décrivait le décor de la voiture, le noyer circassien sculpté, les lampes électriques en cuivre, les fauteuils à pivot en velours rouge, les plantes vertes. Il mentionnait même les miroirs biseautés et le carrelage de céramique des lavabos, dans les quatre compartiments spacieux.

Derrière lui, dans un salon richement boisé, cinq gardes militaires en civil jouaient aux cartes ; la fumée de leurs cigares planait en nuage bleu près du plafond tapissé de brocart, leurs fusils étaient posés au petit bonheur sur les meubles. De temps en temps, un joueur se penchait vers un des crachoirs de cuivre disposés sur le tapis de Perse. C'était probablement le plus grand luxe qu'ils avaient jamais connu, pensait Essex. Le somptueux moyen de transport devait coûter près de soixante-quinze dollars par jour au gouvernement, tout cela pour le déplacement d'un chiffon de papier.

Il soupira et termina sa lettre. Puis il la glissa dans une enveloppe, la cacheta et la mit dans sa poche intérieure. Le sommeil ne venait toujours pas, il regarda par les grandes vitres cintrées le paysage obscurci, en guettant le sifflement aigu de la locomotive à chaque halte de village ou passage à niveau. Enfin il se leva, s'étira et passa dans l'élégante salle à manger où il s'assit à une table d'acajou couverte d'une nappe blanche, de cristaux et d'argenterie. Un coup d'œil à sa montre lui apprit qu'il était presque deux heures du matin.

« Qu'y a-t-il pour votre service, monsieur Essex ? »

Un serveur noir venait d'apparaître comme par magie. Essex leva les yeux et sourit.

« Je sais qu'il est trop tard, mais je me demandais si je pourrais avoir une légère collation.

— A votre service, monsieur. Que désirez-vous ?

— Quelque chose qui m'aidera à fermer l'œil. »

Les dents du serveur brillèrent.

« Puis-je suggérer une petite bouteille de pommard et un bon consommé de clams bien chaud ?

— Ce sera parfait, merci. »

10

Plus tard, en buvant son bourgogne, Essex se demanda si Harvey Shields trouvait aussi que le sommeil le fuyait.

2

Harvey Shields faisait un cauchemar.

Son esprit refusait toute autre explication. Le grincement d'acier, les hurlements de douleur et de terreur au-delà de l'obscurité qui l'étouffait étaient trop infernaux pour la réalité. Il se secoua pour échapper à la scène épouvantable et glisser de nouveau dans un sommeil paisible mais la douleur le frappa et il comprit qu'il ne rêvait pas.

Il entendait un bruit de cataracte, comme si l'eau jaillissait dans un tunnel ; une rafale de vent suivit, qui lui coupa le souffle. Il essaya d'ouvrir les yeux mais ses paupières paraissaient collées. Il ne savait pas que sa tête et sa figure étaient couvertes de sang. Son corps était bloqué dans une position fœtale contre l'acier froid et inamovible. Une âcre odeur d'électricité lui piquait les narines et s'alliait avec la douleur croissante pour le forcer à reprendre conscience.

Il tenta de bouger les bras et les jambes mais en fut incapable. Un singulier silence se fit autour de lui, à peine rompu par le murmure de l'eau. Il fit un nouvel effort pour se dégager de l'étau invisible qui l'immobilisait. Il aspira profondément, puis il banda toutes ses forces.

Soudain, un bras se libéra et il poussa un cri quand un morceau de métal déchiqueté lui taillada l'avant-bras. La douleur fulgurante acheva de le réveiller. Il essuya de ses yeux le sang coagulé et regarda autour de lui ce qui avait été sa cabine, à bord du paquebot de luxe en route pour l'Angleterre.

La grande commode d'acajou avait disparu ainsi que le bureau et la table de chevet. A la place du plancher et de la paroi tribord, il y avait une énorme cavité et au-delà de ses bords tordus on ne voyait que le brouillard de la nuit et les eaux noires du Saint-Laurent. Il eut l'impression de regarder dans un abîme sans fond. Puis un léger reflet blanc attira son attention et il comprit qu'il n'était pas seul.

Presque à portée de sa main, une jeune fille de la cabine voisine était ensevelie sous les débris ; seules sa tête et une épaule pâle émergeaient du plafond écroulé. Elle avait des cheveux dorés tombant en mèches d'un mètre de long. Son cou était tordu et du sang coulait de ses lèvres sur sa figure, teignant lentement de rouge la cascade de ses cheveux.

Le premier choc de Shields s'amortit, remplacé par une nausée. Jusqu'à présent le spectre de la mort ne s'était pas présenté à son esprit mais, dans le corps sans vie de la jeune fille, il lisait son avenir imminent. Puis une pensée soudaine lui vint.

Ses yeux désespérés fouillèrent les décombres, cherchant la serviette qu'il ne perdait jamais de vue. Elle avait disparu. En sueur, il se débattit pour extirper son torse de sa prison. Ses efforts furent vains ; il n'éprouvait aucune sensation au-dessous de la poitrine et il sut, avec une terrifiante certitude, que sa colonne vertébrale était brisée.

Autour de lui, le grand paquebot agonisait et s'enfonçait dans l'eau glacée qui serait à jamais son tombeau. Des passagers, quelques-uns en tenue de soirée, la plupart en vêtements de nuit, se pressaient sur les ponts en pente et cherchaient à monter dans les quelques embarcations de sauvetage mises à l'eau, ou sautaient dans le fleuve en se cramponnant à tout ce qui flottait. Il restait quelques minutes seulement, avant que le navire fît son dernier plongeon à deux milles à peine au large.

« Martha ? »

Shields sursauta et tourna la tête vers le faible cri, derrière la paroi détruite le séparant de la coursive. Il tendit l'oreille et entendit de nouveau l'appel.

« Martha ?

— Ici ! cria-t-il. Au secours ! Je vous en prie ! »

Il n'y eut pas de réponse mais des bruits confus dans le monceau de débris. Bientôt, une partie du plafond abattu fut écartée et un homme à barbe grise passa sa tête.

« Martha, avez-vous vu ma petite Martha ? »

L'homme était en état de choc, et sa voix creuse, sans inflexions. Il était blessé au front et ses yeux se tournaient frénétiquement de tous côtés.

« Une jeune fille aux longs cheveux blonds ?

— Oui, oui, ma fille. »

Shields indiqua le cadavre.

« Je crains qu'elle ne soit morte. »

L'homme barbu agrandit l'ouverture et s'y glissa. Il s'approcha de la jeune fille, sans paraître comprendre, souleva la tête ensanglantée, lissa les cheveux sur le front. Pendant un long moment, il resta muet.

« Elle n'a pas souffert », dit Shields avec douceur.

L'inconnu ne répondit pas.

« Je suis navré », murmura Shields.

Il sentait le bateau basculer par tribord. L'eau montait plus vite, il ne restait presque plus de temps. Il devait persuader ce père de sauver la serviette.

« Savez-vous ce qui s'est passé ? demanda-t-il.

— Une collision, marmonna vaguement l'autre. J'étais sur le pont. Un autre navire a surgi du brouillard. Son étrave nous a pris de flanc. Martha m'avait supplié de l'emmener en Angleterre. Sa mère ne voulait pas, mais j'ai cédé. Ah ! Dieu ! si j'avais su... »

Le père avait pris un mouchoir et essuyait le sang sur la figure de la jeune morte.

« Vous ne pouvez rien pour elle, dit Shields. Vous devez vous sauver. »

Il ne se faisait pas comprendre. La colère le prit, brûlante et désespérée.

« Ecoutez ! cria-t-il. Il y a une serviette perdue dans les débris, elle contient un document qui doit absolument parvenir au Foreign Office à Londres ! Je vous en prie ! Trouvez-la ! »

Le père se retourna lentement et regarda Shields sans le voir.

« Je l'ai tuée », gémit-il.

L'eau tourbillonnait tout près d'eux. Le flot allait les engloutir dans quelques secondes. La marée montante était irisée d'huile et couverte de suie tandis qu'au-dehors la nuit était déchirée par les cris de milliers d'agonisants.

« Je vous en prie, écoutez-moi alors qu'il est encore temps, supplia Shields. Votre fille est morte. Partez avant qu'il soit trop tard. Trouvez ma serviette et emportez-la. Remettez-la au capitaine, il saura quoi faire. »

Les lèvres du père s'entrouvrirent en tremblant :

« Je ne peux pas laisser Martha seule... elle a peur du noir... »

Il marmottait comme s'il était devant un autel.

Ce fut le coup de grâce. Il était impossible de pénétrer l'esprit en délire de ce père écrasé de chagrin. Il se penchait sur sa fille et l'embrassait sur le front. Puis il s'affaissa en sanglotant.

Curieusement, la rage abandonna Shields. Alors qu'il acceptait l'échec et la mort, la terreur ne signifiait plus rien. Durant les brefs instants qui restaient, il sombra au-delà des frontières de la réalité et vit les choses avec une anormale clarté.

Il y eut alors une explosion, dans les entrailles du paquebot. Ses chaudières venaient d'éclater. Le navire se coucha par tribord et sombra par l'arrière, dans le lit du fleuve. Depuis la collision dans l'obscurité jusqu'à ce qu'il disparaisse à la vue des naufragés qui se débattaient pour rester à flot dans l'eau glacée, moins d'un quart d'heure s'était écoulé.

Il était deux heures dix.

Shields ne résista pas, il ne chercha pas à retenir sa respiration pour retarder l'inévitable de quelques secondes. Il ouvrit la bouche et avala l'eau répugnante qui lui donna la nausée. Il sombra dans la tombe sans air. L'étouffement et la souffrance passèrent vite et il perdit connaissance.

Ensuite, il n'y eut rien, plus rien du tout.

3

Une nuit d'enfer, pensait sur le quai de la gare Sam Harding, préposé aux billets du New York & Quebec Northern Railroad, en regardant les peupliers sur le bord de la voie se courber à l'horizontale sous les rafales de vent violent.

C'était la fin d'une vague de chaleur qui avait accablé les Etats de Nouvelle-Angleterre ; le mois de mai le plus chaud depuis 1880, proclamait l'hebdomadaire local de Wacketshire en gros caractères rouges. Des éclairs zébraient le ciel d'avant l'aube et la température avait baissé de plus de vingt degrés en une heure. Harding frissonna quand une saute de vent fouetta sa chemise humide de sueur.

Sur le fleuve, en aval, il apercevait les feux d'un convoi de péniches qui remontaient avec lenteur le courant. Une par une, les lueurs jaunes et diffuses s'éteignirent et reparurent quand les péniches passèrent sous le grand viaduc.

La gare se trouvait hors de la ville, du village plutôt, à une croisée des voies. La voie principale filait au nord vers Albany et l'autre à l'est, par le pont de Deauville-Hudson vers Columbiaville avant de bifurquer au sud vers New York.

Aucune goutte n'était encore tombée mais l'air sentait la pluie. Harding se dirigea vers sa Ford Modèle T de service, dénoua les bouts de ficelle au bord du toit et déroula les rideaux de moleskine sur les panneaux de chêne. Il les fixa avec des crampons Morphey et retourna dans la gare.

Hiram Meechum, l'agent de nuit de Western Union, était penché sur son échiquier et se livrait à son passe-temps favori, disputant une partie avec un autre télégraphiste le long de la ligne. Les vitres vibraient au vent, en mesure avec le crépitement du manipulateur actionné par Meechum. Harding prit la cafetière sur le poêle à pétrole et se servit une tasse.

« Qui gagne ?

— J'ai tiré Standish à Germanstown. Il est fort. »

Le manipulateur dansa et Meechum poussa une de ses pièces.

« Dame à cavalier quatre, grogna-t-il. Pas précisément encourageant. »

Harding tira sa montre de son gousset et regarda l'heure en fronçant les sourcils.

« Le *Manhattan Limited* a douze minutes de retard.

— A cause de la tempête, probablement. »

Meechum télégraphia son jeu, posa les pieds sur la table et se balança sur sa chaise en attendant la réponse de son adversaire.

Toutes les planches de la gare de bois grincèrent quand la foudre tomba sur un arbre dans un pâturage voisin. Harding but un peu de café brûlant et regarda machinalement le plafond, en se demandant si le paratonnerre était en bon état. La sonnerie bruyante du téléphone, sur son bureau à cylindre, interrompit ses réflexions.

« Votre dispatcher avec des nouvelles du *Limited* », prédit Meechum sans se troubler.

Harding haussa le bras articulé du téléphone à sa portée et porta à son oreille le petit écouteur.

« Wacketshire », répondit-il.

La voix du dispatcher d'Albany était à peine audible parmi les parasites causés par l'orage.

« Le pont... Vous pouvez voir le pont ? »

Harding se tourna vers la fenêtre donnant à l'est. La vue ne portait pas plus loin que le bout du quai.

« Non. Faut attendre le prochain éclair.

— Est-ce qu'il est encore debout ?

— Pourquoi est-ce qu'il ne serait pas debout ? demanda Harding avec irritation.

— Un capitaine de remorqueur vient d'appeler de Catskill et a fait un foin du diable. Il prétend qu'une poutrelle est tombée du pont et a endommagé une de ses péniches. Ici, c'est la panique. L'agent de Columbiaville prétend que le *Limited* a du retard.

— Dites-leur de ne pas s'en faire. Il n'a pas encore atteint Wacketshire.

— Vous êtes sûr ? »

16

Harding secoua la tête et soupira à cette question stupide du dispatcher.

« Bon Dieu ! Vous vous figurez que je ne saurais pas si un train est passé dans ma gare ?

— Dieu soit loué, nous arrivons à temps, dit le dispatcher avec un soulagement qui se perçut malgré les parasites. Le *Limited* transporte quatre-vingt-dix voyageurs sans compter le personnel et une voiture officielle spéciale, avec un gros bonnet de Washington. Arrêtez-le et allez inspecter le pont dès qu'il fera jour. »

Harding acquiesça et raccrocha. Il prit une lanterne rouge accrochée au mur et la secoua, pour voir si elle contenait assez de pétrole, avant d'allumer la mèche. Meechum leva les yeux de son échiquier.

« Vous arrêtez le *Limited* ?

— Oui. Albany dit qu'une poutrelle est tombée du pont. Ils veulent qu'on aille voir avant qu'un train y passe.

— Vous voulez que je vous allume la lanterne du sémaphore ? »

Un coup de sifflet aigu couvrit le vent. Harding tendit l'oreille, mesurant la distance du son. Un nouveau coup de sifflet retentit, plus fort.

« Pas le temps. Je vais faire des signaux avec cette... »

Soudain la porte s'ouvrit et un inconnu apparut, fouillant des yeux l'intérieur de la gare. Il était bâti comme un jockey, petit et maigre comme un clou. Sa moustache était aussi blonde que les cheveux dépassant de son chapeau panama. Ses vêtements révélaient une grande coquetterie, un costume de coupe anglaise à surpiqûres de soie, un pli de pantalon net, des souliers de daim et cuir en deux tons bruns. Mais ce qu'il avait de plus remarquable, c'était le pistolet automatique Mauser, qu'il tenait dans une main efféminée.

« Qu'est-ce qu'il se passe ? marmonna Meechum.

— Un hold-up, messieurs, annonça l'intrus avec une ombre de sourire. Il me semble que c'est évident.

— Vous êtes fou ! protesta Harding. Il n'y a rien à voler.

— Votre gare a un coffre-fort, répliqua l'inconnu en

17

désignant le coffre d'acier dans un coin. Et un coffre-fort contient des choses précieuses, la paie du personnel, par exemple.

— Voler une compagnie de chemin de fer est un délit fédéral. De plus, Wacketshire est une commune agricole. Il n'y a pas d'envois de paies d'ouvriers. Pensez donc, nous n'avons même pas de banque ici. »

Le long chien du Mauser fut rabattu.

« L'économie de Wacketshire ne m'intéresse pas. Ouvrez le coffre. »

Le sifflet à vapeur glapit encore une fois, beaucoup plus rapproché et Harding comprit que le son venait de quatre cents mètres à peine.

« Bon, d'accord, tout ce que vous voudrez, une fois que j'aurai arrêté le *Limited*. »

Un coup de feu claqua et l'échiquier de Meechum vola en éclats, dispersant les pièces sur le linoléum.

« Pas d'histoires de trains arrêtés ! Faites ce que je vous dis ! »

Harding regarda le bandit avec des yeux horrifiés.

« Vous ne comprenez pas. Le pont risque d'être détruit.

— Je comprends que tu cherches à faire le malin !

— Je vous jure...

— Il dit la vérité, intervint Meechum. Albany vient de téléphoner un avertissement, au sujet du viaduc.

— Je vous en prie, écoutez-nous, supplia Harding. Vous risquez d'assassiner une centaine de personnes. »

Il s'interrompit, sa figure pâle illuminée par le phare de la locomotive qui approchait. Il y eut encore un coup de sifflet aigu, à moins de deux cents mètres.

« Pour l'amour de Dieu... »

Meechum arracha la lanterne de la main de Harding et se rua vers la porte ouverte. Dans une nouvelle détonation, une balle le frappa à la hanche. Il tomba alors qu'il allait franchir le seuil. Il se releva sur les genoux et ramena le bras en arrière pour lancer la lanterne sur la voie. L'homme au panama lui saisit le poignet et, de l'autre main, il abattit le canon du pistolet sur sa tête. Il claqua la porte d'un coup de pied. Puis il pivota vers Harding et gronda :

« Ouvrez ce foutu coffre ! »

L'estomac de Harding se révulsa à la vue du sang de Meechum s'étalant sur le plancher, puis il obéit. Il tourna le cadran de la combinaison, malade d'impuissance en entendant passer le train à moins de sept mètres derrière lui. Les lumières des voitures Pullman projetèrent des reflets dansants sur les vitres de la gare. En moins d'une minute, le claquement des roues de la dernière voiture s'assourdit et le train s'éloigna, en gravissant la rampe vers le viaduc.

La combinaison cliqueta et Harding ouvrit le coffre. Il contenait quelques petits colis en souffrance, de vieux registres et une cassette. Le voleur s'empara de la cassette et compta l'argent.

« Dix-huit dollars et quatorze *cents*, dit-il avec indifférence. Ce n'est pas le Pérou, mais ça me permettra de manger pendant quelques jours. »

Il rangea soigneusement les billets dans un portefeuille de cuir et mit la monnaie dans sa poche. Jetant négligemment la cassette vide sur le bureau, il enjamba Meechum et disparut dans la tempête.

Le télégraphiste gémit et remua un peu. Harding s'accroupit pour lui soulever la tête.

« Le train... ? murmura Meechum.

— Vous perdez beaucoup de sang », dit Harding en tirant de sa poche un mouchoir à carreaux qu'il pressa contre la blessure.

Serrant les dents, Meechum tourna des yeux mornes vers Harding.

« Appelez la rive Est... voyez si le train est passé. »

Harding reposa avec précaution la tête de son ami sur le plancher. Il saisit le téléphone, tourna la manivelle et cria, mais ce fut le silence. Il ferma les yeux un instant, pria et recommença. De l'autre côté du fleuve, la ligne était coupée. Fébrilement, il appela le dispatcher d'Albany. Il n'entendit que des parasites.

« Impossible d'appeler, marmonna-t-il, la bouche amère. La tempête a coupé les lignes. »

Le manipulateur du télégraphe se mit à cliqueter et Meechum murmura :

« Les lignes télégraphiques sont encore ouvertes. C'est Standish avec son coup d'échecs. »

Péniblement, il se traîna vers la table, leva un bras et coupa la transmission pour taper un message d'urgence. Les deux hommes se regardèrent un instant, effrayés par ce qu'ils pourraient découvrir à la lueur de l'aube qui était proche. Le vent soufflant par la porte ouverte dispersait des papiers et leur ébouriffait les cheveux.

« Je vais alerter Albany, dit enfin Meechum. Allez voir le viaduc. »

Comme dans un cauchemar, Harding sauta sur la voie, en proie à une panique croissante, et courut sur les traverses inégales. Bientôt il haleta et son cœur lui parut bondir dans sa cage thoracique. Il escalada la rampe et se hâta sous les poutrelles vers le milieu du viaduc Deauville-Hudson. Il trébucha et tomba en s'ouvrant le genou sur un clou. Il se releva et repartit. Puis il s'arrêta brusquement.

Une nausée glacée l'assaillit quand il regarda devant lui avec horreur, sans pouvoir en croire ses yeux.

Il y avait un grand trou vide au milieu du pont. Le tablier central avait disparu dans les eaux grises de l'Hudson, cinquante mètres plus bas. Disparu avec le train transportant une centaine d'hommes, de femmes et d'enfants.

« Morts... Tous morts ! cria-t-il en tremblant de rage. Tout ça, pour dix-huit dollars et quatorze *cents* ! »

PREMIÈRE PARTIE

LE GARROT DE ROUBAIX

4

FÉVRIER 1989
WASHINGTON, D.C.

L'homme tassé sur le siège arrière d'une Ford banale roulant avec lenteur dans les rues de Washington n'avait rien d'extraordinaire. Aux yeux des piétons qui, aux feux rouges, traversaient devant le capot, il pouvait avoir l'air d'un vendeur de papeterie conduit à son travail par son neveu. Personne ne faisait attention à l'insigne de la Maison Blanche sur les plaques minéralogiques.

Alan Mercier était un individu replet, à moitié chauve, avec une figure joviale à la Falstaff qui dissimulait un esprit analytique aigu. Peu élégant, il était éternellement vêtu de costumes de confection fripés, avec un mouchoir blanc fourré négligemment dans la poche de poitrine. C'était une image que les caricaturistes politiques exagéraient avec grand enthousiasme.

Mercier n'était pas vendeur en papeterie. Récemment nommé conseiller de la Sécurité nationale auprès du nouveau Président des Etats-Unis, on ne le reconnaissait pas encore dans la rue. Il avait la réputation de savoir très bien prévoir les événements internationaux et il était très respecté dans les milieux universitaires. Au moment où il avait attiré l'attention du Président, il était directeur de la Commission de Prévision des Crises mondiales.

Juchant une paire de lunettes à la Benjamin Franklin sur son nez bulbeux, il posa un attaché-case sur ses genoux et l'ouvrit. L'intérieur du couvercle contenait un écran vidéo et le fond un clavier d'ordinateur, entre deux rangées de voyants multicolores. Il tapa une combinaison de chiffres et attendit un bref instant tandis que le signal était transmis par satellite à son bureau de coin, à la Maison Blanche. Là-bas un ordinateur, programmé par ses collaborateurs, se mit en marche et lui donna son emploi du temps de la journée.

Les renseignements arrivaient codés et ils étaient électroniquement déchiffrés en millisecondes par le microprocesseur à piles qu'il avait sur les genoux, le texte final apparaissant en minuscules lettres vertes sur l'écran.

Il y eut d'abord la correspondance, puis une suite de notes de son personnel du Conseil de sécurité. Ensuite vinrent les rapports quotidiens des divers services du gouvernement, des chefs de l'Etat-Major interarmes et du directeur de la C.I.A. Il grava rapidement tout cela dans sa tête avant de l'effacer de la mémoire du microprocesseur.

Tout sauf deux messages.

Il y réfléchissait encore quand la voiture franchit le portail ouest de la Maison Blanche. Ses yeux exprimaient une singulière perplexité. Puis il soupira, pressa le bouton « arrêt » et referma l'attaché-case.

Dès qu'il fut à son bureau, il forma un numéro privé du ministère de l'Energie. Une voix d'homme répondit avant la fin de la première sonnerie.

« Le bureau du docteur Klein.

— Alan Mercier. Ron est là ? »

Une brève pause, et puis le docteur Ronald Klein, directeur de l'Energie, vint au bout du fil.

« Bonjour, Alan. Que puis-je pour vous ?

— Pourriez-vous me consacrer quelques minutes, aujourd'hui ?

— Mon emploi du temps est assez chargé...

— C'est important, Ron. A l'heure que vous voudrez. »

Klein n'avait pas l'habitude d'être bousculé mais le ton de béton de Mercier indiquait que le conseiller de la Sécurité ne se laisserait pas ajourner. Il plaqua une main sur l'appareil pendant qu'il consultait son assistant administratif puis il proposa :

« Que diriez-vous de deux heures et demie ? Entre deux heures et demie et trois heures ?

— Pas de problème. J'ai un déjeuner au Pentagone, alors je passerai par votre bureau au retour.

— Vous dites que c'est important ?

— Mettons ça autrement, dit Mercier et il prit un temps pour ménager ses effets. Après avoir ruiné la journée du Président, je viendrai gâcher la vôtre. »

Dans le bureau ovale de la Maison Blanche, le Président se renversa dans son fauteuil et ferma les yeux. Pour un homme qui était entré en fonction quelques semaines plus tôt à peine, il paraissait exagérément usé et fatigué. La campagne électorale avait été longue et épuisante et il n'en était pas encore complètement remis.

Il était d'assez petite taille et avait des cheveux châtains clairsemés, striés de blanc ; ses traits, naguère gais et souriants, étaient devenus graves et durs. Il rouvrit les yeux quand une grêle d'hiver soudaine crépita contre les vitres. Dehors, dans Pennsylvania Avenue, la circulation ralentit à une allure d'escargot sur la chaussée transformée en patinoire. Il regrettait le climat chaud de son Nouveau-Mexique natal, en rêvant de fuir pour une randonnée de camping dans les monts Sangre de Cristo, près de Santa Fe.

Cet homme n'avait jamais songé à devenir Président. Sans être poussé par une ambition dévorante, il avait servi au Sénat durant vingt années d'efforts consciencieux et de réussites peu spectaculaires qui ne l'avaient guère fait connaître du grand public.

Investi à la Convention de son parti comme candidat de second rang, il avait été élu à une écrasante majorité quand un journaliste fouineur avait déterré une série de tractations financières louches dans le passé de son adversaire.

« Monsieur le Président ? »

La voix de son assistant l'arracha à sa rêverie.

« Oui ?

— M. Mercier est là pour votre réunion de sécurité.

— Bon, qu'il entre. »

Mercier s'assit de l'autre côté du bureau et y posa un épais dossier.

« Comment va le monde aujourd'hui ? demanda le Président avec un maigre sourire.

— Assez mal, comme toujours. Mon équipe a terminé les prévisions sur les réserves énergétiques de la nation. La dernière ligne n'est pas précisément encourageante.

— Vous ne m'apprenez rien. Quelles sont les dernières prévisions ?

— La C.I.A. donne encore deux ans au Moyen-Orient, avant qu'ils raclent le fond de leurs puits. Cela laissera au monde une fourniture de pétrole connue de moins de cinquante pour cent de la demande. Les Russes thésaurisent leurs réserves bien entamées et le forage en mer mexicain n'a pas répondu aux espérances. Quant à nos propres nappes...

— J'ai vu les chiffres. L'exploration fébrile de ces quelques dernières années n'a révélé que quelques petites nappes, au mieux. »

Mercier ouvrit un dossier.

« La radiation solaire, les moulins à vent, les autos électriques, ce ne sont que des solutions partielles. Malheureusement, leur technologie en est à peu près au même stade que la télévision dans les années 40.

— Dommage que les programmes de carburant synthétique aient démarré si lentement.

— La date la plus rapprochée, avant que les raffineries puissent ramener le mou, c'est dans quatre ans. En attendant, le transport américain se trouve en panne sèche. »

Le Président sourit imperceptiblement à cette inhabituelle manifestation d'humour noir de Mercier.

« Il y a sûrement un espoir à l'horizon.

— Il y a James Bay.

— Le projet de centrale canadien ? »

Mercier hocha la tête et dévida les statistiques :

« Dix-huit barrages, douze centrales, une main-d'œuvre de près de quatre-vingt-dix mille personnes et le détournement de deux rivières de l'importance du Colorado. Et, comme l'affirme la propagande gouvernementale canadienne, le projet hydroélectrique le plus vaste et le plus cher de l'histoire de l'humanité.

— Qui en est responsable ?

— Quebec Hydro, l'organisme provincial de l'électricité. On a commencé à travailler au projet en 74. La note a été assez salée. Vingt-six milliards de dollars, la majeure partie venant des banques de New York.

— Quelle est la production ?

— Plus de cent millions de kilowatts, le double au cours des vingt années à venir.

— Combien en recevons-nous ?

— De quoi éclairer quinze Etats. »

Le Président fit une grimace.

« Je n'aime pas dépendre à ce point du Québec, pour l'électricité. Je serais plus à l'aise si notre courant venait de nos propres centrales nucléaires. »

Mercier secoua la tête.

« Malheureusement, elles fournissent moins du tiers de nos besoins.

— Comme toujours, nous avons trop traîné, marmonna le Président avec lassitude.

— Le retard est dû en partie à l'augmentation du prix de la construction et à des modifications onéreuses. En partie au fait que les demandes d'uranium ont rendu ce matériau rare. Et puis, naturellement, il y avait les écologistes. Nous nous sommes basés sur des réserves illimitées, qui n'existent pas. Et pendant que nous consommions sans discernement, nos voisins du Nord sont allés de l'avant et ont agi. Nous n'avons d'autre choix que de puiser à leur source.

— Est-ce que leurs prix sont alignés ?

— Les Canadiens, Dieu les bénisse, ont maintenu leurs taux à la parité, avec nos propres centrales.

— Un rayon de soleil, tout de même.

— Il y a un os. Le Québec espère remporter un référendum pour l'indépendance totale avant l'été.

— Le Premier ministre Sarveux a déjà claqué la porte

au nez des séparatistes québécois. Vous pensez qu'il ne peut pas recommencer ?

— Non, monsieur le Président, je ne crois pas. Nos sources de renseignements assurent que Guerrier, du Parti Québécois, a une majorité suffisante pour le faire passer la prochaine fois.

— Ils paieront le prix fort, pour se séparer du Canada. Leur économie est déjà en plein chaos.

— Leur stratégie consiste à compter sur les Etats-Unis pour épauler leur gouvernement.

— Et si nous ne le faisons pas ?

— Ils peuvent hausser leurs prix de l'électricité à un taux prohibitif ou tourner le bouton.

— Guerrier serait fou de nous priver de courant. Il sait que nous riposterions par des sanctions économiques massives. »

Mercier considéra sombrement le Président.

« Il faudrait des semaines, des mois même, avant que les Québécois en souffrent. En attendant, notre industrie serait paralysée.

— Vous brossez un tableau bien noir.

— Et ce n'est que l'arrière-plan. Vous connaissez la S.Q.L., naturellement. »

Le Président soupira. La Société Québec Libre était un mouvement terroriste clandestin qui avait assassiné plusieurs personnalités canadiennes.

« Et alors ?

— D'après un récent rapport de la C.I.A., elle s'aligne sur Moscou. Si elle parvient à obtenir le contrôle du gouvernement, nous aurons un autre Cuba sur les bras.

— Un autre Cuba...

— Et qui aurait la possibilité de mettre l'Amérique à genoux. »

Le Président se leva et alla à la fenêtre. Pendant près d'une minute, il contempla en silence le grésil tombant sur les jardins de la Maison Blanche.

« Nous ne pouvons pas nous permettre une épreuve de force au Québec. Surtout dans les mois à venir... Ce pays est fauché et endetté jusqu'au cou, Alan, et, tout à fait entre nous, d'ici quelques années nous n'aurons plus le choix, nous devrons cesser de tergiverser et déclarer une banqueroute nationale. »

Mercier se tassa dans son fauteuil. Pour un homme aussi massif, il paraissait curieusement voûté et découragé.

« Je serais navré que cela arrive pendant votre mandat, monsieur le Président. »

Le Président fit un geste résigné.

« Depuis Franklin Roosevelt tous les présidents ont joué à chat, en collant un fardeau financier croissant sur l'épaule de leur successeur. Eh bien, la partie va finir et c'est moi qui m'y "colle". Si nous perdons le courant de nos Etats du Nord-Est pendant vingt jours ou plus, les répercussions seront tragiques. Ma date limite pour l'annonce d'une nouvelle dévaluation devrait être dangereusement avancée. J'ai besoin de temps, Alan, le temps de préparer la population et les milieux d'affaires à la hache. Le temps de rendre le passage à notre nouvel étalon monétaire aussi peu douloureux que possible. Le temps pour que nos raffineries cessent de dépendre du pétrole étranger.

— Comment pouvons-nous empêcher le Québec de commettre une folie ?

— Je ne sais pas. Nos chances sont limitées.

— On a deux options, quand tout le reste échoue, déclara Mercier. Deux options aussi vieilles que le monde, pour empêcher une économie de sombrer corps et bien. La première est de prier pour un miracle.

— Et la seconde ?

— Provoquer une guerre. »

A quatorze heures trente précises, Mercier entra dans le Forrestal Building d'Independence Avenue et prit l'ascenseur jusqu'au septième. Il fut introduit sans cérémonie dans le luxueux bureau de Ronald Klein, le ministre de l'Energie.

Klein, un homme mince d'un mètre quatre-vingt-dix à l'air studieux, avec de longs cheveux blancs et un nez de condor, se leva à l'extrémité de la table de conférence jonchée de papiers et s'avança pour serrer la main de son visiteur.

« Alors, quelle est cette affaire d'une importance si capitale ? demanda-t-il en coupant court aux amabilités d'usage.

— Plus bizarre que capitale, répondit Mercier. Je suis tombé sur une requête de notre Cour des comptes concernant un crédit de six cent quatre-vingts millions de dollars en fonds fédéraux, pour le développement d'un bidule.

— D'un quoi ?

— Bidule. C'est le nom familier que donnent les ingénieurs géologues à tout instrument insolite censé détecter des minéraux souterrains.

— Quel rapport avec moi ?

— L'argent a été crédité au ministère de l'Energie il y a trois ans. On ne sait pas ce qu'il est devenu. Il serait peut-être prudent que votre personnel enquête. Nous sommes à Washington. Les erreurs du passé ont la fâcheuse habitude de retomber sur le nez des responsables actuels. Si l'ancien ministre de l'Energie a gaspillé une somme astronomique sur un éléphant blanc, je vous conseille de préparer un dossier au cas où un petit parlementaire zélé se mettrait en tête de se faire valoir en réclamant une enquête.

— Je vous remercie de l'avertissement, dit sincèrement Klein. Je vais immédiatement faire épousseter les placards. »

Mercier se leva.

« Rien n'est jamais simple.

— Non, répondit Klein en souriant. Jamais. »

Après le départ de Mercier, le ministre s'approcha de sa cheminée et contempla distraitement la grosse bûche en travers des chenets, la tête baissée, les mains dans les poches.

« Incroyable, murmura-t-il dans la pièce vide. Comment peut-on perdre la trace de six cent quatre-vingts millions de dollars ? »

5

La salle des génératrices du projet hydro-électrique de James Bay suffoqua Charles Sarveux, quand il contempla les trois hectares taillés dans le granit à cent trente mètres sous terre. Trois rangées de gigantesques machines, hautes de cinq étages et actionnées par des turbines à eau, bourdonnaient de millions de kilowatts. Sarveux fut impressionné, comme il se devait, et ne chercha pas à le cacher, pour le plus grand plaisir des directeurs de Quebec Hydro.

C'était sa première visite au projet, depuis son élection à la fonction de premier ministre du Canada, et il posa les questions auxquelles on pouvait s'attendre.

« Combien de courant produit chaque génératrice ?

— Cinq cent mille kilowatts, monsieur le Premier ministre », répondit Percival Stuckey, le directeur général.

Sarveux hocha la tête, avec une petite mimique d'approbation. C'était le geste qui convenait, soigneusement étudié, et qui lui avait bien servi au cours de sa campagne électorale.

Bel homme, de l'avis des hommes aussi bien que des femmes, Sarveux aurait pu rivaliser avec John F. Kennedy et Anthony Eden et remporter sans doute la palme. Ses yeux bleu très clair avaient un pouvoir magnétique et ses traits réguliers étaient couronnés d'une masse de cheveux gris à l'aspect faussement négligé. Son corps mince, de taille moyenne, aurait été le rêve d'un tailleur mais il mettait un point d'honneur à s'habiller en confection. C'était un des traits de caractère précisément cultivés pour que l'électeur canadien moyen puisse s'identifier avec lui.

Candidat de compromis entre les libéraux, le Parti pour un Canada indépendant et le Parti Québécois francophone, il avait marché sur une corde raide politique pendant ses trois premières années de fonction, en parvenant à empêcher la nation de se désintégrer sur ses frontières provinciales. Il se considérait comme un nouveau Lincoln, luttant pour préserver l'unité et empêcher sa maison de se diviser. C'était uniquement sa menace d'utiliser la force armée qui tenait en respect les séparatistes extrémistes. Mais son appel à un gouvernement central fort tombait dans des oreilles de sourds de plus en plus nombreux.

« Peut-être aimeriez-vous voir le centre de contrôle ? » suggéra Stuckey.

Sarveux se tourna vers son principal secrétaire.

« Avons-nous le temps ? »

Ian Jeffrey, un jeune homme sérieux de moins de trente ans, consulta sa montre.

« Pas tellement, monsieur le Premier ministre. Nous devons être à l'aéroport dans une demi-heure.

— Je crois que nous pouvons resserrer un peu notre horaire. Ce serait dommage de manquer des choses intéressantes. »

Stuckey sourit et désigna la porte de l'ascenseur. Dix étages plus haut, Sarveux et sa suite en sortirent devant une porte marquée PERSONNEL DE SÉCURITÉ SEULEMENT. Stuckey détacha une carte en plastique accrochée par un cordon à son cou et la glissa dans une fente sous la poignée de la porte. Puis il se tourna vers les autres.

« Excusez-moi, messieurs, mais à cause de l'exiguïté du centre de contrôle, seuls le Premier ministre et moi-même pouvons entrer. »

Les gardes du corps de Sarveux voulurent protester mais celui-ci les écarta et suivit Stuckey dans un long couloir, au bout duquel le rituel de la carte se répéta.

Le centre de contrôle était exigu, en effet, et spartiate. Quatre ingénieurs étaient assis face à un pupitre couvert de voyants et de manettes et surveillaient un tableau de cadrans encastré dans le mur. A part une rangée d'écrans de contrôle de télévision suspendus au plafond, les seuls meubles étaient les chaises occupées par les ingénieurs.

Sarveux regarda avec intérêt autour de lui.

« Je trouve incroyable qu'une centrale aussi considérable ne soit commandée que par quatre hommes et un équipement modeste.

— Toutes les centrales et les stations de transmissions

sont actionnées par des ordinateurs, deux étages plus bas, expliqua Stuckey. Le projet est automatisé à quatre-vingt-dix-neuf pour cent. Ce que vous voyez ici, monsieur Sarveux, est le système manuel de contrôle de quatrième niveau, destiné à prendre la relève des ordinateurs en cas de mauvais fonctionnement.

— Ainsi, les hommes ont encore une mesure de contrôle, observa Sarveux en souriant.

— Nous ne sommes pas encore tout à fait inutiles, répondit Stuckey en souriant aussi. Il reste quelques domaines où l'on ne peut se fier aveuglément à l'électronique.

— Jusqu'où va cette puissance d'énergie ?

— Dans quelques jours, quand le projet sera pleinement opérationnel, nous desservirons tout l'Ontario, le Québec et le nord-est des Etats-Unis. »

Une pensée commença à germer dans l'esprit de Sarveux.

« Et si l'impossible survenait ?

— Pardon ?

— Une panne, un accident fortuit, un sabotage.

— Rien, à part un tremblement de terre majeur, ne peut mettre entièrement hors d'état les installations. Les pannes ou les dégâts isolés peuvent être compensés par deux systèmes de sécurité en double. S'ils échouent, nous avons toujours le contrôle manuel de cette salle.

— Et une attaque de terroristes ?

— Nous avons précisément prévu cette menace, assura Stuckey avec confiance. Notre système de sécurité électronique est une merveille de technologie avancée et nous avons une garde, forte de cinq cents hommes. Une division d'élite de troupes d'assaut ne pourrait pas atteindre cette salle-ci en deux mois.

— Quelqu'un, ici, pourrait couper le courant.

— Pas quelqu'un, au singulier. Pour couper la transmission de courant il faut chacun des hommes de ce centre plus moi-même. Deux, même trois, en sont incapables. Nous avons chacun une procédure précise, inconnue des autres, intégrée dans le système. Rien n'a été négligé. »

Sarveux n'en était pas si sûr. Il tendit la main au directeur.

« Une visite très impressionnante. Je vous remercie. »

Foss Gly avait été méticuleux, en choisissant les moyens et le lieu pour l'assassinat de Charles Sarveux. Chaque obstacle, même mineur, même improbable, avait été pris en considération et une riposte prévue. L'angle d'ascension de l'avion avait été mesuré avec soin ainsi que sa vitesse. De longues heures avaient été consacrées à des séances d'entraînement jusqu'à ce que Gly fût certain que les rouages du complot étaient parfaitement au point.

Le site choisi était un terrain de golf à quinze cents mètres au-delà de l'extrémité sud-est de la piste principale de l'aéroport de James Bay. A ce point précis, d'après les calculs de Gly, l'avion officiel du Premier ministre aurait atteint une altitude de 1 500 pieds et une vitesse de 180 nœuds. Deux lance-missiles sol-air à main de fabrication britannique, volés à l'arsenal de Val Jalbert, seraient employés. C'étaient des armes compactes pesant, chargées, quinze kilos, faciles à dissimuler, une fois démontées, dans un sac à dos de campeur.

Tout le plan, tel qu'il était calculé du début jusqu'à la fin, était un modèle d'efficacité. Pas plus de cinq hommes ne seraient nécessaires, y compris les trois qui attendaient sur le terrain de golf déguisés en skieurs de fond et le guetteur sur la terrasse de l'aérogare équipé d'un émetteur radio dissimulé. Une fois les missiles à thermoguidage lancés, le groupe d'assaut devait skier tranquillement jusqu'au club-house désert et partir dans un break à quatre roues motrices gardé par le cinquième homme, dans le parking.

Gly examinait le ciel à la jumelle pendant que ses camarades montaient les lance-missiles. Il tombait une neige légère, réduisant la visibilité à cinq cents mètres. C'était à la fois un avantage et un inconvénient. Le rideau blanc dissimulerait leurs activités mais ne leur laisserait que quelques précieuses secondes pour viser et tirer sur une cible se déplaçant à grande vitesse, pendant le bref instant où elle serait visible. Un appareil de la British Airways les survola et Gly chronométra son passage avant qu'il disparaisse. Six secondes à peine. Mauvais, pensa-t-il. Leurs chances de faire mouche étaient minimes.

Il fit tomber la neige de ses cheveux et abaissa les jumelles, révélant une figure carrée et rougeaude. A première vue, elle ne manquait pas de séduction. Son trait le plus frappant était le nez. Grand et déformé par de nombreuses bagarres de rues, il ressortait au milieu du visage avec une singulière beauté dans sa laideur. Pour une raison inexplicable, les femmes le trouvaient séduisant, sexy même.

Le minuscule poste de radio dans la poche de sa veste de duvet s'anima :

« Dispatching à Contremaître. »

Gly pressa le bouton d'émission.

« J'écoute, Dispatching. »

Claude Moran, un maigre marxiste grêlé de petite vérole, qui était secrétaire du gouverneur général, parla tout bas dans son micro-cravate tout en regardant par la baie de la terrasse les appareils en bout de piste.

« J'ai cette cargaison de tuyaux, Contremaître. Vous êtes prêt à les recevoir ?

— Quand vous voudrez, répondit Gly.

— Le camion ne va pas tarder, dès que les équipes auront déchargé une cargaison des Etats. »

La conversation innocente était destinée à abuser quiconque pouvait se brancher sur la même longueur d'ondes. Gly l'interpréta aisément. Cela signifiait que l'avion du Premier ministre était le deuxième à décoller derrière un appareil d'American Airlines.

« D'accord, Dispatching. Prévenez-moi quand le camion partira. »

Gly n'avait aucune animosité personnelle contre Charles Sarveux. Pour lui, le Premier ministre n'était qu'un nom dans les journaux. Gly n'était même pas canadien.

Il était né à Flagstaff, en Arizona, résultat de l'accouplement un soir d'ivresse d'un catcheur professionnel et de la fille adolescente d'un shérif de canton. Son enfance avait été un cauchemar de souffrance et de coups portés par son grand-père. Afin de survivre, Gly devint très fort et très dur. Le jour vint où il fut capable de battre le shérif à mort et il s'enfuit. Ensuite, il dut toujours se bagarrer pour rester en vie ; il commença par dévaliser des ivrognes à Denver, dirigea un réseau de voleurs de voitures à Los Angeles, attaqua des camions-citernes au Texas.

Gly ne se considérait pas comme un simple assassin. Il préférait l'étiquette de coordinateur. Il était celui à qui l'on faisait appel quand tous les autres échouaient, un chef de spécialistes avec une solide réputation d'efficacité.

Sur la terrasse de l'aérogare, Moran s'approcha le plus possible de la vitre sans que son haleine la couvre de buée. L'appareil de Sarveux semblait se dissoudre sous la neige alors qu'il attendait en bout de piste.

« Contremaître ?

— Oui, Dispatching.

— Navré, mais je suis trop submergé sous la paperasse pour vous donner l'heure exacte d'arrivée des tuyaux.

— Compris, répondit Gly. Rappelez après déjeuner. »

Moran ne répondit pas. Il descendit par l'escalator, sortit et héla un taxi. Dans la voiture, il alluma une cigarette et se demanda quelle haute fonction il devrait exiger pour ses services, dans le nouveau gouvernement du Québec.

Sur le terrain de golf, Gly se tourna vers les hommes braquant les lance-missiles. Un genou en terre, dans la neige, ils avaient l'œil collé au viseur. Il les avertit :

« Encore un décollage avant la cible. »

Près de cinq minutes passèrent avant que Gly n'entende le vrombissement des réacteurs peinant pour soulever leur fardeau de la piste enneigée. Ses yeux s'efforcèrent de percer le rideau blanc, pour guetter l'insigne rouge et bleu d'American Airlines.

Trop tard, il se souvint qu'un avion officiel transportant un chef d'Etat avait priorité sur les vols commerciaux. Trop tard, la feuille d'érable canadienne rouge et blanc apparut sous la neige.

« C'est Sarveux ! hurla-t-il. Tirez, bon Dieu, tirez ! »

Les deux hommes pressèrent le bouton de détente à moins d'une seconde d'écart. Le premier missile monta et passa trop loin de la queue de l'appareil pour que son mécanisme de thermoguidage se fixe sur la cible. Le second homme tira moins précipitamment. Il suivit les hublots du cockpit sur une centaine de mètres avant de presser la détente.

La tête chercheuse, se fixant sur l'échappement du réacteur tribord extérieur, explosa juste sur l'arrière de la turbine. Les hommes au sol eurent l'impression que l'avion avait disparu depuis longtemps quand ils entendirent le bruit étouffé. Ils guettèrent les sons d'un écrasement mais le grondement sourd des moteurs resta inchangé. Rapidement, ils démontèrent les lance-missiles et partirent à skis vers le parking. Bientôt, ils se mêlaient à la circulation sur l'autoroute James Bay-Ottawa.

Le réacteur extérieur tribord prit feu et l'hélice de la turbine se détacha, traversa le capot, frappa comme des éclats d'obus le réacteur intérieur, sectionna les arrivées de carburant et mit en miettes le compensateur.

Dans le poste de pilotage, la sonnerie d'incendie retentit et Ray Emmett, le pilote, coupa les gaz et pressa le bouton des extincteurs à fréon. Jack May, son copilote, parcourut rapidement la check-list d'urgence.

« Tour de James Bay, ici Canada Un. Nous avons un problème et nous revenons, annonça calmement Emmett.

— Vous déclarez un état d'urgence ? demanda sans se troubler l'aiguilleur de l'air.

— Affirmatif.

— Nous dégageons la piste vingt-quatre. Pouvez-vous effectuer une approche standard ?

— Négatif, répondit Emmett. J'ai deux réacteurs en panne, un en feu. Sortez le matériel.

— Matériel de secours en route, Canada Un. Autorisation d'atterrir. Bonne chance. »

Les hommes de la tour de contrôle, sachant que le pilote de Canada Un était sous tension, ne voulaient pas rompre sa concentration en posant des questions oiseuses. Ils ne pouvaient qu'attendre la suite des événements.

L'appareil calait et Emmett piqua du nez, en accélérant à 210 nœuds tout en virant sur l'aile. Heureusement, la neige tombait moins dru et la visibilité s'accrut à trois kilomètres. Il apercevait la plaine et l'extrémité engageante de la piste.

Dans le compartiment arrière, les deux hommes de la Police montée, qui veillaient sur le Premier ministre vingt-quatre heures sur vingt-quatre, entrèrent en action dès qu'ils sentirent l'impact du missile. Ils bouclèrent la ceinture de sécurité de Sarveux et l'entourèrent d'une montagne de coussins. A l'avant, son secrétariat et l'éternel contingent de journalistes regardaient nerveusement le réacteur en feu qui avait l'air de faire fondre l'aile.

Le système hydraulique était fichu. May se brancha sur manuel. Ensemble, les deux pilotes luttèrent avec les commandes résistantes alors que la terre se rapprochait impitoyablement. Même à plein régime, les deux réacteurs bâbord avaient du mal à maintenir en l'air l'appareil géant. Il tombait maintenant à moins de six cents pieds et Emmett se retenait toujours de sortir le train d'atterrissage, pour conserver jusqu'au dernier instant sa vitesse de vol.

L'avion survola les champs entourant l'aéroport. Ce serait juste. A deux cents pieds, Emmett abaissa les roues. A travers l'arc des essuie-glaces, les 3 500 mètres de ruban de piste parurent s'élargir au ralenti. Ils passèrent au-dessus de l'extrémité de l'asphalte, les roues à moins de deux mètres du sol. Emmett et May tirèrent de toutes leurs forces sur le volant de contrôle. Un atterrissage en douceur serait un miracle, tout autre un exploit. Le choc fut rude, secoua tous les rivets de la carcasse d'aluminium et fit éclater trois pneus.

Le réacteur tribord endommagé se détacha, tournoya,

ricocha au sol et vint frapper le dessous de l'aile en déchiquetant le réservoir extérieur. Vingt mille litres de carburant explosèrent en une boule de feu qui engloutit tout le flanc droit de l'appareil.

Emmett lança les deux réacteurs intacts en rétro-poussée et lutta contre la tendance de l'avion à virer sur la gauche. Les lambeaux de caoutchouc des pneus éclatés voltigeaient en tous sens. Dix mètres d'aile flambante se détachèrent et volèrent vers une aire de départ où ils manquèrent de peu un avion de ligne. Derrière l'appareil en détresse les voitures de pompiers fonçaient, toutes sirènes hurlantes.

L'avion agonisant glissait sur la piste comme un météore, laissant un sillage de débris fumants. La chaleur attaquait le fuselage qui commençait à fondre. A l'intérieur, c'était l'enfer. Le plastique se calcinait, les passagers allaient être brûlés vifs, des nuages de fumée envahissaient la cabine. Un des agents de la Police montée ouvrit la porte de secours, du côté opposé à l'incendie, et l'autre déboucla la ceinture de sécurité du Premier ministre pour le pousser sans cérémonie vers l'ouverture.

A l'avant, dans le compartiment principal au-dessus de l'aile, les gens mouraient. Ian Jeffrey fit irruption en hurlant dans le poste de pilotage et tomba sans connaissance. Emmett et May ne le remarquèrent même pas, bien trop occupés à se débattre pour maintenir en droite ligne l'avion qui se désintégrait.

Les « Mounties » déployèrent le toboggan de secours mais un débris incandescent creva le sac gonflé et il devint inutilisable, volant et claquant du côté de la queue. Les agents se retournèrent et virent avec horreur que la paroi avant disparaissait en flammes. Fébrilement, l'un d'eux saisit une couverture et l'enroula autour de la tête de Sarveux.

« Tenez-la bien ! » cria-t-il.

Sur ce, il projeta le Premier ministre par l'ouverture.

La couverture sauva la vie à Sarveux. Il atterrit sur une épaule qui se disloqua, roula sur la piste, fit plusieurs tours sur lui-même mais la couverture lui protégea la tête. Ses jambes s'écartèrent et son tibia gauche se fractura. Il fit ainsi une trentaine de mètres avant de s'arrêter, le costume en lambeaux lentement imbibé du sang de multiples blessures.

Emmett et May moururent aux commandes, ainsi que quarante-deux hommes et trois femmes, tandis que les deux cents tonnes de l'appareil explosaient en une furieuse déflagration. Le souffle de l'explosion dispersa les débris sur le quart de la piste. Les pompiers s'attaquèrent au brasier mais tout était déjà fini. Bientôt, la carcasse noircie de l'avion fut ensevelie sous une mer de mousse carbonique. Des hommes en combinaison d'amiante fouillèrent les restes fumants, en ravalant la bile qui leur montait à la gorge quand ils découvraient des corps calcinés méconnaissables.

Sarveux, étourdi et en état de choc, releva la tête et contempla le désastre. A première vue, les infirmiers ne le reconnurent pas. Puis l'un d'eux se pencha et examina sa figure.

« Sainte Mère de Dieu ! s'exclama-t-il. C'est le Premier ministre ! »

Sarveux essaya de répondre, de faire une déclaration mais rien ne vint. Il ferma les yeux et se laissa sombrer avec reconnaissance dans les ténèbres.

6

Des flashes flamboyèrent, des caméras de télévision se braquèrent sur les traits délicats de Danielle Sarveux alors qu'elle traversait une mer de journalistes avec la grâce d'une figure de proue.

Elle s'arrêta à la porte de l'hôpital, pas par timidité mais pour l'effet. Danielle Sarveux n'entrait pas simplement dans une salle, elle y déferlait comme une mousson. Une inexprimable aura l'environnait, qui faisait l'admiration et l'envie des autres femmes. Quant aux hommes, elle les subjuguait. En sa présence, les chefs d'État devenaient aussi timides que des écoliers.

Son sang-froid, son assurance irritaient ceux qui la connaissaient bien. Mais pour la grande masse du peuple, elle était un symbole, une sorte de vitrine prouvant que le Canada n'était pas une nation de bûcherons grossiers.

Qu'elle préside un dîner officiel ou se précipite au chevet de son mari, Danielle s'habillait avec élégance. Elle se glissa entre les journalistes, sûre d'elle et sinueuse en robe de crêpe de Chine beige, à jupe discrètement fendue et veste de caracul naturel. Ses longs cheveux noirs tombaient en cascade sur son épaule droite.

Elle était bombardée de questions, un buisson de micros se poussaient sous son nez mais elle les ignorait sereinement. Quatre Mounties gigantesques lui taillèrent un passage jusqu'à l'ascenseur. Au quatrième étage, le directeur du personnel médical l'accueillit et se présenta sous le nom de docteur Ericsson.

Elle le regarda, n'osant poser la question redoutée. Devinant son appréhension il sourit de son meilleur sourire professionnel et rassurant.

« L'état de votre mari est grave mais pas critique. Il souffre de multiples écorchures sur la moitié du corps mais il n'y a pas de complications majeures. Des greffes de la peau répareront ses mains fortement endommagées. Et, compte tenu du degré et du nombre de fractures, l'opération par une équipe de spécialistes orthopédiques a très bien réussi. Mais il lui faudra au moins quatre mois pour se remettre et reprendre ses activités. »

Danielle lut une hésitation dans les yeux du médecin.

« Pouvez-vous me promettre qu'à ce moment Charles sera exactement comme avant ?

— Eh bien... Je dois avouer qu'il lui restera une légère claudication.

— Je suppose que vous appelez cela une complication mineure ! »

Le médecin la regarda dans les yeux.

« Oui, madame, certainement. Le Premier ministre a

eu beaucoup de chance. Il n'a pas de blessures internes graves, son esprit et ses fonctions corporelles sont intacts et les cicatrices finiront par disparaître. Au pis, il aura besoin d'une canne. »

Il fut surpris de la voir réprimer un sourire.

« Charles avec une canne ! Dieu, c'est impayable !

— Pardon, madame ? »

La canne vaudra vingt mille voix, telle fut la réponse qui monta aux lèvres de Mme Sarveux mais avec une aisance de caméléon elle reprit l'expression de la femme inquiète.

« Puis-je le voir ! »

Ericsson acquiesça et la conduisit vers une porte au fond du couloir.

« Les effets de l'anesthésie ne sont pas encore totalement dissipés ; vous trouverez sans doute sa parole un peu vague. Il souffre aussi, alors je vous en prie, que votre visite soit aussi brève que possible. Nous vous avons préparé une chambre contiguë, si vous désirez rester près de lui.

— Merci, mais les conseillers de mon mari jugent préférable que je demeure à la résidence officielle, où je pourrai continuer d'assumer ses fonctions en son nom.

— Je comprends. »

Il ouvrit la porte et s'effaça. Plusieurs médecins, des infirmières et un Mountie vigilant entouraient le lit. Ils se retournèrent et s'écartèrent quand elle entra.

Elle fut un peu écœurée en respirant l'odeur d'antiseptique et en voyant les bras rougis et à vif, sans pansements, de son mari. Elle hésita un instant. Puis il la reconnut et ses lèvres esquissèrent un sourire.

« Danielle, murmura-t-il. Excuse-moi de ne pas t'embrasser. »

Pour la première fois, elle voyait Sarveux sans son armure de fierté. Jamais elle ne l'avait cru vulnérable et elle ne pouvait établir un rapport entre ce corps brisé et inerte et l'homme vaniteux qui était son mari depuis dix ans. Le visage cireux marqué par la douleur n'était pas celui qu'elle connaissait. Elle avait l'impression de voir un inconnu.

Hésitante, elle s'approcha et l'embrassa légèrement sur les deux joues. Puis elle releva les cheveux gris sur son front, sans savoir que dire.

« Ton anniversaire, souffla-t-il enfin. J'ai manqué ton anniversaire. »

Elle parut déroutée.

« Mon anniversaire est dans plusieurs mois, mon chéri.

— Je voulais t'acheter un cadeau. »

Elle se tourna vers Ericsson.

« Il délire.

— Les effets de l'anesthésie.

— Grâce à Dieu, c'est moi qui suis blessé et pas toi, reprit faiblement Sarveux. Ma faute.

— Mais non, mais non, rien n'est de ta faute.

— La route était verglacée, de la neige sur le pare-brise. Je n'y voyais rien. Pris le virage trop vite, j'ai freiné. Une erreur. Perdu le contrôle... »

Danielle comprit alors et expliqua à Ericsson :

« Il y a plusieurs années, il a eu un accident de voiture. Sa mère a été tuée.

— Ce n'est pas anormal. Sous l'influence d'une anesthésie, il arrive que le cerveau recule dans le temps.

— Charles, dit-elle, il faut te reposer, maintenant. Je reviendrai dans la matinée.

— Non, ne pars pas, marmonna Sarveux et il regarda Ericsson derrière elle. Je dois parler à Danielle en privé. »

Le médecin hésita un moment puis il céda.

« Si vous insistez... Mais je vous en prie, madame, pas plus de deux minutes. »

Quand tout le monde fut sorti de la chambre, Sarveux voulut parler mais un spasme de douleur l'en empêcha.

« Laisse-moi aller chercher le médecin, supplia-t-elle, effrayée.

— Non, attends ! J'ai des instructions...

— Pas maintenant, mon chéri. Plus tard, quand tu auras repris des forces.

— Le projet de James Bay.

— Oui, Charles. Le projet de James Bay.

— Le centre de contrôle au-dessus de la salle des génératrices... renforcer la sécurité. Dis-le à Henri.

— Qui ?

— Henri Villon. Il saura que faire.

— Je te le promets, Charles.

— Un grand danger pour le Canada si certaines gens découvrent... »

La figure de Sarveux se convulsa et il renversa la tête au creux des oreillers en gémissant. Danielle n'était pas assez forte pour le voir souffrir. La chambre tournoya autour d'elle. Elle porta ses mains à sa figure et recula.

« Max Roubaix, haleta Sarveux. Dis à Henri de consulter Max Roubaix. »

Danielle ne put en supporter davantage. Elle fit demi-tour et s'enfuit dans le couloir.

Le docteur Ericsson étudiait les résultats des analyses de Sarveux quand l'infirmière-chef entra dans son bureau. Elle posa près de lui une tasse de café et une assiette de biscuits.

« La conférence de presse dans dix minutes, docteur. »

Il se frotta les yeux et regarda sa montre.

« La presse s'impatiente, je suppose.

— C'est plus que de l'impatience. Ils démoliraient probablement la baraque si les cuisines ne les nourrissaient. Votre femme a fait déposer un costume et une chemise propres. Elle tient à ce que vous fassiez bonne impression à la télévision, pour annoncer l'état du Premier ministre.

— Pas de changement ?

— Il se repose paisiblement. Le docteur Munson lui a administré une piqûre de somnifère, tout de suite après le départ de Mme Sarveux. Une bien belle femme, mais pas beaucoup de cran. »

Ericsson prit un biscuit et le regarda distraitement.

« Je dois être fou d'avoir laissé le Premier ministre me persuader de lui donner un stimulant, si tôt après l'opération.

— Pourquoi le voulait-il ?

44

— Je ne sais pas. Mais quelle que soit la raison, je dois reconnaître que son délire était tout à fait convaincant. »

7

Danielle descendit de la Rolls conduite par un chauffeur et leva les yeux vers la résidence officielle du Premier ministre canadien. Elle trouvait cette façade de pierre de trois étages froide et sinistre, un décor pour roman d'Emily Brontë. Elle traversa le long vestibule et monta par le grand escalier d'apparat à sa chambre.

C'était son havre, la seule pièce de la maison que Charles lui avait permis de décorer. Un rayon de lumière venant de la salle de bains lui révéla une présence sur le lit. Elle ferma la porte et s'y adossa, le ventre crispé par la crainte et par une singulière chaleur.

« Tu es fou de venir ici », murmura-t-elle.

Des dents brillèrent dans la pénombre.

« Je me demande combien de femmes dans ce pays disent la même chose à leur amant, ce soir.

— La Police montée garde la Résidence...

— De loyaux Français qui ont été soudain frappés de cécité et de mutisme.

— Tu dois partir. »

Le sommier grinça quand un homme nu se redressa et tendit les bras.

« Viens là, ma nymphe.

— Non... Non, pas ici, protesta Danielle d'une voix de gorge qui trahissait l'éveil de la passion.

— Nous n'avons rien à craindre.

— Charles est vivant ! s'écria-t-elle soudain. Tu ne comprends pas ? Charles vit toujours ! »

Il sauta du lit et s'approcha. Il avait un grand corps musclé, athlétique, façonné par des années d'exercices disciplinés. Il passa une main dans ses cheveux et les enleva. Son crâne était rasé, tout comme le reste de son corps. Les jambes, le torse, la région pubienne, tout était lisse et net. Il prit entre ses mains la tête de Danielle et la pressa contre ses muscles pectoraux. Elle respira l'odeur musquée de la légère pellicule d'huile corporelle dont il s'enduisait toujours avant l'amour.

« Ne pense pas à Charles, ordonna-t-il. Il n'existe plus pour toi. »

Elle sentait la puissance bestiale émanant de tous les pores de cet homme. Un vertige de désir s'empara d'elle, pour cet animal glabre. Une chaleur l'envahit, partant de son bas-ventre, et elle se laissa aller entre ses bras.

Le soleil filtrant par les rideaux entrouverts inondait les deux corps enlacés sur le lit. Danielle serrait entre ses seins la tête rasée, et ses cheveux noirs s'étalaient en éventail sur l'oreiller. Elle embrassa plusieurs fois le crâne lisse et le repoussa.

« Tu dois partir, maintenant », dit-elle.

Il allongea un bras au-dessus de Danielle pour tourner la pendule de chevet vers la lumière.

« Huit heures. Il est trop tôt. Je partirai vers dix heures. »

Elle le regarda avec appréhension.

« Il y a des journalistes qui grouillent partout. Tu devrais être parti depuis des heures, quand il faisait encore nuit. »

Il bâilla et s'assit.

« Dix heures du matin, c'est une heure très respectable pour qu'un vieil ami de la famille soit vu à la résidence officielle. Personne ne remarquera mon départ tardif. Je serai perdu dans la foule de parlementaires empressés qui se bousculent en ce moment à la porte pour offrir leurs services à la femme éplorée du Premier ministre.

— Tu es insupportable ! s'exclama-t-elle en remontant le drap froissé autour d'elle. Brûlant et amoureux un instant et, tout de suite après, froid et calculateur !

— Comme les femmes changent vite d'humeur le lendemain ! Je me demande si tu serais aussi acariâtre, si Charles était mort dans la catastrophe.

— Le travail a été saboté ! gronda-t-elle rageusement.

— Oui, le travail a été saboté. »

L'expression de Danielle devint froide et résolue.

« C'est seulement quand Charles sera dans la tombe que le Québec deviendra une nation socialiste indépendante !

— Tu veux que ton mari meure pour une cause ? demanda-t-il, sceptique. Ton amour s'est-il transformé en une telle haine qu'il n'est plus pour toi qu'un symbole à éliminer ? »

Elle prit une cigarette dans un coffret sur la table de chevet et l'alluma.

« Il n'y a jamais eu d'amour. Dès le début, je n'ai été pour lui qu'un atout politique. La situation de ma famille lui ouvrait les portes de la haute société. Je lui ai apporté un vernis et du style. Mais je n'ai jamais été pour lui qu'un instrument pour rehausser son image de marque aux yeux du public.

— Pourquoi l'as-tu épousé ?

— Il disait qu'il serait un jour Premier ministre et je l'ai cru.

— Et alors ?

— Trop tard, j'ai découvert que Charles était incapable d'affection. J'ai cherché autrefois une réaction passionnée. Maintenant je frémis chaque fois qu'il me touche.

— J'ai regardé la conférence de presse à la télévision. Ce médecin de l'hôpital disait que ton angoisse pour Charles avait ému tout le personnel.

— Pure comédie, avoua-elle en riant. Je la joue assez bien. Mais aussi, j'ai eu dix ans de répétitions.

— Est-ce que Charles t'a dit quelque chose d'intéressant, au cours de ta visite ?

— Rien de très sensé. Il sortait à peine de la salle de réanimation. Il avait encore l'esprit engourdi par l'anesthésie. Il délirait, il rappelait le passé, un souvenir de l'accident d'auto qui a tué sa mère. »

L'amant de Danielle se leva et passa dans la salle de bains.

« Au moins, il n'a pas laissé fuir des secrets de la défense nationale. »

Elle aspira la fumée de sa cigarette et la laissa filtrer par ses narines.

« Peut-être.

— Continue, cria-t-il de la salle de bains. Je t'entends.

— Charles m'a prié de te dire de renforcer la sécurité de James Bay.

— Ridicule. Ils ont déjà deux fois le nombre de gardes nécessaires pour couvrir toutes les installations.

— Pas dans toute la zone. Uniquement le centre de contrôle. »

Il revint vers le seuil, en essuyant sa tête chauve, l'air perplexe.

« Quel centre de contrôle ?

— Au-dessus de la salle des génératrices, je crois.

— Il n'a pas donné de détails ?

— Il a marmonné quelque chose, à propos d'un grand péril pour le Canada si certaines gens découvraient...

— Découvraient quoi ?

— Je ne sais pas. La douleur l'a interrompu.

— C'est tout ?

— Non. Il voulait que tu consultes un nommé Max Roubaix.

— Max Roubaix ! s'exclama-t-il. Tu es certaine que c'était le nom qu'il a prononcé ? »

Elle contempla le plafond, réfléchit et hocha la tête.

« Oui, j'en suis sûre.

— Bizarre. »

Henri Villon retourna dans la salle de bains, se planta devant la grande glace et s'examina d'un œil critique. Son physique était aussi parfait que possible. Il contempla ses traits réguliers, le nez romain, les yeux gris indifférents. Quand il abandonna toute expression, son visage devint dur, sa bouche prit un pli satanique. On eût dit qu'un sauvage regardait sous le marbre ciselé d'une statue.

Ni la femme ni la fille d'Henri Villon, ni ses camarades du Parti libéral ni la moitié de la population canadienne ne pourraient jamais imaginer, dans leurs rêves les plus fous, qu'il menait une double vie. Au grand jour, membre respecté du Parlement et ministre de l'Intérieur, il était dans l'ombre le chef secret de la Société Québec Libre, le mouvement extrémiste luttant pour la totale indépendance du Québec français.

Danielle entra derrière lui, revêtue d'un drap, et lui caressa le biceps du bout des doigts.

« Tu le connais ?

— Roubaix ?

— Oui.

— De réputation seulement.

— Qui est-ce ?

— C'est au passé que tu dois poser cette question, répondit-il en se coiffant avec soin de sa perruque châtain aux tempes grisonnantes. Si j'ai bonne mémoire, Max Roubaix était un assassin aux crimes innombrables qui a été pendu il y a plus de cent ans. »

8

FÉVRIER 1989
PRINCETON, NEW JERSEY

Heidi Milligan se sentait déplacée parmi les étudiants, dans la salle de lecture de Princeton. Son uniforme bien coupé d'officier de marine cachait un corps svelte de près d'un mètre quatre-vingts, depuis les ongles laqués des orteils jusqu'à la racine des cheveux blond cendré.

Elle distrayait agréablement de leurs études les jeunes gens de la salle. Instinctivement, elle savait qu'ils la déshabillaient des yeux. Mais comme elle avait dépassé la trentaine, cela lui était indifférent. Enfin, pas exagérément.

« On dirait que vous voilà encore partie pour passer la nuit, commandant. »

Heidi leva les yeux vers la figure éternellement souriante de Mildred Gardner, l'archiviste en chef de l'université.

« Il faut que je vole le temps que je peux, pour travailler à mon mémoire. »

Mildred souffla sur la frange désuète qui lui tombait sur les yeux et s'assit.

« Une jolie fille comme vous ne peut pas passer toutes ses nuits à étudier. Vous devriez vous trouver un bon garçon et faire la vie de temps en temps.

— D'abord, je passerai mon doctorat d'histoire, ensuite je ferai la vie, comme vous dites.

— Vous ne pouvez pas défaillir de passion, avec une peau d'âne déclarant que vous êtes docteur.

— C'est peut-être l'idée de *Docteur Milligan* qui me passionne, répondit Heidi en riant. Si je veux promouvoir ma carrière dans la marine, j'ai besoin de diplômes.

— J'ai l'impression que vous aimez rivaliser avec le sexe opposé.

— Le sexe n'a rien à voir. Mon premier amour est la marine. Quel mal y a-t-il ?

— Inutile de discuter avec une femme entêtée, et un marin à tête de bois par-dessus le marché. »

Mildred fit un geste résigné et se leva, en considérant les documents épars sur la table.

« Y a-t-il quelque chose que je puisse vous apporter ?

— J'étudie les papiers de Woodrow Wilson concernant la marine, pendant son mandat.

— Ce doit être assommant ! Pourquoi ce sujet ?

— Disons que je suis intéressée par les petits à-côtés inconnus de l'Histoire.

— Vous voulez dire des sujets qu'aucun homme n'a encore eu la curiosité de piocher.

— C'est vous qui le dites, pas moi.

— Je n'envie pas celui qui vous épousera. Il devra rentrer de son travail pour disputer un bras de fer. Le perdant fera la cuisine et la vaisselle.

— J'ai été mariée. Pendant six ans, avec un colonel des marines. J'en porte encore les cicatrices.

— Physiques ou morales ?

— Les deux. »

Mildred n'insista pas et prit le carton contenant les documents, pour en vérifier le numéro de classement.

« Vous êtes tombée pile. Ce dossier renferme presque toute la correspondance de Wilson ayant trait à la Marine.

— J'ai pratiquement tout examiné. Voyez-vous un domaine que j'ai pu négliger ? »

Mildred réfléchit un moment.

« Une mince possibilité. Accordez-moi dix minutes. »

Elle revint au bout de cinq, avec un autre carton.

« Du matériel inédit qui n'a pas encore été catalogué, annonça-t-elle fièrement. Ça vaut peut-être la peine d'y jeter un coup d'œil. »

Heidi parcourut les lettres jaunies. La plupart étaient de la propre main du Président. Des conseils à ses trois filles, des explications sur sa prise de position politique à William Jennings Bryan durant la Convention démocrate de 1912, des messages personnels à Ellen Louise Axson, sa première femme, et Edith Bolling Galt, la seconde.

Un quart d'heure avant la fermeture de la bibliothèque, Heidi déplia une lettre adressée à Herbert Henry Asquith, Premier ministre de Grande-Bretagne. La feuille portait des traces de plis irréguliers, comme si elle avait été froissée. Elle était datée du 4 juin 1914 mais il n'y avait aucune marque d'accusé de réception, ce qui laissait penser que la lettre n'avait jamais été expédiée. Elle lut le texte calligraphié :

Cher Herbert,

Comme les copies officiellement signées de notre traité semblent perdues et compte tenu des vives critiques dont vous êtes l'objet de la part des membres de votre cabinet, il se peut que notre entente soit destinée à ne jamais voir le jour. Et puisque rien n'en a transpiré, j'ai donné à mon secrétaire l'ordre de détruire toute mention de notre pacte. Cette mesure inaccoutumée est, me semble-t-il un peu à regret, justifiée car mes compatriotes ont l'esprit possessif et ne resteraient certainement pas inertes s'ils savaient avec certitude que...

Un pli recouvrait la ligne suivante, effaçant l'écriture. La lettre continuait avec un nouveau paragraphe :

A la demande de Sir Edward, et avec l'accord de Bryan, j'ai enregistré les fonds accordés à votre gouvernement par notre Trésor comme un prêt.

Votre ami,
Woodrow Wilson.

Heidi allait ranger la lettre car elle ne faisait aucune allusion à la Marine quand la curiosité ramena ses yeux sur les mots « *détruire toute mention de notre pacte* ».

Elle les lut et les relut pendant près d'une minute. Après deux années d'études en profondeur, elle avait l'impression de connaître Woodrow Wilson, un peu comme un oncle favori, et elle n'avait rien découvert chez l'ancien Président qui pût suggérer une mentalité de Watergate pendant ses années de fonction.

La sonnerie annonça la fermeture des archives. Heidi recopia rapidement la lettre puis elle rapporta les deux cartons au bureau.

« Vous avez trouvé quelque chose d'intéressant ? demanda Mildred.

— Une trace de fumée inattendue, répondit évasivement Heidi.

— Où allez-vous maintenant ?

— A Washington, aux Archives nationales.

— Bonne chance. J'espère que vous tomberez sur un filon.

— Un filon ?

— Que vous découvrirez un trésor d'informations négligé jusqu'ici.

— On ne sait jamais ce qui peut surgir. »

Heidi n'avait pas eu l'intention de se pencher sur la signification de la singulière lettre de Wilson. Mais maintenant qu'elle avait entrouvert la porte, elle décida que cela valait la peine de creuser un peu.

9

L'historien du Sénat se carra dans son fauteuil.

« Je regrette, commandant, mais nous n'avons pas de place ici, dans le grenier du Capitole, pour conserver tous les documents du Congrès.

— Je comprends, murmura Heidi. Vous vous spécialisez dans les vieilles photos.

— Oui. Nous avons une collection considérable de photographies et d'illustrations ayant trait au gouvernement, remontant jusqu'en 1840, dit Jack Murphy en jouant distraitement avec un presse-papiers. Avez-vous essayé les Archives nationales ?

— J'ai perdu mon temps. Je n'ai rien trouvé, de ce que je cherchais.

— Puis-je vous aider ?

— Je m'intéresse à un traité entre l'Angleterre et l'Amérique. Je pensais qu'une photo avait pu être prise lors de la signature.

— Nous n'en manquons pas, de ce genre. Il n'y a encore jamais eu de Président qui ne convoque un photographe ou un artiste pour immortaliser la signature d'un traité.

— Tout ce que je peux vous dire, c'est que cela s'est passé pendant le premier semestre de 1914.

— Sur le moment, je ne me souviens pas d'un tel événement. Je ferai volontiers des recherches pour vous. Il faudrait attendre un jour ou deux. J'ai plusieurs demandes de recherches avant la vôtre.

— Je comprends. Merci. »

Murphy hésita puis il la regarda, l'air songeur.

« Je trouve curieux qu'on ne puisse trouver aucune mention d'un traité anglo-américain dans les archives officielles. Quel genre de référence avez-vous ?

— J'ai découvert une lettre écrite par le Président Wilson au Premier ministre Asquith, dans laquelle il fait allusion à un traité officiellement signé. »

Murphy se leva pour accompagner Heidi à la porte.

« Mon personnel va fouiller, commandant Milligan. S'il existe une photo, nous vous la dénicherons. »

Dans sa chambre de l'hôtel Jefferson, Heidi examinait dans la glace la patte-d'oie bordant un œil agrandi. Tout bien considéré, elle avait accepté l'impitoyable invasion de l'âge et conservait un visage jeune et un corps qui n'avait jamais connu la moindre graisse superflue.

Depuis trois ans, elle avait subi une hystérectomie, un divorce et une tendre aventure avec un amiral deux fois plus âgé qu'elle, mort récemment d'une crise cardiaque. Aujourd'hui, elle paraissait aussi vibrante qu'en sortant d'Annapolis, quatorzième de sa promotion.

Elle se pencha plus près de la glace et regarda au fond de ses yeux sombres, de type castillan. Le droit présentait une petite imperfection au fond de l'iris, une minuscule tache grise triangulaire. *Heterochromia iridis*, tel était le terme ronflant qu'un ophtalmologue lui avait donné quand elle avait dix ans et ses camarades d'école la taquinaient en l'accusant d'avoir le mauvais œil. Ensuite, elle se réjouit d'être différente, surtout plus tard quand les garçons trouvèrent ce défaut séduisant.

Depuis la mort de l'amiral Walter Bass, elle n'avait éprouvé aucune envie de nouvelle liaison. Mais avant de se rendre bien compte de ce qu'elle faisait, elle accrocha l'uniforme bleu dans sa penderie et se retrouva dans l'ascenseur, en fourreau de soie cuivre garni de safran, le décolleté outrageusement plongeant, derrière comme devant, avec une fleur de soie piquée dans l'échancrure, plus bas que les seins. A part un sac assorti, elle ne portait qu'une longue plume et un pendant d'oreille retombant sur son épaule. Pour se protéger du froid de Washington en hiver, elle s'emmitoufla dans un pardessus à col cranté, en renard synthétique marron et noir.

Le portier soupira à cette vue exaltante et se précipita pour ouvrir la portière d'un taxi.

« Où ça ? » demanda le chauffeur sans se retourner.

La question pourtant simple prit Heidi de court. Elle avait brusquement décidé de sortir, mais sans savoir où aller. Elle hésita puis son estomac gronda fort opportunément.

« Un restaurant. Pouvez-vous me recommander un bon restaurant ?

54

— Qu'est-ce que vous avez envie de manger, ma petite dame ?

— Je ne sais pas.

— Viande rouge, cuisine chinoise, poisson ?

— Poisson.

— Je connais exactement le coin qu'il vous faut, dit l'homme en pressant le bouton de son compteur. Au bord de l'eau. Très romantique.

— Ça me paraît idéal », dit-elle en riant.

Déjà, la soirée était ratée. Un repas aux chandelles, boire du vin blanc en regardant les lumières du Capitole scintiller sur le Potomac, sans personne à qui parler, ne faisait qu'augmenter sa solitude. Pour certaines gens, une femme dînant seule est un spectacle insolite. Elle surprenait les regards curieux des autres dîneurs et devinait leurs pensées. Un lapin ? Une femme cherchant à tromper son mari ? Une call-girl s'offrant un bon repas ? Cette dernière supposition était sa préférée.

Un homme entra et s'assit, deux tables derrière elle. La salle était peu éclairée et tout ce qu'elle put voir de lui quand il passa, c'est qu'il était grand. Elle fut tentée de se retourner pour le dévisager mais ne put surmonter sa pudeur innée.

Soudain, elle sentit une présence à côté d'elle et une vague odeur d'eau de Cologne pour hommes.

« Excusez-moi, superbe créature, murmura une voix à son oreille, mais auriez-vous la charité d'offrir un verre de muscat à un pauvre ivrogne sans le sou ? »

Surprise, elle eut un mouvement de recul et détourna la tête.

La figure de l'intrus était indistincte dans la pénombre. Puis il fit le tour et vint s'asseoir en face d'elle. Il avait d'épais cheveux noirs et la flamme des bougies se reflétait dans des yeux verts chaleureux. Ses traits étaient burinés, son teint bronzé. Il la regardait comme s'il attendait un mot aimable, la figure impassible et froide. Soudain il sourit et toute la salle parut s'illuminer.

« Voyons, Heidi Milligan, est-il possible que vous ne vous souveniez pas de moi ? »

Elle hésita et le reconnut enfin.

« Pitt ! Mon Dieu ! Dirk Pitt ! »

Impulsivement, elle lui prit la tête et l'attira pour l'embrasser sur les lèvres. Pitt eut l'air médusé et, quand elle le lâcha, il s'exclama :

« C'est ahurissant comme un homme peut se tromper sur une femme. Je ne m'attendais qu'à une poignée de main. »

Heidi rougit un peu.

« Vous me surprenez dans un moment de faiblesse. J'étais en train de m'apitoyer sur mon sort et en voyant un ami... ma foi, je me suis laissé emporter. »

Il lui prit les mains et son sourire s'effaça.

« La mort de l'amiral Bass m'a beaucoup attristé. C'était un homme charmant.

— Il n'a pas souffert, murmura Heidi, les yeux assombris. Une fois dans le coma, il s'est simplement éteint.

— Dieu seul sait comment l'affaire Vixen aurait pu tourner, s'il n'avait pas proposé ses services.

— Vous vous souvenez de notre première rencontre ?

— Je venais interviewer l'amiral à son auberge près de Lexington, en Virginie, où il avait pris sa retraite.

— Et je vous ai pris pour un quelconque envoyé du gouvernement, venant le harceler. Je vous ai déplorablement traité.

— Vous étiez très proches, n'est-ce pas ?

— Oui. Nous avons vécu ensemble pendant près de dix-huit mois. Il était de la vieille école mais il refusait d'envisager le mariage. Il disait que ce serait une folie pour une jeune femme de se lier à un homme qui avait un pied dans la tombe. »

Pitt vit des larmes sur le point de briller et se hâta de changer de conversation.

« J'espère que vous ne m'en voudrez pas de vous dire que vous êtes l'image même d'une lycéenne à son premier bal.

— Le parfait compliment au moment parfait, répondit Heidi et elle regarda les tables voisines. Je ne voudrais pas vous arracher à votre soirée. Vous devez avoir rendez-vous avec quelqu'un.

— Non, je suis seul. Je me trouve entre des projets et j'ai eu envie de me détendre avec un dîner paisible.

— Je suis heureuse de cette rencontre, murmura-t-elle timidement.

— Vous n'avez qu'un mot à dire, et je suis votre esclave jusqu'à l'aube. »

Elle le dévisagea et le bruit, les lumières de la salle se fondirent à l'arrière-plan. Elle baissa les yeux sur son couvert.

« Cela me plairait beaucoup. »

Quand ils entrèrent dans la chambre d'hôtel de Heidi, Pitt la souleva tendrement et la porta sur le lit.

« Ne bougez pas. Je ferai tout. »

Il la déshabilla, très lentement. Jamais un homme ne l'avait si totalement dénudée, des pendants d'oreilles aux souliers. Il la touchait le moins possible et le plaisir anticipé commença à la torturer.

Pitt ne se pressait pas. Elle se demanda combien d'autres femmes il avait délicieusement tourmentées ainsi. Elle vit la passion s'allumer dans ses yeux sans fond et sa propre excitation monta en s'épanouissant.

Soudain, il lui prit la bouche. Il avait des lèvres chaudes, humides. Elle répondit au baiser tandis qu'il lui enlaçait les hanches et l'attirait contre lui. Elle eut l'impression de se dissoudre et un gémissement lui échappa.

Juste au moment où elle croyait que le sang allait exploser en elle, alors que ses muscles frémissaient et palpitaient, elle ouvrit la bouche pour crier. Ce fut alors que Pitt la pénétra et elle fut emportée par une vague furieuse de plaisir qui semblait ne jamais devoir finir.

10

Le sommeil le plus délicieux ne vient pas au début ni au milieu de la nuit mais juste avant le réveil. C'est à ce moment qu'un rêve succède à un autre dans un kaléidoscope de fantasmes irréels. Etre interrompu par la sonnerie d'un téléphone et rejeté dans la réalité est aussi exaspérant qu'un grincement d'ongles sur un tableau noir.

La détresse de Heidi fut aggravée par un coup à la porte. L'esprit encore embrumé, elle décrocha et marmonna au téléphone :

« Un instant, s'il vous plaît. »

Puis elle se leva et elle était presque à la porte quand elle s'aperçut qu'elle était nue. Arrachant un peignoir de bain de sa valise, elle le jeta sur ses épaules et entrouvrit la porte. Un chasseur s'y glissa comme une anguille pour aller poser sur un guéridon un vase de roses blanches. Toujours dans les brumes du sommeil, Heidi lui donna un pourboire et retourna au téléphone.

« Excusez-moi de vous faire attendre. Ici le commandant Milligan.

— Ah ! commandant, répondit Jack Murphy, l'historien du Sénat. Je vous réveille ?

— Il fallait que je me lève, dit-elle en masquant dans sa voix une envie de meurtre.

— J'ai pensé que vous aimeriez savoir que votre demande a réveillé un vague souvenir. Alors j'ai fait des recherches hier soir, après la fermeture, et j'ai découvert quelque chose de très intéressant.

— Je vous écoute, marmonna Heidi en se frottant les yeux.

— Il n'y a aucune photographie de signature d'un traité en 1914, mais j'ai trouvé une vieille épreuve représentant William Jennings Bryan, qui était le secrétaire d'Etat de Wilson, son sous-secrétaire Richard Essex et Harvey Shields, identifié dans la légende simplement comme un représentant du gouvernement de Sa Majesté, en train de monter dans une voiture.

— Je ne vois pas le rapport.

— La photo en soi ne nous dit pas grand-chose. Mais au dos, il y a une petite note au crayon, dans le coin inférieur gauche, tout juste lisible. Elle donne la date, 20 mai 1914, et indique : « Bryan quittant la Maison Blanche avec le Traité Nord-Américain. »

La main de Heidi se crispa sur l'appareil.

« Ainsi il a réellement existé !

— A mon avis, ce n'était qu'une proposition de traité, dit Murphy, ostensiblement fier d'avoir relevé un défi. Si vous voulez une copie de la photo, il y aura une petite somme à payer.

— Oui... Oui, je vous en prie. Pourriez-vous aussi faire un agrandissement de l'écriture au dos ?

— Pas de problème. Vous pourrez passer prendre les épreuves après trois heures.

— Formidable ! Merci. »

Heidi raccrocha et se rallongea, savourant sa réussite. Il y avait donc un rapport, après tout. Puis elle se rappela les fleurs. Une carte était attachée à une des roses :

Tu es ravissante sans uniforme. Pardonne-moi de ne pas être auprès de toi à ton réveil. Dirk.

Elle pressa la rose contre sa joue et sourit. Les heures passées avec Pitt lui revenaient, comme à travers un panneau de verre dépoli, la vue et le son fondus dans une espèce de brume de rêve. Il était comme un fantôme fugace traversant un fantasme. Seule la sensation du contact de leurs corps s'attardait avec vivacité, et aussi la sourde douleur interne.

A contrecœur, elle chassa la rêverie et prit l'annuaire de Washington dans la table de chevet. Gardant un ongle sous un petit numéro imprimé, elle tourna le cadran et attendit. A la troisième sonnerie, on répondit :

« Département d'Etat, qu'y a-t-il à votre service ? »

Peu avant quatorze heures, John Essex remonta le col de son blouson contre un vent du nord glacial et commença à vérifier les plateaux de ses mollusques de culture. L'importante exploitation, située à Coles Point en Virginie, était consacrée à l'ostréiculture sur une grande échelle, dans les bassins bordant le Potomac.

Le vieux monsieur prélevait un échantillon d'eau quand il s'entendit appeler. Une jeune femme en pardessus bleu d'officier de marine se tenait dans l'allée entre les bassins, une jolie femme si ses yeux de soixante-quinze ans ne le trompaient pas. Il referma sa trousse d'analyse, se releva et s'approcha d'elle. Elle lui sourit chaleureusement.

« Monsieur Essex ? J'ai téléphoné tout à l'heure. Je suis Heidi Milligan.

— Vous n'avez pas mentionné votre rang, commandant. Mais je ne vous en veux pas. Je suis un vieil ami de la Marine. Voulez-vous monter jusqu'à la maison pour une tasse de thé ?

— Ce serait merveilleux. J'espère que je ne vous dérange pas trop ?

— Je ne fais rien qui ne puisse attendre un temps plus clément. Je devrais même vous être reconnaissant de venir me sauver d'une pneumonie. »

Heidi fronça le nez, en respirant l'odeur qui imprégnait l'atmosphère.

« On se croirait dans un marché au poisson.

— Aimez-vous les huîtres, commandant ?

— Bien sûr. Elles donnent des perles, n'est-ce pas ? »

Il éclata de rire.

« La vraie femme qui parle ! Un homme aurait fait l'éloge de leurs qualités gastronomiques.

— Vous ne voulez pas dire aphrodisiaques ?

— Cela, et leur goût. »

Elle fit une grimace.

« Je n'ai jamais réussi à aimer les huîtres.

— Heureusement pour moi, beaucoup de gens les

adorent. L'année dernière, ces bassins nous ont donné plus de trente tonnes à l'hectare. Sans les coquilles ! »

Heidi essaya de paraître passionnée quand Essex lui expliqua les diverses phases de l'élevage des huîtres, en remontant avec elle une allée de gravier vers la maison coloniale en brique, nichée dans un verger de pommiers. Après l'avoir installée sur un canapé de cuir, dans sa bibliothèque, il lui servit le thé. Elle en profita pour l'examiner.

John Essex avait des yeux bleus pétillants, des pommettes saillantes et le reste du visage caché par une barbe et une moustache blanches. Son corps était resté mince et droit. Même en combinaison de travail, blouson imperméable et bottes de caoutchouc, les manières courtoises qui avaient jadis fait l'honneur de l'ambassade américaine à Londres demeuraient inchangées.

« Eh bien, commandant, est-ce une visite officielle ? demanda-t-il en lui tendant une tasse.

— Non, monsieur. Je suis ici à titre personnel. »

Essex haussa les sourcils.

« Jeune personne, il y a trente ans j'aurais pu interpréter cela comme une invitation au flirt. Maintenant, hélas ! vous n'excitez que la curiosité d'une vieille épave humaine.

— Il ne me viendrait jamais à l'idée de traiter d'épave un des diplomates les plus respectés du pays.

— Ces temps sont loin. En quoi puis-je vous être utile ?

— En effectuant des recherches pour mon doctorat, je suis tombée sur une lettre du Président Wilson à Herbert Asquith, dit-elle en tirant de son sac la copie pour la lui donner. Il fait allusion à un traité entre l'Angleterre et l'Amérique. »

Essex chaussa des lunettes et lut la lettre deux fois.

« Etes-vous sûre qu'elle soit authentique ? »

Pour toute réponse, Heidi lui tendit les deux agrandissements photographiques et attendit une réaction.

William Jennings Bryan, corpulent et souriant, se courbait pour entrer dans une limousine. Deux hommes se tenaient derrière lui, apparemment en conversation joviale. Richard Essex, élégant et raffiné, arborait un large sourire et Harvey Shields riait franchement, la tête rejetée en arrière, montrant deux grandes incisives protubérantes entourées de plombages d'or. Le chauffeur qui tenait la portière ouverte était raide et ne souriait pas.

Essex resta impassible en examinant les agrandissements. Au bout d'un moment, il leva les yeux.

« Que cherchez-vous, commandant ?

— Le Traité Nord-Américain. Il n'y en a pas la moindre trace dans la documentation du Département d'Etat ni dans les archives officielles. Je trouve incroyable qu'on puisse perdre aussi complètement la trace d'un document de cette importance.

— Et vous pensez que je peux vous éclairer ?

— L'homme sur la photo avec Bryan est Richard Essex, votre grand-père. J'ai recherché les liens de famille, dans l'espoir qu'il vous aurait laissé des papiers ou une correspondance susceptibles d'ouvrir une porte.

— J'ai peur que vous ne perdiez votre temps. Tous ses papiers personnels ont été remis à la bibliothèque du Congrès, après sa mort, tous sans exception.

— Ça ne fait jamais de mal de tout tenter, murmura Heidi, cruellement déçue.

— Avez-vous été à la bibliothèque ?

— J'y ai passé des heures, ce matin. Un homme prolifique, votre grand-père ! Le volume de ses papiers posthumes est écrasant.

— Avez-vous cherché aussi dans les écrits de Bryan ?

— J'ai fait chou blanc là aussi. Malgré son intégrité religieuse et son éloquence, Bryan n'était pas un prodigieux auteur de notes de service, quand il était secrétaire d'Etat. »

Essex réfléchit un moment, en buvant son thé.

« Richard Essex était méticuleux et Bryan s'appuyait sur lui comme sur une béquille, pour la rédaction des documents politiques et de la correspondance diplomatique. Les papiers de mon grand-père révèlent un souci presque pathologique du détail. Peu de choses passaient par le Département d'Etat sans porter sa marque.

— J'ai trouvé le personnage plutôt obscur. »

Les mots échappèrent à Heidi et le regard d'Essex se voila.

« Pourquoi ?

— Ses états de service, comme sous-secrétaire aux Affaires politiques, sont bien documentés. Mais rien ne révèle Richard Essex, l'homme. Bien entendu, j'ai trouvé l'habituelle biographie condensée de type *Who's Who*, donnant son lieu de naissance, identifiant ses parents, citant ses collèges, en bon ordre chronologique. Mais nulle part je n'ai vu de description de sa personnalité ou de son caractère, de ses goûts et dégoûts. Même ses propres papiers sont écrits à la troisième personne. Il est comme le sujet d'un portrait que l'artiste a oublié d'étoffer.

— Insinueriez-vous qu'il n'existait pas ? demanda ironiquement le vieux monsieur.

— Non, bien sûr. Vous en êtes une preuve vivante. »

Essex contempla son thé comme s'il y voyait une vague image.

« C'est vrai, dit-il enfin. A part ses observations quotidiennes sur la procédure du Département d'Etat et quelques photos dans l'album de famille, il ne reste pas grand-chose du souvenir de mon grand-père.

— Vous vous le rappelez, vous l'avez connu dans votre enfance ?

— Non. Il est mort jeune, à quarante-deux ans, l'année de ma naissance. En 1914. Le 28 mai, pour être précis. »

Heidi sursauta.

« Huit jours après la signature du traité à la Maison Blanche !

— Pensez ce que vous voulez, commandant, dit Essex patiemment. Il n'y avait pas de traité.

— Mais enfin, ces preuves !

— Bryan et mon grand-père ont fait d'innombrables visites à la Maison Blanche. Le gribouillis au dos de la photo est certainement une erreur. Quant à la lettre, vous l'avez mal interprétée.

— Les faits concordent, insista Heidi. Ce Sir Edward

que citait Wilson était Sir Edward Grey, le ministre britannique des Affaires étrangères. Et il est de notoriété publique qu'un prêt de cent cinquante millions de dollars a été consenti à l'Angleterre une semaine avant la date de cette lettre.

— Je reconnais que c'était une somme importante pour l'époque. Mais avant la Première Guerre mondiale, la Grande-Bretagne se débattait avec un programme de réforme sociale tout en achetant des armes en vue du conflit menaçant. Autrement dit, elle avait besoin de quelques dollars pour tenir jusqu'à ce que de nouvelles lois fiscales soient votées. Ce prêt n'a rien d'irrégulier. Selon les normes internationales d'aujourd'hui, il serait considéré comme une négociation de routine. »

Heidi se leva.

« Je suis navrée de vous avoir dérangé, monsieur Essex. Je ne veux pas vous faire perdre le reste de l'après-midi. »

Le pétillement revint dans les yeux bleus.

« Vous pouvez me déranger quand vous voulez. »

Sur le seuil, Heidi se retourna.

« Un dernier mot. La bibliothèque possède tous les agendas mensuels de votre grand-père, sauf le dernier du mois de mai. Il semble avoir disparu. »

Essex haussa les épaules.

« Il n'y a pas là un bien grand mystère. Il est mort avant de l'avoir achevé. Il s'est probablement perdu dans le déménagement de son bureau. »

Essex resta à sa fenêtre jusqu'à ce que la voiture de Heidi disparût sous les arbres. Ses épaules se voûtaient. Il se sentait très las et très vieux. Il s'approcha d'une crédence ancienne et tordit légèrement la tête d'un des quatre chérubins sculptés dans les coins. Un petit tiroir plat s'ouvrit dans le bas, deux centimètres à peine au-dessus du tapis. Il contenait un mince livre relié en cuir ; les fers de sa couverture étaient ternis et craquelés par le temps.

Essex s'assit dans un fauteuil, mit ses lunettes et commença à lire. C'était un rite, accompli à intervalles divers au cours des ans. Ses yeux ne voyaient plus les mots écrits, il les savait par cœur depuis longtemps.

Il était toujours assis là quand le soleil se coucha, quand la nuit tomba, serrant le petit livre contre son cœur, l'âme torturée par la peur, l'esprit déchiré par l'indécision.

Le passé venait de rattraper un vieil homme solitaire dans une pièce obscure.

12

Le lieutenant Ewen Burton-Angus gara sa voiture dans le parking du Glen Echo Racquet Club, prit son sac de sport sur le siège à côté de lui et voûta ses épaules contre le froid. Il contourna rapidement la piscine vide et les courts de tennis couverts de neige, pour se hâter vers la chaleur du club-house.

Il trouva le gérant du club à une table, sous une vitrine pleine de coupes et de trophées.

« Monsieur ?

— Je m'appelle Burton-Angus. Je suis un invité d'Henry Angus. »

Le gérant consulta un registre.

« Ah ! oui, lieutenant Burton-Angus. Désolé, monsieur, mais M. Angus a téléphoné pour dire qu'il était retenu. Il m'a prié de vous dire qu'il avait essayé de vous joindre à l'ambassade mais que vous étiez déjà parti.

— Dommage. Mais puisque que je suis là, est-ce que vous avez un court de racquetball libre, où je pourrais m'entraîner ?

— J'ai dû modifier les réservations quand M. Angus a annulé la sienne. Cependant, il y a un autre monsieur qui joue seul. Peut-être pourriez-vous vous entendre avec lui ?

— Où est-il ?

— Au bar. Son court ne sera pas libre avant une demi-heure. Il s'appelle Jack Murphy. »

Burton-Angus trouva Murphy devant un verre, à côté de la grande baie donnant sur le canal de Chesapeake. Il se présenta.

« Cela vous ennuierait-il beaucoup d'avoir un adversaire ?

— Pas du tout, répondit Murphy avec un sourire sympathique. Ça vaut mieux que de jouer seul, à condition que vous ne me battiez pas à plate couture.

— Pas de danger.

— Vous jouez beaucoup au racquetball ?

— A vrai dire, plutôt au squash.

— Je l'aurais deviné à votre accent britannique. Prenez un verre. Nous avons bien le temps. »

Burton-Angus fut heureux de se détendre et commanda un gin.

« Une campagne magnifique. Le canal me rappelle celui qui passe près de chez moi dans le Devon.

— Il traverse Georgetown et se jette dans le Potomac, expliqua Murphy à la manière d'un guide touristique. Quand il gèle, l'hiver, on y patine et on pêche dans les trous de la glace.

— Vous travaillez à Washington ? demanda Burton-Angus.

— Oui, je suis l'historien du Sénat. Et vous ?

— Aide de camp de l'attaché naval à l'ambassade britannique. »

Une expression vague passa sur la figure de Murphy, et l'Anglais eut l'impression qu'il regardait à travers lui.

« Quelque chose ne va pas ?

— Non, non. Simplement, vous êtes dans la marine britannique et ça m'a rappelé une jeune femme, commandant dans l'U.S. Navy, qui est venue me voir et qui cherche des informations concernant un traité entre nos deux pays.

— Un traité commercial, sans doute.

— Je ne sais pas. Le plus curieux, c'est qu'à part une vieille photo, il n'y en a pas la moindre trace dans les archives du Sénat.

— Une photo ?

— Oui, avec une note à propos d'un Traité Nord-Américain.

— Je serais heureux de faire fouiller pour vous dans les archives de l'ambassade.

— Ne vous donnez pas cette peine. Ce n'est pas si important.

— Ce n'est pas une corvée. Avez-vous une date ?

— Vers le 20 mai 1914.

— De l'histoire ancienne.

— Probablement une simple proposition de traité qui a été rejetée.

— Néanmoins, je jetterai un coup d'œil, promit Burton-Angus et il prit son verre des mains du barman. Cheerio. »

Assis à son bureau de l'ambassade britannique, dans Massachusetts Avenue, Alexander Moffat représentait l'archétype d'un haut fonctionnaire, et se comportait en conséquence. Avec ses cheveux courts, la raie à gauche parfaitement droite, un dos raide comme la justice et une correction de parole et de manières, il semblait sortir du même moule que ses milliers d'homologues de la Carrière. Rien n'encombrait la surface bien cirée de son bureau, à part ses deux mains croisées.

« Je regrette infiniment, lieutenant, mais je ne trouve rien dans les archives faisant mention d'un traité anglo-américain en 1914.

— Tout à fait singulier, murmura Burton-Angus. Le type américain qui m'a donné l'information avait l'air à peu près certain qu'un traité avait existé ou tout au moins qu'il en avait été question.

— Il a pu se tromper d'année.

— Je ne crois pas. C'est l'historien du Sénat. Ce ne serait pas son genre, de confondre les faits et les dates.

— Désirez-vous que nous poursuivions cette affaire ? » demanda Moffat de son ton le plus officiel.

Burton-Angus réfléchit.

« Ça mériterait peut-être que l'on se renseigne au Foreign Office à Londres, pour dissiper le brouillard.

— Un vague indice sur un événement improbable il y

a trois quarts de siècle ne peut guère avoir d'influence sur le présent.

— Peut-être pas. Malgré tout, j'ai promis à ce gars que je verrais ce que je pourrais trouver. Faut-il que je fasse une demande officielle par écrit ?

— Inutile. Je téléphonerai à un vieux camarade de collège qui dirige le service des transmissions et je lui demanderai de jeter un coup d'œil sur les vieilles archives. Il me doit un service. Je devrais avoir sa réponse demain à cette heure-ci. Ne soyez pas déçu s'il ne trouve rien.

— Non, non. D'un autre côté, on ne sait jamais ce qui peut être enterré dans les archives du Foreign Office. »

13

Peter Beaseley en savait plus sur le Foreign Office que tout autre homme à Londres. Chef bibliothécaire chargé des archives, il considérait toute l'histoire des affaires internationales britanniques comme son domaine réservé. Sa spécialité était de dénicher des bourdes diplomatiques ou des intrigues scandaleuses, dans le passé et le présent des diplomates, qui auraient été pudiquement balayées sous le tapis du secret.

Beaseley passa une main dans ses rares mèches de cheveux blancs et prit une des nombreuses pipes sur un grand plateau rond. Il renifla le papier d'aspect officiel sur son bureau, comme un chat le ferait devant un repas peu appétissant.

« Traité Nord-Américain, dit-il à la pièce vide. Jamais entendu parler. »

Pour son personnel, ces mots auraient eu la force de la parole de Dieu. Si Peter Beaseley n'avait jamais entendu parler d'un traité, le traité n'existait manifestement pas.

Il alluma sa pipe et contempla distraitement la fumée. L'année 1914 marquait la fin de l'ancienne diplomatie, songea-t-il. Après la Première Guerre mondiale, l'aristocratique élégance des négociations internationales avait été remplacée par des manœuvres mécaniques. Le monde était devenu bien superficiel.

Sa secrétaire frappa et passa le nez à la porte.

« Monsieur Beaseley ?

— Oui, mademoiselle Gosset.

— Je vais déjeuner, maintenant.

— Déjeuner ? marmonna-t-il en tirant sa montre de son gousset. Ah ! oui. J'avais perdu la notion du temps. Où allez-vous déjeuner ? Avez-vous un rendez-vous ? »

Les deux questions inattendues surprirent beaucoup Mlle Gosset.

« Euh, non, je déjeune seule. Je pensais essayer ce nouveau restaurant indien de Glendower Place.

— Bien, c'est décidé, alors. Vous déjeunez avec moi. »

L'invitation était un honneur rare et Mlle Gosset en fut impressionnée. Beaseley surprit son expression et sourit.

« Ce n'est pas sans arrière-pensée, mademoiselle Gosset. Considérez l'invitation comme un pot-de-vin. J'ai besoin que vous m'aidiez à chercher un vieux traité. Quatre yeux sont plus rapides que deux. Je ne veux pas perdre trop de temps sur cette affaire. »

Elle eut à peine le temps d'enfiler son manteau avant qu'il la pousse dehors et hèle un taxi avec son parapluie.

« Sanctuary Building, Great Smith Street, dit-il au chauffeur.

— Avec cinq immeubles dispersés dans tout Londres et tous bourrés de vieilles archives du Foreign Office, je ne comprends pas comment vous savez où chercher, dit sa secrétaire.

— La correspondance concernant les Amériques en l'an 1914 est rangée au deuxième étage de l'aile Est du Sanctuary Building. »

Très impressionnée, Mlle Gosset garda le silence pendant tout le trajet. Beaseley régla la course et ils entrèrent dans le grand vestibule. Ils se firent identifier, signèrent le registre et prirent un vieil ascenseur grinçant jusqu'au deuxième étage. Beaseley se dirigea sans hésiter vers la salle en question.

« Vérifiez avril, je prendrai mai.

— Vous ne m'avez pas dit ce que nous cherchions.

— N'importe quelle référence à un Traité Nord-Américain. »

Elle estima qu'elle avait besoin d'en savoir davantage, mais Beaseley lui avait déjà tourné le dos et plongeait son nez dans un énorme dossier de cuir contenant des rames de documents officiels et de notes de service jaunis. Se résignant à l'inévitable, elle attaqua le premier volume d'avril 1914, en fronçant le nez à l'odeur de moisi.

Au bout de quatre heures d'un silence troublé par les protestations de l'estomac de Mlle Gosset, ils n'avaient rien trouvé. Beaseley remit les dossiers en place et prit un air songeur.

« Excusez-moi, monsieur Beaseley, mais le déjeuner ? »

Il consulta sa montre.

« Je suis tout à fait navré. Je n'ai pas fait attention à l'heure. Voulez-vous me permettre de déplacer l'invitation au dîner ?

— J'accepte avec reconnaissance », soupira Mlle Gosset.

Ils signaient le registre de sortie quand Beaseley se tourna brusquement vers le gardien.

« J'aimerais examiner la salle des secrets officiels. Ma fonction m'y autorise.

— Mais pas la demoiselle, répondit le gardien en uniforme, en souriant poliment. Son laissez-passer ne concerne que la bibliothèque. »

Beaseley tapota l'épaule de Mlle Gosset.

« Encore un peu de patience. Cela ne demandera que quelques minutes. »

Il suivit le gardien au sous-sol, trois étages plus bas. Ils s'arrêtèrent devant une grande porte de fer. Le gardien se servit de deux lourdes clefs de bronze, les énormes cadenas s'ouvrirent presque sans bruit, il poussa la porte et s'écarta.

« Je dois vous enfermer, monsieur. Il y a un téléphone

mural. Vous n'avez qu'à appeler le 32 quand vous voudrez partir.

— Je connais la procédure, merci. »

Le dossier consacré au matériel secret du printemps 1914 n'avait que quarante feuillets et ne contenait aucune révélation bouleversante. Beaseley le remettait dans sa niche quand il remarqua une chose bizarre.

Plusieurs dossiers, de chaque côté, dépassaient de plus d'un centimètre tous les autres bien rangés. Il les retira.

Un autre s'était trouvé repoussé par-derrière, empêchant un alignement régulier. Il l'ouvrit. En travers de la page de garde de ce qui ressemblait à un rapport il lut les mots : « Traité Nord-Américain. »

Il s'assit à une table métallique et se mit à lire.

Dix minutes plus tard, Beaseley avait la mine d'un homme qu'on vient de frapper dans le dos, dans un cimetière à minuit. Ses mains tremblantes purent à peine former le 32 au téléphone.

14

Heidi vérifia sa carte d'embarquement et leva les yeux vers l'écran de télévision annonçant l'heure de départ de son vol.

« Encore quarante minutes à tuer.

— Le temps d'un dernier verre », répondit Pitt.

Il la pilota dans l'aérogare animée de Dulles vers un des bars. Il était bondé d'hommes d'affaires en costume fripé, la cravate relâchée. Pitt trouva une petite table et fit signe à une serveuse.

« J'aimerais bien pouvoir rester, murmura tristement Heidi.

— Qu'est-ce qui vous en empêche ?

— La Marine réprouve les officiers qui désertent leur bord.

— Quand expire votre permission ?

— Je dois me présenter au rapport à la Station navale de Communications de San Diego demain à midi, pour mission en mer. »

Il la regarda dans les yeux.

« On dirait que notre petit roman est victime de la géographie.

— Nous ne lui avons pas accordé beaucoup de chances, n'est-ce pas ?

— Peut-être était-il destiné à ne jamais voir le jour. »

Heidi ouvrit de grands yeux.

« C'est ce qu'il a dit !

— Qui ?

— Le Président Wilson, dans une lettre.

— Je crains de ne pas vous suivre, dit Pitt en riant.

— Pardon... Ce n'était rien.

— Il me semble que vos recherches vous absorbent.

— Des complications. J'ai été détournée. Cela arrive, dans la recherche. On plonge dans un sujet et on découvre une petite information fascinante qui vous entraîne dans une tout autre direction. »

La serveuse apporta leurs verres et Pitt paya.

« Vous êtes sûre de ne pouvoir demander une prolongation ?

— Si seulement je pouvais ! Mais j'ai épuisé tous mes congés. Je n'aurai droit à une autre permission que dans six mois, dit-elle et soudain ses yeux se ranimèrent. Mais pourquoi ne viendriez-vous pas avec moi maintenant ? nous aurions quelques jours ensemble, avant que je m'embarque. »

Pitt lui prit la main.

« Désolé, mon cœur, mais mon emploi du temps ne le permet pas. Je pars de mon côté, sur un projet dans la mer du Labrador.

— Combien de temps serez-vous absent ?

— Un mois, six semaines, peut-être.

— Nous reverrons-nous ? murmura-t-elle tendrement.

— Je crois fermement que les bons souvenirs doivent être revécus. »

Vingt minutes plus tard, après un second verre, Pitt

accompagna Heidi jusqu'à la porte d'embarquement. La salle d'attente s'était déjà vidée et l'hôtesse au sol lançait le dernier appel.

Heidi posa son sac et son vanity-case sur un fauteuil et leva des yeux implorants. Pitt l'embrassa puis il rit.

« Je peux dire adieu à ma réputation de macho.

— Pourquoi donc ?

— Dès qu'on saura que j'ai embrassé un marin, je serai fini.

— Crétin ! »

Elle attira sa tête et l'embrassa longuement. Enfin, elle le libéra et battit des cils sur ses larmes.

« Adieu, Dirk Pitt.

— Adieu, Heidi Milligan. »

Elle reprit ses bagages et se dirigea vers la rampe d'embarquement. Puis elle s'arrêta, comme si elle se rappelait quelque chose, et revint en fouillant dans son sac. Elle en retira une enveloppe qu'elle mit dans la main de Pitt.

« Ecoutez ! Lisez ces papiers. Ils expliquent ce qui m'a détournée de ma voie. Et... Dirk, il peut y avoir quelque chose, là. Quelque chose d'important. Voyez ce que vous en pensez. Si vous estimez que cela vaut la peine d'être retenu, téléphonez-moi à San Diego. »

Avant que Pitt ait pu répondre, elle tourna les talons et s'éloigna rapidement.

15

On dit qu'après la mort, le lieu le plus idyllique pour attendre l'éternité est le cimetière d'un village anglais. Nichées autour de l'église, les tombes dressent leur stèle moussue aux inscriptions à demi effacées, rarement lisibles quand elles remontent au-delà du XIXe siècle.

Le glas sonnait dans le petit village de Maunden. Il faisait froid mais beau et le soleil jouait à cache-cache avec des nuages nacrés.

Cinquante à soixante personnes se groupaient autour d'un cercueil militaire recouvert d'un drapeau tandis que le pasteur local prononçait l'éloge funèbre.

Une femme au port de reine, de soixante ans passés, n'entendait rien. Toute son attention était retenue par un homme qui se tenait seul, à l'écart. Il doit avoir au moins soixante-dix ans, pensait-elle. Les cheveux noirs négligemment coiffés étaient parsemés de gris et se raréfiaient un peu. La figure était encore belle mais l'expression dure s'était adoucie. Avec un peu d'envie, elle remarqua qu'il se maintenait svelte, en forme, alors qu'elle avait tendance à s'empâter. Il regardait le clocher, perdu dans ses pensées.

Une fois le cercueil déposé dans la fosse et la petite foule dispersée, il s'avança et contempla la tombe, comme s'il voyait le passé par une fenêtre.

« Les années vous ont bien traité », dit la femme en s'approchant de lui par-derrière.

Il se retourna, surpris, puis il sourit de ce vieux sourire engageant qu'elle se rappelait si bien et l'embrassa sur les deux joues.

« C'est incroyable ! Vous êtes encore plus sensuelle que dans mon souvenir. »

Elle rit, en tapotant d'un geste machinal ses cheveux gris où demeuraient quelques mèches blondes.

« Vous n'avez pas changé. Toujours aussi flatteur.

— Combien de temps... ?

— Vous avez quitté le service il y a vingt-cinq ans.

— Dieu, il me semble qu'il y a deux siècles.

— Vous vous appelez Brian Shaw, maintenant.

— Oui, dit Shaw en désignant le cercueil qui allait être recouvert par les fossoyeurs. Il a tenu à ce que j'adopte une nouvelle identité en prenant ma retraite.

— C'était prudent. Vous aviez plus d'ennemis qu'Attila le Fléau de Dieu. L'agent du SMERSH qui vous assassinait serait devenu un héros soviétique.

— Il n'y a plus à s'inquiéter. Je doute que mes vieux adversaires soient encore en vie. D'ailleurs, je suis un vieux ringard. Ma tête ne vaut pas le prix d'un litre de pétrole.

« — Vous ne vous êtes jamais marié ?

— Si. Brièvement, mais elle a été tuée. Vous vous souvenez. »

Elle rougit légèrement.

« Je crois que je n'ai jamais accepté que vous ayez une femme.

— Et vous ?

— Un an après votre départ. Mon mari travaillait à l'analyse du chiffre. Il s'appelle Graham Huston. Nous vivons à Londres et nous nous arrangeons très bien, avec nos retraites et un magasin d'antiquités.

— Cela change du bon vieux temps.

— Et vous habitez toujours aux Indes occidentales ?

— C'est devenu assez malsain, alors je suis revenu. J'ai acheté une petite ferme de rapport dans l'île de Wight.

— Je ne puis vous imaginer en gentleman-farmer.

— De même pour vous, en antiquaire. »

Les fossoyeurs revinrent du pub voisin et reprirent leurs pelles.

« J'aimais ce vieux-là, murmura Shaw. Il y a eu des moments où j'avais envie de l'étrangler et d'autres où j'aurais voulu l'embrasser comme un père.

— Il avait une affection particulière pour vous. Il s'inquiétait terriblement quand vous étiez en mission. Les autres agents étaient traités plutôt comme des pièces d'échecs.

— Vous le connaissiez mieux que personne. Un homme a peu de secrets pour sa secrétaire, au bout de vingt ans. »

Elle hocha imperceptiblement la tête.

« Cela l'irritait. J'en venais à lire dans ses pensées, bien souvent. »

Sa voix se brisa et elle ne put supporter de regarder la tombe plus longtemps. Shaw lui prit le bras pour l'accompagner hors du cimetière.

« Avez-vous le temps de boire un verre ? »

Elle ouvrit son sac, prit un mouchoir de papier et se tamponna le nez.

« Il faut vraiment que je rentre à Londres.

— Alors c'est un adieu, madame Huston.

— Brian... »

Elle parlait comme si le mot se bloquait dans sa gorge mais se retint pourtant de prononcer son vrai nom.

« Je ne m'habituerai jamais à penser à vous comme Brian Shaw.

— Les deux personnes que nous étions sont mortes bien avant notre vieux chef. »

Elle lui pressa la main et le regarda, les yeux humides.

« Dommage que nous ne puissions revivre le passé. »

Avant qu'il ait eu le temps de répondre, elle prit une enveloppe dans son sac et la lui glissa dans sa poche de pardessus. Il ne dit rien, il parut même ne rien remarquer.

« Adieu, monsieur Shaw, murmura-t-elle d'une voix qu'il entendit à peine. Prenez soin de vous. »

Une pluie verglaçante fouettait Londres alors que le moteur Diesel d'un taxi Austin noir cognait au ralenti devant un grand bâtiment de pierre, à Hyde Park. Shaw régla le chauffeur et descendit sur le trottoir. Il y resta quelques instants, indifférent aux particules de glace chassées par le vent qui lui criblaient la figure, les yeux levés vers le vilain édifice où il avait travaillé autrefois.

Les carreaux étaient sales, les murs noirs de suie et de pollution après un demi-siècle d'abandon. Shaw trouva bizarre que cet immeuble n'ait pas été ravalé comme tant d'autres.

Il grimpa les marches et entra dans le vestibule. Un gardien lui demanda une identification et consulta un registre de rendez-vous.

« Prenez l'ascenseur jusqu'au dixième. On vous recevra. »

L'ascenseur tremblait et grinçait, comme toujours, le liftier avait disparu, remplacé par un panneau de boutons. Shaw monta au neuvième et suivit le couloir. Il trouva son vieux bureau et ouvrit la porte, pensant voir une secrétaire affairée tapant à la machine dans l'antichambre et un homme assis dans le fond, à son ancienne place.

Il fut stupéfait de trouver les deux pièces vides et poussiéreuses. Il s'attrista. Qui donc avait dit qu'on ne peut pas retourner chez soi ?

L'escalier, au moins, était tel qu'il devait être, même si l'agent de la sécurité ne s'y trouvait plus. Shaw monta à pied au dixième et vit le dos d'une blonde en robe de tricot, face à l'ascenseur.

« Je crois que vous m'attendez », dit-il.

Elle sursauta en se retournant.

« Monsieur Shaw ?

— Oui. Pardonnez le léger retard mais j'ai voulu rendre une petit visite sentimentale. »

Elle le considéra avec une curiosité mal dissimulée.

« Le général vous attend. Veuillez me suivre, s'il vous plaît. »

Elle frappa à la porte familière et l'ouvrit.

« M. Shaw, général. »

Le bureau et l'homme qui y était assis n'étaient plus les mêmes mais les étagères de livres et les autres meubles n'avaient pas changé. Shaw eut enfin l'impression de se retrouver chez lui.

« Monsieur Shaw. Entrez donc. »

Le général de brigade Morris V. Simms tendit une main ferme et sèche. Ses yeux bleu foncé avaient une limpidité amicale mais Shaw ne se laissa pas abuser. Il sentait leur regard qui l'examinait avec une précision d'ordinateur.

« Asseyez-vous, je vous en prie. »

Il s'assit sur une chaise dure comme du marbre. Un truc assez peu imaginatif, pensa-t-il, pour placer les visiteurs dans un état d'infériorité. Son ancien chef aurait méprisé une telle mesquinerie d'amateur.

Il remarqua que le bureau était en désordre. Des dossiers s'entassaient négligemment, plusieurs à l'envers. Il y avait des traces de poussière : pas étalée sur la surface mais dans des recoins où il ne devrait pas y en avoir, sur le bord des corbeilles à courrier, sous le combiné du téléphone, sur les papiers dépassant des dossiers.

Soudain, Shaw vit tout le factice du décor.

D'abord, le garçon d'ascenseur absent, qui s'assurait

autrefois que les visiteurs allaient bien là où on les envoyait. Puis l'absence d'agents de la sécurité en patrouille dans l'ascenseur et servant de réceptionniste à chaque étage. Et son propre bureau désert.

Son ancienne section de l'Intelligence Service n'était plus dans ce bâtiment.

Tout cela n'était qu'une façade, un décor planté pour jouer une comédie à son intention.

Le général Simms se rassit, très raide et regarda Shaw, sa figure lisse aussi inscrutable que celle d'un bouddha de jade.

« Je suppose que c'est votre première visite à vos anciens bureaux, depuis votre retraite. »

Shaw hocha la tête, trouvant bizarre d'être assis dans cette pièce en face d'un homme plus jeune.

« Tout doit vous sembler pareil.

— Il y a eu quelques changements. »

Simms haussa légèrement un sourcil.

« Dans le personnel, vous voulez dire.

— Le temps brouille un peu les souvenirs, répondit Shaw avec philosophie.

— Vous devez vous demander pourquoi je vous ai prié de venir.

— J'ai trouvé un peu théâtral que l'on glisse une invitation dans ma poche, à un enterrement. Vous auriez pu l'envoyer par la poste ou me téléphoner.

— J'ai mes raisons, de solides raisons », déclara Simms avec un sourire glacial.

Shaw décida de rester distant. Il n'aimait pas Simms et ne voyait pas pourquoi il serait plus que poli.

« Il est évident que vous n'exigiez pas ma présence à une réunion de section. »

Simms tira le tiroir du bas de son bureau et y posa nonchalamment un soulier bien ciré.

« Non. En réalité, j'aimerais vous remettre en service. »

Shaw fut suffoqué. Que diable se passait-il ? Il fut encore plus stupéfait de se sentir parcouru d'un frisson d'excitation.

« Je ne puis croire que le service soit dans une situation si difficile qu'il faille rappeler de la décharge publique de vieux agents décrépits.

— Vous êtes trop dur avec vous-même, monsieur Shaw. Vous étiez sans doute le meilleur agent jamais recruté. Vous êtes devenu une sorte de légende de votre vivant.

— Un cancer qui a abouti à ma retraite forcée.

— Quoi qu'il en soit, j'ai une mission qui convient à vos talents. Elle exige un homme mûr sachant se servir de sa tête. Aucune agilité physique n'est exigée et il n'y aura pas d'effusion de sang. C'est simplement une affaire de déduction et d'astuce. Malgré vos inquiétudes à propos de votre âge, je ne doute pas un instant qu'un homme de votre expérience puisse réussir. »

Shaw avait le vertige. Il avait du mal à trouver un sens précis aux propos de Simms.

« Pourquoi moi ? Il doit y avoir une armée d'autres agents mieux qualifiés. Et les Russes ? Ils ne jettent jamais leurs fichiers. Le K.G.B. m'aura dans le collimateur une heure après ma résurrection.

— Nous sommes à l'ère du cerveau électronique, monsieur Shaw. Les chefs de section ne restent plus dans de vieux bureaux poussiéreux pour prendre des décisions subjectives. Toutes les informations sur les missions en cours sont programmées dans des ordinateurs. Nous laissons à leurs banques de mémoire le soin de nous dire quel est l'agent le plus qualifié. Apparemment, ces ordinateurs ne sont pas enthousiasmés par notre contingent actuel. Alors nous avons programmé une liste de retraités. Votre nom est sorti le premier. Quant aux Russes, vous n'avez pas à vous inquiéter. Vous ne traiterez pas avec eux.

— Pouvez-vous me dire pour quoi je suis si parfaitement qualifié ?

— Un travail de chien de garde.

— Sinon les Russes, qui, alors ?

— Les Américains. »

Shaw garda le silence, croyant avoir mal entendu. Puis il répliqua :

« Navré, mon général, mais vos robots se sont trompés. Je reconnais que je n'ai jamais trouvé les Américains aussi civilisés que les Britanniques mais ils sont de braves gens. Au cours de mes années de service, j'ai noué de nombreux liens chaleureux avec eux. J'ai travaillé en rapport étroit avec des hommes de la C.I.A. Je refuse de les espionner. Vous feriez mieux de chercher quelqu'un d'autre. »

Simms rougit.

« Votre réaction est exagérée, monsieur Shaw. Je ne vous demande pas de voler des secrets aux Yankees, seulement de les avoir à l'œil pendant quelques semaines. Je ne voudrais pas être mélodramatique, mais c'est une affaire qui pourrait fort bien menacer le gouvernement de Sa Majesté.

— Pardon. Continuez, je vous en prie.

— Merci. Très bien, donc. Une investigation de routine à propos d'un certain Traité Nord-Américain. Un vieux sac de nœuds que les Américains ont déterré. Vous devez découvrir ce qu'ils savent et ce qu'ils ont l'intention d'en faire.

— Ça me paraît vague. Qu'est-ce au juste que cette histoire de traité ?

— Je crois qu'il vaut mieux que vous ne connaissiez pas encore les ramifications, répondit Simms sans autre explication.

— Je comprends.

— Non, mais là n'est pas la question. Vous voulez bien essayer ? »

Shaw resta un moment indécis. Ses réflexes s'étaient émoussés, sa force avait diminué de moitié. Il ne pouvait plus lire sans lunettes. Il était encore capable d'abattre un perdreau à cinquante mètres avec un fusil mais il n'avait pas tiré au pistolet depuis vingt ans. Il ne se cachait pas qu'il était un homme sur le retour.

« Ma ferme...

— Dirigée par un professeur d'agronomie, en votre absence. Vous nous trouverez moins pingres qu'à votre époque. J'ajouterai que les quarante hectares bordant votre propriété et que vous convoitez seront achetés en votre nom, avec les compliments du service, quand vous aurez rempli la mission. »

Les temps avaient changé, mais pas l'efficacité de la section. Jamais Shaw ne s'était douté qu'il était surveillé. Il se dit qu'il vieillissait vraiment.

« Il m'est bien difficile de refuser, mon général. »

— Eh bien, acceptez. »

Le vieil adage, « Il n'y a que le premier pas qui coûte », vint à l'esprit de Shaw. Il se décida.

« Je veux bien essayer.

— Parfait ! »

Simms ouvrit un tiroir et jeta une enveloppe sur le bureau.

« Vos billets d'avion, des chèques de voyage et les réservations d'hôtels. Vous partirez sous une nouvelle identité, bien entendu. Votre passeport est en règle ?

— Oui. Il me faudra une quinzaine de jours pour mettre mes affaires en ordre.

— On s'occupera de tout. Votre avion part dans deux jours. Bonne chasse. »

Shaw fronça les sourcils.

« Vous étiez bien sûr de moi, on dirait.

— J'ai misé sur un vieux cheval de guerre qui rêve d'une dernière bataille. »

Shaw sourit mais n'entendait pas partir l'air idiot.

« Alors pourquoi toute la connerie clandestine ? »

Simms sursauta et sa figure se ferma. Il ne répondit pas.

« La mascarade, insista Shaw. Ce bâtiment n'a pas servi depuis des années. Nous aurions aussi bien pu nous rencontrer sur un banc de parc.

— C'était donc tellement évident ?

— Vous auriez pu mettre un écriteau, tant que vous y étiez. »

Simms soupira.

« J'ai peut-être exagéré mais les Américains ont la mystérieuse faculté de savoir tout ce qui se passe dans les milieux britanniques du renseignement. De plus, j'avais besoin de voir si vous possédiez toujours votre perspicacité.

— Un test ?

— Si vous voulez. »

Simms se leva, contourna son bureau et tendit la main à Shaw.

« Je suis sincèrement navré d'avoir bouleversé votre emploi du temps. Je n'aime pas beaucoup dépendre d'un homme qui a passé la force de l'âge mais je suis un aveugle dans le brouillard et vous êtes le seul à pouvoir m'en faire sortir. »

Dix minutes plus tard, le général Simms et sa secrétaire étaient ensemble dans l'ascenseur brimbalant, qui descendait vers le rez-de-chaussée. Elle se coiffait d'une capuche en plastique et il semblait plongé dans ses pensées.

« Un drôle de pistolet, dit-elle.

— Pardon ?

— M. Shaw. Il se déplace comme un chat. Il m'a fait peur, quand il a surgi derrière moi alors que je m'attendais à le voir sortir de l'ascenseur.

— Il est monté par l'escalier ?

— Du neuvième. Je l'ai vu, à l'arrêt de l'indicateur d'étages.

— Je l'espérais un peu. C'est réconfortant de savoir qu'il n'a pas perdu la main.

— Il a l'air d'un vieux bien sympathique.

— Ce vieux bien sympathique a tué plus de vingt hommes.

— Je m'y serais trompée.

— Il aura besoin de tromper beaucoup de gens, marmonna Simms quand la porte de l'ascenseur s'ouvrit. Il n'a aucune idée des énormes enjeux qui reposent sur ses épaules. Il se peut que nous ayons jeté ce pauvre vieux aux requins. »

16

Un officier en uniforme de la Royal Navy s'avança quand Brian Shaw sortit de la douane de l'aéroport.

« Monsieur Shaw ?

— Oui, c'est moi.

— Lieutenant Burton-Angus, ambassade britannique. Navré de ne pas vous avoir aidé à passer la douane ; j'ai été retardé par des embouteillages. Bienvenue à Washington. »

Comme ils se serraient la main, Shaw jeta un coup d'œil désapprobateur à l'uniforme.

« Un peu flagrant, non ?

— Pas du tout, affirma Burton-Angus avec un sourire. Si j'apparaissais brusquement en civil, à l'aéroport, quelqu'un pourrait avoir la puce à l'oreille. Mieux vaut paraître normal.

— Où reprend-on les bagages ?

— Inutile. Je crains que votre séjour dans la capitale ne soit plus court que prévu. »

Shaw comprit tout de suite.

« A quelle heure part mon avion et où dois-je aller ?

— Le vol pour Los Angeles est dans quarante minutes. Voici votre billet et votre carte d'embarquement.

— Allons-nous en parler ?

— Naturellement, dit le lieutenant en prenant Shaw par le bras. Je propose que nous causions en nous mêlant à la foule. Ça gênera les indiscrets, humains ou électroniques.

— Hum... Il y a longtemps que vous êtes dans le service ?

— Le général Simms m'a recruté il y a six ans. Vous êtes au courant de ma participation dans votre affaire.

— J'ai lu le rapport. C'est vous qui avez découvert le premier indice du traité.

— Oui, grâce à l'historien du Sénat américain.

— Jack Murphy.

— Oui.

— Avez-vous pu lui soutirer des renseignements ?

— Le général Simms a jugé préférable de ne pas le

presser de questions. Je lui ai dit que Londres n'avait aucune trace du traité.

— Il l'a cru ?

— Il n'avait aucune raison d'en douter.

— Alors nous tirons un trait sur Murphy et nous commençons ailleurs.

— Voici pourquoi vous allez à Los Angeles, expliqua Burton-Angus. Murphy a eu connaissance du traité quand un officier de marine, une femme, a effectué des recherches. Il a découvert une vieille photo et lui en a tiré une copie. Un de nos hommes a cambriolé le bureau et a examiné le registre des demandes récentes. Le seul officier de marine féminin dont le nom figurait était le capitaine de corvette Heidi Milligan.

— Y a-t-il des chances de la joindre ?

— Elle est officier des communications à bord d'un bâtiment amphibie de débarquement en route pour l'océan Indien. Il a appareillé de San Diego il y a deux heures. »

Shaw s'arrêta.

« Avec Milligan partie, où en sommes-nous ?

— Heureusement, son navire, le USS *Arvada*, a l'ordre de relâcher à Los Angeles pendant trois jours. Des modifications du système de pilotage automatique. »

Ils repartirent. Shaw considérait le jeune lieutenant avec un nouveau respect.

— Vous êtes très bien informé.

— Ça fait partie du métier. Les Américains ont peu de secrets pour les Britanniques.

— C'est réconfortant. »

Burton-Angus rougit légèrement.

« Nous ferions bien de gagner la porte d'embarquement. Celle de votre avion porte le numéro 22.

— Puisqu'il y a eu un changement de plans, j'aimerais connaître mes nouvelles instructions.

— Il me semble qu'elles sont évidentes. Vous avez approximativement soixante-douze heures pour découvrir ce que sait le commandant Milligan.

— J'aurai besoin d'aide.

— Dès que vous serez installé à votre hôtel, vous serez

contacté par un riche concessionnaire de Rolls Royce, M. Graham Humberly. Il vous organisera un rendez-vous avec le commandant Milligan.

— Il m'organisera un rendez-vous avec le commandant Milligan, répéta Shaw, l'air ironique.

— Eh bien, oui, répondit Burton-Angus, pris de court par le scepticisme ostensible de Shaw. Humberly est un ancien sujet britannique. Il cultive un nombre considérable de contacts importants, particulièrement dans la marine américaine.

— Et nous allons tous deux monter à bord d'un bâtiment de guerre américain, en brandissant l'Union Jack et en sifflant le *God save the Queen,* pour demander à interroger un officier du bord.

— Si quelqu'un peut le faire, c'est Humberly », assura le lieutenant.

Shaw tira sur sa cigarette et le dévisagea.

« Pourquoi moi ?

— Si j'ai bien compris, monsieur Shaw, vous avez été l'agent le plus brillant du service. Vous savez vous y prendre avec les Américains. De plus, Humberly compte vous présenter comme un homme d'affaires britannique, un vieil ami du temps de la Royal Navy, qui a atteint un grade supérieur. Naturellement, vous avez l'âge.

— Ça me paraît logique.

— Le général Simms n'espère pas de miracles. Mais nous devons tout tenter. Le mieux que nous puissions espérer, c'est que Milligan se révèle un marchepied.

— Encore une fois, pourquoi moi ? »

Burton-Angus s'arrêta et leva les yeux vers le panneau des départs.

« Votre vol est à l'heure. Voici vos billets. Ne vous faites pas de souci pour les bagages, on s'en occupe.

— Je m'en doutais.

— Eh bien, je suppose que si l'on considère votre passé de... euh, disons de réussites auprès des membres du sexe opposé, le général Simms a pensé que c'était un avantage. Bien sûr, le fait que le commandant Milligan ait eu récemment une liaison avec un amiral deux fois plus âgé qu'elle a plaidé en votre faveur. »

Shaw toisa froidement le jeune homme.

« Voilà qui vous montre à quoi vous pouvez vous attendre un jour, mon garçon. »

Burton-Angus sourit chaleureusement.

« Rien de personnel, je vous assure.

— Vous dites que vous êtes depuis six ans dans le service.

— Six ans et quatre mois, pour être précis.

— Est-ce qu'on vous a appris comment détecter une surveillance ? »

Le lieutenant cligna des yeux.

« Le cours était obligatoire. Pourquoi ?

— Parce que vous venez d'échouer à l'examen, répliqua Shaw et il pencha légèrement la tête vers la gauche. L'homme avec l'attaché-case en aluminium, qui consulte innocemment sa montre, est collé à nos pas depuis que nous avons quitté la douane. Egalement l'hôtesse en uniforme de la Pan American, à six ou sept mètres derrière. Sa compagnie est dans une autre partie de l'aérogare. Elle est son renfort. Ils doivent avoir un troisième œil devant nous. Je ne l'ai pas encore repéré. »

Burton-Angus pâlit.

« Ce n'est pas possible, bredouilla-t-il. Ils ne peuvent pas nous avoir devinés. »

Shaw se retourna et montra son billet et sa carte d'embarquement à l'hôtesse, à l'entrée de la rampe d'embarquement. Puis il dévisagea de nouveau le lieutenant.

« On dirait, dit-il de sa voix la plus sarcastique, que les Britanniques ont peu de secrets pour les Américains. »

Il planta là Burton-Angus, qui avait la mine d'un homme en train de se noyer.

Shaw se carra dans son fauteuil, détendu, et eut envie de champagne. L'hôtesse lui apporta deux quarts et des verres en plastique. Californie, précisait l'étiquette. Il aurait préféré un Taittinger brut grande réserve. Du mousseux de Californie et des verres en plastique, songea-t-il. Quand les Américains se civiliseraient-ils ?

Après avoir vidé un des quarts, il réfléchit à la situation. La C.I.A. avait mis le doigt sur lui à l'instant où il avait pris l'avion en Angleterre. Le général Simms le savait, Shaw le devinait.

Il ne s'inquiétait pas du tout. Il travaillait mieux quand tout était à découvert. Rôder dans des ruelles en rasant les murs comme un être inexistant, n'avait jamais été de son goût. Il éprouvait de l'exaltation à la pensée de recommencer ce qu'il avait fait si bien. Son sixième sens ne l'avait pas quitté. Un peu plus lent, peut-être, mais toujours aussi aigu.

Il jouait le jeu pour lequel il était fait, et il l'adorait.

17

La station-service délabrée se trouvait à un coin de rue, dans la banlieue industrielle d'Ottawa. Construite peu après la Seconde Guerre mondiale, la bâtisse carrée en acier avait trois vieilles pompes, sur un refuge, en grand besoin d'un coup de peinture. Dans le petit bureau, des bidons d'huile et des mouches mortes jonchaient les étagères poussiéreuses et sur la vitre sale une affichette jaunie annonçait une vente promotionnelle de pneus, oubliée depuis longtemps.

Henri Villon engagea sa Mercedes dans l'allée et s'arrêta aux pompes. Un pompiste en combinaison maculée de cambouis s'extirpa de sous une voiture au poste de graissage et s'approcha en s'essuyant les mains sur un chiffon.

« Qu'est-ce que ce sera ? marmonna-t-il.

— Le plein », répondit Villon.

Le pompiste jeta un coup d'œil à un homme âgé et une femme assis sur un banc à l'arrêt d'autobus et parla sur un ton qu'ils ne pouvaient manquer d'entendre.

« Vous n'avez droit qu'à vingt litres, vous savez. Avec les restrictions d'essence et tout. »

Villon hocha la tête et le pompiste actionna sa pompe. Quand il eut fini, il contourna l'avant de la Mercedes et tendit le doigt. Villon tira sur la manette, sous le tableau de bord, et l'homme souleva le capot.

« Vous feriez bien de jeter un coup d'œil à votre courroie de ventilateur. Elle a l'air bien usée. »

Villon descendit de voiture et alla s'appuyer contre l'aile, en face du pompiste.

« Est-ce que vous avez une idée du foutu pétrin où nous met votre travail saboté ? » marmonna-t-il à mi-voix.

Foss Gly se pencha sur le moteur.

« Ce qui est fait est fait. La visibilité a disparu à la dernière minute et le premier missile a raté la cible. C'est tout simple.

— Ce n'est pas si simple ! gronda Villon. Près de cinquante personnes mortes pour rien. Si les inspecteurs de la sécurité découvrent la cause réelle de la catastrophe, le Parlement se déchaînera et exigera des enquêtes dans toutes les organisations, y compris les boy-scouts. La presse réclamera des têtes en apprenant que vingt de ses meilleurs chroniqueurs politiques ont été assassinés. Et le pire, c'est que la Société Québec Libre sera soupçonnée par tout le monde.

— Personne ne remontera jusqu'à la S.Q.L., affirma Gly.

— Merde ! Si seulement Sarveux était mort ! Le gouvernement serait en plein chaos et nous aurions pu avancer nos pions au Québec.

— Vos copains du Kremlin auraient adoré ça.

— Je ne pourrai pas compter sur leur soutien si nous avons un autre ratage de cette ampleur. »

Gly allongea un bras dans le moteur comme s'il réglait quelque chose.

« Pourquoi est-ce que vous fricotez avec les cocos ? Une fois qu'il vous auront mis le grappin dessus, ils ne vous lâcheront plus.

— Ça ne vous regarde pas, mais un gouvernement québécois aligné sur Moscou est notre seul espoir d'indépendance. »

Gly haussa les épaules avec indifférence et continua de faire semblant de travailler.

« Qu'est-ce que vous voulez que je fasse ? »

Villon réfléchit.

« Pas de panique. Je crois qu'il vaut mieux que vous et votre équipe de spécialistes, comme vous les appelez, conserviez votre emploi de couverture comme si de rien n'était. Aucun de vous n'est français, alors il est douteux qu'on vous soupçonne.

— Je ne vois pas l'intérêt d'attendre pour se faire attraper.

— Vous oubliez que puisque je suis ministre de l'Intérieur, toutes les questions concernant la sécurité passent par mon bureau. Tout indice vous désignant sera discrètement perdu dans la paperasse.

— Je me sentirais quand même plus tranquille si nous quittions le pays.

— Vous sous-estimez les événements, monsieur Gly. Mon gouvernement chancelle. Les provinces se prennent à la gorge. La seule question qui se pose est quand. Quand le Canada va-t-il se désintégrer ? Je le sais, Sarveux le sait et ces fossiles anglais qui pérorent dans la vieille bâtisse du bord de la Tamise le savent aussi. Bientôt, très bientôt, le Canada tel que le monde le connaît n'existera plus. Croyez-moi, vous serez perdus dans le chaos.

— Perdus et sans emploi.

— Une situation provisoire, riposta Villon avec un lourd cynisme. Tant qu'il y aura des gouvernements, des trusts financiers et des individus assez riches pour payer vos sales talent spéciaux, monsieur Gly, votre espèce n'aura jamais à vendre des aspirateurs de porte à porte. »

Gly se redressa nonchalamment et changea de sujet.

— Comment est-ce que je peux vous joindre en cas de pépin ? »

Villon contourna le capot et saisit le bras de Gly avec une poigne de fer.

« Mettez-vous deux choses en tête, Gly. D'abord, il n'y aura plus de pépins. Deuxièmement, en aucun cas vous ne devez tenter de me joindre. Je ne peux pas courir le moindre risque d'être associé à la S.Q.L. »

Gly ferma les yeux, pendant un bref instant de surprise et de douleur. Il retint sa respiration et fléchit son
biceps tandis que Villon le serrait plus fort. Les deux
hommes ne bougeaient pas, aucun ne cédait. Enfin, très
lentement, un sourire de satisfaction apparut sur les
lèvres de Gly et il regarda Villon dans les yeux.

Villon relâcha son étreinte et sourit aussi.

« Compliments. Votre force et votre musculature éga-
lent presque les miennes. »

Gly résista à l'envie de masser son bras douloureux.

« Soulever des poids est un bon moyen de tuer le
temps entre les missions.

— On pourrait presque déceler une vague ressemblance entre nous, dit Villon en remontant à son volant.
A part votre nez répugnant, nous pourrions passer pour
des frères.

— Dans le cul, Villon ! » gronda Gly d'une voix belli-
queuse, puis il jeta un coup d'œil au vieux couple attendant l'autobus et au compteur de la pompe. « Ça fera
dix-huit soixante.

— Mettez ça sur mon compte », grogna Villon et il
démarra.

18

Villon beurrait un toast en lisant le gros titre à la page
deux de son quotidien du matin.

AUCUN INDICE DANS L'ATTAQUE TERRORISTE
CONTRE L'AVION DU PREMIER MINISTRE

Foss Gly avait bien brouillé les traces. Villon suivait de
près l'enquête et il savait que la piste refroidissait de jour
en jour. Il se servait subtilement de son influence pour
minimiser tout rapport entre les terroristes et la S.Q.L.,
à moins de preuve catégorique. Jusqu'à présent, tout
allait bien.

Sa satisfaction l'abandonnait quand il pensait à Gly. Cet homme n'était qu'un sauvage mercenaire qui n'avait pour dieu qu'un bon prix. Il était impossible de savoir où courrait un chien enragé comme Gly s'il n'était pas solidement tenu en laisse.

La femme de Villon, une jolie brune aux yeux bleus, apparut à la porte de la salle à manger.

« Un coup de fil pour toi, dans le bureau. »

Villon entra dans son cabinet de travail, ferma la porte et prit l'appareil.

« Villon.

— Surintendant McComb, monsieur le ministre, répondit une voix profonde comme une mine de charbon. J'espère que je n'interromps pas votre petit déjeuner.

— Pas du tout, prétendit Villon. C'est vous qui êtes responsable des archives de la Police montée ?

— Oui, monsieur le ministre. Le dossier que vous avez demandé sur Max Roubaix est là devant moi sur le bureau. Faut-il que j'en fasse une copie et que je vous l'envoie ?

— Inutile. Donnez-moi simplement les détails saillants au téléphone.

— C'est qu'il est plutôt épais.

— Un résumé de cinq minutes fera l'affaire. »

Villon sourit. Il imaginait l'état d'esprit de McComb. Sans aucun doute un homme d'intérieur, furieux d'avoir dû quitter un lit chaud, une femme chaude et sa grasse matinée du dimanche pour fouiller dans des archives poussiéreuses afin de satisfaire le caprice d'un ministre.

« Le dossier a plus de cent ans, alors tout est manuscrit, mais je ferai de mon mieux. Voyons un peu. Le début de la vie de Roubaix est obscur. Pas de date de naissance. Un orphelin, passant d'une famille nourricière à une autre. Premier contact avec la police à douze ans. Il a comparu devant un constable de village pour avoir tué des poulets.

— Des poulets ?

— Il leur coupait la tête avec des pinces aiguës, par dizaines. Il a payé les dégâts en travaillant pour le fermier dont il avait décimé le poulailler. Et puis il est passé au village voisin et aux chevaux. Il a égorgé la moitié d'un troupeau avant d'être appréhendé.

— Un psychopathe juvénile assoiffé de sang.

— Dans ce temps-là, les gens le considéraient simplement comme l'idiot du village. La motivation psychologique n'existait pas dans leur vocabulaire. Ils ne comprenaient pas qu'un gamin qui massacrait des animaux pour le plaisir était à deux doigts d'en faire autant aux hommes. Roubaix a été condamné à deux ans de prison pour le bain de sang chevalin mais à cause de son âge, quatorze ans, il a été autorisé à vivre chez le constable. Il travaillait comme jardinier et valet. Peu après sa libération, les paysans du voisinage ont découvert des cadavres de vagabonds et d'ivrognes qui avaient été étranglés.

— Et tout cela se passait où ?

— Dans un rayon de quatre-vingts kilomètres autour de la ville actuelle de Moose Jaw, en Alberta.

— Roubaix a sûrement été arrêté, comme suspect numéro un ?

— Les Mounties ne travaillaient pas aussi vite que nous, au XIXᵉ siècle. Quand on a fini par rapprocher les crimes et Roubaix, il s'était déjà enfui dans les forêts vierges du Territoire du Nord-Ouest et il n'a plus reparu avant la révolte de Reil en 1885.

— La révolte des descendants de troqueurs français et d'Indiens, dit Villon, se rappelant son histoire du Canada.

— Les métis, on les appelait. Louis Reil était leur chef. Roubaix s'est engagé dans les forces de Reil et il s'est imposé dans la légende canadienne comme notre tueur le plus prolifique.

— Et qu'y a-t-il dans le dossier sur la période où il a disparu ?

— Six ans. Il n'y a rien. On lui a attribué une série de crimes restés insolubles, mais il n'y avait aucune preuve et pas de récits de témoins. Seule une méthode a orienté les soupçons sur lui.

— Une méthode ?

— Oui, toutes les victimes portaient des blessures à la gorge. La plupart par strangulation. Roubaix avait renoncé au couteau. A l'époque, on n'en a pas fait grand cas. Les gens avaient d'autres valeurs morales, en ce temps-là. Ils considéraient comme un bienfaiteur de l'humanité un fléau qui éliminait les indésirables.

— Il me semble me souvenir qu'il est passé à la légende en tuant pas mal de Mounties pendant la révolte de Reil.

— Treize, pour être précis.

— Il devait avoir une force peu commune.

— Pas tellement. Il est décrit comme un individu plutôt petit et malingre, assez maladif. Un médecin qui l'a examiné avant son exécution a déclaré que Roubaix était poitrinaire, tuberculeux comme on dirait aujourd'hui.

— Comment est-il possible qu'un homme aussi faible ait pu maîtriser des policiers entraînés au combat ?

— Roubaix se servait d'un garrot, fait d'une courroie pas plus épaisse qu'un fil de fer. Une arme redoutable qui tranchait à moitié la gorge de la victime, il les prenait par surprise, en général pendant leur sommeil. Votre réputation est bien connue dans les milieux culturistes, monsieur le ministre, mais j'ose dire que votre femme pourrait vous étrangler si elle glissait le garrot de Roubaix autour de votre cou, une nuit au lit.

— Vous parlez comme si ce garrot existait encore.

— Eh oui. Il est exposé dans la section criminelle du musée de la Police montée, si vous voulez le voir. Comme d'autres assassins qui avaient une arme favorite, Roubaix prenait grand soin de son garrot. Les poignées de bois, à chaque extrémité de la courroie, sont artistement sculptées en forme de loups. C'est vraiment un bel objet artisanal.

— Il faudra que j'aille le voir, quand mon emploi du temps le permettra », dit Villon sans enthousiasme.

Il réfléchit un moment, cherchant un sens aux instructions données par Sarveux à Danielle, à l'hôpital. Non, elles ne signifiaient rien. Une énigme, un rébus. Villon tenta une autre approche.

« Si vous aviez à décrire l'affaire Roubaix, comment la résumeriez-vous en une seule phrase ?

— Je ne comprends pas très bien ce que vous cherchez, monsieur le ministre.

— Mettons cela autrement. Qu'était Max Roubaix ? »

Il y eut un silence au bout du fil. Villon pouvait presque entendre tourner les rouages dans la tête de McComb. Enfin, le Mountie répondit :

« On pourrait dire que c'était un fou homicide, fétichiste de l'étranglement. »

Villon eut un petit sursaut et se détendit.

« Merci, surintendant.

— S'il y a autre chose...

— Non. Vous m'avez rendu un service et je vous en suis reconnaissant. »

Lentement, Villon raccrocha. Il regarda dans le vague, essayant de se représenter un homme malingre tordant un garrot. L'expression de surprise, d'incompréhension de la victime. Un dernier regard avant que les yeux exorbités se voilent.

Les divagations de Sarveux commençaient à avoir une ombre de sens.

19

Couché dans son lit d'hôpital, Sarveux sourit quand le Premier ministre adjoint Malcolm Hunt fut introduit dans sa chambre.

« C'est gentil d'être venu, Malcolm. J'imagine l'enfer que vous devez vivre avec les Communes. »

Par habitude, Hunt tendit la main et la ramena vivement en voyant les bras couverts de pommade du Premier ministre.

« Prenez une chaise, asseyez-vous, dit aimablement Sarveux. Fumez, si vous voulez.

— La fumée de ma pipe risquerait de me faire perdre

l'électorat médical aux prochaines élections. Merci, mais je ferais mieux de m'en passer. »

Sarveux alla droit au but :

« J'ai parlé au directeur de la sécurité aérienne. Il m'assure que la catastrophe de James Bay n'était pas un accident. »

Hunt pâlit soudain.

« Un fragment de capot de réacteur a été découvert à huit cents mètres au-delà de la piste. Les analyses révèlent que les débris qui y sont encastrés correspondent à un type de missile employé par le lance-missiles sol-air Argo. Un inventaire à l'arsenal de Val Jalbert a permis de découvrir qu'il en manquait deux, ainsi que plusieurs têtes chercheuses.

— Dieu de Dieu ! Ainsi, tous les passagers de votre appareil ont été assassinés !

— Tout l'indique.

— La Société Québec Libre, gronda Hunt. Je ne vois pas d'autres responsables.

— Je suis d'accord, mais sa culpabilité risque de n'être jamais prouvée.

— Pourquoi ? La S.Q.L. a perdu tout contact avec la réalité ou ce n'est qu'une bande d'idiots, s'ils se figurent qu'ils peuvent s'en tirer. Jamais la Police montée ne permettra à des terroristes coupables d'un tel crime d'échapper au châtiment. En tant que mouvement extrémiste, ils sont finis.

— Ne soyez pas trop optimiste, mon ami. Cette tentative d'assassinat, cet attentat contre moi, n'entre pas dans la même catégorie que les enlèvements, les meurtres et les attentats à la bombe des quarante dernières années. Ceux-ci étaient commis par des amateurs politiques, appartenant à des cellules de la S.Q.L., qui ont été arrêtés et condamnés. Le massacre de James Bay a été conçu et exécuté par des professionnels. Nous le savons parce qu'ils n'ont pas laissé de traces de leur existence. La meilleure hypothèse du chef de la Police montée, c'est qu'ils ont été embauchés à l'étranger.

— Les terroristes de la S.Q.L. peuvent encore nous pousser dans un état de guerre civile.

— Non. Je ne le permettrai pas.

— C'est vous qui avez menacé de faire appel à la troupe pour mettre au pas les séparatistes. »

Sarveux sourit ironiquement.

« Un coup de bluff. Vous êtes le premier à le savoir. Je n'ai jamais envisagé une occupation militaire du Québec. La répression d'une population hostile ne résoudrait rien. »

Hunt mit la main à sa poche.

« Je crois que je vais fumer ma pipe quand même.

— Je vous en prie. »

Les deux hommes gardèrent le silence pendant que le Premier ministre adjoint bourrait et allumait sa pipe. Enfin il souffla un nuage bleu au plafond.

« Alors, que se passe-t-il maintenant ? demanda-t-il.

— Le Canada que nous connaissons se désintégrera et nous ne pourrons rien empêcher, répondit tristement Sarveux. Un Québec totalement indépendant était inévitable depuis le début. La souveraineté en association n'était qu'une demi-mesure boiteuse. Maintenant l'Alberta veut son indépendance. L'Ontario et la Colombie britannique grondent et tapent sur le même clou.

— Vous avez livré un bon combat pour nous garder unis, Charles. Personne ne peut le nier.

— Une faute. Au lieu d'une action de retardement, vous et moi, le parti, la nation, nous aurions dû nous y préparer. Trop tard, nous affrontons un Canada à jamais divisé.

— Je ne puis accepter votre sombre prévision, protesta Hunt mais sa voix manquait de conviction.

— Le fossé entre vos provinces anglophones et mon Québec français est trop grand pour qu'on le comble de mots patriotiques. Vous êtes d'origine britannique, diplômé d'Oxford. Vous appartenez à l'élite qui a toujours dominé la structure politique et économique de ce pays. Vous représentez l'Establishment. Vos enfants étudient en classe sous le portrait de la Reine. Les petits Français du Québec, eux, se font contempler par Charles de Gaulle. Et, comme vous le savez, ils ont peu de chances de réussir financièrement ou d'occuper des postes importants dans la société.

— Mais nous sommes tous canadiens !

— Non, pas tous. Il y en a un parmi nous qui s'est vendu à Moscou. »

Hunt fut suffoqué et arracha la pipe de ses dents.

« Qui ? De qui parlez-vous ?

— Du chef de la S.Q.L. J'ai appris avant ma visite à James Bay qu'il a pris des engagements avec l'Union soviétique qui entreront en vigueur quand le Québec aura quitté la confédération. Le pire, c'est qu'il a l'oreille de Jules Guerrier.

— Le Premier ministre du Québec ? Non, je ne peux pas le croire. Jules est canadien-français jusqu'à l'os. Il a très peu d'affection pour le communisme et ne cache pas sa haine de la S.Q.L.

— Mais Jules, comme nous, a toujours cru que nous avions affaire à un terroriste du ruisseau. Une erreur. L'homme n'est pas un simple extrémiste égaré. Il paraît qu'il occupe une fonction élevée dans notre gouvernement.

— Qui est-ce ? Comment avez-vous appris tout cela ? »

Sarveux secoua la tête.

« Sauf pour dire que ma source vient de l'étranger, je ne peux pas la révéler, même à vous. Quant au nom du traître, je n'en suis pas certain. Les Russes font allusion à lui sous divers noms de code. Sa véritable identité est gardée bien secrète.

— Mon Dieu, et si quelque chose arrivait à Jules ?

— Alors le Parti Québécois s'effondrerait et la S.Q.L. pourrait prendre sa place.

— En somme, d'après vous la Russie aura une tête de pont en pleine Amérique du Nord.

— Précisément », dit Sarveux.

Henri Villon regardait par les fenêtres du centre de contrôle de James Bay ; son sourire de satisfaction se reflétait dans la vitre.

L'énigme du garrot de Roubaix se trouvait au-dessous de lui, dans la grande salle des génératrices.

Derrière lui, Percival Stuckey se tordait les mains, en pleine confusion.

« Je dois protester contre cette mesure. Elle est intolérable. »

Villon se retourna et le toisa froidement.

« En qualité de membre du Parlement et de ministre de l'Intérieur de M. Sarveux, je puis vous assurer que ce test est d'une importance capitale pour notre pays ; intolérable ou non.

— C'est tout à fait irrégulier, marmonna Stuckey.

— Voilà bien le fonctionnaire qui parle, railla cyniquement Villon. Alors, maintenant, pouvez-vous faire ce que votre gouvernement vous demande ? »

Stuckey réfléchit un moment.

« Le détournement de millions de kilowatts est très complexe et nécessite un contrôle difficile des relais et des fréquences, en relation avec le minutage. La majorité de la surcharge de courant ira au sol mais nous allons quand même lourdement surcharger nos propres systèmes.

— Pouvez-vous le faire ? » insista Villon.

Stuckey fit un geste résigné.

« Oui. Mais je ne vois pas le but d'une coupure de courant dans toutes les villes entre Minneapolis et New York.

— Cinq secondes, dit Villon en ignorant volontairement la réflexion du directeur. Vous n'avez qu'à couper le courant aux Etats-Unis pendant cinq secondes. »

Stuckey jeta un dernier coup d'œil de révolte et se pencha entre les ingénieurs assis aux pupitres, pour tourner plusieurs boutons. Les écrans de contrôle suspendus au plafond s'allumèrent et montrèrent diverses vues panoramiques de gratte-ciel.

« Le contraste a l'air de pâlir quand on regarde de gauche à droite, remarqua Villon.

— Les villes les plus obscures sont Boston, New York et Philadelphie. A Chicago c'est le crépuscule et le soleil brille encore à Minneapolis.

— Comment saurons-nous si le black-out est total, avec une ville encore en plein jour ? »

Stuckey procéda à un léger réglage et sur l'écran de Minneapolis l'image se braqua, en « zoom », sur un carrefour animé. Elle était si nette que Villon put lire les plaques des rues, au coin de Third Street et de Hennepin Avenue.

« Les feux de signalisation. Nous verrons quand ils s'éteindront.

— Est-ce que le courant sera coupé aussi au Canada ?

— Seulement dans les villes proches de la frontière, au-dessous de nos terminaux d'interconnexion. »

Les ingénieurs procédèrent à plusieurs ajustements et attendirent. Stuckey se retourna et regarda fixement Villon.

« Je n'assumerai pas la responsabilité des conséquences.

— Vos objections ont été notées. »

Villon contemplait les écrans ; un petit filet glacé d'indécision s'insinua dans son esprit, suivi d'un torrent de doutes de dernière minute. La tension de ce qu'il s'apprêtait à faire pesait lourdement sur ses épaules. Cinq secondes. Un avertissement qui ne pourrait être négligé. Finalement, il chassa toutes ses craintes et fit un signe de tête.

Puis il regarda un quart des Etats-Unis plonger dans les ténèbres.

DEUXIÈME PARTIE

LE *BIDULE*

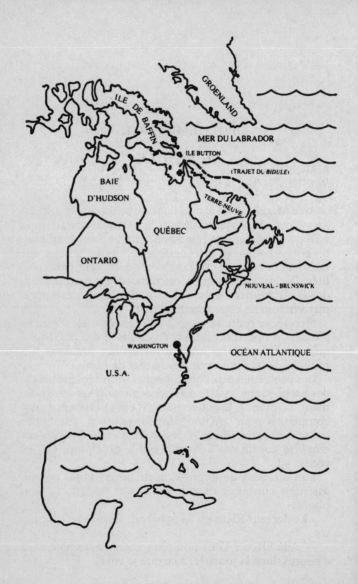

MARS 1989
WASHINGTON, D.C.

Alan Mercier était accablé par un sentiment d'impuissance, presque de peur, alors qu'il travaillait tard dans la
nuit pour étudier une pile de recommandations militaires concernant la sécurité nationale. Il se demandait si le
nouveau Président était capable de comprendre les réalités. Déclarer la banqueroute nationale, c'était demander la destitution, même si la nation avait désespérément besoin de cette mesure.

Mercier se redressa et se frotta les yeux. Ce n'étaient
plus des propositions, des prédictions et des prévisions
qu'il avait devant lui mais des décisions touchant des
millions d'êtres humains de chair et de sang.

Des problèmes aux conséquences illimitées prenaient
des proportions à perte de vue, dépassant son entendement. Le monde, le gouvernement étaient devenus trop
complexes pour qu'une simple poignée d'hommes
contrôlent avec efficacité les événements. Il se voyait
emporté par un raz de marée qui le précipitait sur les
récifs.

Son moment de dépression fut interrompu par un
assistant qui entra dans le bureau et désigna le téléphone.

« Le docteur Klein est à l'appareil, monsieur le ministre.

— Allô ! Ron ? Vous non plus, vous n'avez pas assez
d'heures dans la journée, à ce que je vois.

— Hélas ! J'ai pensé que vous aimeriez savoir que j'ai une piste, pour votre bidule coûteux.

— Qu'est-ce que c'est au juste ?

— Je ne sais pas. Personne n'en a la moindre idée par ici.

— Expliquez-vous.

— Les fonds ont bien été versés au Département de l'Energie. Mais alors ils ont été immédiatement siphonnés vers un autre service du gouvernement.

— Lequel ?

— La National Underwater and Marine Agency. »

Mercier ne répondit pas. Il réfléchissait.

« Allô ! Alan ? Vous êtes toujours là ?

— Oui, excusez-moi.

— A ce qu'il semble, nous n'étions que l'intermédiaire, reprit Klein. J'aimerais vous donner plus de renseignements, mais c'est tout ce que j'ai découvert.

— Ça me paraît retors, murmura Mercier. Pourquoi l'Energie irait-elle discrètement virer une somme aussi considérable à un service qui s'occupe de science marine ?

— Je n'en sais rien. Vous voulez que mon personnel cherche encore ? »

Mercier réfléchit de nouveau.

« Non, mieux vaut me laisser faire. Un petit coup de sonde d'une source neutre se heurtera peut-être à moins d'obstacles.

— Je ne vous envie pas, de croiser le fer avec Sandecker.

— Ah ! oui, le directeur de la N.U.M.A. Je ne le connais pas mais il paraît qu'il a un sale caractère.

— Je le connais, moi, et c'est peu dire. Vous cloueriez sa peau à la porte de la grange, que la moitié de Washington vous décorerait.

— On dit que c'est un homme de valeur.

— Ce type n'est pas un imbécile. Il ne se mêle pas de politique mais il fréquente les bons milieux. Il n'hésite pas à marcher sur des pieds, « au diable les torpilles » et tout ça, pour faire effectuer un boulot. Ceux qui ont cherché la bagarre avec lui ne sont jamais sortis vainqueurs. Si vous avez de mauvaises pensées dans sa direction, je vous conseille de vous armer solidement.

— Innocent jusqu'à preuve de la culpabilité.

— C'est aussi très dur de lui mettre la main dessus. Il ne retourne jamais un coup de fil et il est rarement à son bureau.

— Je trouverai bien un moyen de le harponner, dit Mercier avec confiance. Merci de votre aide.

— De rien. Bonne chance. J'ai l'impression que vous allez en avoir besoin. »

22

Tous les après-midi, à quatre heures moins cinq précises, l'amiral James Sandecker, directeur de la National Underwater and Marine Agency, quittait son bureau pour descendre au service des communications, au dixième étage.

C'était un poids coq, un homme d'un mètre soixante-sept à peine, à la barbe rousse bien taillée assortie à sa crinière où peu de blanc se voyait. A soixante et un ans, c'était un maniaque de la santé ; il se maintenait en forme en se gavant de vitamines et de comprimés d'ail et en se rendant à pied au pas gymnastique, tous les matins, de son domicile à l'immense tour de verre de la N.U.M.A. éloignée de dix kilomètres.

Il entra dans l'immense salle des communications où travaillaient quarante-cinq ingénieurs et techniciens. Six satellites en orbite autour du monde reliaient le centre à des stations météo, des expéditions de recherches océanographiques et des centaines de projets de la marine, sur toute la surface du globe.

Le directeur des communications leva les yeux quand Sandecker entra. Il connaissait bien ses habitudes.

« Salle de projection B, s'il vous plaît, amiral. »

Sandecker répondit d'un bref signe de tête et passa dans une petite salle de projection. Il se laissa tomber dans un confortable fauteuil et attendit patiemment qu'une image se forme sur l'écran.

A cinq mille kilomètres, un homme grand et dégingandé le regarda de ses yeux perçants. Il avait des cheveux noirs, un large sourire et une figure comme un rocher défiant l'océan de venir s'y briser.

Dirk Pitt était renversé dans sa chaise, les pieds sans gêne posés sur un pupitre électronique. Il fit un geste, avec un sandwich entamé.

« Pardon, amiral, vous me surprenez en pleine collation.

— Vous n'avez jamais respecté les formes, grommela l'amiral avec bonne humeur. Pourquoi commencer maintenant ?

— Il fait plus froid que dans le cul d'un ours polaire, à l'intérieur de cette malédiction flottante. Nous brûlons une tonne de calories, rien qu'en essayant d'avoir chaud.

— Le *Bidule* n'est pas un paquebot de croisière. »

Pitt posa son sandwich.

« Possible, mais au prochain voyage, l'équipage apprécierait qu'on s'intéresse un peu plus au système de chauffage.

— A quelle profondeur êtes-vous ? »

Pitt consulta un cadran.

« A deux cent quarante mètres. Température de l'eau, moins deux. Des conditions qui ne se prêtent guère à une partie de waterpolo.

— Des problèmes ?

— Aucun, répondit Pitt en gardant le sourire. Le *Bidule* se comporte en véritable gentleman.

— Le temps presse, dit posément Sandecker. Je m'attends d'un moment à l'autre à un coup de fil du nouveau Président, demandant ce que nous fabriquons.

— L'équipage et moi resterons jusqu'à ce qu'il n'y ait plus de carburant, amiral. C'est tout ce que je peux promettre.

— Des contacts minéraux ?

— Nous sommes passés au-dessus de grands dépôts de fer, d'uranium commercialement extrayable, de thorium, d'or et de manganèse. Presque tous les minéraux à part notre cible initiale.

— Est-ce que la géologie tient ses promesses ?

— Les indications se renforcent, mais il n'y a rien qui ressemble à un soulèvement structural, à des anticlinaux ou à un dôme de sel.

— J'espère un piège stratigraphique. C'est ce qui a le plus de potentiel.

— Le *Bidule* ne peut pas fournir un banc de sable payant, amiral, seulement en trouver un.

— Je ne change pas de conversation, mais gardez un œil sur votre rétroviseur. Je ne peux pas vous tirer d'affaire si vous êtes pris en train de fouiner du mauvais côté de la rue.

— Je voulais justement vous demander : qu'est-ce qui empêche le public de trianguler mes émissions vidéo ?

— Un coup sur quarante.

— Pardon ?

— Le réseau de satellites de communications de la N.U.M.A. a un lien direct avec quarante autres stations. Ils reçoivent et transmettent tous, instantanément, vos transmissions. Le retard est de moins d'une milliseconde. Pour quelqu'un qui se branche sur votre fréquence d'émission, votre voix et votre image viennent de quarante sites différents tout autour du globe, il n'y a aucun moyen de détecter l'original.

— Je crois que je peux m'accommoder de cette cote.

— Je vous laisse à votre sandwich. »

Si Pitt était pessimiste, il le cachait bien. Il prit une expression confiante et leva une main nonchalante.

« Cool, amiral. La loi des moyennes nous rattrapera fatalement. »

Sandecker regarda la figure de Pitt disparaître de l'écran. Puis il se leva et sortit de la salle de projection pour monter à pied deux étages, jusqu'à la section des ordinateurs où il franchit le cordon de sécurité. Dans une pièce vitrée, isolée des machines bourdonnantes, un homme en blouse blanche étudiait une pile d'imprimantes, il regarda l'amiral par-dessus ses lunettes.

« Bonjour, doc », lui dit Sandecker.

Le docteur Ramon King salua négligemment en levant son crayon, il avait une longue figure triste, une mâchoire saillante et des sourcils barbelés, le genre de visage qui ne révèle rien et présente rarement un changement d'expression.

Doc King pouvait se permettre une mine revêche. Il était le génie créateur du *Bidule*.

« Tout fonctionne normalement ? demanda Sandecker, pour essayer d'engager la conversation.

— La sonde fonctionne parfaitement. Tout comme hier, avant-hier et depuis deux semaines. Si notre bébé a des problèmes de dentition, vous serez le premier averti.

— Je préfère les bonnes nouvelles à pas de nouvelles. »

King écarta les imprimantes et se tourna vers l'amiral.

« Non seulement vous exigez la lune, mais les étoiles par-dessus le marché. Pourquoi poursuivre cette expédition risquée ? Le *Bidule* est une réussite vérifiée. Il pénètre plus profondément que nous n'étions en droit d'espérer. Les portes de la découverte qu'il ouvre sont stupéfiantes. Pour l'amour du Ciel, assez de mystère et faites connaître son existence !

— Non ! rétorqua sèchement Sandecker. Pas avant que j'y sois bougrement forcé.

— Qu'est-ce que vous cherchez à prouver ?

— Je veux prouver que c'est plus qu'une baguette de sourcier époustouflante. »

King remonta ses lunettes sur son nez et se remit à examiner les renseignements de l'ordinateur.

« Je ne suis pas joueur, amiral, mais puisque vous prenez la responsabilité du risque, je veux bien vous accompagner pour la balade, sachant très bien que je passerai sur la liste noire de la Justice comme complice. J'ai un intérêt dans le *Bidule*. Comme tout le monde, j'aimerais le voir réussir un gros coup. Mais si quelque chose tourne mal et si ces types là-bas dans l'océan sont pris comme des voleurs dans la nuit, le mieux que nous puissions espérer tous les deux, c'est d'être goudronnés et emplumés et exilés dans l'Antarctique. Le pire, je ne veux pas y penser. »

23

Les milieux sportifs de Washington regardaient de travers les habitudes de Sandecker. Il était le seul jogger qu'on avait jamais vu courir sur les trottoirs avec un éternel cigare à la Churchill entre les dents.

Il trottait autour de l'immeuble de la N.U.M.A. sous un ciel matinal couvert, quand un homme corpulent en costume fripé, assis sur un banc, leva les yeux de son journal.

« Amiral Sandecker, pourrais-je échanger un mot avec vous ? »

Sandecker tourna la tête par curiosité mais, ne reconnaissant pas le conseiller pour la sécurité du Président, il conserva sa foulée.

« Téléphonez pour un rendez-vous, haleta-t-il avec indifférence. Je n'aime pas interrompre mon allure.

— Je vous en prie, amiral, c'est Alan Mercier. »

Sandecker s'arrêta et plissa les yeux.

« Mercier ? »

Mercier plia son journal et se leva.

« Toutes mes excuses pour cette interruption de votre gymnastique matinale, mais il paraît que vous êtes difficile à coincer pour une conversation.

— Votre fonction est supérieure à la mienne. Vous auriez pu simplement me convoquer à la Maison Blanche.

— Je ne suis pas un fanatique du protocole. Une rencontre impromptue comme celle-ci a des avantages.

— Celui de surprendre votre gibier sur son terrain. Une tactique sournoise. Il m'arrive de l'employer.

— Le bruit court que vous êtes un maître de la tactique sournoise. »

L'expression de Sandecker resta un moment impassible. Puis il éclata de rire, tira un briquet de son survêtement et ralluma son mégot de cigare.

« Quand je suis battu, je l'admets. Vous ne m'avez pas dressé une embuscade pour me voler mon portefeuille, monsieur Mercier. Que voulez-vous ?

— Si vous me parliez un peu du *Bidule* ?

— *Bidule* ? »

L'amiral pencha imperceptiblement la tête, un mouvement équivalent à de la surprise effarée chez un autre.

« Un instrument fascinant. Je suppose que vous connaissez son usage.

— Si vous me le disiez ?

— Eh bien, disons que c'est une espèce de baguette de sourcier aquatique.

— Les baguettes de sourcier ne coûtent pas six cent quatre-vingts millions de dollars aux contribuables.

— Que voulez-vous savoir exactement ?

— Est-ce que cet instrument exotique existe ?

— Le Projet *Bidule* est une réalité, et une sacrée réussite, pourrais-je ajouter.

— Etes-vous prêt à expliquer son opération et à rendre des comptes, pour l'argent dépensé pour son développement ?

— Quand ?

— A la première occasion.

— Accordez-moi deux semaines et je dépose le *Bidule* sur vos genoux, bien enveloppé et ficelé. »

Mercier ne se laissa pas impressionner.

« Deux jours.

— Je sais ce que vous pensez. Mais je vous promets qu'il n'y a aucune crainte de scandale, loin de là. Faites-moi confiance pendant au moins une semaine. Je ne peux absolument pas faire ce que vous voulez en moins de temps.

— Je commence à me faire l'effet d'un complice d'escroquerie.

— Je vous en prie, huit jours. »

Mercier regarda Sandecker dans les yeux. Mon Dieu, pensa-t-il, cet homme me supplie littéralement, il ne s'attendait guère à cela. Il fit signe à son chauffeur, garé non loin de là.

« D'accord, amiral. Vous avez votre semaine.

— Vous marchandez dur », répliqua Sandecker avec un petit sourire.

Sans un mot de plus, il tourna les talons et reprit son jogging autour du centre de la N.U.M.A.

Mercier regarda le petit homme rapetisser dans le lointain, sans remarquer son chauffeur patient qui tenait la portière de la voiture ouverte.

Il était cloué au sol, avec la certitude exaspérante de s'être fait avoir.

24

La journée de Sandecker fut épuisante. Après la rencontre inattendue de Mercier, il se battit jusqu'à huit heures du soir avec une commission budgétaire du Congrès, vantant les buts et les accomplissements de la N.U.M.A., demandant et, dans plusieurs cas, exigeant des crédits supplémentaires pour les opérations de l'agence. C'était une corvée bureaucratique qu'il détestait.

Il dîna à l'Army and Navy Club et rentra à son appartement du Watergate, où il commença par se servir un verre de petit-lait.

Il avait ôté ses souliers et commençait à se détendre quand le téléphone sonna. Il n'aurait pas répondu s'il n'avait pas tourné la tête et vu que le voyant rouge de la ligne directe avec la N.U.M.A. clignotait impérativement.

« Sandecker.

— Ramon King, amiral. Nous avons un problème avec le *Bidule*.

— Un mauvais fonctionnement ?

— Pas cette chance. Nos balayages de sondes ont détecté un intrus.

— Il se rapproche de nous ?

— Négatif.

— Le passage fortuit d'un de nos submersibles, alors, suggéra l'amiral avec optimisme.

— Le contact maintient une route parallèle, distance quatre mille mètres. Il semble suivre le *Bidule*.

— Mauvais, ça.

— J'aurai une meilleure idée de la situation quand les ordinateurs auront craché une analyse plus détaillée de notre visiteur inconnu. »

Sandecker but machinalement un peu de petit-lait, en pleine méditation. Finalement, il ordonna :

« Appelez le bureau de la sécurité et dites-leur de trouver Al Giordino. Je le veux dans cette affaire.

— Est-ce que Giordino est au courant de... euh, est-ce qu'il... ?

— Il sait, assura l'amiral. Je l'ai personnellement mis au courant du projet pendant son stage, au cas où il aurait à remplacer Pitt. Faites ça tout de suite. Je suis là dans un quart d'heure. »

Sandecker raccrocha. Sa pire crainte faisait son apparition. Il regarda le liquide blanc dans son verre, comme s'il pouvait y voir l'engin mystérieux qui filait le *Bidule* sans défense.

Il posa le verre et se précipita vers la porte, sans s'apercevoir qu'il était encore en chaussettes.

Loin sous la surface de la mer du Labrador, au large de la pointe nord de Terre-Neuve, Pitt examinait les données électroniques sur l'écran de contrôle tandis que le sous-marin inconnu croisait à la pointe extrême de la portée des instruments du *Bidule*. Il se pencha quand une nouvelle ligne d'indications apparut. Puis, brusquement, l'écran clignota et s'éteignit ; le contact était perdu.

Bill Lasky, informaticien, se tourna vers Pitt en secouant la tête.

« Navré, Dirk, notre visiteur est timide. Il ne reste pas tranquille pour un balayage. »

Pitt posa une main sur l'épaule de Lasky.

« Continue d'essayer. Tôt ou tard, il sera forcé de passer de notre côté de la barrière. »

Il traversa la salle de contrôle, dans le labyrinthe de matériel électronique, ses pas foulant silencieusement le revêtement de caoutchouc. Il descendit par une échelle sur le pont inférieur et entra dans une petite cabine, pas plus grande que deux cabines téléphoniques.

Assis au bord d'une couchette pliante, il étala un plan sur un petit bureau et étudia l'intérieur du *Bidule*.

Plongeur difforme, tel fut le terme moins que sympathique qui lui vint à l'esprit en contemplant le navire de recherche le plus sophistiqué du monde. Il ne ressemblait à rien qui avait été précédemment construit pour rôder sous les mers.

La forme compacte du *Bidule* avait quelque chose de grotesque. Les meilleures descriptions qu'on avait pu en faire étaient « la moitié interne d'une aile d'avion posée verticalement » et « la tourelle d'un sous-marin qui aurait perdu sa coque ». En un mot, c'était une plaque de métal naviguant en position verticale.

Les lignes peu orthodoxes du *Bidule* se justifiaient. Le concept représentait un bond considérable dans la technologie des submersibles. Dans le passé, tous les systèmes mécaniques et électroniques étaient conçus pour se conformer à l'espace limité d'une coque traditionnelle en forme de cigare. En revanche, celle du *Bidule* était construite autour de son ensemble d'instruments.

Il y avait peu de confort pour les trois hommes d'équipage. Les hommes n'étaient essentiels que pour les opérations d'urgence ou les réparations. Le bâtiment était automatiquement piloté par l'ordinateur principal au centre de la N.U.M.A. à Washington, à près de cinq mille kilomètres de distance.

« Que dirais-tu d'un petit médicament pour chasser les toiles d'araignée ? »

Pitt leva la tête et vit les yeux de chien triste de Sam Quayle, le génie de l'électronique de l'expédition. Quayle tenait deux verres en plastique et un flacon de cognac aux trois quarts vide.

« Tu n'as pas honte ? grogna Pitt sans pouvoir réprimer un sourire. Tu sais que le règlement de la N.U.M.A. interdit l'alcool à bord des navires de recherche.

— Ne me regarde pas, moi, protesta Quayle d'un air innocent. J'ai trouvé cette œuvre du diable, ou ce qu'il en reste, dans ma couchette. Elle a dû être oubliée par un ouvrier itinérant du bâtiment.

— Bizarre, murmura Pitt.

— Qu'est-ce qui est bizarre ?

— La coïncidence. »

Pitt glissa une main sous son oreiller et en retira une bouteille de Scotch Bell's à moitié pleine.

« Un ouvrier itinérant a oublié aussi celle-là. »

Quayle sourit et lui tendit les verres.

« Si ça ne te fait rien, je garderai la mienne pour les morsures de serpent. »

Pitt versa le whisky puis il s'adossa contre la paroi.

« Qu'est-ce que tu en penses, Sam ?

— De notre visiteur insaisissable ?

— Oui. Qu'est-ce qui l'empêche de nous rendre visite et de nous examiner ? Pourquoi ce jeu du chat et de la souris ? »

Quayle avala une solide rasade de scotch et haussa les épaules.

« La configuration du *Bidule* lui permet probablement d'échapper aux systèmes de détection du sous-marin. Le capitaine doit être en train de demander à son haut commandement un exposé sur les submersibles en patrouille dans ce secteur avant de nous faire signe de nous arrêter sur le bas-côté et de nous dresser procès-verbal. »

Quayle vida son gobelet et regarda la bouteille avec envie.

« J'ai droit à du rab ?

— Sers-toi.

— Je me sentirais beaucoup plus tranquille si nous pouvions coller un nom sur ces gars-là.

— Ils ne viendront pas à portée de nos instruments. Ce que je ne pige pas, c'est comment ils font pour calculer aussi juste. Ils apparaissent et disparaissent comme s'ils voulaient nous taquiner.

— Aucun miracle, dit Quayle après avoir avalé une nouvelle gorgée de scotch. Leurs transducteurs mesurent nos sondages. Ils savent à quelques mètres près où nos signaux s'arrêtent. »

Pitt se redressa brusquement.

« Une supposition... rien qu'une supposition... »

Il n'acheva pas mais bondit et s'élança sur l'échelle,

vers la salle de contrôle. Quayle but encore une rasade et le suivit, mais sans courir.

« Pas de changement ? demanda Pitt.

— Non, répondit Lasky. Les intrus se méfient toujours.

— Diminue progressivement les sondages. Nous pourrons peut-être les attirer. Quand ils entreront dans notre cour, frappe-les avec tous les moyens que nous avons.

— Tu te figures que tu peux faire marcher un sous-marin nucléaire, avec un équipage d'élite, au moyen d'un tour de gosse comme ça ? demanda Quayle avec stupéfaction.

— Pourquoi pas ? Je te parie mon scotch qu'ils vont tomber dans le panneau. »

Quayle eut l'air d'un agent immobilier qui vient de vendre un terrain en bordure de mer dans le désert de Gobi.

« Pari tenu. »

Pendant une heure, ce fut le travail de routine. Les hommes continuèrent d'observer leurs instruments et de vérifier le matériel. Enfin Pitt consulta sa montre et fit signe à Lasky.

« Systèmes en alerte.

— Systèmes parés.

— Bon, allons-y ! »

Devant eux, le pupitre s'anima soudain et l'écran s'alluma.

Contact : 3480 mètres
Cap : Orientation un zéro huit
Vitesse : Dix nœuds

« Il a mordu à l'hameçon ! s'écria Quayle. Nous le tenons ! »

Longueur totale : 76 mètres
Travers (approx.) : 10,7 mètres
Déplacement probable en plongée : 3 650 tonneaux
Puissance motrice : Un réacteur nucléaire à refroidissement à eau

115

Dessein : Chasseur-tueur
Type : Amberjack
Pavillon. U.S.A.

« C'est un des nôtres, dit Lasky avec soulagement.

— Au moins nous sommes entre amis, marmonna Quayle.

— Nous ne sommes pas encore sortis de l'auberge », grogna Pitt.

Lasky ne quittait pas l'écran des yeux.

« Notre petit curieux a modifié son cap sur zéro sept six. Vitesse croissante... Il s'écarte de nous, maintenant.

— Si je n'étais pas sûr du contraire, murmura Quayle tout songeur, je dirais qu'il se prépare à attaquer. »

Pitt se tourna vers lui.

« Explique.

— Il y a quelques années, je faisais partie d'un groupe d'études qui mettait au point des systèmes d'armement sous-marin pour la marine. J'ai fini par apprendre qu'un submersible chasseur-tueur monte à la vitesse de flanc et s'écarte de la cible juste avant le lancement d'une torpille.

— Un peu comme si on tirait sur le méchant avec un colt à six coups par-dessus l'épaule, tout en sortant de la ville au grand galop ?

— Quelque chose comme ça. La torpille moderne est bourrée de systèmes sensoriels ultrasoniques, thermiques et magnétiques. Une fois lancée, elle court après sa cible avec une ténacité diabolique. Si elle rate son premier passage, elle fait demi-tour et recommence jusqu'au contact. C'est pourquoi le sous-marin lanceur, calculant que la cible a des armes de même capacité, se tire rapidement du secteur. »

Pitt s'inquiéta.

« A combien, le fond ?

— Deux cent trente mètres, répondit Lasky.

— Et la topographie, c'est comment ?

— Accidentée. Des rochers, certains de quinze mètres. »

Pitt alla se pencher sur une petite table pour étudier une carte du fond de la mer.

« Branche-nous sur manuel et fais-nous plonger.

— Le contrôle N.U.M.A. ne verra pas d'un bon œil que nous lui prenions les rênes.

— Nous sommes ici. Washington est à cinq mille kilomètres. Je crois qu'il vaut mieux que nous pilotions le bâtiment jusqu'à ce que nous sachions ce que nous affrontons. »

Quayle parut dérouté.

« Tu ne penses tout de même pas qu'ils vont nous attaquer ?

— Tant qu'il y a une probabilité d'un pour cent, je ne vais pas la négliger. Plonge, Lasky. Espérons que nous pourrons nous perdre dans la géologie du fond.

— J'ai besoin de sonar pour éviter les rochers.

— Garde-le braqué sur le sous-marin, ordonna Pitt. Sers-toi des phares et du contrôle télé. Nous naviguerons à vue.

— C'est de la folie, grommela Quayle.

— Si nous rasions les côtes de Sibérie, tu crois que les Russes hésiteraient à nous flanquer un coup bas ?

— Sainte Mère de Dieu ! » souffla Lasky.

Pitt et Quayle se figèrent, leurs yeux de bêtes traquées soudain fixés sur les lettres vertes lumineuses de l'écran.

Situation : CRITIQUE
Nouveau contact : Orientation un neuf trois
Vitesse : 70 nœuds
Etat : Collision imminente
Temps de contact : Une minute onze secondes

« Ils l'ont fait, murmura Lasky comme un homme qui vient de voir sa tombe. Ils nous ont lancé une torpille. »

Giordino sentait presque l'odeur de la crainte, il la voyait dans les yeux de King et de l'amiral Sandecker, alors qu'il faisait irruption dans la salle de l'ordinateur.

Aucun des deux ne se tourna vers le petit Italien. Leur attention était entièrement absorbée par l'énorme déploiement électronique couvrant tout un mur. Giordino le regarda rapidement et frémit à la lecture de la catastrophe imminente.

« Renversez leur mouvement avant, dit-il avec calme.

— Je ne peux pas, répondit King en écartant les mains. Ils sont passés sur manuel.

— Alors dites-le-leur !

— Pas moyen, dit Sandecker d'une voix blanche. Il y a une panne de la transmission vocale par le satellite de communications.

— Entrez en contact par les ordinateurs.

— Oui, oui, murmura King en reprenant espoir. Je contrôle toujours leurs données. »

Giordino observa l'écran en comptant les dernières secondes de la trajectoire de la torpille pendant que King parlait dans une unité de réponse vocale qui relayait le message au *Bidule*.

« Pitt vous a devancé », annonça Sandecker en désignant l'écran de la tête.

Ils poussèrent tous un bref soupir de soulagement en constatant la réduction de vitesse.

« Dix secondes avant contact », dit Giordino.

Sandecker empoigna un téléphone et rugit au standardiste de service :

« Demandez-moi l'amiral Joe Kemper, le chef des opérations navales !

— Trois secondes... deux... une... »

Un grand silence tomba ; ils avaient tous peur de parler, d'être le premier à prononcer les mots qui pourraient devenir l'épitaphe du submersible et de son équipage. L'écran resta obscur. Puis le texte réapparut.

« Raté, dit King dans un soupir. La torpille est passée sur l'arrière à quatre-vingt-dix mètres.

— Les senseurs magnétiques ne peuvent pas se fixer fermement sur la coque en alu du *Bidule* », commenta Sandecker.

Giordino ne put s'empêcher de rire de la réponse de Pitt :

Premier round : un point d'avance.
Pas d'idées géniales pour le deuxième ?

« La torpille tourne pour une nouvelle tentative, annonça King.

— Quelle est sa trajectoire ?

— Elle semble filer à plat.

— Dites-leur de tourner le *Bidule* sur le côté, à l'horizontale, en maintenant la quille vers la torpille. Ça réduira la surface de frappe. »

Sandecker obtint un des collaborateurs de Kemper, un capitaine de corvette qui déclara que le chef des opérations navales dormait et ne pouvait être dérangé. Il ne fit pas plus d'effet que s'il avait lancé une tarte à la crème contre un train de marchandises.

« Ecoutez-moi un peu, fiston ! répliqua Sandecker de la voix intimidante qui faisait sa renommée. Je suis l'amiral James Sandecker de la N.U.M.A. et c'est un cas d'urgence. Je vous conseille vivement de me passer Joe immédiatement si vous ne voulez pas vous retrouver posté dans une station météo au sommet de l'Everest. Ouste ! »

Quelques instants plus tard l'amiral Kemper bâillait au bout du fil :

« Jim ? Bon Dieu, qu'est-ce qu'il se passe ?

— Un de vos sous-marins vient d'attaquer un de mes navires de recherche, voilà ce qui se passe ! »

Kemper réagit comme s'il avait essuyé un coup de feu.

« Où ?

— A dix milles au large des îles Button dans la mer du Labrador.

— C'est dans les eaux canadiennes.

— Pas le temps d'expliquer. Vous devez ordonner à votre submersible d'autodétruire leur torpille avant que nous ayons un drame stupide sur les bras.

— Quittez pas, je reviens tout de suite.

— Cinq secondes ! cria Giordino.

— Le cercle s'est rétréci, nota King.

— Trois secondes... deux... une... »

L'intervalle suivant parut se traîner interminablement. Enfin, King annonça :

« Encore raté. Mais seulement de dix mètres au-dessus, cette fois.

« — A quelle distance sont-ils du fond ? demanda Giordino.

— Trente-cinq mètres et en plongée. Pitt doit essayer de se cacher derrière des formations rocheuses. Ça paraît désespéré. Si la torpille ne les frappe pas de plein fouet au passage suivant, elle risque de leur percer au moins la coque. »

Sandecker se redressa quand Kemper revint en ligne. « J'ai averti le chef de la défense arctique. Il lance un signal de priorité au commandant du sous-marin. J'espère qu'il arrivera à temps.

— Vous n'êtes pas le seul.

— Désolé de ce malentendu, Jim. L'US Navy n'a pas l'habitude de tirer d'abord et de poser des questions ensuite. Mais la chasse est ouverte sur les submersibles non identifiés surpris si près des côtes d'Amérique du Nord. Qu'est-ce que votre bâtiment fait par là, d'abord ?

— La marine n'est pas la seule à effectuer des missions secrètes, rétorqua Sandecker. Merci de votre assistance. »

Il raccrocha et leva les yeux vers l'écran.

La torpille fonçait dans les profondeurs avec des idées de meurtre dans son cerveau électronique. Sa tête chercheuse était à quinze secondes du *Bidule*.

« Plongez, supplia tout haut King. Douze mètres jusqu'au fond. Mon Dieu, ils ne vont pas y arriver ! »

Giordino cherchait désespérément des solutions mais il n'en restait aucune. Ce coup-ci, il était impossible d'échapper à l'inévitable. A moins que la torpille ne s'autodétruise dans les quelques secondes suivantes, le *Bidule* et ses trois hommes resteraient à jamais au fond de la mer.

Il avait la bouche sèche. Cette fois, il ne compta pas les secondes. Dans les moments de tension, les hommes perçoivent avec une clarté anormale les choses qui sortent de l'ordinaire. Giordino se demanda distraitement pourquoi il n'avait pas remarqué que Sandecker n'avait pas de chaussures.

« Elle va frapper, cette fois », dit King.

C'était une simple constatation, pas davantage. Sa

figure ne reflétait plus aucune émotion. Il leva les mains sur ses yeux, pour cacher l'écran.

Aucun bruit ne fut transmis par les ordinateurs quand la torpille se jeta sur le *Bidule*, aucune explosion, aucun fracas grinçant de métal tordu. Les ordinateurs impassibles étaient indifférents aux cris étouffés d'hommes mourant dans les sombres profondeurs glaciales.

Un par un, les appareils sans âme s'arrêtèrent. Leurs clignotants s'éteignirent et leurs terminaux refroidirent. Ils se taisaient.

Pour eux, le *Bidule* n'existait plus.

25

Mercier n'éprouvait aucune joie à la pensée de ce qu'il devait faire. Il aimait bien James Sandecker, il respectait sa franchise et son esprit d'organisation. Mais il n'était pas possible d'éviter une enquête immédiate sur la perte du *Bidule*. Le conseiller n'osait pas attendre et courir le risque d'une fuite qui amènerait la presse comme un vol de vautours. Il devait rapidement prendre des mesures pour extraire du pétrin l'amiral, et la Maison Blanche, sans scandale.

Sa secrétaire annonça par l'interphone :

« L'amiral Sandecker est là, monsieur.

— Faites-le entrer. »

Mercier s'attendait à voir un homme hagard et manquant de sommeil, affligé par la mort et la tragédie, mais il fut surpris.

Sandecker entra dans le bureau en grand uniforme resplendissant de galons dorés et de décorations. Un cigare nouvellement allumé était planté au coin de sa bouche et ses yeux pétillaient avec leur insolence habituelle. S'il devait passer sous la loupe, il entendait le faire avec style.

« Asseyez-vous, amiral, je vous en prie, dit Mercier en

se levant. Le conseil de sécurité se réunit dans quelques minutes.

— Vous voulez dire l'inquisition.

— Pas du tout. Le Président veut simplement connaître les détails du développement du *Bidule* et placer les événements des dernières trente-six heures dans leur contexte.

— Vous ne perdez pas de temps. Il n'y a pas huit heures que mes hommes ont été assassinés.

— C'est un bien grand mot.

— Comment appelleriez-vous ça, vous ?

— Je ne suis pas un jury. Je tiens à vous dire que je regrette sincèrement l'échec du projet.

— Je suis prêt à endosser tout le blâme.

— Nous ne cherchons pas de bouc émissaire, amiral, uniquement la vérité, que vous avez été extrêmement réticent à révéler.

— J'avais mes raisons.

— Nous serons très heureux de les apprendre. »

L'interphone bourdonna.

« Oui ?

— Ces messieurs vous attendent.

— Allons-y, dit Mercier. Vous venez ? »

Ils entrèrent dans la salle du conseil de la Maison Blanche. Le tapis bleu était assorti aux rideaux et un portrait de Harry Truman trônait au-dessus de la cheminée. Le Président était assis au centre de la grande table d'acajou ovale, le dos à la terrasse dominant la roseraie. En face de lui, le Vice-Président griffonnait des notes. L'amiral Kemper était présent ainsi que le ministre de l'Energie Ronald Klein, le secrétaire d'Etat Doublas Oates et le directeur de la C.I.A. Martin Brogan.

Le Président se leva pour venir accueillir chaleureusement Sandecker.

« C'est un plaisir de vous voir, amiral. Asseyez-vous, je vous en prie. Je crois que vous connaissez tout le monde. »

Sandecker salua de la tête et prit une chaise en bout de table. Il était seul, à l'écart des autres.

« Eh bien, dit le Président, si vous nous parliez un peu de votre mystérieux *Bidule* ? »

La secrétaire de Dirk Pitt, Zerri Pochinsky, entra dans la salle des ordinateurs avec une tasse de café et un sandwich sur un plateau. Elle avait les larmes aux yeux. Il lui était difficile d'accepter la mort de son patron. Elle était encore sous le choc de la perte d'une personne aussi proche et la réaction viendrait plus tard, elle le savait.

Elle trouva Giordino à califourchon sur une chaise, les coudes et le menton posés sur le dossier. Il regardait fixement la rangée d'ordinateurs inertes. Elle s'assit à côté de lui.

« Votre préféré, murmura-t-elle. Salami pain de seigle. »

Giordino refusa le sandwich mais but le café. La caféine ne le soulagea guère de sa frustration et ne calma pas sa colère d'avoir vu mourir Pitt et les autres sans pouvoir l'empêcher.

« Vous devriez rentrer chez vous et dormir, conseilla Zerri. Ça ne sert à rien de rester ici.

— Pitt et moi avons fait un long chemin ensemble, murmura Giordino d'une voix lointaine.

— Oui, je sais.

— Nous jouions au rugby dans l'équipe du lycée. Il était le meilleur trois-quarts, le plus imprévisible.

— Vous oubliez que j'étais là quand vous égreniez vos souvenirs. Je pourrais presque vous donner une rediffusion instantanée. »

Giordino se tourna vers elle et sourit.

« Nous étions aussi odieux que ça ? »

Elle sourit aussi, à travers ses larmes.

« Aussi odieux. »

Une équipe de techniciens entra. Le chef s'approcha de Giordino.

« Pardon de l'intrusion, mais j'ai l'ordre de démanteler le projet et de déménager le matériel dans une autre section.

— L'heure de suppression des pièces à conviction, hein ?

— Pardon ?

— Avez-vous l'autorisation de King ?

— Oui, monsieur. Il a donné des ordres il y a deux heures. Avant de partir.

— A propos de partir, dit Zerri, venez. Je vais vous reconduire. »

Docilement, Giordino se leva et frotta ses yeux endoloris. Il tint la porte ouverte, pour faire passer Zerri devant lui. Il allait la suivre quand il s'arrêta soudain sur le seuil.

Il fut à un cheveu de le manquer. Plus tard, il ne put jamais expliquer pourquoi une force incoercible lui avait fait tourner la tête pour un dernier regard.

Le clignotement d'un voyant fut si bref qu'il lui aurait échappé si ses yeux n'avaient été tournés dans la bonne direction au bon moment.

« Rallumez tout ! hurla-t-il au technicien qui venait de couper les circuits.

— Pourquoi ?

— Bon Dieu, je vous dis de rallumer ! »

Un coup d'œil à la figure furieuse de Giordino suffit. Il n'y avait pas à discuter. Le technicien obéit.

Soudain, la salle perdit toute dimension. Tout le monde eut un mouvement de recul, comme à une brusque apparition monstrueuse. Tout le monde sauf Giordino. Il était immobile et ses lèvres s'écartaient en un joyeux sourire incrédule.

Un par un, les ordinateurs se ranimaient.

« Que je comprenne bien, dit le Président, la figure assombrie par le doute. Vous dites que votre *Bidule* peut voir à travers quinze kilomètres de roche massive ?

— Et identifier cinquante et un métaux et traces de métal à l'intérieur, répliqua Sandecker sans broncher. Oui, monsieur le Président, c'est exactement ce que j'ai dit.

— Je ne croyais pas que c'était possible, murmura le directeur de la C.I.A. Des systèmes électromagnétiques ont parfois réussi à mesurer la résistance électrique de minerais souterrains, mais certainement jamais rien d'une telle ampleur.

— Comment un projet d'une pareille importance a-t-il pu être étudié et développé à l'insu du Président et du Congrès ? demanda le Vice-Président.

— L'ancien Président était au courant, répondit Sandecker. Il aimait soutenir les concepts d'avenir. Comme vous devez le savoir maintenant, il a secrètement accordé des crédits pour un brain-trust clandestin appelé la Section Meta. Ce sont les savants de cette Section Meta qui ont conçu le *Bidule*. Cuirassés de sécurité, les plans ont été donnés à la N.U.M.A. Le Président fournissait les fonds, et nous l'avons construit.

— Et il fonctionne réellement ? insista le Président.

— Affirmatif. Nos premiers galops d'essai ont décelé des filons commercialement exploitables d'or, de manganèse, de chrome, d'aluminium et d'au moins dix autres éléments y compris l'uranium. »

Autour de la table, les expressions étaient variées. Le Président regardait Sandecker bizarrement. L'amiral Kemper restait impassible. Les autres ouvraient des yeux ronds.

« Est-ce que vous prétendez pouvoir déterminer l'étendue d'un filon et estimer aussi sa valeur ? demanda avec scepticisme Douglas Oates.

— Quelques secondes après avoir détecté l'élément ou le minerai, le *Bidule* calcule une évaluation précise des données de réserves en minerai, projette le prix de revient et les bénéfices et, naturellement, les coordonnées exactes du gisement. »

Au début, l'auditoire de Sandecker avait été sceptique, maintenant il devenait carrément incrédule. Klein, le ministre de l'Energie, posa la question qui venait à l'esprit de tous.

« Comment ça marche ?

— Le principe fondamental est le même que celui du radar et du sonar, à la différence que le *Bidule* transmet une pulsation d'énergie fortement concentrée, droit dans la terre. Ce rayon de haute énergie, semblable en théorie à une station radio qui émet différents sons dans l'atmosphère, projette des signaux sur diverses fréquences, qui sont reflétés par les formations géologiques qu'il rencontre. Mes ingénieurs l'appellent un balayage en modulation. Vous pouvez le comparer à des cris dans un canyon. Quand votre voix frappe une paroi rocheuse, vous recevez l'écho. Mais s'il y a des arbres, du feuillage en travers, l'écho vous parvient étouffé.

— Je ne comprends toujours pas comment cela peut identifier des métaux, dit Klein, dérouté.

— Chaque minerai, chaque élément composant le globe terrestre résonne sur sa propre fréquence particulière. Le cuivre résonne à environ deux mille cycles, le fer à deux mille deux cents, le zinc à quatre mille. La vase, le rocher et le sable ont chacun une signature individuelle qui détermine la qualité du signal ricochant à sa surface. Sur un écran d'ordinateur, la coupe de la terre qui apparaît est un tableau éclatant parce que les diverses formations sont codées par couleurs.

— Et vous mesurez la profondeur du gisement au temps que prend le trajet du signal, supposa l'amiral Kemper.

— Précisément.

— Il me semble que le signal devrait faiblir et se déformer, plus il plonge profondément, dit Mercier.

— Oui, avoua Sandecker. Le rayon perd de l'énergie en traversant les différentes couches terrestres. Mais en enregistrant chaque rencontre au cours de la pénétration, nous apprenons à reconnaître les reflets déviés. Nous appelons cela le dépistage de densité. Les ordinateurs analysent l'effet et transmettent en clair les données correctes. »

Le Président s'agita un peu sur sa chaise.

« Tout cela paraît irréel.

— C'est bien réel, assura Sandecker. En somme, messieurs, une flottille de dix *Bidules* pourrait relever et analyser toutes les formations géologiques, sous chaque mètre cube de fonds marins, en cinq ans. »

Un court silence s'établit. Puis Oates murmura avec respect :

« Dieu, le potentiel est inconcevable. »

126

Brogan, le directeur de la C.I.A., se pencha sur la table.

« Aucune chance que les Russes travaillent à un instrument semblable ?

— Je ne crois pas. Jusqu'à ces derniers mois, nous ne possédions pas la technologie pour perfectionner le rayon de haute énergie. Même avec un programme accéléré, en partant de zéro il leur faudrait dix ans pour nous rattraper.

— Une question importante, dit Mercier. Pourquoi la mer du Labrador ? Pourquoi n'avez-vous pas essayé le *Bidule* sur notre propre plateau continental ?

— Je pensais qu'il valait mieux effectuer nos essais dans une région isolée, loin du trafic maritime normal.

— Mais pourquoi si près des côtes canadiennes ?

— Le *Bidule* est tombé sur des indications de pétrole.

— De pétrole ?

— Oui, la piste paraissait conduire vers le détroit d'Hudson, au nord de Terre-Neuve. J'ai donné des ordres pour que le *Bidule* dévie de sa course et suive la trace dans les eaux canadiennes. La responsabilité de la perte d'un très cher ami, de son équipage et du navire de recherche me revient et à moi seul. Personne d'autre n'est à blâmer. »

Un serveur entra discrètement et proposa du café. Quand il arriva à Sandecker, il posa une note à côté de son coude :

Urgent vous voir. Giordino

« Si je puis me permettre de demander une brève interruption, dit l'amiral, je crois qu'un de mes hommes est là avec de nouvelles informations sur le drame. »

Le Président le regarda d'un air compréhensif et hocha la tête en direction de la porte.

« Naturellement. Priez-le donc de se joindre à nous. »

Giordino fut introduit dans la salle du Conseil, la figure radieuse.

« Le *Bidule* et tout le monde à bord sont passés au travers ! s'exclama-t-il sans préambule.

— Que s'est-il passé ? demanda Sandecker.

— La torpille a frappé un rocher à cinquante mètres

du submersible. L'onde de choc a court-circuité les terminaux principaux. Il a fallu longtemps à Pitt et à ses hommes pour effectuer les réparations d'urgence et il y a une heure à peine qu'ils ont pu reprendre les communications.

— Personne n'est blessé ? demanda l'amiral Kemper. La coque a résisté ?

— Bosses et bleus, répliqua Giordino dans un style télégraphique. Un doigt cassé. Pas de fuites signalées.

— Dieu soit loué, ils sont sains et saufs », murmura le Président, soudain tout sourire.

Giordino ne put garder son sang-froid plus longtemps.

« Je n'ai pas mentionné le meilleur.

— Le meilleur ?

— Tout de suite après la réanimation des ordinateurs, les analyseurs de données sont devenus fous. Félicitations, amiral. Le *Bidule* a découvert le grand-papa de tous les pièges stratigraphiques. »

Sandecker sursauta.

« Vous voulez dire qu'ils ont trouvé du pétrole ?

— Les premières indications suggèrent un champ pétrolifère s'étendant sur plus de cent cinquante kilomètres de long et un de large. Le rendement paraît stupéfiant. Les projections placent le rapport du banc de sable à vingt mille barils au mètre carré. La réserve pourrait rapporter huit milliards de barils. »

Autour de la table, personne n'était capable de dire un mot. Ils étaient tous comme assommés, incapables d'absorber l'énormité des conséquences. Giordino ouvrit une serviette et remit à Sandecker une liasse de papiers.

« Je n'ai pas eu le temps d'en faire un paquet-cadeau mais voici les premiers chiffres, calculs et projections, y compris une estimation du forage et de la production. Le docteur King aura un rapport plus concis quand le *Bidule* aura mieux étudié le champ.

— Où se trouve au juste ce gisement ? » demanda Klein.

Giordino déroula une carte et l'étala sur la table

devant le Président. Avec un crayon, il traça la route du *Bidule*.

« Après avoir été manqués de peu par la torpille, ils ont adopté une tactique d'évasion. Ils ne savaient pas si l'attaque du sous-marin avait été contremandée. Mettant le cap au nord-ouest en sortant de la mer du Labrador, ils ont rasé le fond par le détroit de Gray, au sud des îles Button, et pénétré dans la baie d'Ungava. C'est là qu'ils ont découvert le pétrole. »

Il fit une croix sur la carte. Les yeux du Président s'assombrirent brusquement.

« Alors ce n'est pas près des côtes de Terre-Neuve ?

— Non, monsieur le Président. La frontière provinciale de Terre-Neuve se termine sur un promontoire à l'entrée du détroit de Gray. Le gisement a été découvert dans les eaux du Québec. »

L'expression du Président révéla la déception. Mercier et lui échangèrent un regard consterné.

« Entre tous les coins de l'hémisphère Nord, marmonna le Président dans un souffle, il faut que ce soit le Québec. »

TROISIÈME PARTIE

LE TRAITÉ NORD-AMÉRICAIN

26

AVRIL 1989
WASHINGTON D.C.

Pitt rangea les notes de Heidi sur le Traité Nord-Américain dans sa serviette tandis que l'hôtesse de l'air s'assurait que sa ceinture était bien bouclée et son appuie-tête en position verticale. Il se massa les tempes, essayant vainement de chasser le mal de tête qui l'accablait depuis qu'il avait changé d'avion à St. John's, en Terre-Neuve.

Maintenant que les essais en mer chaotiques du *Bidule* étaient terminés, le petit bâtiment de recherche avait été hissé à bord de son navire de transport et ramené à Boston pour réparations et modifications. Bill Lasky et Sam Quayle étaient immédiatement partis pour une semaine de vacances en famille. Pitt les enviait. Il ne pouvait se permettre le luxe d'un repos. Sandecker lui ordonnait de revenir au centre de la N.U.M.A. pour un rapport personnel sur l'expédition.

Le train de l'avion rebondit sur la piste de l'aéroport national de Washington quelques minutes avant dix-neuf heures. Pitt resta à sa place pendant que les autres passagers se pressaient prématurément dans les travées. Il prit tout son temps et débarqua le dernier, sachant fort bien que, même sans aller vite, il arriverait avant ses bagages dans l'aérogare.

Il trouva sa voiture, une Ford Cobra AC 1966, dans le coin réservé du parking où sa secrétaire l'avait laissée dans l'après-midi. Un petit mot était posé sur le volant.

Cher patron, Bienvenue à la maison. Désolée de ne pouvoir attendre pour vous accueillir mais j'ai un rendez-vous. Dormez bien.

J'ai dit à l'amiral que votre avion n'arrivait que demain soir, pour vous offrir un jour de congé.

Zerri.

P.S. J'avais presque oublié ce que c'était de conduire un de ces vieux monstres. Amusant, amusant, mais qu'est-ce que ça consomme !

Pitt sourit en mettant le contact et écouta avec plaisir le vrombissement outré du puissant moteur. En attendant qu'il chauffe, il relut le billet de Zerri.

C'était une fille vive au caractère enjoué, au joli visage souriant, avec des yeux noisette malicieux et chaleureux. Elle avait trente ans, ne s'était jamais mariée — un mystère pour Pitt — et ses longs cheveux fauves tombaient plus bas que ses épaules. Plus d'une fois il avait songé à une aventure avec elle. L'invitation avait été assez souvent sous-entendue, discrètement. Mais, avec regret, il était fidèle à la loi gravée quelque part dans le béton d'un immeuble de bureaux et qu'il avait apprise durement au cours de sa jeunesse moins disciplinée : il n'arrive jamais rien de bon à un homme qui joue à de petits jeux avec son personnel.

Il chassa une image érotique de Zerri l'invitant entre ses draps et démarra. L'antique décapotable deux-places bondit hors du parking et brûla l'asphalte en s'engageant sur la route. Tournant le dos à la capitale il se dirigea vers le sud, en restant du côté virginien du Potomac. Le moteur de la Cobra ronronnait doucement, alors qu'il doublait toute une file de minivoitures, les dernières de l'heure de pointe.

Dans une petite ville appelée Hague, il quitta l'autoroute et suivit une route étroite jusqu'à Coles Point. Dès qu'il aperçut l'embouchure du fleuve, il ralentit et commença à examiner les noms sur les boîtes aux lettres rurales. Ses phares illuminèrent une femme âgée avec un setter irlandais en laisse. Il s'arrêta et se pencha à sa portière.

134

« Excusez-moi, madame, pourriez-vous m'indiquer le domaine Essex ?

— Vous êtes passé devant, le portail aux lions de fer.

— Ah ! oui, je les ai remarqués. Merci. »

Avant que Pitt eût commencé son demi-tour, elle s'approcha de la vitre baissée.

« Vous ne le trouverez pas. M. Essex est parti il y a quatre, cinq semaines.

— Savez-vous quand il doit revenir ?

— Allez savoir. Il lui arrive souvent de fermer sa maison et d'aller à Palm Springs, en cette saison. Il laisse mon fils s'occuper de ses bancs d'huîtres. M. Essex va et vient. C'est facile pour lui, vu qu'il est seul et tout. Le seul moyen de savoir qu'il est parti dans le désert, c'est quand sa boîte aux lettres déborde. »

Pitt réprima un soupir, il avait fallu qu'il tombe sur la commère du coin.

« Merci, madame. Vous avez été très serviable. »

La figure ridée de la dame devint soudain amicale et sa voix se fit mielleuse.

« Si vous avez un message pour lui, vous pouvez me le donner. Je veillerai à ce qu'il le reçoive. Je prends son courrier et ses journaux, de toute manière.

— Comment ? Il n'a pas interrompu son abonnement ?

— Pensez-vous, il est distrait comme personne. Tenez, l'autre jour, quand mon garçon travaillait aux bassins, il a vu de la vapeur sortir par les bouches d'aération de la maison. Vous vous rendez compte ? Partir en laissant le chauffage en marche ? Du gaspillage, avec toute cette pénurie d'énergie.

— Vous dites que M. Essex vit seul ?

— Il a perdu sa femme il y a dix ans. Ses trois enfants sont dispersés, ils n'écrivent presque jamais au pauvre homme. »

Pitt remercia encore la commère et remonta sa vitre avant qu'elle reprît son bavardage. Il n'eut pas besoin de regarder dans le rétroviseur pour savoir qu'elle avait suivi la voiture des yeux quand il avait tourné dans l'allée de la maison d'Essex.

Il roula sous les arbres, s'arrêta devant la demeure et coupa le contact, mais laissa les phares allumés. Il resta là un moment, écoutant le moteur cliqueter en refroidissant et une sirène sur l'autre rive du fleuve, au Maryland. Il faisait une belle nuit claire et fraîche. Les lumières se reflétaient dans l'eau comme des ornements d'arbre de Noël.

La maison était sombre et silencieuse.

Pitt descendit de la Cobra et fit le tour jusqu'au garage. Il souleva la grande porte qui glissa sans bruit sur ses roulements bien huilés et regarda les deux voitures, garées en marche arrière, le chrome de leurs calandres et de leurs pare-chocs luisant à la lumière des phares de la Cobra. L'une était une petite Ford traction avant économique, l'autre une Cadillac plus ancienne, une des dernières grandes voitures. Elles étaient couvertes toutes deux d'une fine couche de poussière.

L'intérieur de la Cadillac était immaculé et le compteur n'indiquait que 10 297 kilomètres. Les deux voitures paraissaient toutes neuves ; même le dessous des ailes était propre. Pitt commençait à pénétrer dans le monde d'Essex. A en juger par les soins que l'ancien ambassadeur prodiguait à ses automobiles, c'était un homme méticuleux et ordonné.

Il rabaissa la porte du garage et se tourna vers la maison. Le fils de la commère avait raison. Un peu de vapeur blanche filtrait par les bouches d'aération du toit et se perdait dans le ciel noir. Il monta sur le perron et sonna. Personne ne répondit, il ne vit pas le moindre mouvement derrière les fenêtres dont les rideaux étaient ouverts. Machinalement, il tourna le bouton de la porte.

Elle s'ouvrit.

Pitt resta un moment immobile, stupéfait. Une porte ouverte n'avait pas sa place dans le scénario, pas plus que l'horrible odeur de putréfaction qui frappa ses narines quand il entra.

Laissant la porte ouverte, il chercha l'interrupteur, le trouva et alluma. Le vestibule était vide, la salle à manger à côté déserte. Il visita rapidement la maison, en commençant par les chambres du haut. La terrible puanteur envahissait tout. Il était impossible d'en déceler la source avec précision. En redescendant, il alla voir à la cuisine et dans le living-room et faillit manquer la bibliothèque, pensant que la porte fermée était celle d'un placard.

John Essex était assis dans le fauteuil, la bouche ouverte, la tête penchée d'un côté, des lunettes pendant d'une oreille momifiée. Les yeux naguère pétillants étaient rentrés dans les orbites. La décomposition avait été rapide parce que le thermostat de la pièce était réglé à 24 degrés. Personne, bizarrement, ne l'avait découvert depuis un mois qu'il était assis là, tué, comme le constaterait le médecin légiste, par un caillot dans l'artère coronaire.

Pitt put lire les signes. Pendant les deux premières semaines, le corps avait verdi et s'était enflé, faisant sauter les boutons de la chemise. Puis une fois les gaz et les liquides expulsés et évaporés, le cadavre s'était desséché, la peau durcie comme du cuir.

De la sueur perlait au front de Pitt. La chaleur étouffante et l'odeur pestilentielle lui donnaient la nausée. Tenant un mouchoir sous son nez, il lutta contre l'envie de vomir et se pencha sur le cadavre de John Essex.

Un livre était posé sur les genoux, une main décharnée sur la couverture de cuir gravé. Un frisson glacé courut dans le dos de Pitt. Il avait déjà vu la mort de près et sa réaction était toujours la même, une répugnance qui faisait lentement place à l'idée effrayante qu'un jour il serait semblable à cette chose pourrie.

En hésitant, comme s'il s'attendait à ce qu'Essex se réveille, il dégagea le livre. Puis il alluma une lampe de bureau et le feuilleta. C'était une sorte de journal intime. Il revint à la première page. Les mots lui parurent sauter du papier jauni :

OBSERVATIONS PERSONNELLES
DE
RICHARD C. ESSEX
POUR LE MOIS
D'AVRIL 1914

137

Il s'assit au bureau et se mit à lire. Au bout d'une heure, il s'arrêta et contempla les restes de John Essex, son expression de répugnance remplacée par de la pitié.

« Pauvre vieil imbécile », murmura-t-il tristement.

Puis il éteignit et s'en alla, laissant l'ancien ambassadeur à Londres de nouveau seul dans la pièce obscure.

27

L'air était lourd de l'odeur de poudre noire quand Pitt passa derrière une rangée d'enthousiastes du fusil à percussion, dans un club de tir près de Fredericksburg en Virginie. Il s'arrêta devant un homme chauve, tassé sur un banc, qui regardait fixement vers le guidon d'un canon de fusil d'au moins un mètre de long.

Joe Epstein, chroniqueur au *Baltimore Sun* en semaine et passionné de poudre noire pendant le week-end, pressa doucement la détente. La détonation sèche fut suivie d'une petite bouffée de fumée noire. Epstein vérifia son coup à la jumelle et versa une nouvelle charge de poudre dans le long canon.

« Les Indiens vous grouilleront dessus avant que vous rechargiez cette antiquité », dit Pitt en riant.

Epstein lui sourit, introduisit une balle dans le canon et la tassa avec de la bourre.

« Apprenez que je suis capable de tirer quatre coups à la minute, si je me dépêche... J'ai essayé de vous appeler.

— Je vais et je viens. Qu'est-ce que c'est ? demanda Pitt en montrant le fusil.

— Un fusil à pierre. Brown Bess calibre soixante-quinze. Il armait les soldats britanniques pendant la guerre d'Indépendance. Vous voulez essayer ? »

Pitt s'assit sur le banc et visa une cible à deux cents mètres.

« Vous avez pu trouver quelque chose ?

— La documentation du journal a des bribes sur microfilm, marmonna Epstein en versant une pincée de poudre dans le percuteur. Le truc, c'est de ne pas bouger quand la pierre allume la poudre dans le percuteur. »

Pitt arma le fusil, puis il épaula et pressa la détente. L'étincelle jaillit presque dans ses yeux. Un instant plus tard, la charge explosa et le recul lui meurtrit l'épaule comme un coup de marteau.

Epstein regarda à la jumelle.

« Seize centimètres, à deux heures de la mouche. Pas mal pour un amateur. »

Un haut-parleur annonça un cessez-le-feu et les tireurs posèrent leurs armes pour traverser le polygone et changer leurs cibles.

« Venez, dit le journaliste, je vous raconterai ce que j'ai découvert. »

Pitt le suivit sur la pente, vers la rangée de cibles.

« Vous m'avez donné deux noms, Richard Essex et Harvey Shields. Essex était sous-secrétaire d'Etat, Shields son homologue britannique, secrétaire adjoint au Foreign Office. Deux hommes de carrière, très travailleurs. Très peu de publicité sur l'un ou l'autre. Ils travaillaient en coulisses. C'étaient apparemment des personnages assez obscurs.

— Il doit sûrement y avoir autre chose !

— Guère. Autant que je puisse le dire, ils ne se sont jamais rencontrés, du moins dans leurs fonctions officielles.

— J'ai une photo les montrant sortant ensemble de la Maison Blanche. »

Epstein haussa vaguement les épaules.

« Ma quatre centième déduction erronée de l'année.

— Qu'est devenu Shields ?

— Il s'est noyé dans le naufrage de l'*Empress of Ireland*.

— Je suis au courant de l'*Empress*. Un paquebot qui a sombré dans le Saint-Laurent après une collision avec un charbonnier norvégien. Plus de mille morts.

— Oui. Je n'en avais jamais entendu parler avant de lire la nécro de Shields. Ce naufrage était une des pires catastrophes maritimes de l'époque.

— Bizarre. L'*Empress*, le *Titanic* et le *Lusitania* qui s'en vont par le fond à deux ans l'un de l'autre.

— Bref, le corps n'a jamais été découvert. Sa famille a fait célébrer un service funèbre dans un petit village du pays de Galles au nom imprononçable. C'est tout ce que je peux vous dire de Harvey Shields. »

Ils étaient arrivés à la cible et Epstein examina ses impacts.

« Un groupement de douze centimètres. Pas mal pour un vieux fusil à pierre à canon lisse.

— Une balle de soixante-quinze fait un méchant trou, jugea Pitt en examinant la cible déchiquetée.

— Pensez à ce qu'elle ferait à de la chair.

— J'aime mieux pas. »

Epstein remit la cible en place et remonta vers la ligne de tir.

« Et Essex ? demanda Pitt.

— Qu'est-ce que je peux vous dire que vous ne sachiez déjà ?

— Comment il est mort, pour commencer.

— Un accident de chemin de fer. Un pont s'est écroulé dans l'Hudson. Cent morts, Essex parmi eux. »

Pitt réfléchit un moment.

« Quelque part, enterré dans de vieilles archives du canton où la catastrophe s'est produite, il doit bien y avoir un rapport donnant la liste des objets trouvés sur le corps.

— Peu probable.

— Pourquoi ?

— Nous touchons là un parallèle curieux, entre Essex et Shields. Les deux hommes sont morts le même jour, le 28 mai 1914, et aucun des corps n'a été retrouvé.

— Epatant, grogna Pitt. Un malheur n'arrive jamais seul. Mais je ne m'attendais pas que ça soit facile.

— Les enquêtes dans le passé ne le sont jamais.

— La coïncidence entre les morts de Shields et d'Essex paraît impossible. Pourrait-il s'agit d'un complot ?

— J'en doute. Il arrive des choses plus bizarres. D'ailleurs, pourquoi couler un paquebot et assassiner

140

mille personnes alors que Shields aurait pu être balancé par-dessus bord en plein milieu de l'Atlantique ?

— Oui, vous avez raison.

— Vous ne voulez pas me dire de quoi il s'agit ?

— Je n'en suis pas sûr moi-même.

— Si ça vaut un rapport, j'espère que vous me tiendrez au courant.

— Trop tôt pour en parler. Il n'y a peut-être rien.

— Je vous connais depuis trop longtemps, Dirk. Vous ne vous mêlez pas de rien.

— Disons que j'adore les mystères historiques.

— Dans ce cas, j'en ai un autre pour vous.

— Allez-y, je vous écoute.

— Pendant un mois on a dragué le fleuve, sous le pont. On n'a pas retrouvé un seul corps de voyageur ou d'employé des chemins de fer. »

Pitt s'arrêta et regarda fixement Epstein.

« Je ne marche pas ! Il n'est pas possible que quelques cadavres au moins n'aient pas été entraînés par le courant pour s'échouer sur une berge.

— Et ce n'est pas tout. On n'a pas retrouvé le train non plus.

— Seigneur !

— Par curiosité professionnelle, j'ai lu tout ce que j'ai trouvé sur le *Manhattan Limited*, comme il s'appelait. Des plongeurs sont descendus pendant des semaines, après le drame, mais ont trouvé zéro. On a fini par conclure que la locomotive et toutes les voitures ont été englouties par les sables mouvants. La direction du New York & Quebec Northern Railroad a dépensé une fortune pour essayer de retrouver une trace de son train de luxe. Elle a échoué et a fini par jeter l'éponge. Peu de temps après, la compagnie a été absorbée par le New York Central.

— Et c'est la fin de l'histoire.

— Pas tout à fait. On dit que le *Manhattan Limited* poursuit toujours son voyage fantôme.

— Vous vous fichez de moi.

— Parole d'honneur. Des habitants de la vallée de l'Hudson jurent qu'ils ont vu un train fantôme tourner de la berge et monter la rampe de l'ancien pont, avant de disparaître. Naturellement, l'apparition n'est vue que de nuit.

— Naturellement, ironisa Pitt. Vous oubliez la pleine lune et les hurlements des loups-garous. »

Epstein haussa les épaules puis il rit.

« Je pensais que vous apprécieriez la note macabre.

— Vous avez des copies de tout ça ?

— Bien sûr. Je me doutais que vous en voudriez. Il y a trois kilos de documentation sur le naufrage de l'*Empress* et sur l'enquête à la suite de l'écroulement du pont sur l'Hudson. J'ai découvert aussi le nom et l'adresse de quelques personnes qui collectionnent les histoires de vieilles catastrophes maritimes ou ferroviaires. Tout est bien rangé sous enveloppe, dans la voiture, dit Epstein en désignant le parking du club. Je vais vous la chercher.

— Je vous remercie de vos efforts et de votre temps...

— Une question, Dirk. Vous me devez bien ça.

— Oui, je vous dois bien ça.

— Est-ce que c'est un projet de la N.U.M.A. ou bien est-ce personnel ?

— Strictement personnel.

— Je vois... »

Epstein baissa les yeux et donna un coup de pied distrait dans un caillou.

« Savez-vous qu'un descendant de Richard Essex vient d'être trouvé mort ?

— John Essex. Oui, je sais.

— Un de nos reporters a couvert cette histoire. »

Epstein s'interrompit et se tourna vers la Cobra.

« Un homme répondant à votre signalement, conduisant une voiture de sport rouge et demandant où se trouvait le domaine Essex, a été vu par une voisine une heure avant qu'un coup de téléphone anonyme avertisse la police de cette mort.

— Coïncidence...

— Coïncidence mon cul ! Qu'est-ce que vous manigancez ? »

Pitt fit quelques pas en silence, la mine sombre. Puis il

sourit légèrement et Epstein aurait pu jurer que ce sourire présageait le malheur.

« Croyez-moi, mon vieux, quand je vous dis que vous ne voulez pas le savoir. »

28

La maison de Graham Humberly se dressait au sommet d'une colline de Palos Verdes, une luxueuse banlieue-dortoir de Los Angeles. L'architecture mêlait les styles contemporain et espagnol californien, avec des murs crépis, des poutres apparentes et un toit de tuiles romaines.

Une grande fontaine jaillissait sur la terrasse principale et tombait en cascade dans une piscine ronde. La vue panoramique dominait à l'est les lumières de la ville et à l'ouest l'océan Pacifique et l'île de Catalina.

La musique d'un orchestre de mariachis et le brouhaha d'une centaine de voix accueillirent Brian Shaw quand il entra dans la maison. Des barmen préparaient fébrilement des litres de margaritas à la tequila tandis que des traiteurs apportaient sans cesse des plats mexicains épicés sur un buffet pantagruélique.

Un petit homme à la tête trop grosse pour ses épaules s'approcha, vêtu d'une veste de smoking noire avec un dragon oriental brodé dans le dos.

« Bonjour. Je suis Graham Humberly, dit-il en souriant. Soyez le bienvenu à la fête.

— Brian Shaw.

— Ah ! oui, monsieur Shaw. Navré de ne pas vous avoir reconnu mais nos amis communs ne m'ont pas envoyé de photo.

— Vous avez une maison impressionnante. Nous n'avons rien de tel en Angleterre.

— Merci. L'honneur en revient à ma femme. Je préfère un style un peu plus provincial. Heureusement, son goût surpasse le mien. »

L'accent de Humberly évoquait un peu la Cornouailles.

« Le commandant Milligan est-il là ? » demanda Shaw.

Humberly le prit par le bras et l'écarta de la foule.

« Oui, murmura-t-il. J'ai dû inviter tous les officiers du bord pour être sûr qu'elle viendrait. Venez, je vais vous présenter à tout le monde.

— Je n'aime pas beaucoup les bavardages mondains. Désignez-la-moi, simplement, et je me débrouillerai seul.

— A votre aise, dit Humberly en fouillant du regard la masse d'invités sur la terrasse. C'est cette grande blonde plutôt séduisante, en robe bleue. »

Shaw n'eut pas de mal à la distinguer au milieu d'un cercle admiratif d'officiers de marine en uniforme blanc. Il jugea qu'elle devait avoir trente-cinq ans et eut l'impression qu'il irradiait d'elle une chaleur peu commune. Elle semblait accepter les hommages tout naturellement, sans aucune trace de coquetterie. Ce qu'il vit lui plut au premier abord.

« Peut-être pourrais-je vous faciliter les choses en la séparant de la horde ? proposa Humberly.

— Ne vous donnez pas cette peine. Au fait, auriez-vous une voiture à me prêter ?

— Tout un parc. A quoi songiez-vous, une limousine avec chauffeur ?

— Quelque chose de plus gai. »

Humberly réfléchit un instant.

« Est-ce qu'une Rolls Corniche décapotable ferait votre affaire ?

— Parfaitement.

— Vous la trouverez dans l'allée. Une voiture rouge. Les clefs seront au tableau de bord.

— Merci.

— De rien. Bonne chasse. »

Humberly retourna à ses devoirs de maître de maison. Shaw s'avança vers le bar et joua des coudes pour s'approcher de Heidi Milligan. Un jeune lieutenant blond le toisa d'un air indigné.

144

« Hé là, doucement, pépé. »

Shaw ne fit pas attention à lui et sourit à Heidi.

« Commandant Milligan ? Je suis l'amiral Brian Shaw. Pourrais-je vous dire un mot... en particulier ? »

Elle l'examina un moment, cherchant à le reconnaître, y renonça et hocha la tête.

« Certainement, amiral. »

Le lieutenant blond fit une tête, comme s'il s'apercevait qu'il avait la braguette ouverte.

« Pardonnez-moi, amiral, bredouilla-t-il. Mais j'ai cru...

— N'oubliez jamais, mon garçon, lui répliqua Shaw avec un sourire bienveillant, que ça sert de connaître l'ennemi. »

« J'aime votre style, amiral ! » cria Heidi dans le rugissement du vent.

Le pied de Shaw s'alourdit encore sur l'accélérateur et la Rolls bondit vers le nord sur l'autoroute de San Diego. Shaw n'avait aucune destination précise en tête, en quittant la réception avec Heidi. Il n'avait pas visité Los Angeles depuis trente ans. Il roulait au hasard, ne se fiant qu'aux panneaux indicateurs, sans trop savoir où ils l'emmèneraient.

Il regarda Heidi du coin de l'œil. Elle avait les yeux grands ouverts et brillants de joie. Elle lui prit le bras.

« Vous feriez mieux de ralentir avant de vous faire arrêter par un flic », conseilla-t-elle.

Shaw n'y tenait surtout pas. Il leva un peu le pied pour respecter la limitation de vitesse, puis il tourna le bouton de la radio. Une valse de Strauss fit irruption dans la voiture. Il voulut changer de station mais Heidi l'en empêcha.

« Non, laissez, dit-elle en renversant la tête sur le dossier, les yeux levés vers les étoiles. Où allons-nous ?

— Une vieille tactique écossaise, dit-il en riant. Enlever les femmes vers des endroits lointains... pour qu'elles soient forcées de s'intéresser à vous, si elles veulent rentrer chez elles. »

Elle rit aussi.

« Ça ne marchera pas. Je suis déjà à cinq mille kilomètres de chez moi.

— Et sans uniforme !

— Règlements de la marine. Les dames officiers ont le droit de se mettre en civil pour assister aux réunions mondaines.

— Hourra pour la marine américaine ! »

Elle l'examina avec curiosité.

« Je n'ai jamais connu d'amiral qui conduise une Rolls.

— Nous sommes des dizaines de vieux loups de mer britanniques échoués à terre qui refuseraient d'être surpris dans une autre voiture.

— Hourra pour votre marine !

— Sérieusement, j'ai fait quelques heureux investissements, quand je commandais un arsenal naval à Ceylan.

— Que faites-vous, maintenant que vous êtes à la retraite ?

— J'écris, surtout. Des livres d'histoire. *Nelson à la bataille du Nil, L'amirauté pendant la Première Guerre mondiale*, ce genre de choses. Ça n'a guère l'étoffe de best-sellers, mais ça ne manque pas d'un certain prestige. »

Heidi se redressa brusquement.

— Vous me faites marcher.

— Pardon ?

— Vous écrivez réellement des livres historiques sur la marine ?

— Mais oui, dit-il innocemment. Pourquoi mentirais-je ?

— Incroyable... Moi aussi, mais je n'ai pas encore été publiée.

— Par exemple, c'est incroyable en effet ! s'exclama Shaw en faisant de son mieux pour paraître ahuri, puis il lui prit la main et la pressa légèrement. Quand devez-vous regagner votre bord ? »

Il la sentit trembler un peu.

« Rien ne presse. »

Shaw jeta un coup d'œil aux lettres blanches sur fond vert d'un grand panneau indicateur.

« Vous êtes déjà allée à Santa Barbara ?

— Non, souffla-t-elle. Mais il paraît que c'est magnifique. »

Dans la matinée, ce fut Heidi qui commanda le petit déjeuner. En versant le café, elle éprouva une chaleur délicieuse. Coucher avec un inconnu, quelques heures à peine après avoir fait sa connaissance, lui causait une sorte d'excitation qu'elle n'avait jamais éprouvée. C'était une sensation singulière.

Elle se rappelait aisément les hommes qu'elle avait eus : le cadet effrayé à Annapolis, son ex-mari, l'amiral Walter Bass, Dirk Pitt, et maintenant Shaw... elle les voyait tous nettement, comme s'ils s'alignaient pour l'inspection. Cinq seulement, pas de quoi former une armée, pas même un peloton.

Pourquoi, se demanda-t-elle, plus une femme vieillit, plus elle regrette de n'avoir pas eu davantage d'amants ? Elle s'irrita contre elle-même, pensant qu'elle avait été trop prudente, pendant ses années de célibat, trop craintive, incapable de se permettre une petite aventure fugace.

C'était idiot. Après tout, elle avait souvent l'impression qu'elle avait dix fois plus de plaisir physique que les hommes. Son extase s'épanouissait de l'intérieur. La plupart des hommes qu'elle connaissait éprouvaient des sensations simplement externes. Ils semblaient compter davantage sur l'imagination et ils étaient fréquemment déçus ensuite. Pour eux, la passion physique n'était pas très différente d'une séance de cinéma ; une femme exigeait plus, beaucoup plus... trop.

« Nous voilà bien pensive, ce matin, murmura Shaw. Des élancements de remords à la froide lumière de l'aube ? »

Il lui souleva les cheveux et l'embrassa dans le cou.

« Plutôt de tendres souvenirs.

— Quand appareillez-vous ?

— Après-demain.

« — Alors nous avons encore du temps pour être ensemble.

— Hélas ! non. Je serai de service jusqu'à ce que nous levions l'ancre. »

Shaw alla regarder par la fenêtre de la chambre d'hôtel donnant sur l'océan. Sa vue ne portait pas loin. La côte de Santa Barbara disparaissait dans le brouillard.

« Dommage... Nous avions tant en commun ! »

Elle s'approcha de lui et lui glissa un bras autour de la taille.

« A quoi pensiez-vous ? L'amour la nuit et des recherches dans la journée ?

— Ah ! l'humour direct américain ! Pas une mauvaise idée, tout de même. Nous pourrions très bien nous compléter. Qu'écrivez-vous en ce moment ?

— Ma thèse, pour le doctorat. La marine sous le gouvernement du Président Wilson.

— Ça me paraît mortellement ennuyeux.

— Oui... »

Heidi se tut un moment, l'air songeur, puis elle demanda :

« Avez-vous entendu parler du Traité Nord-Américain ? »

Ça y était. Pas de questions insidieuses, pas d'intrigue ni de torture, elle en parlait d'elle-même, tout simplement.

Shaw ne répondit pas tout de suite. Il choisit ses mots avec soin.

« Oui, il me semble.

— Comment ! Vous connaissez le traité ? Vous avez réellement vu des références ?

— Des allusions seulement. J'avoue que j'ai même oublié son but. Il n'avait pas grand intérêt, autant que je me souvienne. Vous pouvez trouver des références dans presque n'importe quelles archives de Londres, dit Shaw avec une grande nonchalance et il alluma calmement une cigarette. Est-ce que le traité fait partie de vos projets de recherches ?

— Non. Je suis tombée par hasard sur une brève

mention. Je l'ai étudiée par curiosité mais je n'ai rien trouvé qui prouve qu'il ait réellement existé.

— Je me ferai un plaisir d'en faire faire une copie et de vous l'envoyer.

— Ne vous donnez pas cette peine. Il me suffit de savoir que ce n'était pas un produit de mon imagination. D'ailleurs, j'ai confié toutes mes notes à un ami de Washington.

— Je peux lui expédier la copie de mes références. Comment s'appelle-t-il ? Quelle est son adresse ?

— Dirk Pitt. Vous pouvez le joindre à la N.U.M.A. »

Shaw avait ce qu'il cherchait. Un agent zélé se serait hâté de ramener Heidi à son bord et de sauter dans le premier avion pour Washington.

Shaw ne s'était jamais considéré comme un agent zélé, dans le sens strict du terme. Il y avait des moments où cela ne payait pas, et c'en était un. Il embrassa Heidi sur la bouche.

« Voilà pour la recherche. Maintenant, recouchons-nous. »

Ce qu'ils firent.

29

Le vent soufflait du nord-est, en ce début d'après-midi, une bise froide pleine de petites aiguilles qui frappaient et engourdissaient la peau. Il faisait trois degrés mais, avec le vent, Pitt, contemplant les eaux du Saint-Laurent, avait l'impression que la température était plutôt de moins dix.

Il respirait les odeurs des docks bordant la petite baie, à quelques kilomètres de la ville de Rimouski dans la province du Québec. Ses narines détectaient des senteurs de goudron, de rouille et de pétrole. Il suivit une jetée de bois, puis franchit une passerelle, menant à un bateau confortablement amarré dans l'eau irisée. C'était une embarcation sans prétention d'une quinzaine de mètres, avec un pont spacieux, à deux hélices et moteurs Diesel. strictement fonctionnelle et idéale pour la pêche, les expéditions de plongée et la recherche pétrolière. Les superstructures immaculées évoquaient un propriétaire attentionné et soigneux.

Un homme sortit de la timonerie. Il portait un bonnet de laine sur une épaisse crinière noire. Sa figure était burinée par des centaines de tempêtes et il avait un regard triste et un peu méfiant. Pitt hésita avant de sauter sur le pont.

« Je m'appelle Dirk Pitt. Je cherche Jules Le Mat. »

De fortes dents blanches brillèrent dans la figure tannée.

« Bienvenue à bord, monsieur Pitt. Montez donc.

— Un bon bateau.

— Pas une beauté peut-être mais, comme une bonne épouse, il est solide et loyal. Vous avez choisi une belle journée pour votre visite. Le Saint-Laurent s'est mis en frais. Pas de brouillard et juste un léger clapot. Si vous voulez bien me donner un coup de main pour larguer les amarres, nous partirons tout de suite. »

Le Mat descendit mettre les moteurs en marche pendant que Pitt détachait les amarres avant et arrière des bittes de la jetée et les enroulait sur le pont. L'eau verte de la baie glissa sous la coque, presque sans rides, et devint progressivement d'un bleu plus indocile quand ils arrivèrent dans le courant. A quarante-cinq kilomètres, les collines de la rive opposée étaient blanchies par les neiges d'hiver. Ils croisèrent une barque de pêche rentrant au port avec les prises d'une semaine ; son capitaine agita le bras en réponse au petit coup de sirène de Le Mat. Sur l'arrière, les clochers des pittoresques églises de Rimouski se profilaient dans le ciel sous le soleil d'avril.

La bise glaciale devint plus mordante quand ils quittèrent l'abri de la terre et Pitt se réfugia dans le carré.

« Une tasse de thé ? proposa Le Mat.

— Ça ne me ferait pas de mal.

— La théière est à la cuisine, dit Le Mat sans se retourner, les mains sur la roue, les yeux sur la mer.

Servez-vous. Je dois ouvrir l'œil et guetter les bancs de glace. En cette saison, ils sont plus nombreux que des mouches sur le fumier. »

Pitt remplit une tasse et s'assit sur un haut tabouret à pivot. Il contempla l'embouchure du fleuve. Le Mat avait raison. L'eau charriait des glaçons aussi gros que le bateau.

« Est-ce que c'était comme ça, la nuit où l'*Empress of Ireland* a sombré ? demanda-t-il au bout d'un moment.

— Un ciel clair. Le fleuve était calme, l'eau à quelques degrés au-dessus de zéro, pratiquement pas de vent. Quelques nappes de brouillard, communes au printemps quand l'air tiède du sud rencontre le fleuve froid.

— L'*Empress* était un bon navire ?

— Un des meilleurs, assura sérieusement Le Mat. Construit selon les normes les plus modernes de l'époque pour ses propriétaires, le Canadian Pacific Railway. L'*Empress of Britain,* son navire jumeau, et lui étaient de superbes paquebots de quatorze mille tonnes, longs de cinquante mètres. Leurs aménagements n'étaient peut-être pas aussi élégants que ceux de l'*Olympic* ou du *Mauritania* mais fournissaient aux passagers un certain confort assez luxueux.

— Si j'ai bonne mémoire, l'*Empress* quittait Québec à destination de Liverpool pour son dernier voyage.

— Il a appareillé vers quatre heures et demie de l'après-midi. Neuf heures plus tard, il était au fond, son flanc tribord défoncé. C'est le brouillard qui a signé l'épitaphe du bateau.

— Et un charbonnier appelé le *Storstad.* »

Le Mat sourit.

« Vous avez étudié vos leçons, monsieur Pitt. Le mystère de la collision de l'*Empress* et du *Storstad* n'a jamais été éclairci. Leurs équipages se sont entr'aperçus à huit milles d'écart. Quand ils n'ont plus été qu'à deux milles, une nappe de brouillard basse est passée entre eux. Le capitaine Kendall de l'*Empress* a renversé la vapeur et arrêté le navire. C'était une erreur ; il aurait dû continuer d'avancer. Dans la timonerie du *Storstad,* les hommes ont été déroutés quand l'*Empress* a disparu dans la

151

brume. Ils ont cru que le paquebot approchait sur bâbord alors qu'en réalité il dérivait, moteurs arrêtés, sur tribord. Le second du *Storstad* a ordonné barre à droite et a condamné à mort l'*Empress* et ses passagers. »

Le Mat s'interrompit pour montrer un banc de glace de près d'un demi-hectare.

« Nous avons eu un hiver exceptionnellement froid, cette année. Le fleuve est encore complètement gelé sur deux cent cinquante kilomètres en amont. »

Pitt garda le silence, en buvant lentement son thé.

« Le *Storstad*, de six mille tonnes, reprit le marin, avec une cargaison de onze tonnes de charbon, a coupé l'*Empress* par le milieu, pratiquant une brèche de près de huit mètres de haut sur cinq de large. En quatorze minutes, le paquebot a sombré dans le lit du Saint-Laurent, avec plus de mille âmes.

— C'est bizarre, comme ce paquebot a vite disparu dans le passé.

— Oui, demandez à n'importe qui aux Etats-Unis ou en Europe de vous raconter le naufrage de l'*Empress* et on vous répondra qu'on n'en a jamais entendu parler. C'est presque un crime, l'oubli de ce paquebot.

— Vous ne l'avez pas oublié.

— La province de Québec non plus. Là-bas, juste au-delà de la Pointe-au-Père, gisent quatre-vingt-huit victimes non identifiées, dans un petit cimetière encore entretenu par le Canadian Pacific Railroad. L'Armée du Salut se souvient. Sur les cent soixante et onze membres qui allaient à Londres pour un congrès, vingt-six seulement ont survécu. Ils célèbrent un office pour leurs morts, le jour anniversaire du naufrage, au cimetière de Mount Pleasant à Toronto.

— Il paraît que vous avez fait de l'*Empress* le travail d'une vie ?

— J'éprouve une profonde passion pour ce paquebot. C'est comme un grand amour qui prend certains hommes en voyant le portrait d'une femme morte bien avant leur naissance.

— Je préfère la réalité au rêve.

152

— Le rêve est parfois plus attachant, murmura Le Mat, puis il redevint vigilant et donna un quart de tour de roue pour éviter des glaces flottantes. Entre juin et septembre, quand il fait plus chaud, je plonge sur l'épave, vingt, trente fois.

— Quel est l'état de l'*Empress* ?

— Il y a une certaine désintégration. Mais pas aussi grave qu'on pourrait le penser, après soixante-quinze ans d'immersion. Je crois que c'est parce que l'eau douce du fleuve dilue le sel de l'océan. La coque est couchée sur tribord, à une gîte de quarante-cinq degrés. Quelques cloisons et certains plafonds des superstructures se sont effondrés mais le reste du paquebot est plus ou moins intact.

— Sa profondeur ?

— Cinquante-cinq mètres environ, plutôt profond pour la plongée à l'air comprimé, mais j'y arrive. »

Le Mat coupa les moteurs, laissant le bateau dériver dans le courant, et se tourna vers Pitt.

« Dites-moi, monsieur Pitt, quel est votre intérêt pour l'*Empress of Ireland* ? Pourquoi m'avez-vous cherché ?

— Je cherche des renseignements sur un passager nommé Harvey Shields, disparu dans le naufrage. On m'a dit que personne n'en savait plus sur l'*Empress* que Jules Le Mat. »

Le Mat considéra un moment Pitt, puis il répondit :

« Oui, je me souviens que cet Harvey Shields était une des victimes. Les survivants n'ont fait aucune mention de sa présence pendant le naufrage. Je suppose qu'il est un des quelque sept cents encore prisonniers de la coque.

— Il a peut-être été découvert mais jamais identifié ? Comme ceux qui sont enterrés à la Pointe-au-Père.

— Non. C'étaient surtout des passagers de troisième classe. Shields était un diplomate britannique, un homme important. Son corps aurait été reconnu. »

Pitt posa sa tasse.

« Ce qui signifie que mes recherches s'arrêtent ici.

— Non, monsieur Pitt. Pas ici. »

Pitt interrogea l'homme du regard. Le Mat désigna le pont.

« Là-dessous. L'*Empress of Ireland* est au-dessous de nous. Voyez ? Voilà la bouée. »

A une quinzaine de mètres à bâbord, une bouée orangée dansait sur le fleuve glacial, son câble s'étirant dans les eaux noires vers l'épave silencieuse gisant sur le fond.

30

Au volant de sa minivoiture de location, Pitt quitta l'autoroute et s'engagea sur une étroite route pavée bordant l'Hudson. Le soir tombait. Il passa devant une stèle rappelant un champ de bataille de la guerre d'Indépendance et fut tenté de s'arrêter pour se dégourdir les jambes, mais décida de poursuivre jusqu'à sa destination avant qu'il ne fasse tout à fait nuit. Le fleuve était magnifique dans le crépuscule, avec les champs plongeant vers ses bords qui étincelaient sous une couche de neige tardive.

Il s'arrêta pour prendre de l'essence à une petite station-service juste après Coxsackle. Le pompiste, un vieil homme en combinaison fanée, resta dans son bureau, les pieds sur un tabouret, devant un poêle à bois. Pitt fit lui-même le plein et entra. L'homme se tordit le cou pour regarder la pompe.

« On dirait que ça fait vingt dollars tout ronds. »

Pitt le paya.

« C'est encore loin, Wacketshire ? »

Le garagiste plissa des yeux méfiants et l'examina.

« Wacketshire ? Ça s'appelle plus comme ça depuis des années. Le fait est, la ville n'existe même plus.

— Une ville fantôme dans l'Etat de New York ? Je croyais qu'elles ne quittaient pas les déserts du Sud-Ouest.

— Y a pas de quoi rire, monsieur. Quand la ligne de chemin de fer a été démolie en 49, Wacketshire a baissé les bras et elle est morte. La plupart des bâtiments ont été incendiés par des vandales. Plus personne n'habite là-bas, à part un type qui fait des statues.

— Il ne reste plus rien de la voie ?

— On a presque tout arraché, dit le vieillard et son expression devint nostalgique. C'est bien dommage... Au moins nous n'avions pas à voir passer par ici ces poids lourds puants. Le dernier train qui est passé sur la vieille voie marchait à la vapeur.

— La vapeur reviendra peut-être un jour.

— Je ne vivrai pas assez longtemps pour voir ça, marmonna l'homme en considérant Pitt avec un peu plus de respect. Comment ça se fait que vous vous intéressez à une voie de chemin de fer abandonnée ?

— Je suis un passionné des chemins de fer, prétendit Pitt sans hésiter, en s'apercevant qu'il mentait avec facilité depuis quelque temps. Je m'intéresse surtout aux trains classiques. Pour le moment, j'effectue des recherches sur le *Manhattan Limited*, de l'ancien New York & Québec Northern Railroad.

— C'est celui qui est tombé à travers le viaduc de Deauville. Il y a eu cent morts, vous savez.

— Oui, je sais. »

Le vieux se tourna vers la fenêtre.

« Le *Manhattan Limited* est spécial. On peut toujours dire quand il arrive. Il a un bruit particulier. »

Pitt ne fut pas sûr d'avoir bien entendu. Le garagiste parlait au présent.

« Vous devez parler d'un autre train.

— Non, monsieur. J'ai vu le *Manhattan Limited* arriver en fonçant et en claquant sur ses rails, sifflant à toute vapeur, son phare éblouissant, exactement comme la nuit où il a plongé dans l'Hudson. »

Le vieillard évoquait le train fantôme aussi nonchalamment que s'il discutait de la pluie et du beau temps.

Il faisait presque nuit quand Pitt s'arrêta sur le bas-côté. Un vent froid soufflait du nord. Il remonta jusqu'au cou la fermeture de son vieux blouson de cuir et releva le col, puis il se coiffa d'un bonnet de ski, descendit et verrouilla les portières.

A l'ouest, le ciel passa de l'orangé au bleu violacé alors qu'il traversait un champ gelé, ses gros souliers crissant sur dix centimètres de neige. Il s'aperçut qu'il avait oublié ses gants mais plutôt que de retourner à la voiture et de perdre plusieurs minutes, il enfonça ses mains dans ses poches.

Au bout de quatre cents mètres, il arriva à une frange de noyers et de buissons. Il écarta les branches couvertes de curieuses fleurs de glace et se trouva au pied d'un talus. La pente était raide et il dut se servir de ses mains pour grimper jusqu'au sommet, sur le terrain glacé et glissant.

Enfin, les doigts engourdis, il se dressa sur la voie de chemin de fer abandonnée. Elle disparaissait par endroits sous un enchevêtrement d'herbes mortes raidies par le gel, émergeant de la neige.

La voie jadis animée n'était plus qu'un lointain souvenir.

Dans le jour tombant, Pitt distingua des vestiges du passé, quelques traverses vermoulues à demi enfouies, un grand clou rouillé, du gravier épars de l'ancien ballast. Les poteaux télégraphiques demeuraient, s'alignaient à perte de vue comme une file de soldats en déroute, harassés par les combats.

Pitt s'orienta et suivit difficilement la voie le long d'un léger virage menant à la rampe du viaduc absent. L'air vif lui piquait les narines. Son haleine formait une brume informe vite dissipée. Un lapin bondit devant lui et dévala le talus.

Le crépuscule faisait place à la nuit. Pitt ne fit plus d'ombre quand il s'arrêta et contempla le fleuve glacé, cinquante mètres plus bas. Les culées de pierre du pont Deauville-Hudson ne semblaient mener nulle part.

Deux piles se dressaient comme des sentinelles oubliées dans l'eau bouillonnant à leur base. Il n'y avait aucune trace du tablier de cent soixante-cinq mètres qu'elles avaient jadis soutenu. Le viaduc n'avait jamais été reconstruit ; la voie principale construite plus au sud passait par un pont suspendu plus neuf et plus solide.

Pitt s'accroupit sur ses talons et, pendant un long moment, il essaya de se représenter la nuit fatale : il croyait presque voir les feux rouges du wagon de queue rapetisser alors que le train roulait vers le grand tablier central, puis entendre le fracas de métal tordu, l'immense plouf dans le fleuve indifférent.

Sa rêverie fut interrompue par un autre son, un sifflement aigu dans le lointain.

Il se releva et tendit l'oreille. Pendant quelques secondes, il n'entendit que le murmure du vent. Puis un nouveau sifflement retentit, quelque part au nord, dont les échos se répercutèrent entre les hautes falaises bordant l'Hudson, les arbres dénudés, dans l'obscurité de la vallée.

C'était un sifflement de train.

Il aperçut une vague lueur jaune et diffuse, qui grandissait et s'approchait de lui. D'autres bruits lui parvinrent, des claquements et des sifflements de vapeur. Des oiseaux, surpris et effrayés, s'envolèrent dans la nuit.

Pitt ne pouvait croire à la réalité de ce qu'il voyait apparemment : il était impossible qu'un train fonçât sur les rails inexistants d'une voie abandonnée. Il ne sentait plus le froid et cherchait une explication ; son esprit refusait d'accepter le message de ses sens et pourtant les coups de sifflet devenaient plus stridents et la lumière plus vive.

Pendant dix secondes, vingt peut-être, Pitt resta aussi pétrifié que les arbres bordant la voie. L'adrénaline courut dans ses veines, la peur emporta toute logique. L'estomac crispé de panique, il perdait de vue la réalité.

Un nouveau coup de sifflet déchira la nuit alors que l'horrible chose négociait le virage et se ruait sur la rampe du pont disparu, son phare clouant Pitt au sol dans sa lueur aveuglante.

Il ne sut jamais combien de temps il resta figé en regardant ce qu'il savait être une hallucination. Enfin, le cri de l'instinct de conservation pénétra sa stupeur et il regarda autour de lui, cherchant par où fuir. Les flancs étroits des culées plongeaient dans les ténèbres ; au-dessous de lui, c'était une chute à pic dans l'Hudson.

Il était pris au piège, au bord du vide.

La locomotive fantôme approchait à toute vapeur et il entendait maintenant tinter sa cloche, dans le grondement de la machine. Une brusque colère remplaça sa peur, une colère venant en partie de son impuissance, en partie de sa lenteur à réagir. L'instant qu'il lui fallut pour prendre une décision lui parut éternel. Une seule direction s'ouvrait à lui et il s'y rua.

Comme un sprinter au coup de pistolet du starter, il s'élança sur la voie, droit sur l'inconnu.

31

La lumière éblouissante s'éteignit soudain et le bruit fracassant se fondit dans la nuit.

Pitt s'immobilisa, sans comprendre, clignant des yeux pour les réhabituer à l'obscurité. Il pencha la tête, écouta, mais n'entendit rien d'autre que les gémissements du vent du nord. Il prit conscience du froid mordant ses mains nues et des battements désordonnés de son cœur.

Deux minutes s'écoulèrent et il ne se passa rien. Il repartit lentement sur la voie abandonnée, en s'arrêtant tous les quelques mètres pour examiner le tapis de neige. A part les traces de ses pas dans la direction opposée, elle était absolument vierge.

En pleine confusion, il continua de marcher sur huit cents mètres, avec prudence, s'attendant à moitié à trouver une trace du spectre mécanique, mais plein de doute en même temps. Il ne vit rien. C'était comme si le train n'avait jamais existé.

Il buta contre quelque chose et tomba de tout son long sur du gravier. Maudissant sa maladresse, il tâtonna en rond et découvrit deux rubans de métal parallèles.

Dieu de Dieu, des rails !

Il se releva vivement et se remit en marche. Après avoir contourné un virage, il aperçut la lueur bleue d'un poste de télévision par les fenêtres d'une maison. Les rails semblaient passer devant la véranda.

Un chien aboya à l'intérieur et bientôt un rectangle de lumière tomba par la porte ouverte. Pitt recula dans l'ombre. Un énorme chien de berger à longs poils bondit sur les traverses, renifla l'air glacé et, peu désireux de s'attarder, se hâta de lever la patte pour se soulager, avant de repartir en courant vers le confort d'une pièce bien chauffée. La porte se referma.

En s'approchant, Pitt distingua une grande masse noire garée sur une voie de garage. C'était une locomotive avec son tender. Prudemment, il y monta et toucha la chaudière. Le métal était glacial, rouillé. Il y avait longtemps que cette chaudière n'avait pas été allumée.

Pitt traversa la voie et alla frapper à la porte de la maison.

Le chien aboya et bientôt un homme en robe de chambre fripée apparut. Il était à contre-jour, le visage dans l'ombre. Il avait les épaules presque aussi larges que la porte et une allure de catcheur.

« Vous désirez ? demanda-t-il d'une voix caverneuse.

— Excusez-moi de vous déranger, répondit Pitt avec son plus aimable sourire, mais je me demande si je pourrais vous dire un mot. »

L'homme le toisa froidement puis il hocha la tête.

« Bien sûr, entrez donc.

— Je m'appelle Pitt. Dirk Pitt.

— Ansel Magee. »

Ce nom disait quelque chose à Pitt mais avant qu'il pût le retrouver, Magee se retourna et cria :

« Annie, nous avons de la visite. »

Une femme sortit de la cuisine, grande, maigre, l'antithèse de son mari. Pitt pensa qu'elle avait dû être mannequin. Elle avait des cheveux poivre et sel coiffés avec grâce et portait une longue robe d'intérieur rouge, moulante sous un tablier. Elle avait un torchon à la main.

« Ma femme Annie, dit Magee. M. Pitt.

— Comment allez-vous ? dit chaleureusement Annie. Vous avez l'air d'avoir besoin d'une tasse de café.

— Avec grand plaisir, madame. Noir, s'il vous plaît.

— Mais vous avez les mains en sang ! » s'exclama-t-elle.

Pitt regarda ses mains écorchées.

« J'ai dû me faire ça en tombant sur les rails, là-dehors. Elles sont tellement engourdies par le froid que je ne m'en suis pas aperçu.

— Asseyez-vous là près du feu. Je vais vous arranger ça. »

Elle retourna à la cuisine, revint avec une cuvette d'eau chaude et alla chercher un antiseptique dans la salle de bains.

« Je vais m'occuper du café », proposa Magee.

Le chien contempla Pitt. Du moins il pensa qu'il le regardait, mais ses yeux étaient cachés par d'épaisses touffes de poils.

Il examina le living-room. Le mobilier semblait avoir été créé spécialement, dans un style contemporain. Les meubles, les lampes et les nombreux objets d'art étaient élégamment sculptés en polyrésine et peints en rouge ou en blanc. La pièce avait l'air d'un musée d'art moderne où l'on pourrait vivre.

Magee revint avec une tasse de café fumante. A la lumière, Pitt reconnut enfin la figure souriante à l'expression malicieuse.

« Vous êtes Ansel Magee, le sculpteur.

— J'ai peur que certains critiques d'art ne soient pas d'accord avec cette étiquette, répondit Magee avec un bon rire.

— Vous êtes trop modeste, j'ai fait la queue pendant plus d'une demi-heure, un jour, pour voir votre exposition à la National Gallery à Washington.

— Vous êtes un connaisseur en art moderne, monsieur Pitt ?

— A peine un amateur. A vrai dire, je me passionne pour les machines anciennes. Je collectionne les vieilles voitures et les aéroplanes, dit Pitt, ce qui était vrai mais il ajouta, ce qui était un nouveau mensonge : J'ai aussi la passion des locomotives à vapeur.

— Alors nous avons un terrain d'entente. Je suis un fanatique des vieux trains, moi aussi, déclara Magee et il se retourna pour éteindre la télévision.

— J'ai remarqué votre chemin de fer privé.

— Une Atlantic quatre-quatre-deux. Sortie des usines Baldwin en 1906. Elle tirait l'*Overland Limited* de Chicago à Council Bluffs, dans l'Iowa. C'était une sacrée rapide, en son temps.

— Quand a-t-elle fonctionné pour la dernière fois ? »

Pitt sentit immédiatement, à l'expression aigre de Magee, qu'il n'avait pas employé la bonne terminologie.

« J'ai chargé son foyer il y a deux ans, en été, après avoir posé environ huit cents mètres de voie. Je promenais les voisins et leurs gosses de long en large sur ma ligne personnelle. J'y ai renoncé après ma dernière crise cardiaque. Elle n'a pas bougé depuis. »

Annie revint pour nettoyer les écorchures.

« Je suis navrée mais je n'ai trouvé qu'un vieux flacon de teinture d'iode. Ça va piquer. »

Elle se trompait. Les mains de Pitt étaient toujours engourdies et il ne sentait rien. Il l'observa en silence tandis qu'elle attachait les pansements. Puis elle recula et examina son œuvre.

« Ça ne me vaudra pas un prix de médecine, mais je suppose que cela vous soulagera jusqu'à ce que vous rentriez chez vous.

— C'est parfait, je vous remercie. »

Magee s'installa dans un fauteuil en forme de tulipe.

« Eh bien, monsieur Pitt, que vouliez-vous me dire ? »

Pitt alla droit au but.

« Je recherche de la documentation sur le *Manhattan Limited*.

— Je vois, dit le sculpteur, mais il était évident qu'il ne comprenait pas. Je suppose que vous vous intéressez plus à son dernier voyage qu'à son histoire ?

— Oui, avoua Pitt. Il y a divers aspects de la catastrophe qui n'ont jamais été pleinement expliqués. J'ai parcouru de vieilles coupures de presse, mais elles posent plus de questions qu'elles n'y répondent. »

Magee le considéra avec méfiance.

« Vous êtes journaliste ?

— Non. Je suis directeur des projets spéciaux à la National Underwater and Marine Agency.

— Vous dépendez du gouvernement ?

— L'Oncle Sam paie mon salaire, oui. Mais ma curiosité concernant le drame du viaduc Deauville-Hudson est purement personnelle.

— La curiosité ? Une obsession, plutôt, à mon avis. Quoi d'autre pousserait un homme à errer dans la campagne par un temps glacial et en pleine nuit ?

— J'ai très peu de temps. Je dois être à Washington demain matin. C'était ma seule occasion de voir l'emplacement du viaduc. D'ailleurs, il faisait encore jour quand je suis arrivé. »

Magee parut se détendre.

« Pardonnez mon inquisition, monsieur Pitt, mais vous êtes l'unique étranger qui tombe dans ma petite retraite. A part quelques amis et relations d'affaires, le grand public me prend pour un ermite bizarre qui travaille fébrilement dans un vieil entrepôt délabré de l'East Side de New York. Cela me convient très bien. Ma solitude m'est précieuse. Si j'étais constamment dérangé par un flot de curieux, de critiques et de journalistes, je ne ferais jamais rien. Ici, bien caché dans la vallée de l'Hudson, je peux créer tranquillement.

— Encore un peu de café ? » proposa Annie.

Avec une intuition bien féminine, elle choisissait le moment opportun pour interrompre la conversation.

« Avec plaisir.

— Un peu de tarte aux pommes chaude ?

— Ça me paraît délicieux. Je n'ai rien mangé depuis le petit déjeuner.

— Je vais vous préparer quelque chose, alors.

— Non, non, merci, la tarte suffira. »

Dès qu'elle fut partie, Magee reprit :

« J'espère que vous voyez où je veux en venir, monsieur Pitt.

162

— Je n'ai aucune raison de troubler votre isolement.

— Je vous fais confiance, alors. »

La sensation revenait aux mains de Pitt et elles lui faisaient atrocement mal. Annie Magee apporta la tarte. Il s'y attaqua avec vigueur.

« Les trains vous fascinent, dit-il entre les bouchées. Puisque vous vivez pratiquement sur l'emplacement du viaduc, vous devez avoir des idées sur la catastrophe que l'on ne peut trouver dans de vieilles archives. »

Pendant un long moment, le sculpteur contempla le feu de bois, puis il se mit à parler d'une voix lointaine.

« Vous avez raison, naturellement. J'ai étudié les singuliers incidents entourant le drame du *Manhattan Limited*. J'ai surtout cherché dans les vieilles légendes. J'ai eu la chance de pouvoir interroger Sam Harding, l'agent de la compagnie de service la nuit fatale, quelques mois avant sa mort dans une maison de santé de Germantown. Il avait quatre-vingt-huit ans mais une mémoire d'ordinateur. J'avais l'impression de causer avec l'Histoire. Je pouvais presque voir les événements de cette nuit se dérouler devant mes yeux.

— Un hold-up au moment exact où le train passait, dit Pitt. Le voleur a refusé de laisser l'agent arrêter le train et de sauver une centaine de vies. On dirait du roman.

— Ce n'est pas de la fiction, monsieur Pitt. Cela s'est passé exactement comme Harding l'a décrit à la police et aux journalistes. Le télégraphiste, Hiram Meechum, avait une balle dans la hanche pour le prouver.

— Oui, je sais.

— Alors vous devez savoir aussi que le voleur n'a jamais été arrêté. Harding et Meechum l'ont formellement identifié comme étant un nommé Clement Massey, Dandy Doyle comme l'appelait la presse. Un type élégant qui avait réussi quelques coups assez ingénieux.

— Bizarre que la terre se soit ouverte pour l'avaler.

— Les temps étaient différents, avant la guerre qui devait être la der des ders. La police était moins bien équipée qu'aujourd'hui. Massey n'était pas un imbécile. Quelques années derrière les barreaux pour vol, c'est une chose. Causer indirectement la mort d'une centaine d'hommes, de femmes et d'enfants en est une autre. S'il avait été pris, un jury n'aurait pas mis cinq minutes pour le condamner à mort. »

Pitt finit la tarte et se carra dans le canapé.

« Savez-vous pourquoi le train n'a jamais été retrouvé ?

— Non. On dit qu'il a été englouti dans les sables mouvants. Les clubs de plongée locaux cherchent encore des vestiges. Il y a quelques années, on a repêché dans l'Hudson un vieux phare de locomotive, à environ deux kilomètres en aval. Les gens ont supposé qu'il venait du *Manhattan Limited*. Je pense que ce n'est qu'une question de temps avant que le lit du fleuve se déplace et révèle l'épave.

— Encore un peu de tarte, monsieur Pitt ? offrit Annie Magee.

— Je suis tenté, mais non merci, répondit-il en se levant. Il faut que je parte. J'ai un avion à prendre à Kennedy dans quelques heures. Je vous remercie beaucoup de votre hospitalité.

— Avant que vous partiez, dit le sculpteur, je veux vous montrer quelque chose. »

Il ouvrit une porte dans le fond de la pièce, disparut un moment et reparut avec une lampe à pétrole allumée.

« Par ici... »

Pitt entra et renifla des odeurs de moisi, de vieux bois et de cuir, de fumée, et fouilla des yeux les ombres dansantes sous la lueur vacillante des lampes.

C'était un bureau meublé d'antiquités. Il y avait un poêle au milieu dont le tuyau montait tout droit à travers le plafond, un coffre-fort dans un coin, sa porte peinte décorée d'un chariot bâché dans la prairie.

Deux bureaux occupaient un mur vitré. Le premier était un bureau à cylindre avec un vieux téléphone désuet juché dessus, l'autre une longue table surmontée de casiers. Sur le bord, devant un fauteuil à pivot au coussin de cuir, il y avait un télégraphe morse dont les fils montaient en diagonale et passaient par le plafond.

Les murs étaient ornés d'une pendule Seth Thomas,

d'une affiche annonçant le cirque ambulant Parker et Schmidt, d'un chromo encadré représentant une fille rebondie portant un plateau de chopes de bière et vantant la Brasserie Ruppert de la 94e Rue à New York et d'un calendrier de la compagnie d'assurances Feeny & Co de 1914.

« Le bureau de Sam Harding, dit fièrement Magee. Je l'ai recréé exactement tel qu'il était la nuit du vol.

— Alors votre maison...

— Est l'ancienne gare de Wacketshire. Le fermier à qui je l'ai achetée s'en servait de grange à foin pour ses vaches. Annie et moi avons tout restauré. Dommage que vous ne l'ayez pas vue en plein jour. L'architecture est particulière. Du bois sculpté au bord du toit, des formes gracieuses. Elle date des années 1880.

— Vous avez fait un magnifique travail de conservation.

— Oui, elle a eu un sort meilleur que la plupart des vieilles gares. Nous avons effectué quelques changements. La partie réservée aux marchandises est occupée maintenant par deux chambres et notre living-room est l'ancienne salle d'attente. »

Pitt effleura le manipulateur du télégraphe.

« Les meubles, tous ces objets, sont les originaux ?

— Pour la plupart. Le bureau de Harding était là quand nous avons acheté la bâtisse. Le poêle a été récupéré à la décharge publique et Annie a déniché le coffre-fort chez un brocanteur de Selkirk. Mais la plus belle pièce, c'est celle-ci. »

Magee souleva une housse de cuir, révélant un échiquier. Les pièces d'ébène et de bouleau sculptées à la main étaient fissurées et usées par le temps.

« L'échiquier de Hiram Meechum. Sa veuve me l'a donné. Le trou causé par la balle de Massey n'a jamais été réparé. »

Pitt contempla un moment l'échiquier, en silence. Puis il regarda la nuit par la fenêtre.

« On peut presque sentir leur présence...

— Il m'arrive souvent de venir m'asseoir seul, ici, et d'essayer d'imaginer cette nuit fatale.

« — Est-ce que vous voyez le *Manhattan Limited* passer en sifflant ?

— Parfois, murmura Magee d'une voix rêveuse. Si je lâche la bride à mon imagination... »

Il s'interrompit et regarda Pitt en fronçant les sourcils.

« Curieuse question. Pourquoi ?

— Le train fantôme. Il paraît qu'il passe encore sur son ancienne voie.

— La vallée de l'Hudson est un bouillon de culture de mythes. Il y en a même qui prétendent avoir vu le cavalier sans tête, je vous demande un peu ! Ce qui commence comme une plaisanterie devient une rumeur. Embellie par l'âge et exagérée par le folklore local, la rumeur se transforme en légende avec des allures de réalité. L'histoire du train fantôme a commencé quelques années après la catastrophe. Comme le fantôme d'un homme guillotiné qui erre à la recherche de sa tête, le *Manhattan Limited*, croient ses disciples, n'entrera jamais dans la grande gare du ciel, tant qu'il n'aura pas finalement franchi le fleuve. »

Pitt éclata de rire.

« Monsieur Magee, vous êtes un sceptique patenté !

— Je ne le nie pas. »

Pitt consulta sa montre.

« Je dois vraiment vous quitter. »

Magee l'accompagna dehors et ils se serrèrent la main sur l'ancien quai de gare.

« J'ai passé une soirée passionnante, dit Pitt. Je vous remercie encore, votre femme et vous, de votre hospitalité.

— Tout le plaisir était pour nous. Il faudra revenir nous voir. J'adore parler de trains. »

Pitt hésita.

« Il y a une chose que vous ne devriez pas oublier.

— Quoi donc ?

— Quelque chose de curieux, à propos des légendes, répondit Pitt en cherchant les yeux du sculpteur. Elles naissent généralement d'une vérité. »

A la lumière de la maison, l'aimable figure était sombre et songeuse, sans plus. Puis Magee haussa vaguement les épaules et referma sa porte.

32

Danielle Sarveux accueillit chaleureusement le Premier ministre du Québec, Jules Guerrier, dans le couloir de l'hôpital. Il était accompagné par son secrétaire et par Henri Villon.

Guerrier embrassa Danielle sur les deux joues. Il n'avait pas loin de quatre-vingts ans et restait grand et mince, avec d'épais cheveux argentés et une barbe hirsute. Il aurait pu servir de modèle à un artiste, pour Moïse. En qualité de Premier ministre du Québec, il était aussi le chef du Parti Québécois francophone.

« Quel plaisir de vous voir, Jules, dit-elle.

— Le plaisir est encore plus grand pour moi de contempler une jolie femme, répliqua-t-il galamment.

— Charles vous attend avec impatience.

— Comment va-t-il ?

— Très bien, d'après les médecins. Mais la convalescence sera longue. »

Sarveux était soutenu par des oreillers, son lit poussé près d'une grande fenêtre avec une vue sur le Parlement. Une infirmière prit leurs manteaux et leurs chapeaux et ils s'installèrent près du lit dans un fauteuil et un canapé. Danielle servit du cognac.

« J'ai le droit d'offrir un verre à mes visiteurs, dit Sarveux, mais malheureusement l'alcool ne se marie pas avec mon traitement alors je ne peux pas vous tenir compagnie.

— A votre prompte guérison, dit Guerrier, puis il posa son verre sur un guéridon. Je suis honoré que vous ayez demandé à me voir, Charles. »

Sarveux le regarda gravement,

« On vient de m'apprendre que vous organisez un référendum pour l'indépendance totale.

— Il y a longtemps que nous aurions dû nous séparer de la confédération.

— Je suis d'accord, et j'ai l'intention de vous accorder tout mon soutien. »

La déclaration de Sarveux tomba comme un couperet de guillotine. Guerrier se tendit visiblement.

« Vous ne le combattrez pas, cette fois ?

— Non, je veux que cela se fasse et qu'on en finisse.

— Je vous connais depuis trop longtemps, Charles, pour ne pas soupçonner des motifs cachés à votre soudaine bienveillance.

— Vous vous méprenez, Jules. Je ne fais pas le beau comme un chien dressé. Si le Québec veut sa liberté, grand bien lui fasse. Vos référendums, vos motions, vos négociations incessantes, tout ça c'est le passé. Le Canada a assez souffert. La confédération n'a plus besoin du Québec. Nous survivrons sans vous.

— Et nous sans vous. »

Sarveux sourit ironiquement.

« Nous verrons comment vous ferez, en partant de zéro.

— Nous réussirons, assura Guerrier. Le Parlement du Québec sera dissous et un nouveau gouvernement installé. Sur le modèle de la République française. Nous rédigerons nos propres lois, nous percevrons nos propres impôts, nous établirons des relations diplomatiques officielles avec les puissances étrangères. Naturellement, nous conserverons une monnaie commune et d'autres liens économiques avec les provinces anglophones.

— Vous ne pouvez pas manger le gâteau et le garder, répliqua durement Sarveux. Le Québec devra émettre sa propre monnaie et tous les accords commerciaux devront être renégociés. De plus, des postes de douanes seront installés le long de nos frontières communes. Toutes les institutions et les bureaux officiels canadiens se retireront du territoire du Québec.

— Ce sont des mesures dures ! protesta Guerrier, furieux.

— Une fois que les Québécois auront tourné le dos à

la liberté politique, à la richesse, et à l'avenir d'un Canada uni, la séparation doit être inconditionnelle et totale. »

Guerrier se leva lentement.

« J'avais espéré plus de compassion d'un compatriote français.

— Mes compatriotes français ont assassiné cinquante innocents en tentant de m'assassiner. Estimez-vous heureux, Jules, que je n'accuse pas le Parti Québécois. Le scandale et les retombées causeraient des dommages irréparables à votre cause.

— Vous avez ma parole d'honneur que le Parti Québécois n'a joué aucun rôle dans cet odieux attentat.

— Et les terroristes de la S.Q.L. ?

— Je n'ai jamais approuvé les actions de la S.Q.L. !

— Des mots. Vous n'avez rien fait pour les empêcher.

— Ils sont comme des fantômes ! Personne ne sait même qui est leur chef.

— Que se passera-t-il après l'indépendance, quand il surgira à découvert ?

— Quand le Québec sera libre, la S.Q.L. n'aura plus de raison d'être. Son organisation et lui ne peuvent que s'affaiblir et mourir.

— Vous oubliez, Jules, que les mouvements terroristes ont la fâcheuse habitude de devenir légaux et de former des partis d'opposition.

— La S.Q.L. ne sera pas tolérée par le nouveau gouvernement du Québec.

— Avec vous à sa tête, ajouta Sarveux.

— Je l'espère bien, riposta Guerrier avec orgueil. Qui d'autre a été mandaté par le peuple, pour une nouvelle nation glorieuse ?

— Je vous souhaite bonne chance », dit Sarveux sur un ton sceptique.

On ne pouvait discuter avec la ferveur de Guerrier, pensait-il. Les Français étaient des rêveurs. Ils ne pensaient qu'à un retour aux temps romanesques où la fleur de lis flottait majestueusement dans le monde entier. La noble expérience échouerait avant de commencer.

« En ma qualité de Premier ministre, je ne vous mettrai pas de bâtons dans les roues. Mais je vous avertis, Jules, pas de soulèvements extrémistes ni d'agitation politique risquant de contaminer le reste du Canada !

— Je vous assure, Charles, déclara Guerrier avec confiance, que la naissance sera pacifique. »

Villon était furieux, Danielle le voyait bien. Il vint s'asseoir à côté d'elle sur un banc, devant l'hôpital. Elle frissonna dans la fraîcheur du printemps, en attendant l'inévitable explosion.

« Le salaud ! gronda-t-il enfin. Le foutu salaud a donné le Québec à Guerrier sans coup férir !

— Je n'arrive pas à y croire.

— Tu savais ! Tu devais savoir ce que Charles avait derrière la tête.

— Il ne m'a rien dit, il n'a donné aucune indication...

— Pourquoi ? cria-t-il, rouge de colère. Pourquoi cette brusque volte-face, lui qui s'est toujours battu pour un Canada uni ? »

Danielle ne répondit pas. Elle avait une peur instinctive de la rage de Villon.

« Il nous coupe l'herbe sous le pied avant que nous puissions construire une base solide. Quand mes associés du Kremlin apprendront ça, ils renieront leurs engagements.

— Qu'est-ce que Charles peut espérer gagner ? C'est un suicide politique !

— Il joue au plus fin. Avec un vieux crétin sénile comme Guerrier à la barre, le Québec ne sera guère plus qu'un régime fantoche, mendiant à Ottawa des crédits, des prêts à long terme, des aumônes. Nation, le Québec sera dans une situation pire que lorsqu'il n'était que province. »

Danielle le regarda et son expression durcit.

« Ce n'est pas écrit.

— Qu'est-ce que tu veux dire ?

— Enterre la S.Q.L. ! Sors à découvert et fais campagne contre Guerrier.

— Je ne suis pas assez fort pour me mesurer à lui.

— Les Français ont désespérément besoin d'un chef

plus jeune, plus agressif, insista Danielle. L'Henri Villon que je connais ne s'inclinerait jamais devant le Canada anglais et les Etats-Unis.

— Ton mari a étouffé cet espoir dans l'œuf. Sans le temps de former une organisation solide, ce serait impossible.

— Pas si Guerrier mourait subitement. »

Villon rit amèrement.

« Peu probable. Jules peut avoir toutes les maladies inscrites au lexique médical, il nous enterrera tous. »

Une curieuse intensité animait le visage de Danielle.

« Jules doit mourir pour sauver le Québec. »

L'insinuation était claire comme du cristal. Villon se referma dans ses pensées et ne dit rien pendant une minute.

« Tuer les autres c'était différent, ils étaient des inconnus. Leur mort devenait une nécessité politique. Jules est un Français loyal. Il livre ce combat depuis plus longtemps qu'aucun de nous.

— Pour ce que nous avons à gagner, le prix est modeste.

— Le prix n'est jamais modeste, murmura-t-il. Ces derniers temps, je me surprends à me demander qui sera le dernier à mourir avant que tout soit fini. »

33

Penché vers la glace, sur le lavabo craquelé, Gly recomposait sa figure.

Il plaça une prothèse en mousse de caoutchouc blanche sur son nez cassé, allongeant la pointe et haussant l'arête. Elle était maintenue en place par une gomme à l'alcool. Il la teinta avec un colorant spécial pour le caoutchouc. Un soupçon de poudre transparente compléta le travail en éliminant le brillant.

Ses véritables sourcils avaient été épilés. Il arracha leurs substituts et appliqua avec soin des postiches, au moyen de la même gomme, prenant chaque touffe minuscule avec une pince. Les nouveaux sourcils étaient plus hauts et plus broussailleux.

Gly s'interrompit et recula un moment pour comparer son travail avec la photo collée au bord de la glace. Satisfait, il prit un fond de teint clair et l'étala de la pointe du menton le long du maxillaire, jusqu'au lobe de chaque oreille. Ensuite, il passa sous son menton un fond de teint un peu plus foncé. Ce travail d'artiste donnait à sa mâchoire ovale un aspect plus carré.

Il changea la forme de sa bouche en la recouvrant d'une base de maquillage puis il traça une ligne sous la lèvre inférieure avec un rouge à lèvres de même teinte, qui la faisait paraître plus charnue et plus saillante.

Les lentilles de contact suivirent. C'était la seule partie qu'il détestait. Transformer le marron de ses yeux en gris lui donnait l'impression de changer d'âme. Il ne reconnaissait plus Foss Gly sous le déguisement, une fois les lentilles en place.

La touche finale fut la perruque châtain foncé. Il l'écarta entre ses mains et la posa comme une couronne sur son crâne dénudé.

Enfin il recula et s'examina de face et de profil, en tenant une petite lampe à des angles variés. C'était presque parfait, jugea-t-il, aussi parfait que possible, compte tenu des conditions de cette salle de bains rudimentaire, dans l'hôtel minable où il était descendu.

L'employé de nuit n'était pas à la réception quand il sortit. Il suivit deux rues à angle droit puis une ruelle et se retrouva au volant d'une Mercedes. Il l'avait volée dans le parking d'une banque, l'après-midi même, et en avait changé les plaques.

Il traversa le vieux quartier de Québec appelé la Ville Basse, en rasant le bord des trottoirs dans les rues tortueuses, et en donnant des coups d'avertisseur aux piétons qui ne quittaient la chaussée qu'après l'avoir regardé d'un air belliqueux.

Il était un peu plus de vingt et une heures et les lumières de la ville scintillaient sur la glace bordant encore le Saint-Laurent. Gly passa devant le célèbre hôtel

Château-Frontenac et s'engagea sur la voie express longeant le fleuve. La circulation était rapide et bientôt il arriva à la hauteur de Battlefields Park, dans les Plaines d'Abraham, où l'armée anglaise avait vaincu les Français en 1759 et conquis le Canada pour l'empire britannique.

Il pénétra dans l'élégante banlieue de Sillery où de grandes demeures de pierre de taille, solides comme des forteresses, protégeaient les célébrités et les riches de la province. Aux yeux de Gly, ces maisons étaient de monstrueuses cryptes dont les habitants ne savaient pas qu'ils étaient morts.

Il s'arrêta devant un grand portail de fer forgé et se nomma à un micro. Il n'y eut pas de réponse. La grille s'ouvrit automatiquement et il roula par une allée en fer à cheval vers l'imposant manoir de granit entouré d'immenses pelouses. Il se gara devant la porte d'entrée et sonna. Le chauffeur-garde du corps du Premier ministre Guerrier s'inclina et le fit entrer.

« Bonsoir, monsieur Villon. Voilà une agréable surprise. »

Gly fut enchanté. Sa modification faciale avait brillamment passé le premier examen.

« Je suis chez des amis à Québec et j'ai voulu présenter mes hommages à M. Guerrier. On me dit qu'il est souffrant.

— Un peu de grippe, dit le chauffeur en prenant le manteau de Gly. Le pire est passé. Sa température est tombée mais il faudra attendre un moment, avant qu'il reprenne le collier.

— S'il est trop fatigué pour une visite tardive, je devrais peut-être revenir demain ?

— Non, non, je vous en prie. Il regarde la télévision. Je sais qu'il sera ravi de vous voir. Je vais vous conduire à sa chambre.

— Inutile, je connais le chemin. »

Gly monta au premier par le large escalier. Au sommet, il s'orienta. Il avait appris par cœur le plan de toute la maison, gravé dans sa mémoire toutes les issues, au cas où une fuite rapide s'imposerait. Il savait que la chambre de Guerrier était la troisième à droite. Il entra sans frapper, silencieusement.

Jules Guerrier était assis dans un grand fauteuil capitonné, en pantoufles, les pieds sur une ottomane devant le petit écran. Il portait une robe de chambre en soie négligemment jetée sur un pyjama. Il avait le dos à la porte et ne remarqua pas l'arrivée de Gly.

A pas de loup sur le tapis, Gly s'approcha du lit, prit un grand oreiller et s'avança vers Guerrier, par-derrière. Il commença à abaisser l'oreiller sur la figure du vieillard puis il hésita.

Il doit me voir, pensa-t-il. Son ego devait être rassuré. Il devait se prouver encore une fois qu'il pouvait réellement devenir Henri Villon. Guerrier parut sentir une présence. Il se retourna lentement. Ses yeux se posèrent sur la ceinture de Gly, remontèrent jusqu'à sa figure et s'agrandirent, non pas de peur mais de stupéfaction.

« Henri !

— Oui, Jules.

— Vous ne pouvez pas être ici... »

Gly contourna le fauteuil.

« Mais je suis ici, Jules. Là, dans la télévision. »

C'était vrai.

Henri Villon occupait le centre de l'écran. Il faisait un discours à l'inauguration d'un nouveau centre culturel d'Ottawa. Sa femme était assise derrière lui, à côté de Danielle Sarveux.

Guerrier était incapable de comprendre, de concevoir ce que ses yeux transmettaient à son cerveau. L'émission était en direct. Il ne pouvait en douter. Il avait reçu une invitation et se rappelait tous les détails de la cérémonie. L'allocution de Villon était bien prévue pour cette heure-là. Il regarda Gly bouche bée.

« Comment ?... »

Gly ne répondit pas. Enjambant les genoux de Guerrier, il lui appliqua vivement l'oreiller sur la figure. Ce qui allait être un cri de terreur devint à peine plus qu'un bêlement étouffé. Le ministre avait peu de forces pour la lutte inégale. A tâtons, il chercha les poignets de Gly et tenta faiblement de lui repousser les mains. Il avait les poumons en feu. Juste avant les ténèbres finales, un grand brasier de lumière explosa dans sa tête.

Au bout de trente secondes, ses mains retombèrent mollement sur les accoudoirs. Son corps se tassa mais Gly maintint l'oreiller en place pendant encore trois ou quatre secondes.

Enfin, il éteignit la télévision, se pencha sur le vieil homme et guetta un battement de cœur. Il ne perçut plus le moindre signe de vie. Le Premier ministre du Québec était mort.

Rapidement, Gly alla regarder dans le couloir. Tout était désert. Il revint vers Guerrier et jeta l'oreiller sur le lit. Avec précaution, pour ne pas déchirer la soie, il lui ôta la robe de chambre et la posa sur le dossier du fauteuil. Il fut soulagé de voir que le ministre ne s'était pas mouillé. Puis ce fut le tour des pantoufles qui furent placées sur la descente de lit.

Gly n'éprouva aucune répugnance, pas le plus petit soupçon de dégoût quand il souleva le cadavre et l'allongea sur le lit. Avec un sang-froid de clinicien, il écarta les dents pour examiner l'intérieur de la bouche.

La première chose à laquelle s'intéressait un médecin légiste, s'il soupçonnait une asphyxie forcée, c'était la langue de la victime. Guerrier avait été bon joueur, il ne se l'était pas mordue.

Il y avait cependant de légères meurtrissures sur les muqueuses. Gly tira de sa poche une petite trousse et choisit un crayon gras rosâtre. Il ne pouvait faire totalement disparaître les traces mais il les fondit avec les tissus environnants. Il colora aussi la pâleur à l'intérieur des lèvres pour éliminer toute nouvelle petite preuve d'asphyxie.

Après avoir fermé les yeux fixes, il massa le visage convulsé jusqu'à lui donner une expression détendue, presque paisible. Puis il disposa le corps en chien de fusil et le recouvrit.

Un petit doute indéfinissable l'irrita cependant, alors qu'il sortait de la chambre, le doute du perfectionniste qui sent qu'un infime détail lui a échappé. Il commençait à descendre quand il vit le garde du corps sortir de l'office avec un plateau.

Gly s'arrêta net et se rappela soudain le détail négligé. Guerrier avait des dents trop parfaites. Elles devaient être fausses.

Il fit demi-tour et courut sans bruit vers la chambre. Cinq secondes plus tard, il avait le dentier dans la main. Où un vieillard le rangerait-il jusqu'au matin ? Dans une solution antiseptique, certainement. Sur la table de chevet, il n'y avait qu'une pendulette. Dans la salle de bains, Gly trouva un verre plein d'un liquide bleu. Il n'avait pas le temps d'examiner le contenu. Il y jeta le dentier.

Il ouvrit la porte de la chambre au moment précis où le garde du corps s'apprêtait à frapper.

« Ah ! monsieur Villon. J'ai pensé que le Premier ministre et vous apprécieriez une tasse de thé. »

Gly se retourna vers le lit et répondit à voix basse :

« Il m'a dit qu'il se sentait fatigué. Je crois qu'il s'est endormi dès que sa tête a touché l'oreiller. »

Le garde du corps le crut sur parole.

« Voulez-vous une tasse avant de partir, monsieur le ministre ?

— Merci, non. Il faut que je me sauve. »

Gly referma la porte et les deux hommes descendirent ensemble. Le garde posa le plateau pour aider Gly à enfiler son manteau. Gly s'attarda un moment sur le seuil, pour être sûr que le garde verrait la Mercedes.

Il monta en voiture et démarra. La grille s'ouvrit automatiquement. Il roula dans la rue déserte et au bout de quinze cents mètres il se gara le long du trottoir, entre deux vastes maisons. Après avoir verrouillé les portières, il enfonça la clef de contact dans la terre avec son talon.

Quoi de plus ordinaire qu'une Mercedes en stationnement dans un quartier résidentiel ? pensait-il. Les gens qui vivaient là parlaient rarement à leurs voisins. Chacun croirait que la voiture appartenait à des amis en visite dans la maison d'à côté. Elle pourrait rester là pendant des jours sans attirer l'attention.

A dix heures moins dix, Gly était dans un autobus. Il avait toujours dans la poche le poison qu'il avait concocté. C'était une méthode d'assassinat imparable, utilisée par les services secrets communistes. Aucun pathologiste ne pourrait détecter avec certitude sa présence dans un cadavre.

La décision d'employer l'oreiller avait été une impulsion de dernière minute, convenant à merveille à son fétichisme de l'anticonformisme.

La plupart des assassins obéissent à des principes, à un mode d'opération de routine, préfèrent une arme particulière. Le principe de Gly était de ne pas en avoir. L'exécution de chaque meurtre était différente. Il ne laissait aucun indice pouvant le rattacher au passé.

Son cœur battait un peu, il éprouvait un petit frisson d'anticipation. Il avait franchi le premier obstacle. Un seul demeurait, le plus difficile, le plus ardu de tous.

34

Dans le lit, Danielle regardait la fumée de sa cigarette monter au plafond. Elle avait à peine conscience de la petite chambre douillette, dans le cottage isolé des environs d'Ottawa, du soir tombant, du corps ferme et lisse couché près d'elle.

Elle se redressa et regarda l'heure. L'interlude était fini et elle en éprouvait de la nostalgie, regrettant qu'il n'ait pu durer indéfiniment. Le devoir l'appelait et elle devait rentrer dans la réalité.

« Tu dois partir maintenant ? demanda-t-il.

— Il faut bien que je joue le rôle de la femme dévouée et que j'aille voir mon mari à l'hôpital.

— Je ne t'envie pas. Les hôpitaux sont des cauchemars en blanc.

— Je commence à m'y habituer.

— Comment va Charles ?

— Les médecins disent qu'il pourra rentrer à la maison dans deux ou trois semaines.

— Pour trouver quoi ? demanda-t-il avec mépris. Le

pays va à la dérive. S'il y avait des élections demain, il serait sûrement battu.

— C'est tout à fait à notre avantage, déclara-t-elle en se levant. Avec Guerrier éliminé, le moment est parfait pour que tu démissionnes du gouvernement et annonces publiquement ta candidature à la présidence du Québec.

— Il va falloir que je rédige mon discours avec soin. Il faut que j'apparaisse comme un sauveur. Je ne peux pas me permettre d'être considéré comme un rat abandonnant un navire en perdition. »

Rhabillée, elle vint s'asseoir au bord du lit. Une odeur virile planait, qui l'excita de nouveau. Elle posa une main sur la poitrine de son amant pour sentir ses battements de cœur.

« Tu n'étais pas le même cet après-midi, Henri. »

Il parut inquiet.

« Comment cela ?

— Ton amour était plus brutal. Presque cruel.

— J'ai pensé que le changement te plairait.

— Tu ne t'es pas trompé, murmura-t-elle en l'embrassant. Tu étais même différent, en moi.

— Je me demande pourquoi.

— Je ne sais pas, mais c'était délicieux. »

A regret, elle se releva, enfila son manteau, ses gants. Il l'observait. Elle l'examina un instant.

« Tu ne m'as jamais dit comment tu t'es arrangé pour que la mort de Guerrier paraisse naturelle.

— Il y a des choses qu'il vaut mieux que tu ne saches pas. »

Danielle sursauta comme si elle avait reçu une gifle.

« Nous n'avons encore jamais eu de secrets l'un pour l'autre !

— Il y a un commencement à tout. »

Elle ne sut comment réagir à cette froideur soudaine. Jamais elle ne l'avait vu ainsi et elle en était déroutée.

« Tu as l'air en colère. C'est quelque chose que j'ai dit ? »

Il haussa les épaules avec indifférence.

« J'attendais plus de toi, Danielle.

— Plus ?

— Tu ne m'as rien dit sur Charles que je ne puisse lire dans les journaux.

— Mais... Que veux-tu savoir ?

— Ses pensées intimes. Ses conversations avec d'autres ministres. Comment il compte traiter le Québec après la séparation. S'il songe à démissionner. Bon Dieu, j'ai besoin de renseignements et tu ne me donnes rien !

— Charles a changé depuis la catastrophe aérienne. Il est devenu plus secret. Il ne se confie plus à moi, comme avant.

— Dans ce cas, tu ne me sers plus à rien. »

Danielle détourna vivement la tête, le cœur lourd de peine et de colère. Il reprit, sur un ton glacial :

« Ne te donne plus la peine de me téléphoner, à moins d'avoir quelque chose d'important à me dire. Je ne prends plus de risques pour des jeux sexuels assommants. »

Danielle courut à la porte et se retourna sur le seuil.

« Espèce de salaud ! » cria-t-elle dans un sanglot.

Elle trouvait singulier de n'avoir jamais vu le monstre qui était en lui. Réprimant un frisson, elle s'essuya les yeux d'un revers de main et prit la fuite.

Le rire de son amant la suivit jusqu'à sa voiture et resta dans ses oreilles pendant tout le trajet vers l'hôpital.

Elle ne pouvait pas savoir que, dans la chambre du cottage, Foss Gly se félicitait d'avoir victorieusement passé l'épreuve finale.

35

Le secrétaire général de la présidence salua de la tête avec indifférence et resta assis à son bureau quand Pitt fut introduit. Il leva à peine les yeux, sans sourire.

« Asseyez-vous, monsieur Pitt. Le Président sera à vous dans quelques minutes. »

Comme il n'y avait aucune offre de poignée de main,

Pitt posa sa serviette à côté d'un fauteuil près de la fenêtre et s'assit.

Le secrétaire général, un jeune homme d'une trentaine d'années, au nom ronflant de Harrisson Moon IV, répondit avec hâte à trois coups de téléphone et déplaça adroitement quelques papiers sur son bureau. Enfin il condescendit à regarder dans la direction de Pitt.

« J'espère que vous comprenez, monsieur Pitt, que cette entrevue est extrêmement irrégulière. Le Président n'a pas de temps à perdre en conversations oiseuses avec des fonctionnaires de troisième échelon. Si le sénateur George Pitt, votre père, n'avait pas fait la demande en laissant entendre que c'était urgent, vous n'auriez pas franchi les grilles de la Maison Blanche. »

Pitt regarda le pompeux imbécile d'un air innocent.

« Ah ben, mince alors, qu'est-ce que je suis flatté ! »

Le secrétaire général rougit d'irritation.

« Je vous conseille d'avoir un peu plus de respect pour le bureau du Président.

— Comment est-ce que je peux être impressionné par un Président qui embauche des trous du cul comme vous ? » répliqua Pitt avec le sourire.

Harrisson Moon IV sursauta comme s'il avait essuyé un coup de feu.

« Comment osez-vous... ? »

A ce moment, la secrétaire du Président entra.

« Monsieur Pitt, le Président va vous recevoir maintenant.

— Non ! glapit Moon en se levant d'un bond, les yeux étincelant de rage. Le rendez-vous est annulé ! »

Pitt s'approcha de lui, le saisit par les revers de sa veste et le tira en travers du bureau.

« Et moi, morveux, je vous conseille de ne pas laisser votre emploi vous gonfler la tête ! »

Sur ce, il le repoussa dans le fauteuil à pivot. Mais Pitt y était allé un peu trop fort. Le fauteuil tomba à la renverse et Moon avec.

Pitt sourit froidement à la secrétaire ahurie.

« Ne prenez pas la peine de m'accompagner. Je connais bien le chemin du bureau ovale. »

Contrairement à son secrétaire général, le Président accueillit très courtoisement Pitt et lui serra la main.

« J'ai souvent lu vos exploits, dans les projets Titanic et Vixen, monsieur Pitt. Je suis particulièrement impressionné par votre opération *Bidule*. C'est un honneur de faire enfin votre connaissance.

— L'honneur est pour moi.

— Asseyez-vous, je vous en prie.

— Je n'aurai peut-être pas le temps.

— Pardon ? murmura le Président, étonné.

— Votre secrétaire général a été impoli et m'a très mesquinement reçu, alors je l'ai traité de trouduc et je l'ai un peu bousculé.

— Vous parlez sérieusement ?

— Oui, monsieur le Président. D'une seconde à l'autre, le Secret Service risque de faire irruption et de m'éjecter *manu militari*. »

Le Président retourna à son bureau et pressa le bouton de l'interphone.

« Maggie, je ne veux être dérangé sous aucun prétexte, jusqu'à ce que je dise le contraire. »

Pitt fut soulagé quand il le vit sourire.

« Harrison se prend parfois pour quelqu'un. Vous lui avez sans doute donné une leçon d'humilité bien méritée.

— Je lui ferai des excuses en sortant.

— Inutile. »

Le Président s'assit en face de Pitt, de l'autre côté de la table basse.

« Votre père et moi sommes de vieilles connaissances. Nous avons tous deux été élus au Congrès la même année. Il m'a dit au téléphone que vous aviez à me faire une révélation qui, paraît-il, me fera tomber sur le cul.

— Il a un langage imagé, répondit Pitt en riant. Mais dans ce cas présent, il a parfaitement raison.

— Expliquez-moi tout ça. »

Pitt ouvrit sa serviette et étala des documents sur la table.

« Pardonnez-moi de vous ennuyer avec une leçon

d'histoire, monsieur le Président, mais elle est nécessaire pour planter le décor.

— Je vous écoute.

— Au début de 1914, il ne faisait aucun doute en Grande-Bretagne qu'une guerre avec l'Allemagne impériale était imminente. En mars, Winston Churchill, alors premier lord de l'Amirauté, avait déjà armé une quarantaine de navires marchands. Le ministre de la Guerre prévoyait le déclenchement des hostilités pour le mois de septembre, une fois les moissons rentrées en Europe. Le lord maréchal Kitchener, ministre de la Guerre, comprenant que le prochain conflit serait une ponction colossale d'hommes et de ressources, fut choqué de découvrir à peine assez de munitions et de fournitures pour une campagne de trois mois. A la même époque, le Royaume-Uni se débattait avec un programme accéléré de réformes sociales qui avait déjà provoqué une augmentation considérable des impôts. Il n'était pas nécessaire d'être un voyant pour calculer que le coût du réarmement, les intérêts sur les dettes, le paiement des retraites et des allocations allaient mettre l'économie sur les genoux.

— Ainsi, la Grande-Bretagne grattait ses fonds de tiroirs quand elle s'est engagée dans la Première Guerre mondiale.

— Pas tout à fait. Peu avant l'invasion de la Belgique par les Allemands, notre gouvernement avait prêté cent cinquante millions de dollars aux Britanniques. Du moins, c'est enregistré dans les archives sous forme de prêt. En réalité, c'était un acompte.

— J'ai peur de ne pas vous suivre.

— Le Premier ministre Herbert Asquith et le roi George V se sont réunis à huis clos le 2 mai et ont adopté une solution désespérée. Ils ont présenté secrètement leur proposition au président Wilson, qui l'a acceptée. Richard Essex, sous-secrétaire d'Etat sous William Jennings Bryan, et Harvey Shields, ministre adjoint du Foreign Office, ont alors rédigé ce qui fut brièvement connu sous le nom de Traité Nord-Américain.

— Et que stipulait ce traité ? »

Pitt hésita. Le silence dura une dizaine de secondes. Enfin il s'éclaircit la voix.

« Contre une somme d'un milliard de dollars, la Grande-Bretagne vendait le Canada aux Etats-Unis. »

Les paroles de Pitt passèrent par-dessus la tête du Président. Il le regarda fixement, incapable de croire qu'il avait bien entendu.

« Répétez ça.

— Nous avons acheté le Canada un milliard de dollars.

— C'est absurde.

— Mais vrai, affirma Pitt. Avant que la guerre éclate il y avait beaucoup de membres du Parlement britannique qui doutaient du soutien loyal des colonies et des dominions. Il y avait des libéraux et aussi des conservateurs qui déclaraient ouvertement que le Canada était un fardeau pour l'empire.

— Vous pouvez m'en donner une preuve ? » demanda le Président, visiblement sceptique.

Pitt lui remit une copie de la lettre de Wilson.

« Ceci a été écrit par Woodrow Wilson au Premier ministre Asquith, le 4 juin. Vous remarquerez qu'une portion de phrase est effacée par un pli. J'ai effectué une analyse spectrographique et découvert que les mots effacés complètent ainsi la phrase : « Mes compatriotes ont l'esprit possessif et ne resteraient certainement pas inertes s'ils savaient avec certitude que notre voisin du Nord et notre propre pays bien-aimé ne font plus qu'un. »

Le Président examina la lettre pendant plusieurs minutes puis il la posa sur la table.

« Qu'avez-vous d'autre ? »

Sans faire de commentaire, Pitt montra la photo de Bryan, Essex et Shields quittant la Maison Blanche avec le traité. Puis il joua son atout.

« Voici l'agenda de bureau de Richard Essex pour le mois de mai. Toutes les négociations aboutissant au Traité Nord-Américain y sont consignées en détail. La dernière note est datée du 22 mai, le jour où Essex a quitté Washington pour le Canada et pour la signature finale des traités.

— Les traités ?

— Il y avait trois copies, une pour chaque pays en cause. Les premiers à signer furent Asquith et George V. Shields apporta alors le document historique à Washington où, le 20 mai, Wilson et Bryan ajoutèrent leurs paraphes. Deux jours plus tard, Essex et Shields prirent ensemble le train pour Ottawa, où le Premier ministre canadien, Sir Robert Borden, apposa la dernière signature.

— Mais alors, pourquoi n'y a-t-il eu aucun transfert officiel du Canada au sein de l'Union ?

— A cause d'un triste concours de circonstances. Harvey Shields, en compagnie d'un millier de malheureux, a sombré avec le transatlantique *Empress of Ireland* après une collision avec un cargo charbonnier, dans l'embouchure du Saint-Laurent. Son corps et la copie britannique du traité n'ont jamais été retrouvés.

— Mais Essex a bien dû arriver à Washington avec la copie américaine !

— Hélas ! non. Le train qui le transportait a plongé d'un viaduc dans l'Hudson. La catastrophe est devenue un mystère célèbre car on n'a jamais retrouvé la moindre trace du train, de ses voyageurs ni du personnel.

— Il restait quand même une copie entre les mains des Canadiens.

— C'est là que la piste devient froide. Tout le reste n'est que conjectures. Apparemment, le gouvernement d'Asquith s'est rebellé. Les ministres, y compris Churchill, ont dû être furieux en découvrant que le Premier ministre et le roi avaient tenté de vendre à leur insu leur plus vaste dominion.

— Je doute que les Canadiens aient été très heureux de ce marché, eux aussi.

— Avec deux copies du traité disparues, il était simple pour Sir Robert Borden, un Anglais loyal, de détruire la troisième, laissant Wilson sans preuve tangible des prétentions américaines.

— Il paraît impossible que les archives officielles concernant des négociations d'une telle importance aient pu si commodément se perdre, murmura le Président.

— Wilson dit dans sa lettre qu'il a donné l'ordre à son secrétaire de détruire toutes les mentions du pacte. Je ne puis parler au nom du Foreign Office, mais je suis prêt à parier qu'ils sont collectionneurs, là-bas. Traditionnellement, les Britanniques n'ont pas l'habitude de jeter ou de brûler des documents. Les papiers du traité qui ont survécu sont probablement enterrés sous une tonne de poussière dans quelque vieil entrepôt victorien. »

Le Président se leva pour marcher de long en large.

« J'aimerais bien connaître les termes du traité.

— Vous le pouvez. Essex les a résumés dans son journal.

— Puis-je le garder ?

— Naturellement.

— Comment avez-vous découvert ce journal ?

— Il était en possession de son petit-fils, répondit Pitt sans autre explication.

— John Essex ?

— Oui.

— Pourquoi a-t-il gardé le secret si longtemps ?

— Il devait avoir peur que sa divulgation ne provoque un bouleversement international.

— Il avait sans doute raison. Si jamais la presse révélait cette découverte, une semaine sans grands événements, impossible de prédire la réaction des masses, de part et d'autre de la frontière. Wilson avait raison, les Américains ont l'esprit possessif. Ils pourraient exiger la prise du Canada. Et Dieu seul sait quel tollé soulèverait le Congrès.

— Il y a un os », dit Pitt.

Le Président s'immobilisa.

« Lequel ?

— Il n'y a aucune trace du paiement. L'acompte a été converti en prêt. Même si on retrouvait une copie du traité, les Britanniques la déclareraient nulle et non avenue en proclamant, à juste titre, qu'ils n'ont jamais été payés.

— Oui... Le défaut de paiement rend le traité caduc. »

Le Président s'approcha des hautes fenêtres et contempla la pelouse jaunie, en silence, plongé dans ses pensées. Enfin il se retourna vers Pitt.

« Qui d'autre, à part vous, est au courant du Traité Nord-Américain ?

— Le commandant Heidi Milligan, qui a commencé les recherches préliminaires après avoir découvert la lettre de Wilson, l'historien du Sénat qui a trouvé la photo, mon père et, bien entendu, l'amiral Sandecker. Comme il est mon supérieur immédiat, j'ai estimé de mon devoir de lui dire sur quoi j'enquêtais.

— Personne d'autre ?

— Non. Je ne vois pas.

— Ce club restera fermé, d'accord ?

— Comme vous voudrez, monsieur le Président.

— Je vous remercie vivement d'avoir porté ceci à mon attention, monsieur Pitt.

— Voulez-vous que je poursuive l'affaire ?

— Non, je crois qu'il vaut mieux que nous remettions le traité dans son cercueil, pour le moment. Il ne servirait à rien de compromettre nos relations avec le Canada et le Royaume-Uni. A mon avis, ce que personne ne sait ne peut faire de mal à personne.

— John Essex aurait été d'accord.

— Et vous, monsieur Pitt, êtes-vous d'accord ? »

Pitt ferma sa serviette et se leva.

« Je ne suis qu'un ingénieur naval, monsieur le Président. Je ne me mêle pas de politique.

— Sage décision, dit le Président avec un sourire compréhensif. Très sage. »

Cinq secondes après que la porte se fut refermée sur Pitt, le Président parla à l'interphone.

« Maggie, demandez-moi Douglas Oates sur l'holographe. »

Il se rassit à son bureau et attendit.

Quelque temps après son arrivée à la Maison Blanche, il avait ordonné l'installation d'un système de communications holographiques dans son bureau. Il prenait un plaisir presque puéril à observer les expressions, les gestes, les mouvements de ses ministres, en leur parlant et en les voyant à des kilomètres de distance.

L'image tridimensionnelle d'un homme aux cheveux châtain-roux ondulés, en costume de flanelle grise, se matérialisa au milieu du bureau ovale. Il était assis dans un fauteuil de cuir.

Douglas Oates, le secrétaire d'Etat, sourit.

« Bonjour, monsieur le Président. Comment progresse la bataille ?

— Douglas, combien d'argent les Etats-Unis ont-ils donné à la Grande-Bretagne depuis 1914 ?

— Donné ?

— Oui. Vous savez, prêts de guerre passés sous profits et pertes, aide économique, subventions, etc.

— Ma foi... Une somme assez considérable, j'imagine.

— Plus d'un milliard de dollars ?

— Facilement. Pourquoi cette question ?

Le Président ne répondit pas.

— Arrangez-vous pour avoir un courrier, dit-il. J'ai quelque chose d'intéressant pour mon ami d'Ottawa.

— De nouveaux tuyaux sur le filon du pétrole ?

— Bien mieux. On vient de nous servir un atout pour la solution canadienne.

— Nous avons bien besoin de toute la veine que nous pouvons obtenir.

— On pourrait appeler ça une diversion.

— Une diversion ? »

Le Président avait la mine d'un chat qui tient une souris sous sa patte.

« Le leurre parfait pour détourner l'attention britannique du véritable complot. »

36

Le Président nagea jusqu'au bord de la piscine de la Maison Blanche et monta par l'échelle alors que Mercier et Klein sortaient du vestiaire.

« J'espère qu'un petit plongeon matinal ne va pas bouleverser vos horaires.

— Pas du tout, monsieur le Président, assura Mercier. L'exercice me fera du bien. »

Klein jetait autour de lui un coup d'œil admiratif.

« Ainsi, c'est ça la célèbre piscine couverte. Il paraît que le dernier président à s'en servir a été John Kennedy ?

— Oui. Nixon l'avait fait couvrir et y donnait ses conférences de presse. Moi, j'aime mieux nager que d'affronter une horde baveuse de journalistes. »

Mercier sourit.

« Que dirait la presse de Washington si elle vous entendait la comparer à une horde baveuse ?

— Strictement entre nous, voulez-vous que nous inaugurions le nouveau bain japonais ? Les ouvriers ont fini de l'installer hier. »

Ils plongèrent dans le petit bassin rond peu profond, aménagé à une extrémité de la piscine. Le Président mit les pompes en marche et régla le thermostat sur 40°. Quand l'eau commença à chauffer, Mercier fut certain qu'il allait être bouilli tout vif. Il sympathisa avec les homards. Finalement le Président déclara :

« C'est un endroit qui en vaut un autre pour traiter nos affaires. Messieurs, j'aimerais que vous me disiez où en est notre situation énergétique avec le Canada.

— Elle n'est pas brillante, répondit Mercier. Nos sources de renseignements ont appris que c'est un ministre d'Etat, Henri Villon, qui a ordonné le blackout de James Bay.

— Villon, murmura le Président comme si ce nom avait un mauvais goût. C'est cet individu à la langue fourchue qui débine les Etats-Unis chaque fois qu'il harponne un journaliste.

— Lui-même. Il paraît qu'il pourrait être candidat à la présidence de la nouvelle république du Québec.

— Guerrier étant mort, il a des chances d'être élu, malheureusement », ajouta Klein.

La figure du Président s'assombrit.

« Je ne vois rien de pire que Villon imposant les prix de la fourniture d'énergie de James Bay et du pétrole découvert par la N.U.M.A.

— C'est diablement exaspérant, grommela Mercier, et il se tourna vers Klein. Est-ce que la nappe est aussi vaste que le prédit l'amiral Sandecker ?

— Il a été au-dessous de la vérité. Mes experts ont étudié les prévisions des ordinateurs de la N.U.M.A. Ce serait plutôt dix milliards de barils que huit.

— Comment est-il possible que les compagnies pétrolières canadiennes soient passées à côté ?

— Un piège stratigraphique est le gisement de pétrole le plus difficile à découvrir. Le matériel sismique, les compteurs de gravité, les magnétomètres, rien de tout ça ne peut détecter la présence d'hydrocarbures dans cet état géologique. Le seul moyen sûr est le forage au hasard. Les Canadiens ont foré un puits dans un rayon de deux milles de la découverte du *Bidule* mais ils n'ont rien trouvé. Sur les cartes pétrolières la position était marquée du symbole signalant le trou sec. Les autres équipes de prospection sont restées à l'écart de ce coin. »

Mercier chassa la vapeur qui lui brouillait la vue.

« On dirait que nous avons fait du Québec une nation très riche.

— A condition de ne pas le lui dire », répliqua le Président.

Klein le regarda avec étonnement.

« Pourquoi garder le secret ? Ce n'est qu'une question de temps avant qu'ils tombent eux-mêmes sur le gisement. Si nous leur montrons le chemin et collaborons au développement, le gouvernement du Québec, par reconnaissance, nous vendrait sûrement le brut à un prix raisonnable.

— Optimisme déplacé, déclara Mercier. Regardez ce qui s'est passé avec l'Iran et les pays de l'O.P.E.P. Soyons réalistes. La moitié du monde pense que les Etats-Unis sont un gibier à plumer, quand il s'agit du prix du pétrole. »

Le Président renversa la tête en arrière et ferma les yeux.

« Supposez que nous possédions un bout de papier établissant que le Canada appartient aux Etats-Unis ? »

Mercier et Klein restèrent muets de stupeur, en se demandant à quoi pensait le Président. Enfin Mercier prononça les mots qui étaient dans tous les esprits :

« Je ne puis imaginer pareil document.

— Moi non plus, dit Klein.

— Simple vœu pieux, murmura le Président. N'y pensons plus, nous avons à nous occuper de problèmes plus terre à terre. »

Mercier regarda l'eau agitée.

« La plus grave menace contre notre sécurité nationale est un Canada fragmenté. J'estime que nous devons faire tout notre possible pour aider le Premier ministre Sarveux à empêcher la sécession du Québec.

— Votre opinion est excellente, dit le Président. Mais je dois vous demander de l'abandonner.

— Comment !

— Je veux que vous coordonniez un programme ultrasecret avec le Département d'Etat et la C.I.A. pour assurer que l'indépendance du Québec devienne une réalité. »

Mercier prit l'air d'un homme mordu par un requin.

« J'ai peur que vous ne compreniez...

— Ma décision est définitive. Je vous demande, en ami, d'agir comme je l'entends.

— Puis-je demander pourquoi ? »

Les yeux du Président prirent une expression lointaine et Mercier frémit à la brusque dureté de sa voix.

« Faites-moi confiance, quand je vous dis qu'un Canada divisé est propice aux intérêts de l'Amérique du Nord. »

Klein boutonna son imperméable sous le portail sud de la Maison Blanche, en attendant sa voiture et son chauffeur. Les nuages menaçants ne soulageaient guère son humeur inquiète.

« Je me demande si le Président n'est pas aussi fou qu'Henri Villon.

— Vous les interprétez mal, répondit Mercier. Retors peut-être, mais ni l'un ni l'autre n'est fou.

— Curieux, son conte de fées combinant le Canada avec les Etats-Unis.

— Ca, je l'avoue... Que diable peut-il avoir derrière la tête ?

— Vous êtes le conseiller à la sécurité. Si quelqu'un peut le savoir, c'est bien vous.

— Vous l'avez entendu. Il me cache quelque chose.

— Alors que va-t-il se passer maintenant ?

— Nous attendons... Nous attendons jusqu'à ce que nous devinions quel atout le Président a dans sa manche. »

37

« Adjugé ! »

La voix du commissaire-priseur résonna dans les amplificateurs comme un coup de fusil. Le brouhaha habituel de la foule suivit, tandis que les dernières enchères pour le coupé Ford 1946 étaient inscrites dans les programmes.

Une Mercedes 540 K, à carrosserie spéciale blanc nacré de Freestone et Webb, arriva en ronronnant tout bas au centre du Richmond Coliseum, en Virginie. Un public de trois mille personnes murmura d'admiration quand les projecteurs convergèrent sur l'élégante voiture lustrée. Des acheteurs tournèrent autour, certains se mirent à quatre pattes pour examiner la suspension et le train arrière, d'autres admirèrent l'intérieur, d'autres encore le moteur, avec toute la sagacité des entraîneurs du Kentucky cherchant un gagnant de Derby à une vente de yearlings.

Dirk Pitt, assis au troisième rang, vérifia le numéro d'ordre dans son programme. La Mercedes était la quatorzième, à la vente annuelle des voitures anciennes et classiques de Richmond.

« Voici une automobile réellement magnifique, vanta le commissaire-priseur. Une reine parmi les grandes classiques. Quelqu'un va-t-il ouvrir les enchères à quatre cent mille ? »

Les assistants en smoking allaient et venaient dans la cohue. L'un d'eux leva une main et annonça :

« Cent cinquante. »

Ensuite, les enchères se succédèrent rapidement, atteignirent les deux cent mille et les dépassèrent. Absorbé, Pitt ne remarqua pas le jeune homme en costume trois-pièces qui venait s'asseoir à côté de lui.

« Monsieur Pitt ? »

Il tourna la tête et vit la figure poupine de Harrison Moon IV.

« Curieux, dit-il sans étonnement. Je ne vous aurais pas pris pour un type qui s'intéresse aux vieilles voitures.

— C'est à vous que je m'intéresse. »

Pitt le regarda d'un air amusé.

« Si vous en êtes, vous perdez votre temps. »

Moon fronça les sourcils et regarda autour de lui pour voir si l'on pouvait entendre leur conversation, mais tout le monde ne s'occupait que des enchères.

« Je suis ici à titre officiel. Pouvons-nous aller dans un endroit discret pour causer ?

— Accordez-moi cinq minutes. Je veux enchérir sur la prochaine voiture.

— Je vous en prie, monsieur Pitt ! Mon affaire avec vous est infiniment plus importante que de regarder des adultes gaspiller de l'argent pour des tas de ferraille d'un autre âge.

— Deux cent quatre-vingt mille dans le fond, deux cent quatre-vingt mille, psalmodia le commissaire-priseur. Qui dit trois cents ?

— Au moins, vous ne pouvez pas dire que c'est bon marché, dit Pitt. Cette voiture est une œuvre d'art mécanique, un investissement qui augmente de vingt à trente pour cent par an. Vos petits-enfants ne pourront pas en approcher pour moins de deux millions de dollars.

— Je ne suis pas ici pour discuter de l'avenir des antiquités. Venez-vous ?

— Rien à faire.

— Peut-être pourrais-je vaincre votre obstination si je vous disais que je suis ici au nom du Président.

— La belle affaire ! Pourquoi faut-il que tous les morveux qui travaillent à la Maison Blanche s'imaginent qu'ils peuvent intimider le monde ? Retournez dire au Président que vous avez échoué, monsieur Moon. Vous pourrez également lui dire que s'il veut quelque chose de moi, qu'il m'envoie un garçon de courses qui ait un peu plus de classe. »

Moon pâlit. Cela ne se passait pas du tout comme il le prévoyait, pas du tout.

« Je... Je ne peux pas faire ça, bredouilla-t-il.

— Pas de pot. »

Le commissaire-priseur leva son marteau.

« Une fois... deux fois pour trois cent soixante mille dollars. Personne ne dit mieux ? Trois fois. Adjugé à M. Robert Esbenson de Denver, Colorado. »

Moon avait été froidement, impitoyablement écrasé. Il adopta l'unique solution possible :

« Très bien, monsieur Pitt, comme vous voudrez. »

La Mercedes fut emmenée et remplacée par une décapotable quatre portes deux tons jaune et beige. Le commissaire-priseur la décrivit avec extase.

« Et maintenant, mesdames et messieurs, le numéro quinze. Une Jensen 1950 de fabrication britannique. Une voiture très rare. L'unique modèle connu de ce type de carrosserie. Une merveille. Pouvons-nous ouvrir les enchères à cinquante mille ? »

La première fut de deux mille cinq cents. Pitt attendit en silence que le prix montât. Moon l'examina.

« Vous n'allez pas enchérir ?

— Patience. »

Une femme élégante de plus de quarante ans leva sa carte. Le commissaire-priseur s'inclina et lui sourit.

« J'ai vingt-neuf mille de la ravissante Mme O'Leary, de Chicago.

— Il connaît donc tout le monde ? demanda Moon, son intérêt un peu éveillé.

— Les collectionneurs forment un clan. Nous nous retrouvons généralement tous aux mêmes ventes. »

Les enchères ralentirent à quarante-deux mille. Les acheteurs sentaient que la fin approchait.

« Voyons, mesdames et messieurs, cette voiture vaut davantage, bien davantage. »

Pitt leva sa carte.

« Merci, monsieur. Quarante-trois mille. Qui dit mieux ? »

Mme O'Leary, vêtue d'un tailleur de couturier à veste pied-de-poule fauve et jupe unie fendue par-devant, fit un geste.

Avant que le commissaire-priseur pût annoncer son enchère, Pitt haussa sa carte.

« Maintenant, elle sait qu'elle a un adversaire, murmura-t-il à Moon.

— Quarante-quatre... quarante-cinq. Qui dit quarante-six ? »

Personne ne bougea. Mme O'Leary s'entretint avec un jeune homme assis à côté d'elle. On la voyait rarement deux fois avec le même homme. C'était une femme qui avait fait fortune dans les produits de beauté. Sa collection, une des plus belles du monde, comptait près de cent voitures. Quand un des assistants se pencha vers elle, elle secoua la tête avant de la tourner et de cligner de l'œil à Pitt.

« Ce n'est guère le clin d'œil d'un adversaire amical, observa Moon.

— Vous devriez essayer une femme âgée, une fois, conseilla Pitt comme s'il faisait la leçon à un lycéen. Il y a peu de choses qu'elles ignorent des hommes. »

Une jolie fille se faufila vers Pitt et lui demanda de signer l'acte d'achat.

« Maintenant ? demanda Moon avec espoir.

— Comment êtes-vous venu ici ?

— Ma petite amie m'a conduit, depuis Arlington.

— Pendant que vous allez la chercher, je vais aller payer au bureau. Elle pourra nous suivre.

— Nous suivre ?

— Vous vouliez me parler en particulier, monsieur Moon. Alors je vais vous faire une gentillesse et vous reconduire à Arlington dans une vraie voiture. »

La Jensen roulait sans effort sur l'autoroute vers Washington. Pitt gardait un œil sur la police routière et l'autre sur le compteur. Son pied restait ferme sur l'accélérateur, à une vitesse régulière de 115 à l'heure.

Moon boutonna son pardessus jusqu'au cou, l'air malheureux.

« Il n'y a pas de chauffage dans cette relique ? »

Pitt n'avait pas remarqué le froid filtrant par la capote de toile. Tant que le moteur ronronnait, il était dans son élément. Il tourna un bouton du tableau de bord et bientôt un filet d'air chaud se répandit dans la Jensen.

« Eh bien, Moon, nous sommes seuls. De quoi s'agit-il ?

— Le Président aimerait que vous dirigiez une expédition de pêche dans le Saint-Laurent et l'Hudson. »

Pitt dévisagea Moon.

« Vous vous fichez de moi ?

— Pas du tout, je suis très sérieux. Il pense que vous êtes le seul qui puisse tenter de retrouver les copies du Traité Nord-Américain.

— Vous êtes au courant ?

— Oui, il m'a mis dans le secret dix minutes après votre départ de son bureau. Je dois opérer la liaison pendant vos recherches. »

Pitt ralentit à la limite de vitesse autorisée et resta plusieurs secondes silencieux.

« Je ne crois pas que le Président sache ce qu'il demande.

— Je vous assure qu'il a étudié la question sous tous les angles.

— Il demande l'impossible et il espère un miracle. Il est impossible qu'un bout de papier reste intact après être resté trois quarts de siècle dans l'eau.

— Je reconnais que le projet paraît aléatoire et pourtant, s'il y a une chance sur dix millions qu'une copie du traité existe, le Président estime que nous devons faire un effort pour la trouver. »

Pitt regarda la route qui traversait la campagne de Virginie.

« Supposons une minute que nous ayons une veine folle et que nous déposions le Traité Nord-Américain sur ses genoux. Alors quoi ?

— Je ne saurais dire.

— Vous ne sauriez pas ou vous ne voulez pas ?

— Je ne suis qu'un proche collaborateur du Président... un garçon de courses, comme vous le dites si aimablement. J'ai l'ordre de vous aider en tout et de veiller à ce que vos demandes de crédits et de matériel soient satisfaites. Ce qui se passera si vous trouvez un document lisible, cela ne me regarde pas, et vous encore moins.

— Dites-moi, Moon, demanda Pitt avec un petit sourire, avez-vous jamais lu *Comment se faire des amis et influencer les gens* ?

— Jamais entendu parler.

— Je m'en doutais. »

Pitt alla coller au pare-chocs d'une mini électrique qui refusait de quitter la voie rapide et lança un appel de phares. L'autre conducteur finit par mettre son clignotant et céder le passage.

« Et si je dis non ? »

Moon se raidit imperceptiblement.

« Le Président sera extrêmement déçu.

— Je suis flatté. »

Pitt roula encore un moment, perdu dans ses réflexions. Enfin, il hocha la tête.

« Bon, je veux bien essayer. Je suppose que nous devons nous y mettre immédiatement ?

— Bien sûr.

— Article un sur votre liste. J'aurai besoin des hommes et des ressources de la N.U.M.A. Plus important encore, l'amiral Sandecker doit être informé du projet. Je ne peux pas travailler derrière son dos.

— Ce que vous allez tenter, monsieur Pitt, entre dans la catégorie dite vulgairement des « situations délicates ». Moins il y aura de personnes au courant du traité, moins les Canadiens risquent d'en avoir vent.

— L'amiral doit être informé, répéta Pitt.

— Bien. Je prendrai rendez-vous et je le mettrai au courant du projet.

— Ça ne suffit pas. Je veux qu'il soit pleinement informé par le Président. Il le mérite. »

Moon avait l'expression d'un homme qui constate qu'on lui a volé son portefeuille. Il répondit en regardant par le pare-brise.

« D'accord, c'est comme si c'était fait.

— Article deux. Il nous faut un professionnel pour s'occuper de la recherche historique.

— Il y a plusieurs hommes de premier plan à Washington, qui ont entrepris des missions officielles. Je vous communiquerai leurs références.

— Je pensais à une femme.

— Vous avez une raison particulière ?

— Le commandant Heidi Milligan a fait toutes les recherches préliminaires sur le traité. Elle connaît tous les dédales des archives et ça en fera une de moins à introduire dans le club.

— Oui, c'est logique. Malheureusement, elle est quelque part dans le Pacifique.

— Téléphonez au chef des opérations navales et faites-la revenir, à condition, bien sûr, que vous ayez les pouvoirs pour cela.

— Je les ai, monsieur Pitt, répliqua froidement Moon.

— Article trois. Une des copies du traité a sombré avec l'*Empress of Ireland*, qui gît dans les eaux canadiennes. Nous n'avons aucun moyen de garder secrètes nos opérations de plongée. Conformément aux lois actuelles de sauvetage en mer et de renflouage, nous devons en informer le gouvernement canadien, le Canadian Pacific Railroad à qui appartenait le paquebot et les compagnies d'assurances qui ont payé les dommages. »

Moon eut une mine très satisfaite.

« Je vous ai devancé. Les papiers nécessaires sont

préparés. Votre couverture, c'est que vous êtes une équipe archéologique cherchant des objets qui seront conservés et remis aux musées maritimes américain et canadien. Vous devrez repêcher suffisamment de débris au cours de l'opération pour apaiser tous les doutes.

— Article quatre. L'argent.

— Des crédits considérables seront mis à votre disposition pour mener à bien l'entreprise. »

Pitt hésita un moment encore, en écoutant le ronronnement régulier des 130 chevaux de la Jensen. Le soleil avait plongé derrière les arbres. Il alluma ses phares.

« Je ne garantis rien, dit-il enfin.

— Je comprends.

— Comment gardons-nous le contact ? »

Moon prit son stylo et griffonna au dos du programme de la vente aux enchères.

« Vous pourrez me joindre à ce numéro vingt-quatre heures sur vingt-quatre. Nous ne nous reverrons plus, à moins que vous n'ayez des difficultés imprévues. »

Il s'interrompit et considéra Pitt, en essayant de sonder l'homme. Mais Pitt était impénétrable.

« Pas d'autres questions ?

— Non, répondit distraitement Pitt. Plus de questions. »

Il en avait cent qui tournaient dans sa tête ; bien plus que Moon ne pourrait y répondre.

Il tenta d'imaginer ce qu'il trouverait sous les dangereux courants de l'Hudson et du Saint-Laurent, mais rien ne se présentait. Puis il se demanda ce que cachait cette folle équipée qui le projetait dans l'inconnu.

38

« La minute de décision. »

Sandecker ne s'adressait à personne en particulier, alors qu'il contemplait les cartes hydrographiques couvrant le mur du fond, dans la salle des opérations de la

N.U.M.A. Il tapa d'un doigt celle qui représentait une partie de l'Hudson.

« Est-ce que nous commençons par le *Manhattan Limited* ? demanda-t-il, avant de passer à la carte voisine. Ou par l'*Empress of Ireland* ? Auquel donnons-nous la priorité ? »

Il se retourna et regarda les quatre personnes assises autour de la longue table. Heidi Milligan, dont les traits trahissaient la fatigue du long vol depuis Honolulu, ouvrit la bouche, puis se ravisa.

« Les dames d'abord, dit Al Giordino en souriant.

— Je ne suis pas qualifiée pour exprimer une opinion sur la récupération sous-marine mais... je crois que le paquebot offre la meilleure chance de trouver un traité lisible.

— Pouvez-vous me donner vos raisons ? demanda l'amiral.

— Avant les voyages aériens, les courriers diplomatiques qui voyageaient en paquebot avaient l'habitude de sceller les documents sous plusieurs couches de toile huilée, pour les préserver des dégâts des eaux. Je me rappelle un incident, où des papiers importants ont été trouvés intacts sur un courrier du Foreign Office, quand la mer a rejeté son corps sur une plage après le torpillage du *Lusitania*. »

Sandecker sourit et hocha la tête avec satisfaction, pensant que cette femme serait précieuse.

« Merci, commandant. Vous nous apportez notre premier rayon d'espoir. »

Giordino bâilla. Il avait passé presque toute la nuit avec Pitt, pour se mettre au courant du projet et pouvait à peine garder les yeux ouverts.

« Richard Essex a peut-être enveloppé aussi sa copie dans de la toile huilée.

— Je ne crois pas. Il devait plus vraisemblablement la porter dans un sac de voyage en cuir.

— Oui, il y a peu de chances que ça ait résisté, reconnut l'amiral.

— Je donne quand même ma voix au train, déclara Giordino. L'*Empress* gît par cinquante-cinq mètres de fond, bien au-dessous de la profondeur de sécurité pour la plongée autonome. Le train, lui, ne peut pas être à plus de treize à quinze mètres. Au bout de soixante-quinze ans, le bateau doit être rongé par l'eau salée entrant dans le fleuve par le golfe du Saint-Laurent. Le train sera mieux conservé par l'eau douce. »

Sandecker se tourna vers un petit homme aux yeux de hibou derrière d'énormes lunettes.

« Qu'en pensez-vous, Rudi ? »

Rudi Gunn, directeur de la logistique de la N.U.M.A., releva la tête de dessus un bloc couvert de griffonnages et se gratta machinalement le nez. Il n'était pas joueur du tout, il ne se fiait jamais au hasard. Il misait sur des faits précis, pas de vagues probabilités.

« Je suis pour le bateau. Le seul avantage de la récupération du *Manhattan Limited*, c'est qu'il est chez nous. Cependant, le courant de l'Hudson est de trois nœuds et demi. Et, comme Al l'a suggéré tout à l'heure, il est probable que la locomotive et les voitures sont enfouies dans la vase. Cela exige un dragage. De la pire espèce.

— Le renflouage d'un navire en haute mer est infiniment plus complexe et demande bien plus de temps que de repêcher un wagon Pullman d'une faible profondeur, insista Giordino.

— C'est vrai, reconnut Gunn, mais nous savons quelle est la position de l'*Empress*. La tombe du *Manhattan Limited* n'a jamais été trouvée.

— Les trains ne peuvent pas se dissoudre. Nous cherchons dans une zone de moins de deux kilomètres carrés. Un balayage avec un magnétomètre à protons devrait opérer le contact en un jour ou deux.

— Vous parlez comme si la locomotive et les voitures étaient encore reliées. Après la chute du pont, elles se sont probablement éparpillées dans le lit du fleuve. Nous risquons de passer des semaines à fouiller une voiture sans intérêt. Non, les hasards sont trop grands. »

Giordino tint bon.

« Comment calculeriez-vous les chances de trouver un petit paquet dans une épave de paquebot de quatorze mille tonnes ? »

Dirk Pitt prit la parole pour la première fois. Il était assis au bout de la table, les mains croisées derrière la tête.

« Laissons tomber les chances. Je suis d'avis de procéder simultanément sur les deux. »

Un silence tomba. Giordino but du café, en réfléchissant à ce que disait Pitt. Gunn était songeur.

« Pouvons-nous nous permettre de diviser nos efforts ?

— Mieux vaudrait demander si nous pouvons nous permettre de doubler le temps, répliqua Pitt.

— Avons-nous une date limite ? demanda Giordino.

— Non, nous n'avons pas d'horaire fixe, dit Sandecker en revenant s'asseoir sur un coin de la table. Mais le Président a bien laissé entendre que, si une copie du Traité Nord-Américain existe encore, il la veut le plus vite possible. Quant à savoir à quoi peut servir un bout de papier trempé, vieux de soixante-quinze ans, à notre gouvernement ou pourquoi il est urgent de le découvrir, on ne me l'a pas expliqué. Je n'ai pas pu me payer le luxe de poser des questions. Dirk a raison. Nous n'avons pas le temps de procéder à loisir aux deux projets, l'un après l'autre. »

Giordino regarda Pitt et soupira.

« Bon, il faudra faire d'une pierre deux coups.

— Deux pierres, rectifia Pitt. Pendant qu'une expédition de sauvetage s'insinue dans l'épave du paquebot, une équipe de sondage cherchera le *Manhattan Limited* dans l'Hudson ou, plus spécifiquement, la voiture officielle qui transportait Richard Essex.

— Quand pouvons-nous mettre ce cirque en route ? demanda l'amiral.

— Quarante-huit heures pour rassembler l'équipe et le matériel, vingt-quatre pour charger et équiper un navire. Ensuite, si le temps n'est pas mauvais, nous pourrions mouiller au-dessus de l'*Empress* en cinq jours.

— Et le *Manhattan* ?

— Je peux amener un bateau équipé d'un magnétomètre, d'un sonar latéral et d'un profileur de fond, sur place après-demain à cette même heure », répliqua Giordino.

Sandecker trouva ces estimations optimistes mais il s'était toujours fié aux hommes qu'il avait devant lui. Ils étaient les meilleurs et le décevaient rarement. Il se leva et fit signe à Giordino.

« Al, je vous confie le *Manhattan Limited*. Rudi, vous dirigerez les opérations sur l'*Empress of Ireland*... Dirk, vous serez le directeur des projets combinés.

— Et moi ? demanda Heidi. Par où voulez-vous que je commence ?

— Par le bateau. Les plans du constructeur, les plans des ponts, l'emplacement exact de la cabine de Harvey Shields. Vous cherchez tous les renseignements possibles pouvant nous conduire aux traités.

— Bien. L'enquête sur le naufrage a été effectuée au Québec. Je commencerai par creuser dans ces papiers-là. Si votre secrétaire peut me prendre une réservation sur le prochain vol, je partirai tout de suite. »

Elle paraissait mentalement et physiquement épuisée mais Sandecker était trop pressé par la course contre la montre pour proposer quelques heures de sommeil. Il examina tous les visages à tour de rôle et dit enfin, sans émotion :

« Parfait. On y va. »

39

Le général Morris Simms, habillé en pêcheur, se sentait curieusement déplacé, avec sa canne de bambou et son panier d'osier, alors qu'il descendait par un étroit sentier au bord de la Blakewater, près du village de Seward's End, dans l'Essex. Sur la berge, il s'arrêta sous un pittoresque vieux pont de pierre et salua poliment un homme assis sur un pliant, qui regardait patiemment danser son bouchon.

« Bonjour, monsieur le Premier ministre.

— Bonjour, mon général.

— Vraiment navré de vous déranger pendant vos vacances.

— Pas du tout, du tout. Ces damnées perches ne mordent pas, d'ailleurs. »

Le Premier ministre désigna de la tête une bouteille de vin et un pâté en croûte sur la table pliante à côté de lui. « Il y a des verres et des assiettes dans le panier. Prenez un peu de xérès et du pâté.

— Merci, monsieur, avec plaisir.

— Alors ? De quoi s'agit-il ?

— Du Traité Nord-Américain, monsieur le Premier ministre. Notre agent aux Etats-Unis rapporte que les Américains vont tout faire pour le trouver.

— Ont-ils des chances ?

— Très douteuses... Je vous sers aussi ?

— Oui, merci.

— Au commencement, j'ai pensé qu'ils feraient quelques simples recherches. Rien de compliqué, une petite opération pour se convaincre qu'il y avait peu d'espoir qu'un document survive. Mais il semble à présent qu'ils y aillent à fond.

— Mauvais, grommela le Premier ministre. Cela indique, à mon avis du moins, que s'ils réussissent, même de loin, ils ont l'intention de faire respecter les termes du traité.

— C'est ce que je crois aussi.

— Je ne peux pas imaginer le Commonwealth sans le Canada. Toute la charpente de notre organisation commerciale outre-mer commencerait inévitablement à s'effondrer. Notre économie, telle qu'elle est, tombe en ruine. La perte du Canada serait une catastrophe.

— C'est si grave que cela ?

— Pire, avoua le Premier ministre sans quitter son bouchon des yeux. Si le Canada nous quitte, l'Australie et la Nouvelle-Zélande suivront en trois ans. Je n'ai pas besoin de vous dire où cela laisserait le Royaume-Uni. »

L'énormité de la sombre prédiction du Premier ministre dépassait l'entendement de Simms. L'Angleterre sans empire était inconcevable. Et pourtant, avec tristesse, il savait tout au fond de son cœur que le stoïcisme britannique s'y adapterait.

Le bouchon plongea rapidement deux fois mais s'immobilisa de nouveau. Le Premier ministre buvait son xérès à petits coups, l'air songeur. C'était un homme massif aux traits lourds, avec des yeux bleus qui ne cillaient pas et un sourire perpétuel.

« Sous quelles instructions travaillent vos gens ? demanda-t-il.

— Ils doivent simplement observer et rapporter les actions des Américains.

— Sont-ils au courant de la menace potentielle du traité ?

— Non, monsieur le ministre.

— Vous feriez mieux de les en informer. Ils doivent connaître le danger que court notre nation. Autrement, où en sommes-nous ?

— En utilisant comme couverture la National Underwater and Marine Agency, le Président a ordonné une opération intense de sauvetage sur l'*Empress of Ireland*.

— Il faut étouffer ça dans l'œuf. Nous devons les tenir à l'écart de l'*Empress*. »

Simms s'éclaircit la gorge.

« Euh... Par quels moyens, monsieur le ministre ?

— Il est temps que nous apprenions aux Canadiens ce que fabriquent les Américains. Proposez notre collaboration dans le cadre des lois du Commonwealth. Exigez qu'ils retirent à la N.U.M.A. l'autorisation d'opérer dans le Saint-Laurent. Si le Président des Etats-Unis persiste dans cette folie, faites sauter l'épave et détruisez une fois pour toutes la copie britannique du traité.

— Et la copie américaine perdue dans la catastrophe ferroviaire ? Nous ne pouvons guère les chasser de leur propre fleuve. »

Le Premier ministre jeta à Simms un regard acide.

« Eh bien, vous n'aurez qu'à trouver une solution un peu plus radicale, n'est-ce pas ? »

QUATRIÈME PARTIE

L'EMPRESS OF IRELAND

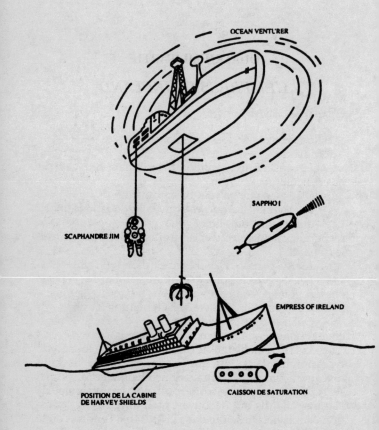

OCEAN VENTU'RER

SCAPHANDRE JIM

SAPPHO I

EMPRESS OF IRELAND

POSITION DE LA CABINE
DE HARVEY SHIELDS

CAISSON DE SATURATION

MAI 1989
OTTAWA, CANADA

Villon referma le dossier et secoua la tête.

« Ridicule.

— Je vous assure, répliqua Brian Shaw, que ce n'est pas ridicule.

— Qu'est-ce que ça veut dire, tout ça ?

— Exactement ce que vous avez lu dans le rapport. Les Américains ont lancé une grande opération de recherches pour retrouver un traité qui leur donne tout le Canada.

— Je n'ai jamais entendu parler d'un tel traité.

— Peu de gens le connaissent. Aussitôt après la perte des documents, toutes les allusions aux négociations, à part quelques-unes, ont été secrètement détruites.

— Quelle preuve avez-vous que les Américains cherchent réellement à mettre la main sur ce traité ?

— J'ai suivi un fil dans un labyrinthe. Il m'a mené à un type nommé Dirk Pitt qui occupe un poste de haut niveau à l'Agence Nationale Sous-Marine et Maritime. Je l'ai fait surveiller étroitement par le personnel de l'ambassade. Ils ont découvert qu'il dirige deux opérations de recherches, une dans l'Hudson à l'endroit où le train d'Essex a été perdu, l'autre sur l'*Empress of Ireland*. Je puis vous assurer, monsieur Villon, qu'il ne cherche pas des trésors. »

Villon garda un moment le silence. Puis il changea de position et se pencha sur son bureau.

« Comment puis-je vous aider ?

— Pour commencer, vous pourriez chasser Pitt et son équipe du Saint-Laurent. »

Villon secoua la tête.

« Je ne peux pas. L'autorisation pour l'opération de sauvetage est passée par les voies officielles. Impossible de dire ce que feraient les Américains si nous retirions brusquement leur autorisation. Ils pourraient aisément répliquer en supprimant nos droits de pêche dans leurs eaux.

— Le général Simms a envisagé ces représailles. Alors il a trouvé une autre solution... Il suggère que nous détruisions l'épave de l'*Empress*.

— Vous pouvez faire ça sans provoquer un sale incident ?

— A condition que je puisse atteindre l'épave avant Pitt. »

Villon se redressa et analysa froidement de quelle manière l'information que venait de lui transmettre Shaw pouvait être exploitée à son avantage. Il laissa son regard errer dans la pièce vers un tableau représentant un long-courrier toutes voiles dehors. Enfin, ses pensées en ordre, il hocha la tête.

« Je vous aiderai par tous les moyens.

— Merci. Il me faudra cinq hommes, un bateau et un bon matériel de plongée.

— Il faudra un homme de confiance pour coordonner vos projets.

— Avez-vous quelqu'un en vue ?

— Oui, répondit Villon. Je l'avertirai et il prendra contact avec vous. C'est un Mountie, bien entraîné pour ce genre de travail. Il s'appelle Gly, l'inspecteur Foss Gly. »

208

41

L'expédition destinée à retrouver le *Manhattan Limited* semblait maudite dès le départ. Giordino en était malade de dépit. Il avait déjà quatre jours de retard sur son horaire.

Après un embarquement précipité d'hommes et de matériel, le svelte navire de recherche tout neuf, le *De Soto*, vingt mètres de long et spécialement conçu par les ingénieurs de la N.U.M.A. pour croiser en cours d'eau, appareilla et remonta le fleuve, manquant de peu la destruction.

L'homme de barre gardait un œil vigilant sur les bouées du chenal et les bateaux de plaisance. Son principal souci, cependant, était la chute du baromètre et un léger crépitement de pluie contre les vitres de la timonerie. Les deux promettaient un gros orage avant la nuit.

Au début de la soirée, le clapot du fleuve commença à couvrir d'embruns la plage avant du *De Soto*. Soudain, le vent s'engouffra entre les hautes falaises bordant l'Hudson, soufflant par rafales, entre trente-cinq et cent à l'heure. La violence de la tempête chassa le bateau du chenal principal. Avant que l'homme de barre pût le ramener sur son cap, à la force des poignets, il s'échoua contre un haut-fond, déchirant une brèche de près d'un mètre sous l'avant bâbord, sur ce qui devait être un rondin submergé.

Pendant quatre heures, Giordino harcela son équipage avec la lourde autorité d'un capitaine Bligh. L'opérateur du sonar déclara plus tard que la langue de l'irascible Italien claquait autour de ses oreilles comme un fouet à bestiaux. Ce fut un exploit remarquable. La fissure fut colmatée, jusqu'à ne laisser que de légers suintements mais l'eau avait déjà envahi les petits-fonds et on pataugeait jusqu'aux chevilles sur le pont inférieur.

Chargé de deux tonnes d'eau, le *De Soto* répondait mollement. Dans sa rage, Giordino n'en tint pas compte et poussa le moteur au maximum. L'accélération soudaine souleva la fissure colmatée au-dessus de la surface et le navire repartit à toute allure en aval, vers New York.

Deux jours furent perdus pour réparer la coque en cale sèche. A peine étaient-ils repartis que le magnéto-mètre se révéla défectueux, et l'on dut en faire venir un autre d'urgence de San Francisco. Encore deux journées de gaspillées.

Enfin, à la lumière de la pleine lune, Giordino guettait avec vigilance alors que le *De Soto* glissait au pied des culées de pierre massives qui avaient jadis soutenu le viaduc Deauville-Hudson. Il passa la tête à la fenêtre ouverte de la timonerie.

« Que donne la sonde ? »

Glen Chase, le capitaine taciturne, jeta un coup d'œil aux chiffres rouges d'un cadran lumineux.

« Sept mètres environ. Ça paraît assez sûr pour nous garer ici jusqu'au matin. »

Le vocabulaire terrien de Chase fit hocher la tête à Giordino. Le capitaine refusait obstinément de parler le langage de la mer, il disait gauche pour bâbord et droite pour tribord, en prétendant que l'ancienne tradition ne convenait pas à l'ordre moderne des choses.

L'ancre fut mouillée et le bateau solidement amarré par des câbles à un arbre de la berge, bien placé, et aux vestiges rouillés de l'avancée du pont. Les moteurs furent arrêtés et la génératrice auxiliaire mise en marche. Chase leva les yeux vers les pierres croulantes de la culée.

« Ça devait être une sacrée construction, de son temps.

— Le cinquième plus long viaduc du monde, quand il a été inauguré, dit Giordino.

— Qu'est-ce qui l'a fait s'écrouler, à votre avis ?

— Ma foi... D'après le rapport d'enquête, il n'y avait pas de preuves concluantes. La meilleure hypothèse, c'est que le vent violent et la foudre avaient affaibli un pilier de soutien.

— Vous croyez qu'il nous attend là-dessous ? demanda Chase en contemplant le fleuve.

— Le train ? Il est là, pas de doute. L'épave n'a pas été trouvée en 1914 parce que les sauveteurs ne disposaient que de scaphandres mal commodes à casque de cuivre et

210

de grappins remorqués par de petits bateaux. Ils tâtonnaient dans une visibilité zéro. Leur matériel était trop limité et ils n'ont pas cherché au bon endroit. »

Chase ôta sa casquette et se gratta la tête.

« Nous devrions le savoir dans un jour ou deux.

— Moins, avec un peu de chance.

— Une bière ? proposa Chase en souriant. Je paie toujours à boire aux optimistes.

— Avec plaisir. »

Chase disparut par une échelle. Dans le carré, l'équipage plaisantait en réglant l'antenne de télévision pour capter les émissions d'un satellite relais.

Un froid soudain fit apparaître la chair de poule sur les bras velus de Giordino, et il enfila un blouson. Il remontait la fermeture quand il hésita et tendit l'oreille. Chase reparut et lui tendit une boîte de bière.

« On se passera de verres. »

Giordino leva une main pour imposer silence.

« Vous entendez ? »

Chase fronça les sourcils.

« J'entends quoi ?

— Ecoutez... »

Chase pencha la tête, les yeux fixes, le front plissé.

« Un train qui siffle, dit-il avec indifférence.

— Vous en êtes sûr ?

— Oui, je l'ai bien entendu. Avec netteté, un sifflement de train.

— Vous ne trouvez pas ça bizarre ?

— Pourquoi ?

— Les locomotives Diesel ont des avertisseurs hydrauliques. Seules les vieilles locos à vapeur sifflaient, et la dernière a pris sa retraite il y a trente ans.

— Ça pourrait être un de ces petits trains de gosses, dans un parc d'attractions, par là en amont. Le son porte loin, sur l'eau.

— Je ne crois pas, murmura Giordino, une main en cornet autour d'une oreille. Ça devient plus fort... et ça se rapproche. »

Chase entra dans la timonerie et revint avec une carte

et une torche électrique. Il déplia la carte sur la lisse et braqua la lumière.

« Regardez, dit-il en montrant de fines lignes bleues. La voie principale passe à plus de trente kilomètres au sud.

— Et la voie la plus proche ?

— Sept, huit kilomètres, dix au plus.

— Ce bruit-là se situe à moins de deux kilomètres », déclara Giordino.

Il essaya de déterminer la direction. La lune illuminait le paysage avec une clarté de cristal. Il distinguait les arbres à trois kilomètres. Le bruit se rapprochait le long de la rive droite du fleuve, au-dessus d'eux. Il n'y avait aucun mouvement, aucune lumière à part celles de fermes lointaines.

Un nouveau coup de sifflet strident.

Et de nouveaux sons. Un claquement d'acier, un puissant ronflement de vapeur déchirèrent la nuit. Giordino se sentait comme en suspens. Il restait parfaitement immobile, il attendait.

« Ça tourne... Ça tourne vers nous, murmura Chase comme s'il cherchait à se convaincre lui-même. Bon Dieu, ça vient des ruines du viaduc ! »

Les deux hommes levèrent les yeux vers le sommet de la culée, incapables de respirer, incapables de comprendre ce qui se passait. Tout à coup, le bruit assourdissant du train invisible explosa dans l'obscurité, au-dessus d'eux. Instinctivement, Giordino se baissa. Chase se figea, la figure blême, les yeux arrondis.

Brusquement, le silence... un silence de mort, menaçant.

Ils ne parlèrent pas, ils ne bougèrent pas. Ils étaient cloués sur le pont comme des statues sans cœur ni poumons. Lentement, Giordino se remit et prit la torche de la main inerte de Chase. Il la braqua vers le sommet de la culée.

Il n'y avait rien à voir que la pierre usée par le temps et des ombres impénétrables.

42

L'*Ocean Venturer* était mouillé au-dessus de l'épave de l'*Empress of Ireland*. Une pluie légère était tombée aux premières heures de la matinée et la coque blanche du *Venturer* luisait, orangée au soleil levant. Un vieux bateau de pêche à la peinture bleue écaillée traînait lentement ses chaluts à deux cents mètres. Aux yeux des pêcheurs, l'*Ocean Venturer* se profilant sur l'horizon de plus en plus clair ressemblait à l'œuvre d'un artiste doué d'un bizarre humour.

Les lignes de sa coque étaient esthétiques et contemporaines. Partant de l'avant, arrondi avec grâce, le pont principal s'élargissait et s'effilait vers la plage arrière ovale. Il n'y avait pas d'angles aigus, pas de lignes droites ; même la passerelle ovoïde reposait sur une coupole. Mais là s'arrêtait la beauté. Comme un vilain nez de Cyrano, un derrick semblable à ceux des nouveaux puits de pétrole se dressait, incongru, au milieu du pont.

Laid mais fonctionnel, ce derrick permettait d'abaisser du matériel scientifique sur le fond, par une ouverture de la coque, ou de hisser des objets lourds directement dans la cale. L'*Ocean Venturer* était le navire idéal pour servir de plate-forme de travail dans la recherche du traité.

A l'arrière, Pitt maintenait sur sa tête un bonnet de pêcheur portugais tandis que les pales d'un hélicoptère de la N.U.M.A. brassaient violemment l'air autour de lui. Le pilote plana un moment, étudia les courants du vent, puis il se posa lentement sur le pont, marqué d'un cercle.

Plié en deux, Pitt courut ouvrir la porte de l'appareil. Heidi Milligan, en combinaison bleu azur, en sauta. Pitt la soutint et prit la valise que lui tendait le pilote.

« Au prochain voyage, cria-t-il dans le rugissement des turbines, apportez une caisse de beurre de cacahuètes.

— D'accord », répondit le pilote.

L'hélicoptère reprit l'air et piqua du nez vers le sud. Heidi sourit à Pitt.

« Est-ce que le directeur du projet sert toujours de porteur ?

— Comme disait l'autre, il n'y a plus de respect ! »

Il l'accompagna à sa cabine. Quelques minutes plus tard, elle arriva dans le carré avec une liasse de documents et s'assit à côté de Pitt.

« Comment s'est passé votre voyage ? demanda-t-il.

— Il a été fructueux. Et vous ?

— Nous sommes arrivés hier après-midi, avec dix-huit heures d'avance sur l'horaire et nous avons pris position au-dessus de l'épave.

— Et maintenant ?

— Un petit sous-marin télécommandé, équipé de caméras, sera abaissé pour examiner l'*Empress*. Les informations vidéo qu'il nous transmettra seront étudiées et analysées.

— Quel est l'angle du paquebot ?

— Quarante-cinq degrés sur tribord.

— Ah ! zut ! Pas de chance.

— Pourquoi ? »

Heidi étala ses papiers sur la table. Certains étaient très grands et durent être dépliés.

« Avant que je réponde, voici une copie de la liste des passagers du dernier voyage de l'*Empress*. Au début, j'ai eu peur en ne trouvant pas Harvey Shields parmi les passagers de première classe. Et puis j'ai pensé qu'il avait pu voyager en deuxième pour éviter de se faire remarquer. La plupart des transatlantiques avaient des cabines confortables sur les ponts inférieurs, pour les excentriques riches mais économes et les hauts fonctionnaires désirant faire une traversée discrète. C'est là que je l'ai trouvé. Pont D, cabine 46.

— Beau travail. Vous avez mis le doigt sur l'aiguille dans la meule de foin. Maintenant, nous n'avons plus besoin de démolir tout le paquebot.

— Ça, c'est la bonne nouvelle. A présent, la mauvaise.

— Je vous écoute.

— Le *Storstad*, le charbonnier norvégien qui a coulé l'*Empress*, l'a frappé par le travers presque directement sous les cheminées, perçant une brèche triangulaire de plus de cinq mètres de large et haute de quinze. L'étrave a pénétré dans la chambre des chaudières au-dessous de la ligne de flottaison en emportant les cabines de deuxième classe qui étaient juste au-dessus.

— Vous voulez dire que le *Storstad* aurait complètement détruit celle de Shields ?

— Nous devons envisager la pire possibilité. »

Heidi étala sur les cartes un plan de l'*Empress of Ireland* et posa la pointe d'un crayon sur un petit cercle.

« La 46 était une cabine extérieure tribord. Elle était tout près du point d'impact ou en plein milieu.

— Ça expliquerait pourquoi le corps de Shields n'a pas été retrouvé.

— Il a dû être écrasé et mourir dans son sommeil.

— Pourquoi avez-vous dit « pas de chance » quand je vous ai donné l'angle du paquebot ?

— Une gîte de quarante-cinq degrés sur tribord place la cabine 46 dans le lit du fleuve. L'intérieur doit être enfoui dans la vase.

— Retour à la case départ. La vase aura préservé l'enveloppe du traité mais le rend presque impossible à trouver. »

Pendant un moment Pitt pianota sur la table, le regard lointain. Heidi lui prit la main.

« A quoi pensez-vous ?

— A l'*Empress of Ireland*... Le paquebot que le monde a oublié. Un tombeau de mille âmes. Dieu seul sait ce que nous verrons quand nous y pénétrerons. »

43

« J'espère que cela ne vous dérange pas de me recevoir avec si peu de préavis, dit le Président en sortant de l'ascenseur.

— Pas du tout, répondit Sandecker. Tout a été construit. Par ici, s'il vous plaît. »

Le Président fit signe à ses gardes du corps d'attendre

près de l'ascenseur puis il suivit l'amiral dans un couloir vers une double porte. Sandecker l'ouvrit et s'effaça.

« Après vous, monsieur le Président. »

La pièce était ronde, avec des murs tapissés d'une étoffe violet foncé. Il n'y avait pas de fenêtres et l'unique meuble était une grande table en forme de rognon, au centre. Elle était illuminée par des projecteurs bleus et verts. Le Président s'approcha et se pencha sur un objet long d'un mètre, posé sur un lit de sable fin.

« C'est donc à cela qu'il ressemble, murmura-t-il avec respect.

— L'*Empress of Ireland*. Nos maquettistes ont travaillé d'après les images vidéo relayées par l'*Ocean Venturer*.

— Celui-là ? demanda le Président en indiquant une autre maquette en suspens sur une plaque de plastique transparent, à environ soixante centimètres au-dessus de l'*Empress*.

— Oui. Les modèles réduits sont parfaitement proportionnés. La distance entre eux représente la profondeur du fleuve. »

Le Président examina la maquette de l'épave pendant plusieurs secondes. Puis il hocha la tête.

« Le traité est si petit et le bateau si grand... Où allez-vous commencer à chercher ?

— Notre documentaliste a été remarquable. Elle a réussi à déterminer l'emplacement de la cabine de Shields, dit Sandecker en désignant sur la maquette la partie tribord de la coque enterrée. Elle est quelque part par là. Malheureusement, elle risque d'avoir été entièrement détruite au cours de la collision.

— Comment ferez-vous pour l'atteindre ?

— Quand l'équipage aura effectué une exploration de l'intérieur de l'épave au moyen d'un véhicule de recherche télécommandé, l'opération de sauvetage commencera sur le pont des embarcations, pour descendre vers l'objectif.

— Il me semble qu'ils choisissent le chemin le plus difficile, dit le Président. Moi, j'entrerais par l'extérieur de la coque, dans le fond.

— Plus facile à dire... Autant que nous puissions le savoir, la cabine de Shields est sous des tonnes de vase. Croyez-moi, monsieur le Président, draguer le lit d'un fleuve est une opération dangereuse, épuisante et très longue. En attaquant par l'intérieur, les hommes auront une plate-forme solide pour travailler et, surtout, ils pourront orienter avec exactitude leur pénétration d'après les plans du chantier naval.

— Oui, je comprends.

— Nous comptons sur quatre systèmes différents pour creuser à travers les entrailles du paquebot. Le premier est ce derrick que vous voyez à bord de l'*Ocean Venturer*. Conçu pour soulever des charges de cinquante tonnes, il dégagera les débris les plus lourds. Deuxièmement, un sous-marin de poche avec deux hommes à bord, équipé de bras mécaniques, fonctionnera comme unité de soutien à tout faire. »

Le Président prit un minuscule modèle réduit détaillé et l'examina.

« Je suppose que ceci représente le submersible ?

— Oui, le *Sappho I*. C'est un des quatre véhicules de sauvetage en profondeur utilisés il y a quelques années dans le projet *Titanic*.

— Pardonnez cette interruption. Continuez, je vous prie.

— Le troisième système est la clef de voûte de l'opération, reprit Sandecker en montrant une petite poupée qui ressemblait à un ours blanc mécanique avec des hublots dans une tête bulbeuse. Un scaphandre atmosphérique de profondeur, plus communément appelé combinaison JIM. Il est en magnésium et en fibre de verre ; à l'intérieur un homme peut travailler à des profondeurs considérables, pendant des heures, sans avoir besoin de décompression. Deux de ces scaphandres permettront à six hommes de travailler sur l'épave vingt-quatre heures sur vingt-quatre.

— Ça m'a l'air bien lourd et encombrant.

— A l'air, avec l'opérateur à l'intérieur, il pèse six cents kilos, sous l'eau pas plus de trente. C'est étonnamment souple et maniable. »

Le Président prit la petite figurine des mains de l'amiral et fit bouger les bras et les jambes articulés.

« Cela rend la plongée autonome presque désuète.

— Pas tout à fait. Le plongeur à mobilité tridimensionnelle reste le fer de lance de toute opération de sauvetage. Le quatrième et dernier système s'appelle la plongée de saturation, expliqua Sandecker, en montrant une maquette en forme de citerne cylindrique. Une équipe de plongeurs vivra dans cette chambre pressurisée en respirant une mélange d'hélium et d'oxygène. Ce caisson leur permet de travailler sous l'eau pendant de longues périodes, sans risquer que les gaz des poumons se dissolvent dans le sang en formant des bulles et en causant l'ivresse des profondeurs. De plus, ils n'ont pas besoin de décompression avant que le travail soit terminé. »

Le Président garda un moment le silence. Il était avocat par profession, il avait un esprit précis et analytique mais la science et la technologie le dépassaient. Il ne voulait pas paraître stupide devant l'amiral et il choisit ses mots avec soin.

« Vous n'avez tout de même pas l'intention de vous creuser littéralement un chemin à travers des tonnes et des tonnes d'acier ?

— Non, il y a une meilleure méthode.

— Des explosifs, peut-être ?

— Trop risqué. L'acier de l'épave est attaqué par des éléments corrosifs depuis soixante-quinze ans. Il est devenu poreux et sa force de tension a été considérablement réduite. Une charge explosive trop forte ou au mauvais endroit, et tout le paquebot s'effondrerait sur lui-même. Non, nous le couperons.

— Avec des torches à acétylène, je suppose.

— Avec du pyroxone.

— Connais pas.

— Une substance incendiaire flexible qui peut brûler sous l'eau à une température extraordinairement élevée pendant des périodes précontrôlées. Une fois le pyroxone moulé contre la surface à séparer, il est mis à feu par un système électronique. A trois mille degrés centigrades, il fond tous les obstacles, y compris la pierre.

— C'est difficile à imaginer.

— Si vous avez d'autres questions...

— Non, merci, je suis satisfait. Vous et vos hommes accomplissez un travail remarquable.

— Si nous ne trouvons pas le traité, nous saurons au moins que nous avons fait tout ce qui était techniquement possible.

— Si je comprends bien, vous n'avez guère d'espoir.

— Franchement, monsieur le Président, je pense que nous avons autant de chances qu'une souris des champs dans le bec d'un charognard.

— Quelle est votre opinion en ce qui concerne le traité à bord du *Manhattan Limited* ?

— Je réserve tout commentaire jusqu'à ce que nous ayons découvert le train.

— Je connais au moins votre opinion », dit le Président en souriant.

Sandecker eut soudain une expression affamée.

« Puis-je respectueusement vous demander de quoi diable il s'agit ? »

Ce fut au Président de prendre une mine rusée.

« Vous pouvez le demander, amiral, mais tout ce que je puis vous dire c'est que l'entreprise est folle. La plus folle jamais conçue par un président des Etats-Unis. »

44

Dans les profondeurs vert opaque du Saint-Laurent, le silence fut rompu par un singulier bourdonnement. Puis un mince faisceau de lumière bleuâtre perça l'eau glacée, accrut lentement ses dimensions et devint un grand rectangle. Un banc de poissons curieux, attirés par la luminosité, y nagea en décrivant des cercles paresseux, apparemment insoucieux des ombres confuses planant au-dessus d'eux.

A l'intérieur de l'énorme cale centrale de l'*Ocean Venturer*, une équipe d'ingénieurs préparait un véhicule de recherche télécommandé, ou V.R.T., suspendu par un câble à une petite grue. Un homme régla les sources lumineuses pour les trois caméras tandis qu'un autre branchait les batteries.

Le V.R.T. avait la forme d'une larme allongée. Il était long d'un mètre à peine et avait un diamètre de vingt-cinq centimètres, sans aucune saillie sur sa coque de titane lisse. Il était propulsé et piloté par une petite pompe à hydroréaction et à poussées variables.

Heidi se tenait au bord de la trappe et regardait les poissons au-dessous.

« Curieuse impression... Voir de l'eau à l'intérieur d'un bateau en se demandant pourquoi il ne coule pas.

— Parce que vous êtes à un mètre trente au-dessus de la surface, expliqua Rudi Gunn. Tant que l'eau ne pénètre pas au-dessus de la ligne de flottaison, nous restons à flot. »

Un des ingénieurs leva la main.

« Ça y est, tout est paré.

— Pas de câble ombilical pour la commande électronique ? s'étonna Heidi.

— Bébé répond aux impulsions soniques à distance, jusqu'à cinq kilomètres de profondeur, dit Gunn.

— Vous l'appelez Bébé ?

— C'est parce qu'en général il est mouillé, répliqua Pitt en riant.

— Les hommes et leur humour puéril ! »

Pitt se retourna vers la cale.

« Plongeur ! »

Un homme en combinaison thermique de plongée ajusta son masque et glissa dans l'eau. Il guida le V.R.T. quand il fut abaissé par la trappe et le lâcha quand ils eurent tous deux dépassé la quille du *Venturer*.

« Maintenant, allons dans la salle de contrôle pour voir ce qu'il y a là-dessous », dit Pitt.

Quelques minutes plus tard, ils regardaient trois écrans montés à l'horizontale. De l'autre côté de la salle, plusieurs techniciens examinaient des cadrans et prenaient des notes. Contre une autre paroi, des ordinateurs enregistraient les informations transmises.

Un gros homme jovial aux cheveux roux et frisés, couvert de taches de rousseur, sourit de toutes ses dents quand Pitt le présenta à Heidi.

« Doug Hoker, voici Heidi Milligan, dit-il en négligeant le grade de la jeune femme. Doug sert de maman à Bébé. »

Hoker se leva à demi de son pupitre pour lui serrer la main.

« Toujours heureux d'avoir un ravissant public.

— C'est une première que je n'aurais pas voulu manquer. »

Hoker se rassit et reprit aussitôt son sérieux.

« Plus vingt-cinq mètres, entonna-t-il, une main sur une manette de commandes. Température de l'eau plus un degré.

— Faites approcher Bébé par l'arrière.

— Bien reçu. »

A cinquante-cinq mètres, le lit du fleuve apparut sur les écrans vidéo en couleurs, sans aucun signe de vie à part quelques crabes et des algues éparses. Sous les projecteurs à haute intensité du V.R.T., la visibilité n'était guère que de trois mètres.

Progressivement, une forme obscure commença à se profiler au sommet de l'écran qui s'élargit jusqu'à ce qu'on pût nettement distinguer ses énormes aiguillots.

« Joli sens de la direction, dit Pitt à Hoker. Vous êtes tombé pile sur le gouvernail.

— Quelque chose d'autre apparaît, marmonna Gunn. L'hélice, on dirait. »

Les quatre immenses pales de bronze, qui avaient jadis propulsé le paquebot de Liverpool à Québec pour de nombreuses traversées, passèrent, lentement, sous l'œil des caméras du V.R.T.

« Environ sept mètres d'une pointe à l'autre, estima Pitt. Ça doit peser au moins trente tonnes.

— L'*Empress* avait deux hélices, murmura Heidi. Celle de bâbord a été repêchée en 1968.

— Montez de quinze mètres et avancez le long du pont des embarcations à tribord », ordonna Pitt à Hoker.

Le petit submersible obéit à la télécommande et passa par-dessus la rambarde arrière, manquant de peu le petit mât où avait battu jadis le pavillon du port d'attache de l'*Empress*.

« Le mât arrière est abattu, marmonna Pitt. Le gréement semble avoir disparu. »

Le pont des embarcations apparut. Quelques bossoirs étaient vides mais d'autres contenaient toujours leurs embarcations de sauvetage en acier, figées pour l'éternité sur leurs cales.

Les manches à air étaient encore debout, leur peinture crème écaillée depuis longtemps, mais les deux cheminées avaient disparu, tombées depuis des décennies dans la vase.

Pendant quelques minutes, personne ne parla. Tous avaient l'impression de plonger dans le passé, et croyaient sentir la présence de centaines d'hommes, de femmes et d'enfants affolés courant en désordre sur les ponts tandis que le bateau sombrait avec une rapidité effrayante.

Le cœur de Heidi se mit à battre. Une aura morbide enveloppait la scène. Des algues collées à l'épave rouillée se balançaient dans le courant. Elle frissonna et serra ses bras autour d'elle.

Pitt rompit enfin le silence.

« Faites-le pénétrer à l'intérieur. »

Heidi prit son mouchoir et s'essuya la nuque.

« Les deux ponts supérieurs se sont effondrés, chuchota-t-il comme s'il parlait dans une église. Nous ne pouvons pas pénétrer. »

Il étala les plans du paquebot sur une table et traça une ligne avec son index.

« Descendez sur le pont-promenade inférieur. L'entrée du salon des premières devrait être dégagée.

— Est-ce que Bébé va vraiment entrer dans le bateau ? demanda Heidi.

— Il est fait pour ça.

— Tous ces morts... Ça paraît presque sacrilège.

— Depuis un demi-siècle, des hommes plongent sur l'*Empress*, dit Gunn avec douceur, comme s'il s'adressait à un enfant. Le musée de Rimouski est plein d'objets provenant de l'intérieur de l'épave. D'ailleurs, il est indispensable que nous allions voir à quoi nous nous heurterons quand nous commencerons à couper...

— Je suis prêt à la pénétration, interrompit Hoker.

— Doucement, conseilla Pitt. Les plafonds de bois se sont probablement écroulés et bloquent les coursives. »

Pendant les quelques secondes suivantes, les écrans de contrôle ne montrèrent que des particules flottantes. Puis le projecteur du V.R.T. tomba sur un escalier en forme d'éventail. On voyait encore la courbe des rampes, soutenues par des supports affaissés. Le tapis d'Orient qui recouvrait jadis le palier inférieur avait pourri depuis longtemps, ainsi que les canapés et les fauteuils.

« Je crois que je peux négocier la coursive arrière, murmura Hoker.

— Allons-y. »

Les cabines défilaient devant les caméras comme une procession de fantômes alors que le V.R.T. se faufilait parmi les décombres. Au bout d'une dizaine de mètres, la coursive parut dégagée et ils inspectèrent une cabine. Le luxueux confort qui avait fait la renommée du paquebot s'était détérioré en pitoyables débris. Les grands lits et les commodes élégantes avaient depuis longtemps succombé aux ravages de la mer.

Le voyage dans le temps se déroulait à une lenteur funèbre. Il fallut près de deux heures au V.R.T. pour déboucher dans des salons.

« Où sommes-nous ? » demanda Gunn.

Pitt consulta de nouveau les plans.

« Nous devrions arriver à l'entrée de la salle à manger principale.

— Oui, la voilà ! s'écria Heidi. La grande porte à droite de l'écran. »

Pitt se tourna vers Gunn.

« Ça vaut la peine de jeter un coup d'œil. D'après les plans, la cabine de Shields est sur le pont inférieur, directement dessous. »

Les lumières du V.R.T. balayèrent la vaste salle, en faisant surgir des ombres spectrales au-delà des colonnes qui soutenaient les vestiges des plafonds sculptés au-dessus des alcôves. Seuls les miroirs ovales aux murs couverts de vase témoignaient du décor opulent.

Soudain, il y eut du mouvement au bord des rayons lumineux.

« Qu'est-ce que c'est que ça ? » s'exclama Gunn.

Dans la salle de contrôle, pétrifiés, ils regardèrent tous le nuage éthéré qui flottait dans le champ des caméras.

Pendant un long moment, il parut planer, ses contours étaient vagues et mouvants. Puis une forme humaine apparut, comme enveloppée dans un linceul translucide et laiteux, indistincte, désincarnée, tels deux négatifs photographiques superposés, provoquant une surimpression.

Heidi était glacée. Hoker restait assis comme un bloc de granit à son pupitre, la figure incrédule. Gunn, lui, pencha la tête d'un côté et examina l'apparition, de l'œil clinique d'un chirurgien contemplant une radio.

« Dans mes rêves les plus fous, dit-il d'une voix rauque, je n'ai jamais pensé que je verrais un fantôme. »

Le sang-froid apparent de Gunn n'abusait pas Dirk Pitt. Il voyait que le petit homme était presque en état de choc.

« Marche arrière », dit-il calmement à Hoker.

Luttant contre une peur qu'il n'avait encore jamais éprouvée, Hoker rassembla ses pensées en déroute et manipula les commandes. Au début, la forme onduleuse parut reculer, puis elle recommença à grandir.

« Oh ! mon Dieu, elle suit ! » souffla Heidi.

Un coup d'œil aux visages tendus, stupéfaits, révélait les mêmes pensées, dans tous les esprits. Ils étaient tous paralysés, leur attention rivée sur les écrans.

« Dieu de Dieu, qu'est-ce que ça fabrique ? » gémit Gunn.

Personne ne répondit, personne n'avait la force de parler. Personne sauf Pitt.

« Faites faire demi-tour à Bébé, sortez-le de là, vite ! »

Hoker se força à arracher ses yeux au spectacle surnaturel et poussa la vitesse au maximum.

Le petit vaisseau de recherche n'était pas conçu pour la rapidité. Au maximum, il ne dépassait pas trois nœuds Il entama un demi-tour serré. Les caméras à l'avant s'éloignèrent en panoramique de la menace ondulante, passèrent sur les hublots ouverts qui brillaient étrangement à la clarté filtrée de la surface, puis devant les miroirs qui ne reflétaient plus rien. La manœuvre de 180° parut durer une éternité.

Et elle venait trop tard.

Un second spectre transparent dériva au-dessus du seuil de la salle, ses bras tendus vers le V.R.T.

45

« Merde ! grogna Pitt. Encore un.

— Qu'est-ce que je dois faire ? » demanda Hoker d'une voix suppliante, presque désespérée.

Ils étaient tous suspendus aux lèvres de Pitt, impressionnés par sa concentration glacée. Ils commençaient à comprendre pourquoi l'amiral Sandecker le tenait en aussi haute estime. Si jamais un homme avait été au bon endroit au bon moment, c'était Dirk Pitt, sur le pont d'un navire de récupération, dictant les manœuvres contre l'inconnu.

Ils n'auraient jamais pu deviner la pensée qui lui venait à l'esprit. Tout ce qu'ils pouvaient détecter à son expression, c'était que la colère avait remplacé la contemplation. Pitt se disait, en raisonnant, qu'on n'avait rien à perdre à recommencer. Il fit un signe à Hoker :

« Foncez dessus ! »

L'humeur changea brusquement. Tout le monde puisait des forces chez Pitt. La peur se transforma peu à peu en détermination, pour dénoncer ce que l'imagination

prenait pour des âmes mortes hantant l'épave du transatlantique.

Le V.R.T. piqua et frappa l'obstacle spectral à la porte.
Au début, il ne parut pas y avoir de résistance. La silhouette diffuse s'écarta mais ensuite elle flotta vers
l'avant et son linceul enveloppa le submersible. Les
objectifs recouverts ne transmirent plus que de vagues
ombres.

« On dirait que nos hôtes ont de la substance, dit
tranquillement Pitt.

— Bébé ne répond plus aux commandes ! cria Hoker.
Les contrôles réagissent comme s'il était plongé dans du
tapioca trop cuit.

— Essayez d'inverser les poussées.

— Pas moyen. Quelles que soient ces choses, elles
l'ont immobilisé. »

Pitt s'approcha du pupitre de commande et se pencha
sur l'épaule de Hoker pour regarder les instruments.

« Pourquoi l'indicateur directionnel vacille-t-il ?

— On dirait qu'ils luttent avec Bébé. Qu'ils essaient de
le traîner quelque part. »

Pitt lui serra l'épaule.

« Coupez tous les systèmes, à part les caméras.

— Et les projecteurs ?

— Eteignez-les aussi. Laissez ces fantômes aux mains
lourdes croire qu'ils ont endommagé la source d'énergie
de Bébé. »

Les écrans s'assombrirent et devinrent noirs. Ils
paraissaient froids et morts mais de temps en temps un
vague mouvement indéfinissable se distinguait. Si un
inconnu était entré à ce moment dans la salle de
contrôle, il aurait jugé que tout le monde était mentalement déficient ; trouver un groupe de gens captivés par
des écrans de télévision obscurs, c'était un rêve de psy-
chologue.

Dix minutes passèrent, vingt, trente. Toujours pas de
changement. Chacun retenait sa respiration. Rien, toujours rien. Enfin, progressivement, si lentement que personne ne s'en aperçut au début, les écrans redevinrent
lumineux.

« Qu'est-ce que vous en pensez ? demanda Pitt à Hoker.

— Impossible à dire. Sans énergie, je ne peux pas lire les systèmes.

— Remettez en marche les instruments, mais juste assez longtemps pour que les ordinateurs enregistrent les données.

— Vous parlez en microsecondes.

— Alors allez-y. »

La dextérité de l'index de Hoker fut moins prompte que l'incroyable rapidité du système d'informatique, quand il releva la manette. Les demandes furent captées par le V.R.T. et les réponses transmises aux ordinateurs, qui les relayèrent sur les cadrans du pupitre avant que la manette ne se rabaisse.

« Position neuf cents mètres, cap zéro-vingt-sept degrés. Profondeur treize mètres.

— Il remonte, dit Gunn.

— Il fait surface à environ quatre cents mètres sur tribord arrière, confirma Hoker.

— Je vois de la couleur, maintenant, dit Heidi. Un vert foncé qui devient bleu. »

La brume devant les objectifs des caméras commença à scintiller. Puis une vive luminosité orangée jaillit des écrans. On voyait maintenant des formes humaines, brouillées comme à travers du verre dépoli.

« Nous avons du soleil, déclara Hoker. Bébé est à la surface. »

Sans un mot, Pitt monta en courant sur le pont. Il arracha une paire de jumelles accrochée près de la barre et la braqua sur le fleuve.

Il n'y avait pas un nuage et le soleil de midi se reflétait sur les eaux. Une brise légère soufflait du large et ridait la surface. Les seuls bateaux en vue étaient un pétrolier venant de Québec et une flottille de cinq barques de pêche au nord-est, dispersée sur divers caps. Gunn vint rejoindre Pitt.

« Vous voyez quelque chose ?

— Non, je suis arrivé trop tard. Bébé a disparu.

— Disparu ?

227

— Kidnappé plutôt. Bébé a probablement été emporté à bord d'un de ces bateaux de pêche, là-bas, dit Pitt en tendant les jumelles à Gunn. Je mise sur le vieux chalutier bleu, ou peut-être le rouge avec la timonerie jaune. Leurs filets sont accrochés de manière à cacher toute activité, de l'autre côté du pont. »

Gunn contempla les bateaux en silence pendant un moment puis il abaissa les jumelles.

« Bébé est un gadget de deux cent mille dollars, gronda-t-il avec colère. Nous devons les arraisonner !

— J'ai peur que les Canadiens ne considèrent pas d'un œil aimable un navire étranger prenant des bateaux à l'abordage à l'intérieur de leurs eaux territoriales. D'ailleurs, nous devons garder notre opération discrète. Le Président n'a surtout pas besoin d'un incident embarrassant à propos d'un bout de matériel qui peut être remplacé aux frais des contribuables.

— Ce n'est pas juste, grommela Gunn.

— Nous devons oublier notre vertueuse indignation. Le problème à résoudre, c'est qui et pourquoi. Est-ce qu'il s'agit simplement d'amateurs de plongée devenus des voleurs ou de personnes aux mobiles plus précis ?

— Les caméras nous le diront.

— Elles le pourraient peut-être... A condition que les ravisseurs n'aient pas arraché les fils de Bébé. »

Une curieuse atmosphère régnait dans la salle de contrôle quand ils y retournèrent, lourde, âcre et presque électrique. Heidi tremblait, assise sur une chaise, blême et les yeux vitreux. Un jeune informaticien lui présentait un verre de cognac et la suppliait de le boire. Elle avait l'air d'avoir vu son troisième fantôme de la journée.

Hoker et trois autres ingénieurs se penchaient sur un tableau de circuits, vérifiant les rangées de voyants éteints, manipulant en vain des boutons et des manettes. Pitt comprit immédiatement que toutes les communications avec le V.R.T. avaient cessé. Hoker se redressa en le voyant.

« J'ai quelque chose d'intéressant à vous montrer.

228

« — Qu'est-ce qu'elle a ? demanda Pitt en regardant Heidi.

— Elle a vu quelque chose qui l'a presque fait tomber dans les pommes.

— Sur les écrans ?

— Juste avant que la transmission soit coupée. Jetez un coup d'œil pendant que je repasse la bande vidéo. »

Pitt regarda. Gunn vint aussi. Les écrans obscurs s'éclairèrent et ils revirent le V.R.T. émerger au soleil. Plusieurs séquences suivirent.

« C'est quand Bébé a été hissé hors de l'eau, murmura Pitt.

— Vous avez raison, dit Hoker. Maintenant suivez bien. »

Une série de lignes zigzagantes traversa les écrans à l'horizontale et soudain celui de gauche s'éteignit.

« Les foutus crétins, se plaignit amèrement Hoker. Ils ne savent même pas reconnaître du matériel délicat. Ils ont fait tomber Bébé sur sa caméra bâbord et ils ont cassé le tube couleur. »

A ce moment, le linceul fut retiré et apparut dans le champ, révélant ce qu'il était.

« Du plastique ! s'exclama Gunn. Une mince feuille de plastique opaque.

— Ça explique l'ectoplasme, marmonna Pitt. Et voilà nos joyeux fantômes. »

Deux hommes en combinaison de plongée s'accroupissaient pour examiner le V.R.T.

« Dommage que nous ne puissions voir leur figure sous les masques, dit Gunn.

— Vous allez en voir une bientôt, avertit Hoker. Regardez. »

Une paire de jambes en bottes de caoutchouc et blue-jean arriva dans le champ. Leur possesseur s'arrêta derrière les plongeurs et se baissa pour regarder les objectifs.

Il portait un chandail de type commando britannique, avec des basanes de cuir aux épaules et aux coudes. Un bonnet de tricot était tiré d'un côté sur sa tête, laissant échapper de l'autre des cheveux grisonnant aux tempes, soigneusement brossés au-dessus des oreilles. Pitt lui donnait une soixantaine d'années, tout en pensant que c'était peut-être un homme qui faisait plus jeune que son âge.

La figure avait une expression assurée et cruelle, celle des hommes habitués au danger. Les yeux noirs étaient aussi froids et indifférents que ceux d'un tireur d'élite visant sa victime au fusil à lunette.

Soudain les yeux s'arrondirent imperceptiblement et l'expression devint rageuse. La bouche se tordit, il pivota rapidement et disparut.

« Je n'ai jamais appris à lire sur les lèvres, dit Pitt, mais j'ai l'impression qu'il a dit : « Foutus cons ».

Ils continuèrent de regarder tandis qu'une bâche était jetée sur le V.R.T. Les écrans devinrent noirs.

« Et c'est tout, dit Hoker. Le contact a été perdu une minute plus tard quand ils ont détruit les circuits de transmission. »

Heidi se leva et s'approcha comme si elle était en transe. Tremblante, elle montra les écrans éteints.

« Je le connais, souffla-t-elle. Cet homme... Je sais qui c'est. »

46

Le docteur Otis Coli vissa une cigarette Du Maurier dans un filtre à bague d'or, le serra entre ses fausses dents et l'alluma. Puis il se remit à ausculter et à sonder le cœur électronique du V.R.T.

« Bougrement calés, ces Américains, marmonna-t-il, fort impressionné. J'ai lu des communications scientifiques là-dessus mais je n'en avais jamais vu un de près. »

Coli, directeur de l'Institut du Génie maritime du Québec, avait été recruté par Henri Villon. C'était une espèce de gorille au torse de barrique et à la figure mafflue. Ses cheveux blancs tombaient sur son col et sa moustache, sous un long nez busqué, avait l'air d'avoir été taillée à la tondeuse à moutons.

Brian Shaw se tenait à côté de lui, la mine soucieuse.

« Qu'est-ce que vous découvrez ?

— Une technologie très ingénieuse, murmura Coli de la voix d'un jeune homme absorbé par le dépliant central de *Playboy*. Les données visuelles sont traduites et transmises par des ondes ultrasoniques au bateau porteur, où elles sont décodées et rehaussées par les ordinateurs. L'image qui en résulte est ensuite transférée sur bande vidéo avec une netteté assez stupéfiante.

— Alors où est l'os ? » grogna Foss Gly, perché d'un air ennuyé sur un cabestan rouillé à l'avant du chalutier bleu.

Shaw se maîtrisa avec effort.

« L'os, comme vous dites avec tant d'apathie, c'est que ces caméras transmettaient des images quand nous les avons hissées à bord. Non seulement les gens du navire de la N.U.M.A. savent maintenant qu'ils sont surveillés mais ils ont aussi nos têtes sur bandes vidéo.

— Qu'est-ce que ça peut nous faire ?

— Le directeur du projet est probablement en train de siffler un hélicoptère à cette minute même. Avant la nuit, la bande sera à Washington. Et demain à cette heure, ils auront probablement une identification.

— La vôtre, peut-être, répliqua Gly en riant. Mon assistant et moi nous avons gardé nos masques, vous vous souvenez ?

— Le mal est fait quand même. Les Américains sauront que nous ne sommes pas des plongeurs locaux pillant une épave. Ils sauront qui et quoi ils affrontent et ils prendront toutes les précautions possibles. »

Gly haussa les épaules et tira sur la fermeture de sa combinaison de plongée.

« Si ce poisson mécanique ne nous avait pas interrompus, nous aurions pu poser les charges, faire sauter la coque et leur laisser bougrement peu à sauver.

— Pas de chance pour nous, dit Shaw. Où en étiez-vous ?

— Nous venions à peine de commencer quand nous avons vu des lumières arriver de l'arrière.

— Où sont les explosifs ?

— Toujours sur le pont à l'avant de l'épave, là où nous les avons entreposés.

— Combien de kilos ? »

Gly réfléchit un moment.

« Harris et moi avons fait six voyages chacun, en traînant des caissons scellés de cent kilos.

— Douze cents kilos, calcula Shaw et il se tourna vers Coli. Que se passerait-il si nous les faisions détoner ?

— Tout de suite ?

— Tout de suite.

— A poids égal, le trisynol est trois fois plus puissant que le T.N.T., répondit Coli et il s'interrompit un instant pour regarder l'*Ocean Venturer*. Les ondes de pression de l'explosion casseraient en deux le bateau de la N.U.M.A.

— Et l'*Empress* ?

— Ça démolirait la proue et enfoncerait la partie avant des superstructures. A ce point, la force principale serait absorbée. Plus à l'arrière, quelques parois pourraient fléchir, quelques ponts s'écrouler.

— Mais la partie centrale de l'épave resterait intacte ?

— Oui. Vous ne réussirez qu'à tuer des innocents.

— Inutile donc de poursuivre dans ce sens, murmura Shaw.

— Je ne voudrais certainement pas m'en faire complice !

— Alors ? Qu'est-ce qu'on fait ? demanda Gly.

— Pour le moment, nous marchons sur des œufs, répondit Shaw. Nous nous croisons les bras et nous observons. Et nous nous trouvons un autre bateau. Les Américains n'ont plus de doutes sur celui-ci.

— C'est le mieux que vous puissiez faire ? demanda Gly avec mépris.

— Ça me satisfait. A moins que vous n'ayez d'autres idées.

— Moi je dis qu'on doit faire sauter ces salauds-là, maintenant. Si vous n'en avez pas le courage, mon vieux, je le ferai.

232

— Assez ! cria Shaw en regardant fixement Gly. Nous ne sommes pas en guerre avec les Américains et il n'y a rien dans mes instructions qui excuse le meurtre. Seuls des imbéciles tuent inutilement ou au hasard. Quant à vous, inspecteur Gly, plus de discussions. Vous ferez ce qu'on vous dira. »

Gly haussa les épaules et ne dit rien. Il n'avait pas besoin de gaspiller sa salive. Ce que Shaw ignorait, ce que personne ne savait, c'était qu'il avait enfoncé un détonateur radio dans un des caissons de trisynol.

En appuyant sur un bouton, il pourrait faire sauter les explosifs quand il en aurait envie.

47

Mercier déjeunait avec le Président dans la salle à manger des appartements privés de la Maison Blanche. Il était heureux que son patron, contrairement à d'autres chefs d'Etat, serve des cocktails avant cinq heures. Le second Rob Roy était encore meilleur que le premier, bien qu'il n'accompagne pas très bien le steak Salisbury.

« Le dernier rapport des renseignements dit que les Russes ont avancé une nouvelle division sur la frontière de l'Inde. Cela fait dix, assez pour une force d'invasion. »

Le Président dévora une pomme vapeur.

« Les gars du Kremlin se sont brûlé les doigts en envahissant l'Afghanistan et le Pakistan. Et maintenant ils ont sur les bras un soulèvement général musulman qui déborde sur la Mère Russie. J'aimerais bien qu'ils envahissent l'Inde. C'est plus que nous ne puissions espérer.

— Nous ne pourrions pas rester sur la touche, sans intervenir militairement.

— Oh ! nous traînerions bruyamment nos sabres et nous ferions des discours enflammés aux Nations Unies, dénonçant un nouvel exemple d'agression communiste.

Nous enverrions quelques porte-avions dans l'océan Indien. Nous lancerions un autre embargo commercial.

— Autrement dit, la même éternelle réaction. Rester tranquille et regarder...

— ... les Soviétiques creuser leur tombe, acheva le Président. Marcher sur sept cents millions de gens vivant dans la misère, ce serait comme si la General Motors achetait la Sécurité sociale. Croyez-moi, les Russes perdraient en gagnant. »

Mercier n'était pas d'accord mais tout au fond de lui-même il savait que le Président avait probablement raison. Il changea de conversation et passa à un problème plus immédiat.

« Le référendum pour l'indépendance totale du Québec est prévu pour la semaine prochaine. Après les défaites de 80 et de 86, il semble que la troisième tentative puisse être la bonne. »

Le Président ne parut pas soucieux.

« Si les Français s'imaginent que la pleine souveraineté conduit au paradis, ils vont avoir un réveil pénible et brutal. »

Mercier lança un ballon d'essai.

« Nous pourrions l'empêcher par une manifestation de force.

— Vous ne renoncez jamais, hein, Alan ?

— La lune de miel est finie, monsieur le Président. Ce n'est plus qu'une question de temps avant que l'opposition au Congrès et la presse commencent à vous coller l'étiquette de leader indécis. L'opposé même de ce que vous avez promis pendant la campagne.

— Tout cela parce que je ne veux pas faire la guerre à propos du Moyen-Orient ni envoyer des troupes au Canada ?

— Il y a d'autres mesures, moins radicales, pour montrer sa détermination.

— Il n'y a aucune raison de perdre une seule vie américaine pour un champ pétrolifère en épuisement dans le désert. Quant au Canada, les choses s'arrangeront. »

Mercier posa carrément la question :

« Pourquoi voulez-vous un Canada divisé, monsieur le Président ? »

Le Président regarda froidement son conseiller.

« C'est ce que vous pensez ? Que je veux voir un pays voisin déchiré et plongé dans le chaos ?

— Que puis-je penser d'autre ?

— Faites-moi confiance, Alan, dit le Président plus cordialement. Croyez en ce que je m'apprête à faire.

— Comment voulez-vous ? Alors que je ne sais pas ce que c'est ?

— La réponse est simple. Je joue un jeu désespéré pour sauver des Etats-Unis gravement malades. »

Ce devaient être de mauvaises nouvelles. A voir l'expression amère de Harrison Moon, le Président comprit que ce ne pouvait être autre chose. Il posa le discours qu'il corrigeait et se renversa dans son fauteuil.

« On dirait que vous avez un problème, Harrison. »

Moon posa un dossier sur le bureau.

« J'ai peur que les Britanniques ne soient entrés dans le jeu. »

Le Président ouvrit le dossier et vit la photo 20 x 25 sur papier glacé d'un homme pris de face.

« Ceci vient d'arriver par avion de l'*Ocean Venturer*, expliqua Moon. Un véhicule de recherche sous-marine sondait l'épave quand il a été enlevé par deux plongeurs inconnus. Avant que les communications soient rompues, cette figure est apparue sur les écrans de contrôle.

— Qui est-ce ?

— Depuis vingt-cinq ans, il vit sous le nom de Brian Shaw. Comme vous le verrez dans le rapport, c'est un ancien agent secret britannique. Ses états de service font une lecture intéressante. Il s'est taillé une assez belle notoriété dans les années 50 et 60. Il est devenu trop bien connu pour opérer, il ne pouvait plus mettre le nez dehors sans qu'un agent soviétique de l'équipe de tueurs du S.M.E.R.S.H. ne le guette pour l'abattre. Sa couverture, comme ils disent dans les milieux du renseignement, était grillée. Il a dû prendre sa retraite. Les services secrets ont annoncé sa mort en mission, dans les Antilles.

— Comment l'avez-vous identifié si vite ?

— Le commandant Milligan est à bord de l'*Ocean Venturer*. Elle l'a reconnu sur les écrans. La C.I.A. a retrouvé sa véritable identité dans ses fichiers.

— Elle connaît Shaw ? demanda le Président, ahuri.

— Oui. Elle a fait sa connaissance à une réception à Los Angeles, il y a un mois.

— Je croyais qu'elle avait été envoyée en mer.

— Une bavure. Personne n'a pensé que son bâtiment devait relâcher pour trois jours à Long Beach, pour modifications. Et puis, il n'a pas été question de lui interdire de débarquer.

— Leur rencontre, est-ce que ça pourrait avoir été organisé ?

— On dirait bien. Le F.B.I. a repéré Shaw quand il est arrivé de Grande-Bretagne. Une procédure habituelle quand le personnel de l'ambassade accueille des visiteurs de l'étranger. Shaw a été conduit à un avion en partance pour L.A. Et puis la réception était donnée par Graham Humberly, un riche négociant bien connu, à la solde des services de renseignements britanniques.

— Ainsi, le commandant Milligan a parlé du traité.

— A ce moment-là, il n'y avait aucune raison de lui imposer le silence.

— Mais comment est-ce qu'ils ont eu vent de notre connaissance du traité, d'abord ?

— Nous ne savons pas », avoua Moon.

Le Président parcourut le rapport sur Shaw.

« Bizarre que les Britanniques confient une mission d'une telle importance à un homme qui n'a pas loin de soixante-dix ans.

— A première vue, il semble que le MI 6 n'ait accordé que peu d'importance à notre recherche du traité. Mais quand on réfléchit, Shaw peut très bien avoir été le choix idéal. Si le commandant Milligan ne l'avait pas reconnu, je doute que nous aurions établi le rapport entre lui et les services secrets britanniques.

— Les temps ont changé depuis que Shaw était sur la

liste active. Il pourrait être hors de son élément, ce coup-ci.

— Je ne miserais pas là-dessus, dit Moon. Ce type ne traîne pas les pieds. Il nous a suivis pas à pas. »

Pendant un moment, le Président resta immobile et silencieux.

« Il semble que notre projet, à peine éclos, ait été éventé.

— Oui, monsieur le Président. Ce n'est qu'une question de jours, d'heures peut-être, avant que l'*Ocean Venturer* soit chassé du Saint-Laurent. Les enjeux sont trop élevés pour que les Anglais misent sur le fait que nous ne retrouverons pas le traité.

— Alors nous tirons un trait sur l'*Empress of Ireland*, sur une cause perdue.

— A moins, murmura Moon en pensant tout haut, à moins que Dirk Pitt puisse trouver le traité dans le peu de temps qui lui reste. »

48

Pitt contemplait les écrans qui montraient l'équipe de récupération au travail dans l'épave. Comme deux créatures lunaires gambadant au ralenti, les combinaisons JIM avec leurs occupants humains plaçaient avec soin le pyroxone sur la première superstructure. Ils étaient à l'aise dans l'atmosphère, égale à celle de la surface, à l'intérieur de leurs scaphandres articulés, alors que le corps des plongeurs autonomes se trouvait comprimé par une pression de quinze kilos au centimètre carré. Pitt se tourna vers Doug Hoker, qui réglait un des écrans.

« Où est le submersible ? »

Hoker s'interrompit pour examiner un diagramme se déroulant de l'enregistreur sonar.

« Le *Sappho I* croise à vingt mètres sur bâbord, en avant de l'épave. En attendant que nous soyons prêts à dégager les débris, j'ai ordonné à son équipe de patrouiller dans un périmètre de quatre cents mètres.

— Bonne idée. Pas trace d'intrus ?

— Négatif.

— Au moins cette fois, nous sommes préparés à les accueillir.

— Ma foi... Je ne peux pas vous donner un système de détection parfait. La visibilité est trop mauvaise pour permettre aux caméras de voir bien loin.

— Et le sonar latéral ?

— Ses transducteurs couvrent une surface de trois cent soixante degrés sur trois cents mètres, mais là encore, sans garantie. Un homme est une cible rudement petite.

— Pas de bateaux suspects en surface ?

— Un pétrolier est passé il y a dix minutes. Et on dirait un remorqueur traînant une péniche de déchets qui approche de l'amont.

— Il va probablement immerger sa cargaison plus loin dans le golfe. Mais ça ne fera pas de mal de l'avoir à l'œil.

— Paré à brûler, annonça Rudi Gunn qui levait les yeux vers les écrans, un casque à écouteurs et à micro sur la tête.

— Bien. Ecartez les plongeurs du site », ordonna Pitt.

Heidi entra dans la salle de contrôle, vêtue d'une combinaison en velours côtelé beige, portant dix tasses de café sur un plateau. Elle les passa à la ronde et offrit la dernière à Pitt.

« Je n'ai rien manqué ? demanda-t-elle.

— Vous arrivez juste à temps pour la première mise à feu. Faites le vœu que nous ayons déposé la quantité voulue de pyroxone au bon endroit.

— Sinon ?

— Pas assez, et nous n'accomplissons rien. Trop, au mauvais endroit, et la moitié de l'épave s'effondre, nous coûtant des jours que nous n'avons pas. On pourrait nous comparer à une équipe de démolition qui détruit un immeuble étage par étage. Les explosifs doivent être placés dans des endroits stratégiques pour que l'intérieur de la structure s'écroule dans un périmètre précis.

— Flambeur prêt et compte à rebours commencé », annonça Gunn.

Pitt devança la question de Heidi :

« Un flambeur est un système incendiaire à minuterie électronique qui met à feu le pyroxone.

— Les plongeurs ont quitté l'épave et nous comptons, dit Gunn. Dix secondes. »

Tout le monde avait les yeux fixés sur les écrans. Le compte à rebours se traîna pendant qu'ils attendaient avec appréhension les résultats. La voix de Gunn rompit le silence pesant.

« Ça brûle. »

Un flamboiement enveloppa la superstructure tribord de l'*Empress of Ireland*. Deux rubans blancs incandescents se déployèrent d'une même source et coururent sur le pont et les parois pour se rejoindre et former un grand cercle. Un rideau de vapeur en jaillit et s'éleva vers la surface.

Bientôt, la surface à l'intérieur du cercle commença à s'affaisser. Elle resta en suspens pendant près d'une minute, refusant de céder. Puis le pyroxone fondit le dernier lien tenace et l'acier tomba silencieusement pour disparaître sur le pont inférieur, laissant une caverne béante de sept mètres de diamètre. L'anneau en fusion, bordant le cercle, devint rouge, puis gris et durcit dans la froideur de l'eau.

« Ça m'a l'air épatant ! » s'exclama Gunn.

Hoker lança en l'air son bloc-notes et applaudit. Tout le monde l'imita en riant. La première mise à feu, la plus cruciale, avait réussi.

« Abaissez le grappin, ordonna Pitt. Ne perdons pas une minute à dégager ces décombres de là-dedans.

— J'ai un contact. »

Tout le monde n'avait pas été absorbé par les écrans. Le technicien assis au sonar latéral n'avait pas quitté des yeux le déroulement du graphique. En trois enjambées, Pitt le rejoignit.

« Vous pouvez l'identifier ?

— Non. La distance est trop grande pour un agrandissement des détails. On dirait que quelque chose est tombé de cette péniche qui passe sur bâbord.

— Est-ce que l'objet a dérivé en biais ?

— Non. C'est tombé tout droit.

— On ne dirait pas un plongeur, alors. L'équipage a dû jeter par-dessus bord un ballot de déchets lesté.

— Je reste avec ?

— Oui, voyez si vous détectez du mouvement, dit Pitt et il se tourna vers Gunn. Qui est à bord du submersible ?

— Sid Klinger et Marvin Powers.

— Le sonar a un contact bizarre. J'aimerais qu'ils passent au-dessus.

— Vous croyez que nos visiteurs reviennent ? demanda Gunn.

— La lecture est douteuse. Mais on ne sait jamais. »

Dès qu'il eut sauté de la péniche, Foss Gly nagea droit vers le fond. Traîner des bouteilles supplémentaires n'était pas facile mais il en aurait besoin pour le retour et les arrêts obligatoires de décompression. Il se redressa à l'horizontale et rasa le lit du fleuve à petits coups de palmes réguliers. Il avait un long chemin à parcourir et beaucoup à faire.

Il n'avait progressé que de cinquante mètres quand il entendit un bourdonnement soutenu dans le noir, venant il ne savait d'où. Il s'immobilisa, l'oreille aux aguets.

L'acoustique de l'eau dispersait le son et il était impossible de détecter sa source avec précision. Enfin il aperçut une lueur jaune et diffuse, qui grandit et se déploya au-dessus de lui sur la droite. Le submersible habité de l'*Ocean Venturer* plongeait vers lui, il ne pouvait en douter.

Il n'y avait aucun endroit où se cacher sur le lit plat du fleuve, pas de formations rocheuses, pas de végétation pour le dissimuler. Une fois que le projecteur à haute intensité de l'engin l'aurait repéré, il serait aussi visible qu'un prisonnier évadé, collé contre le mur d'un pénitencier sous la lumière crue d'un mirador.

Il lâcha les bouteilles de réserve et s'aplatit dans la vase, imaginant la figure des hommes d'équipage pressée contre les hublots, cherchant à percer des yeux les ténèbres aquatiques. Il retint sa respiration pour qu'aucune bulle ne le trahisse.

Le submersible passa au-dessus de lui et s'éloigna. Gly aspira un grand coup mais n'eut aucune illusion. Il savait que l'équipage ferait demi-tour et continuerait de le chercher.

Puis il comprit pourquoi on ne l'avait pas vu. La vase s'était soulevée en nuage et l'avait recouvert. Il battit des palmes et regarda avec soulagement la lumière du submersible se perdre dans le grand tourbillon d'alluvions. Il en saisit des poignées et les lança autour de lui. En quelques secondes, il fut totalement recouvert. Il alluma sa torche de plongée, mais la vase flottante refléta le rayon. S'il était aveugle, les hommes du submersible l'étaient aussi.

A tâtons, il récupéra ses bouteilles. Vérifiant à son compas-bracelet lumineux la direction de l'*Empress*, il se remit à nager en soulevant le fond dans son sillage.

« Klinger au rapport du *Sappho* », annonça Gunn.

Pitt s'éloigna des écrans.

« Je veux lui parler. »

Gunn ôta son casque et le tendit à Pitt, qui s'en coiffa et parla au petit micro.

« Klinger, ici Pitt. Qu'est-ce que vous avez trouvé ?

— Une sorte de turbulence sur le fond.

— Vous avez pu en déterminer la cause ?

— Négatif. Ce qui l'a provoquée a dû sombrer dans la vase. »

Pitt se tourna vers le sonar latéral.

« Pas de contacts ?

— Non. A part une tache, comme un nuage, de ce côté-ci du sous-marin, le graphique n'indique rien.

— Est-ce que nous retournons donner un coup de main sur l'épave ? » demanda Klinger.

Pitt hésita un moment. La question de Klinger l'irritait bizarrement. Il avait l'impression que quelque chose d'indéfinissable avait été négligé.

La froide logique disait que l'esprit humain était beaucoup moins infaillible que les machines. Si les instruments ne détectaient rien, alors il n'y avait rien à détecter. Contre son doute persistant, Pitt répondit affirmativement à Klinger.

« Bon, revenez, mais lentement et en zigzag.

— Compris. Nous ouvrirons l'œil. *Sappho* terminé. »

Pitt rendit le casque à Gunn.

« Comment ça marche ?

— Au poil. Voyez vous-même. »

Le dégagement de la galerie progressait à une allure furieuse, ou aussi furieuse que possible contre l'impitoyable pression. L'équipe de plongeurs de la chambre de saturation coupait les plus petits morceaux de débris à la torche à acétylène et aux pinces hydrauliques. Deux d'entre eux étayaient les cloisons vacillantes avec des supports d'aluminium pour empêcher leur effondrement.

Les hommes en scaphandre JIM guidaient le grappin abaissé du derrick de l'*Ocean Venturer* vers les plus lourds fragments de débris tordus. Pendant que l'un maintenait le câble et le manœuvrait pour obtenir le meilleur angle, l'autre manipulait une petite boîte qui télécommandait les crampons de la gigantesque griffe. Dès qu'ils étaient certains d'une bonne prise, le grutier du derrick prenait la relève et soulevait avec précaution le fardeau de ce qu'ils appelaient familièrement la fosse.

« Au train où ils y vont, dit Gunn, nous serons prêts pour la dernière mise à feu au-dessus de la cabine de Shields dans quatre jours.

— Quatre jours, murmura Pitt. Dieu sait si nous serons encore ici... »

Soudain il s'interrompit et regarda fixement les écrans. Gunn se tourna vers lui.

« Qu'est-ce qui ne va pas ?

— Combien de plongeurs sont sortis du caisson, ce coup-ci ?

242

— Quatre, comme toujours. Pourquoi ?

— Parce que j'en compte cinq. »

49

Gly s'en voulait de prendre un risque aussi fou, mais, couché sous une des chaloupes rouillées, il ne pouvait pas observer en détail l'activité dans le fond du trou où travaillait l'équipe de récupération. L'idée de se mêler à ces hommes paraissait d'une simplicité enfantine bien que dangereuse.

Il remarquait qu'il n'y avait qu'une très légère différence entre sa combinaison thermique et les leurs. Ses bouteilles étaient d'un modèle précédent mais de la même couleur. Qui remarquerait un presque sosie parmi eux ?

Il nagea vers le fond et s'approcha de côté jusqu'à ce que ses palmes frôlent une surface solide, un panneau de cale en acier, détaché et reposant sur le pont. Avant qu'il ait pu décider de ce qu'il allait faire, un des plongeurs de l'équipe dériva vers lui et indiqua le panneau. Gly hocha la tête et tous deux s'arc-boutèrent pour soulever le panneau d'acier, le traîner et le faire basculer par-dessus bord.

Il n'y avait pas de périls invisibles, là. Gly reconnaissait le danger et gardait un œil vigilant. Il travailla avec les autres comme s'il le faisait depuis le début : selon son idée, un exemple classique de l'évidence qui passe inaperçue.

Ils avaient beaucoup plus progressé qu'il ne l'avait cru. Les hommes de la N.U.M.A. étaient comme des mineurs qui savent exactement où se trouve le gros filon et ils creusaient leur puits en conséquence. D'après ses calculs, ils enlevaient une tonne de débris toutes les trois heures.

Il nagea à travers la cavité, pour mesurer approximativement sa largeur. Deux questions se posaient : à quelle profondeur allaient-ils et combien de temps leur faudrait-il pour y arriver ?

Gly sentit alors confusément que quelque chose n'était pas normal. Une impression, plus imaginée que frappante. Rien ne paraissait insolite. Les autres plongeurs semblaient trop absorbés par leur travail pour le remarquer. Cependant, il y avait un changement subtil.

Il recula dans l'ombre et flotta, immobile, en respirant à peine. Il écouta les bruits sous-marins amplifiés et observa les mouvements des scaphandres JIM. Son sixième sens surmené lui disait qu'il était temps de disparaître.

Mais l'avertissement venait trop tard.

Ce qui avait été imperceptible un instant plus tôt, devenait clair comme de l'eau de roche. Les autres plongeurs paraissaient affairés mais ils ne faisaient rien. Le grappin n'était pas redescendu après avoir emporté son dernier chargement. Les plongeurs du caisson de saturation déplaçaient des débris mais n'en jetaient pas par-dessus bord.

Lentement, avec une parfaite coordination, ils avaient progressivement formé un arc de cercle autour de lui. Il comprit alors. Sa présence avait été détectée à bord du navire porteur. Il n'avait pas vu les caméras de télévision fixées aux projecteurs à cause de la forte luminosité ; il n'avait pas deviné jusqu'à présent que les plongeurs pouvaient recevoir des instructions de leur centre de contrôle par de minuscules récepteurs sous leur cagoule.

Il recula jusqu'à s'adosser à une paroi. Les scaphandres JIM formaient une barrière devant lui tandis que les autres plongeurs planaient sur ses flancs, bloquant toute issue d'évasion. Ils le regardaient tous, maintenant, leur figure résolue.

Gly dégaina un couteau de vingt centimètres et se ramassa sur lui-même, la lame tenue de bas en haut, dans la position classique d'un bagarreur de rues. C'était un geste futile, né d'un réflexe. Les autres aussi avaient des couteaux fixés à la jambe. Et les crampons manipulateurs des combinaisons JIM possédaient une force inhumaine capable de causer de très graves blessures.

Ils l'entouraient, immobiles, comme des statues dans un cimetière. Puis un des plongeurs détacha de sa ceinture plombée une ardoise en plastique et écrivit dessus avec un bâton gras jaune. Quand il eut fini, il leva l'ardoise sous le nez de Gly.

Le message était bref et précis :

FOUS LE CAMP

Gly resta un moment interloqué.

Ce n'était pas l'accueil qu'il attendait. Sans demander son reste, il fléchit les genoux et s'élança vers la surface en nageant vigoureusement au-dessus des hommes de la N.U.M.A. Ils ne firent aucun geste pour le retenir, se contentant de tourner la tête pour le regarder se fondre dans les ténèbres.

« Vous le laissez partir, murmura Gunn.

— Oui, je le laisse partir.

— Vous trouvez ça prudent ? »

Pitt resta impassible et ne répondit pas tout de suite. Il réfléchissait, ses incroyables yeux verts rétrécis et plissés. Il souriait sans sourire. Son expression avait quelque chose de menaçant, celle d'un tigre à l'affût d'un repas.

« Vous avez vu le couteau, dit-il enfin.

— Il n'avait aucune chance. Nos gars l'auraient donné à bouffer aux poissons.

— Cet homme est un tueur.

— Nous pourrons le cueillir quand il fera surface, insista Gunn. Il sera sans défense.

— Je ne crois pas.

— Vous avez une idée particulière en tête ?

— Elémentaire, dit Pitt. Nous utilisons un petit poisson pour en attraper un gros.

— Ah ! oui ? marmonna Gunn, peu convaincu. Attendre qu'il retrouve ses copains et cueillir tout le lot ? Et les remettre aux autorités ?

— Autant que nous le sachions, ce sont eux les autorités. »

Gunn fut plus dérouté que jamais.

« Alors quel est l'intérêt ?

— Notre visiteur n'effectuait qu'une mission d'éclaireur. La prochaine fois, il pourrait amener des amis et devenir vraiment mauvais. Nous avons besoin de gagner du temps. Je crois que ça vaudrait le coup d'arrêter leur pendule. »

Gunn fit une petite grimace puis il hocha la tête.

« Je veux bien, mais nous devrions nous dépêcher. Ce type va sauter dans le prochain bateau qui passera.

— Rien ne presse, dit Pitt très détendu. Il doit se décompresser pendant au moins une demi-heure. Il a probablement des bouteilles de réserve, quelque part dans le fond.

— Vous dites que c'est un tueur. Pourquoi ?

— Il a été trop rapide avec le couteau, trop pressé de s'en servir. Ceux qui naissent avec un instinct de tueur n'hésitent jamais.

— Ainsi, murmura Gunn, nous affrontons des gens qui ont carte blanche pour tuer. Ce n'est pas précisément rassurant. »

50

Tout était calme et désert dans le port de Rimouski, le long des quais, des deux jetées et dans les entrepôts : un silence précédant l'aube, accentué par l'absence de vent.

Il était encore trop tôt pour les dockers, pour les mouettes criardes, pour les locomotives Diesel transportant les cargaisons vers le quartier industriel.

Le remorqueur qui avait traîné une péniche vide, de haut en bas du fleuve en passant près de l'*Ocean Venturer*, quelques heures plus tôt, était amarré contre une des jetées. Il était rongé par la rouille et portait les traces de trente années de dur travail. La lumière filtrant par le hublot de la cabine, au-dessous de la timonerie, se reflétait sur les eaux noires.

Shaw consulta sa montre et poussa un minuscule levier sur ce que l'on aurait pu prendre pour une calculatrice de poche. Il ferma les yeux, réfléchit un moment et appuya sur les rangées de touches.

Ce n'était vraiment plus le bon vieux temps, pensait-il, où un agent devait se cacher dans un grenier et murmurer dans le micro d'un émetteur clandestin. Maintenant, les signaux étaient relayés par satellite à un ordinateur de Londres qui les décodait et les transmettait en clair à leur destinataire, par émission optique.

Le message envoyé, il posa l'appareil électronique sur la table et se leva pour se dégourdir les jambes. Il avait les muscles raides et les reins douloureux. Le fléau de l'âge. Il alla prendre dans sa valise une bouteille de Canadian Club, qu'il avait achetée en arrivant à l'aéroport de Rimouski.

Les Canadiens appelaient cela du whisky mais, à ses papilles britanniques, le goût n'était pas très différent du bourbon américain. Il trouva assez peu civilisé de le boire tiède — comme les Ecossais préféraient leur whisky — mais à bord d'un vieux remorqueur décrépit on manquait singulièrement de réfrigérateurs.

Il alla se rasseoir et alluma une des cigarettes fabriquées spécialement pour lui. Il restait au moins quelques reliques du passé. La seule chose qui lui manquait, c'était la chaleur d'une compagne. Dans ces moments-là, quand il était seul avec une bouteille et songeait à sa vie, il regrettait de ne pas s'être remarié.

Sa rêverie fut interrompue par un pépiement étouffé du petit appareil posé sur la table. Un fin ruban de papier, de moins d'un demi-centimètre de large, se déroula à l'une de ses extrémités. Cette merveille de la technologie ne cessait jamais d'émerveiller Shaw.

Il chaussa une paire de lunettes, autre fléau de l'âge, pour examiner le texte minuscule, qui couvrait près de cinquante centimètres. Enfin, il ôta ses lunettes, arrêta l'appareil et le rempocha.

« Les dernières nouvelles de cette bonne vieille Angleterre ? »

Shaw leva les yeux et vit Foss Gly sur le seuil.

Gly ne bougeait pas. Il regardait simplement Shaw, fixement, avec des yeux de chacal.

« Simple accusé de réception de mon rapport sur ce que vous avez observé », répondit tranquillement Shaw.

Distraitement, il enroula le ruban du message autour de son index. Gly avait remplacé sa combinaison thermique par un jean et un gros chandail à col roulé.

« J'en ai encore des frissons. Vous permettez que je boive un coup ?

— Servez-vous. »

Gly vida en deux lampées un gobelet de Canadian Club. Il rappela à Shaw un immense ours dressé qu'il avait vu une fois avaler un seau de bière. Gly poussa un long soupir.

« Ah ! Je me sens presque humain, maintenant.

— D'après mes calculs, votre période de décompression a été écourtée de cinq minutes. Vous n'éprouvez pas d'effets déplaisants ? »

Gly avança la main comme pour se resservir à boire.

« Un léger picotement, rien de plus... »

Vive comme l'éclair, sa main franchit la table et s'abattit sur le poignet de Shaw.

« Ce message ne me concernerait pas, par hasard ? Hein, pépé ? »

Shaw se raidit quand les ongles s'enfoncèrent dans sa peau. Il planta ses pieds par terre, dans l'intention de se projeter à la renverse, mais Gly le devina.

« Faites pas le malin, pépé, sinon je vous casse le bras. »

Shaw céda, pas par peur mais par rage de s'être laissé surprendre à son désavantage.

« Vous vous surestimez, inspecteur Gly. Pourquoi les services secrets britanniques se soucieraient-ils de vous ?

— Mille excuses, ironisa Gly sans relâcher son étreinte. J'ai un caractère méfiant. Les menteurs me rendent nerveux.

— Une accusation grossière d'un esprit grossier, rétorqua Shaw en retrouvant son équilibre. Je n'en attendais pas moins, compte tenu de la source. »

Gly éclata de rire.

« Causez toujours, monsieur le grand espion. Essayez donc de me raconter que vous n'avez pas contacté vos chefs à Londres et reçu une réponse il y a plus de deux heures.

— Et si je vous dis que vous vous trompez ?

— Ça ne marchera plus. J'ai eu une petite conversation avec Coli. Vous avez donc si mauvaise mémoire, que vous oubliez comment il vous a aidé à rédiger votre rapport sur ce petit bidule ? Et que vous avez ajouté un post-scriptum après le départ de Coli ? Une demande de renseignements sur Foss Gly. Vous le savez, je le sais. La réponse est là dans votre main. »

Le piège s'était ouvert et Shaw s'y était jeté, tête baissée. Il maudit sa simplicité. Il ne doutait pas que cet homme laid en face de lui tuerait à la moindre occasion. Son seul espoir était de gagner du temps et de désorienter Gly. Il lança un ballon d'essai.

« M. Villon a mentionné en passant que vous pourriez être instable. J'aurais dû le croire sur parole. »

L'éclair de colère dans les yeux de Gly lui apprit qu'il avait touché juste. Il continua de faire pression.

« Je crois qu'il a même employé le mot "psychopathe". »

La réaction fut tout à fait contraire à son attente.

Au lieu d'être furieux, Gly devint subitement songeur et lui lâcha la main.

« Ainsi, l'ordure me frappe dans le dos, marmonna-t-il. J'aurais dû me douter qu'il finirait par piger mon jeu... Ouais, je comprends tout. Pourquoi j'étais toujours appelé à faire le sale boulot sous-marin. A un moment ou un autre, vous vous seriez arrangés pour que je me noie commodément dans un malheureux accident. »

Shaw s'interrogeait. Rien de tout cela n'allait dans la direction voulue. Il ne comprenait pas un mot à ce que disait Gly. Sa seule solution était de feindre de jouer le jeu. Avec précaution, il déroula le message de son doigt et le jeta sur la table, en guettant les yeux de Gly. Il les baissa un instant, une fraction de seconde, mais cela suffit.

« Ce qui me surprend, dit-il, c'est que vous risquiez votre vie pour un gouvernement et un homme qui veulent votre mort.

— J'aime peut-être les dividendes.

— L'ironie vous va mal, Gly.

— Qu'est-ce que Villon vous a dit de m. ?

— Il n'a pas donné de détails. Il a simplement laissé entendre que je rendrais service au Canada en vous éliminant. Entre nous, le rôle de tueur à gages ne me plaisait guère, surtout sans savoir pourquoi vous méritiez la mort.

— Qu'est-ce qui vous a fait changer d'idée ?

— Vous, répondit Shaw sans savoir encore où il allait. Je vous ai étudié. Votre canadien-français est parfait mais votre anglais, c'est autre chose. Pas l'accent, non, mais le vocabulaire. Vous employez des expressions, des mots d'argot purement américains. Ma curiosité a été éveillée et j'ai demandé à Londres de se renseigner sur vous. La réponse est là sur la table. Oui, vous méritez bien de mourir, Gly. Personne ne le mérite davantage. »

La figure de Gly devint menaçante et son rictus jaunâtre brilla à la lumière de la cabine.

« Vous vous croyez assez fort pour m'avoir, pépé ? »

Shaw saisit à deux mains le bord de la table en se demandant comment Gly comptait le tuer. Il lui faudrait utiliser un pistolet à silencieux ou un couteau. Une détonation amènerait au galop Coli et le reste de l'équipage du remorqueur. Gly s'était assis en face de lui, les bras croisés. Il avait l'air détendu, trop détendu.

« Je n'ai pas à m'inquiéter. M. Villon s'est radouci. Il a décidé de vous livrer à la Police montée. »

Shaw comprit tout de suite qu'il venait de commettre une erreur.

« Bien joué, pépé, mais pas de pot. Villon ne peut pas se permettre de me garder en vie. Je pourrais le coller derrière des barreaux jusqu'à la prochaine ère glaciaire.

— Simple coup de sonde, dit Shaw en feignant l'indifférence. Le rapport est sur Villon, pas sur vous. Lisez donc vous-même. »

Les yeux de Gly s'abaissèrent sur la table.

Shaw lança tout son poids contre la table avec un mouvement de torsion et enfonça le coin juste au-dessus de la ceinture de Gly.

La seule réaction fut un sourd grognement. Gly recula à peine alors que tout autre homme aurait volé à l'autre bout de la cabine, plié en deux par la douleur. Il saisit un des pieds de la lourde table et la souleva d'une seule main.

Shaw était médusé. Elle devait peser au moins soixante-quinze kilos.

Lentement, Gly la reposa d'un côté, aussi aisément qu'une petite fille posant une poupée dans une poussette, et se leva. Shaw empoigna sa chaise et l'abattit violemment mais Gly l'attrapa au vol et la lui arracha, pour la placer bien proprement contre la table.

Il n'y avait pas de colère dans ses yeux, pas d'éclat sauvage tandis qu'il regardait fixement Shaw, à un mètre à peine.

« Je suis armé, avertit Shaw.

— Oui, je sais. Un vieux Beretta de calibre vingt-cinq, une antiquité. Je l'ai trouvé dans une botte à côté de votre couchette. Il y est toujours, d'ailleurs. Je m'en suis assuré avant d'entrer ici. »

Shaw se dit qu'il ne sentirait pas l'impact d'une balle ni le froid d'une lame. Gly allait effectuer le travail avec ses mains seules.

Luttant contre une vague de nausée, il décocha un violent coup de judo. Il n'obtint pas plus de résultat que s'il avait rué dans un arbre. Gly pivota et neutralisa le coup à l'aine en le recevant sur sa hanche. Puis il s'avança sans se donner la peine de lever sa garde. Il avait l'expression d'un boucher s'apprêtant à découper un quartier de bœuf.

Shaw battit en retraite jusqu'à s'adosser à la paroi, en cherchant des yeux une arme, une lampe, un livre qu'il pourrait lancer, n'importe quoi pour ralentir cent kilos de muscle. Mais les cabines de remorqueurs sont faites pour une vie austère ; à part un chromo vissé à la paroi, il n'y avait rien.

Il joignit les mains et les abattit comme une hache contre le cou de Gly. La rage au cœur, il savait que c'était son dernier geste de défi. Le résultat fut le même que s'il avait frappé du béton et il laissa échapper une exclamation de surprise et de douleur. Il avait l'impression de s'être fracturé les deux mains.

Gly, imperturbable, lui entoura la taille d'un bras massif et, de l'autre, il fit pression contre son torse. Lentement, il accrut la pression et renversa Shaw en arrière.

« Adieu, vieux croûton d'Anglais. »

Shaw serra les dents. Il ne pouvait plus respirer, il entendait les battements de son cœur jusque dans sa tête, la cabine commençait à vaciller devant ses yeux. Un dernier cri tenta de forcer un passage entre ses dents serrées mais mourut dans sa gorge. Il souffrait atrocement et n'attendait plus que de sentir se briser sa colonne vertébrale. La mort serait l'unique soulagement.

Quelque part dans le lointain, à des kilomètres lui sembla-t-il, il perçut un craquement bruyant et crut que tout était fini. L'atroce pression cessa et la douleur se calma un peu. Il chancela et tomba.

Il se demanda ce qui allait se passer maintenant. Une longue marche au fond d'un tunnel obscur avant d'atteindre une lumière éblouissante ? Il fut vaguement déçu qu'il n'y eût pas de musique. Il commença à analyser ses sensations et trouva bizarre de ressentir encore de la douleur. Ses poumons, ses côtes, son dos paraissaient en feu. Avec appréhension, il ouvrit les yeux.

La première chose qu'il distingua fut une paire de bottes de cow-boy.

Il battit des paupières, mais elles étaient toujours là. En cuir repoussé, avec des broderies sur les tiges, des talons hauts et un bout pointu. Il tourna la tête et leva les yeux vers une figure burinée qui avait l'air de sourire.

« Qui êtes-vous ? marmonna-t-il.
— Pitt. Dirk Pitt.
— Bizarre. Vous ne ressemblez pas au diable. »

Shaw n'avait jamais douté du lieu où il se retrouverait après sa mort.

Pitt sourit, se baissa et le prit sous les aisselles.

« Tout le monde ne serait pas d'accord... Laissez-moi vous aider à vous relever, pépé.

— Dieu, grommela Shaw avec irritation. J'aimerais bien que les gens arrêtent de m'appeler pépé ! »

51

Gly gisait comme un mort, les bras en croix, les jambes à demi repliées. Il avait l'air d'un ballon dégonflé.

« Comment avez-vous fait ça ? » demanda Shaw, encore mal remis de ses émotions.

Pitt leva une très grosse clef à molette.

« C'est très pratique pour visser les boulons et entamer des crânes.

— Il est mort ?

— J'en doute. Il faudrait au moins un canon pour le descendre. »

Shaw respira plusieurs fois, profondément, et massa ses mains douloureuses.

« Je vous remercie de votre heureuse intervention, monsieur... euh...

— Pitt, monsieur Shaw. Et inutile de jouer la comédie. Nous savons tout l'un de l'autre. »

Shaw fit passer son cerveau de la première à la seconde. Par chance, il avait survécu de peu à un adversaire, et voilà qu'il en affrontait un autre.

« Vous prenez un gros risque, monsieur Pitt. Mon équipage pourrait surgir d'une seconde à l'autre.

— Si un équipage entre ici, ce sera le mien, répliqua nonchalamment Pitt. Pendant que vous valsiez avec ce muscle ambulant, vos hommes ont été mis à l'abri dans la chambre du moteur.

— Compliments. »

Pitt fourra la clef à molette dans une poche de son blouson et s'assit.

« Ils ont été très compréhensifs. Mais c'est ce qui arrive en général aux gens qui ont sous les yeux le canon d'un fusil automatique. »

Des vagues de douleur montaient et descendaient dans le dos de Shaw. Il serra les dents et pâlit. Il essaya quelques mouvements d'assouplissement mais ils ne firent qu'aggraver les choses. Pitt l'observait.

« Je vous conseille de consulter un ostéopathe, après avoir informé le M.I. Six des récents événements.

— Merci de votre sollicitude. Comment en savez-vous autant ?

— Vous êtes devenu instantanément une célébrité quand vous avez regardé dans les caméras de notre véhicule de recherche. Heidi Milligan vous a reconnu et la C.I.A. a déterré votre passé.

— Quoi ? Le commandant Milligan est à bord de votre bateau ?

— Elle me dit que vous êtes de vieux amis. Une fille ravissante. Intelligente, aussi. C'est elle qui se charge de nos recherches historiques.

— Je vois... Elle a pavé la voie pour votre opération de récupération.

— Si vous voulez dire qu'elle a situé la cabine de Harvey Shields, oui. »

La franchise des Américains étonnait toujours Shaw. Pitt, de son côté, était constamment irrité par la manie des Britanniques de tourner autour du pot.

« Pourquoi êtes-vous ici, monsieur Pitt ?

— J'ai jugé le moment venu de vous avertir : laissez-nous tranquilles.

— Tranquilles ?

— Aucune loi ne vous interdit d'être un spectateur, monsieur Shaw. Mais écartez vos gars de notre secteur. Le dernier a cherché à faire le méchant.

— Vous devez parler de M. Gly, que voici. »

Pitt baissa les yeux sur l'homme évanoui.

« J'aurais dû m'en douter.

— Il fut un temps où j'aurais pu être un rude adversaire pour lui », dit Shaw avec nostalgie.

Le sourire de Pitt illumina la cabine.

« J'espère être en aussi bonne forme que vous quand j'aurai soixante-dix ans.

— Bien deviné.

— Poids, quatre-vingt-cinq kilos ; taille, un mètre quatre-vingt-quatre, droitier, nombreuses cicatrices. Je ne devine pas, monsieur Shaw. J'ai votre biographie. Vous avez eu une vie intéressante.

— Peut-être, mais vos réussites surpassent de loin les miennes, dit Shaw. Moi aussi, j'ai un dossier sur vous, voyez-vous. »

Pitt consulta sa montre.

« Je dois regagner mon bord. J'ai eu grand plaisir à vous connaître.

— Je vais vous raccompagner. C'est le moins que je puisse faire pour un homme qui m'a sauvé la vie. »

Deux hommes montaient la garde sur le pont du remorqueur. Ils avaient à peu près la taille et la forme d'ours polaires. L'un d'eux parla d'une voix caverneuse, en voyant Shaw.

« Pas de problèmes, chef ?

— Aucun, répondit Pitt. Nous sommes prêts à repartir ?

— Tout le monde est à bord, sauf nous. »

Les deux hommes jetèrent à Shaw un regard d'avertissement et sautèrent dans la vedette amarrée contre le remorqueur.

« Mes respects au général Simms », dit Pitt.

Shaw le considéra avec une certaine admiration.

« Y a-t-il quelque chose que vous ne savez pas ?

— Des tas. Par exemple, je n'ai jamais eu le temps d'apprendre à jouer au backgammon. »

Un homme incroyable, pensa Shaw, mais il était trop bon professionnel pour ne pas sentir la perspicacité glaciale sous la façade amicale.

« Je me ferai un plaisir de vous initier un jour. Je suis assez bon joueur.

— Je m'en réjouis d'avance. »

Pitt tendit la main.

De toute sa carrière dans le contre-espionnage, c'était la première fois que Shaw serrait la main d'un ennemi. Il regarda longuement Pitt au fond des yeux.

« Pardonnez-moi de ne pas vous souhaiter bonne chance, monsieur Pitt, mais nous ne pouvons pas vous permettre de trouver le traité. Votre camp y a tout à gagner, le mien tout à perdre. Vous devez le comprendre.

— Nous savons tous deux ce qui en dépend.

— Je regretterais beaucoup d'avoir à vous tuer.

— Ça ne me plairait pas beaucoup non plus. »

Pitt enjamba la rambarde, se retourna et agita une main.

« Cassez-vous la jambe, monsieur Shaw. »

Puis il sauta dans la vedette.

Shaw suivit des yeux la petite embarcation, jusqu'à ce qu'elle disparût dans la nuit. Puis il descendit en soupirant à la chambre du moteur, et libéra Coli et l'équipage.

Quand il retourna dans sa cabine, Foss Gly n'y était plus.

Près de mille personnes se massaient devant la résidence du Premier ministre, applaudissaient, brandissaient des pancartes et des banderoles souhaitant en anglais et en français un prompt rétablissement à Charles Sarveux, à son retour de l'hôpital. Les médecins avaient insisté pour qu'il fût transporté en ambulance mais il avait négligé leurs conseils et il rentrait en limousine officielle, élégamment vêtu d'un costume neuf, ses mains couturées de cicatrices dissimulées par des gants de chevreau trop grands.

Un de ses agents électoraux voulait qu'il laisse ses pansements bien visibles pour susciter la compassion du public, mais ce genre d'artifice rebutait Sarveux.

Sa hanche le faisait atrocement souffrir. Il avait les

bras raides, parcourus d'élancements douloureux au moindre mouvement. Il se réjouit que la foule et les journalistes fussent trop loin pour voir la sueur sur son visage alors qu'il se forçait à sourire et à répondre du geste aux acclamations.

La voiture franchit la grille et s'arrêta devant le perron. Danielle se précipita pour ouvrir la portière.

« Charles ! »

Sa voix se brisa quand elle vit la figure convulsée et blême. Il lui saisit le bras si fort qu'elle faillit crier.

« Aide-moi à entrer, chuchota-t-il.

— Laisse-moi appeler un Mountie...

— Non ! Je ne veux pas être pris pour un impotent. »

Il s'avança au bord du siège arrière, se tourna et posa les deux pieds sur le sol. Il mit un moment à rassembler ses forces, en luttant contre la douleur, puis il enlaça la taille de Danielle et se redressa en chancelant.

Elle manqua fléchir sous son poids. Il lui fallut toutes ses forces pour le soutenir. Elle sentait presque la douleur émaner de lui, quand il monta péniblement les quelques marches. Sur la porte, il se retourna et adressa son célèbre sourire aux journalistes, en levant le pouce.

Une fois la porte fermée, sa volonté de fer l'abandonna et il commença à s'affaisser sur le tapis. Rapidement, un Mountie écarta Danielle et prit Sarveux par les épaules. Un médecin et deux infirmières se précipitèrent. Tous ensemble, ils le portèrent avec précaution dans sa chambre du premier.

« Vous êtes fou de jouer les héros, grommela le médecin après avoir mis au lit le Premier ministre. Votre jambe est loin d'être guérie. Vous auriez pu causer de graves dégâts et retarder votre convalescence.

— Un moindre risque, pour assurer au peuple que son chef n'est pas paralytique », répondit Sarveux avec un pâle sourire.

Danielle vint s'asseoir au bord du lit.

« Tu as prouvé ce que tu voulais, Charles. Inutile de te fatiguer. »

Il lui baisa la main.

« Pardonne-moi, Danielle.

— Te pardonner ?

— Oui, souffla-t-il tout bas pour que les autres n'entendent pas. J'ai sous-estimé ton courage. Je t'ai toujours considérée comme une riche enfant gâtée dont le seul but était de soigner une grande beauté et de nourrir des fantasmes de Cendrillon. Je me trompais.

— Je ne comprends pas...

— En mon absence, tu m'as remplacé et tu as pris les rênes de ma fonction avec dignité et résolution. Tu as prouvé que Danielle Sarveux est réellement la première dame du pays. »

Elle éprouva une brusque tristesse pour lui. Par certains côtés, il était étonnamment perspicace, par d'autres bien naïf. Il commençait à peine à comprendre ses capacités, et pourtant il ne devinait toujours pas ses désirs. Il ne voyait pas qu'elle n'était qu'une illusion, il ne pouvait imaginer l'ampleur de sa duperie.

Quand il la connaîtrait enfin, pensa-t-elle, il serait trop tard.

Sarveux était en robe de chambre, assis sur un canapé devant la télévision, quand Henri Villon entra dans sa chambre, ce soir-là. Sur l'écran, un journaliste se tenait au milieu d'une avenue de Québec, entouré d'une foule en liesse.

« Merci d'être venu, Henri. »

Villon regarda la télévision.

« C'est fait, murmura-t-il. Le référendum pour l'indépendance totale a été gagné. Le Québec est une nation.

— Maintenant le chaos va commencer. »

Sarveux pressa le bouton de télécommande et le petit écran s'éteignit. Il se tourna vers Villon et lui désigna un fauteuil.

« Comment voyez-vous l'avenir ?

— Je suis certain que la transition se fera paisiblement.

— Vous êtes trop optimiste. En attendant des élections générales pour instaurer un nouveau gouvernement, le Parlement du Québec sera en pleine effervescence, une occasion en or pour la S.Q.L. qui va monter de ses égouts pour une épreuve de force. La mort de Jules Guerrier n'aurait pu survenir à un plus mauvais moment. Lui et moi aurions pu travailler ensemble pour aplanir la voie. Maintenant, je ne sais pas.

— Vous devez quand même penser que le vide laissé par Jules peut être comblé.

— Par qui ? Vous, peut-être. »

Le regard de Villon durcit.

« Aucun homme n'est plus qualifié. C'est grâce à mes efforts que le référendum est passé. Je suis soutenu par les syndicats et les banques. Je suis un chef de parti respecté et, ce qui est plus important, un Français tenu en haute estime par le reste du Canada. Le Québec a besoin de moi, Charles. Je présenterai ma candidature à la présidence et je serai élu.

— Ainsi, dit ironiquement Sarveux, Henri Villon va conduire le Québec hors du désert.

— La culture française est plus vivante que jamais. Mon devoir sacré est de la défendre.

— Cessez de brandir les fleurs de lis, Henri. Ça ne vous va pas.

— J'éprouve de profonds sentiments pour ma terre natale.

— Vous éprouvez de profonds sentiments pour Henri Villon seul.

— Vous avez donc une si piètre opinion de moi ? »

Sarveux le regarda dans les yeux.

« J'avais une excellente opinion de vous, autrefois. Mais j'ai vu l'ambition aveugle transformer un idéaliste en arriviste retors.

— Expliquez-vous !

— Pour commencer, quelle mouche vous a piqué de couper le courant de James Bay à un tiers des Etats-Unis ? »

Villon resta impassible.

« J'ai jugé que c'était nécessaire. Ce n'était qu'un avertissement aux Américains, pour qu'ils ne se mêlent pas des affaires françaises.

— Qui a pu vous inspirer une idée aussi insensée ?

— Mais... Vous, naturellement ! » répondit Villon, ahuri.

Sarveux le regarda sans comprendre. Soudain, Villon éclata de rire.

« Vous ne vous en souvenez vraiment pas, on dirait !

— Je ne me souviens pas de quoi ?

— A l'hôpital, juste après la chute de l'avion, quand vous aviez encore l'esprit brouillé par l'anesthésie. Vous avez déliré sur le grand péril du Canada, si les mauvaises gens découvraient la vulnérabilité de la salle de contrôle de James Bay. Vos paroles étaient vagues. Mais vous avez bien dit à Danielle de me conseiller de consulter Max Roubaix, l'ancien assassin au garrot. »

Sarveux ne répondit pas ; son expression resta impénétrable.

« Une énigme très astucieuse, si l'on songe qu'elle venait d'un homme aux idées embrouillées, reprit Villon. Il m'a fallu un moment pour établir le parallèle entre l'arme favorite de Roubaix et un étranglement énergétique. Je vous en remercie, Charles. A votre insu, vous m'avez montré comment faire danser les Américains au moyen d'une simple coupure de courant. »

Sarveux garda un moment le silence, puis il murmura :

« Pas à mon insu.

— Pardon ?

— Danielle n'a pas entendu les divagations d'un homme en délire. Je souffrais énormément, mais j'avais les idées parfaitement claires quand je lui ai dit que je voulais que vous consultiez Max Roubaix.

— C'est un jeu puéril, Charles ?

— Un très vieil et cher ami a dit que vous trahiriez ma confiance et celle du peuple canadien. Je ne pouvais me résoudre à croire que vous étiez un traître, Henri. Mais je devais m'en assurer. Vous avez mordu à l'hameçon et menacé les Etats-Unis d'un chantage à l'énergie. Une grave erreur de votre part, d'attirer l'animosité d'une super-puissance voisine ! »

Un vilain rictus tordit la bouche de Villon.

« Ainsi, vous croyez tout savoir ! Allez au diable, vous et les Etats-Unis ! Tant que le Québec contrôlera le Saint-

Laurent et l'hydroélectricité de James Bay, c'est nous qui imposerons notre loi aux Américains et au Canada occidental, pour changer. Les prêchi-prêcha vertueux des Etats-Unis en ont fait la risée du monde. Ils se retranchent avec satisfaction dans leur morale stupide, ils ne se soucient que de leurs intérêts privés et de leurs comptes en banque. L'Amérique est une puissance sur le déclin, en voie de disparition. L'inflation donnera le coup de grâce à son système économique. Si elle ose avoir recours à des sanctions contre le Québec, nous lui couperons le courant.

— Fières paroles, railla Sarveux, mais vous découvrirez, comme tant d'autres, que ça ne paie jamais de sous-estimer la résolution des Américains. Quand ils ont le dos au mur, ils ont l'habitude de foncer en combattant.

— Il ne leur reste plus une miette de courage !

— Vous êtes un imbécile, répliqua Sarveux. Pour le bien du Canada, je vous démasquerai et vous briserai.

— Vous ne pourriez pas briser un vendeur de cravates ! Vous n'avez pas le moindre petit soupçon de preuve contre moi. Non, Charles, bientôt les salauds d'anglophones vous chasseront et je veillerai à ce que vous ne soyez pas le bienvenu au Québec. Il est temps de vous réveiller et de vous rendre compte que vous êtes un homme sans patrie. »

Villon se leva, tira de sa poche une enveloppe cachetée et la jeta grossièrement sur les genoux de Sarveux.

« Ma démission du gouvernement.

— Acceptée. »

Villon ne put partir sans une dernière insulte :

« Vous êtes un être pitoyable, Charles. Vous ne le savez pas encore, mais il ne vous reste rien, pas même votre précieuse Danielle ! »

Sur le seuil, il se retourna pour jeter un dernier regard à Sarveux, s'attendant à voir un homme vaincu, accablé par le désespoir, ses espoirs et ses rêves en miettes autour de lui.

Il vit au contraire un homme au sourire inexplicable.

Villon se rendit directement au Parlement et commença à vider son bureau. Il ne voyait aucune raison d'attendre la matinée et de subir une multitude d'adieux d'hommes qu'il n'aimait ni ne respectait.

Son principal collaborateur frappa et entra.

« Il y a plusieurs messages pour...

— Ça ne m'intéresse pas, interrompit Villon. Depuis une heure, je ne suis plus ministre de l'Intérieur.

— Il y en a un de M. Brian Shaw qui paraît très urgent. Le général Simms a aussi essayé de vous joindre personnellement.

— Oui, cette histoire du Traité Nord-Américain, marmonna Villon sans lever les yeux. Ils doivent réclamer plus d'hommes et de matériel.

— Ils demandent que notre marine escorte le bateau américain et lui fasse quitter l'épave de l'*Empress of Ireland*.

— Remplissez les papiers nécessaires et signez de mon nom. Puis contactez l'officier commandant le district du Saint-Laurent, pour qu'il exécute les ordres. »

Le collaborateur tourna les talons.

« Attendez ! cria Villon avec un renouveau de ferveur. Dites également au général Simms et à M. Shaw que la nation souveraine du Québec ne tient pas à ce que des Britanniques interviennent sur son territoire et qu'ils doivent immédiatement cesser toute surveillance. Ensuite transmettez un message à mon ami mercenaire, M. Gly. Dites-lui qu'il y a une grosse prime pour faire une éclatante escorte d'honneur au navire de la N.U.M.A. Il comprendra. »

53

Ils arrivèrent le lendemain en fin de matinée, pavillons claquant au vent, la moitié de l'équipage sur le pont pour regarder l'*Ocean Venturer*. L'ourlet d'écume sous l'étrave devint une vague légère, le martèlement des moteurs se tut et le destroyer canadien s'arrêta sur le même cap, à une encablure au sud.

L'opérateur radio monta vers Pitt et Heidi, debout sur la passerelle.

« Du capitaine du destroyer H.M.C.S. *Huron*. Il demande l'autorisation de monter à bord.

— Gentil et courtois, murmura Pitt. Au moins, il a demandé.

— Que peut-il vouloir, pensez-vous ? demanda Heidi.

— Je ne pense pas, je sais. Présentez mes respects au capitaine, dit Pitt au radio. Permission accordée mais seulement s'il nous fait l'honneur de rester déjeuner avec nous.

— Je me demande comment il est.

— Voilà bien une question de femme ! Probablement un type service-service, froid, précis et très officiel, qui parle en morse.

— Vous êtes méchant.

— Vous verrez ! Je parie qu'il grimpe à l'échelle de coupée en sifflant *Feuille d'érable toujours* ! »

Le capitaine de corvette Raymond Weeks ne fit rien de tel. C'était un homme jovial aux yeux gris et rieurs, et à l'expression chaleureuse. Il avait une voix sonore, agréable, une bedaine prononcée et, en costume, il aurait fait un parfait Père Noël de grand magasin.

Il enjamba la rambarde en souplesse et se dirigea droit sur Pitt, qui se tenait un peu à l'écart du comité d'accueil.

— Monsieur Pitt, je suis Ray Weeks. C'est un honneur pour moi. Votre travail pour le renflouement du *Titanic* m'a passionné. Vous avez en moi un admirateur. »

Pris de court, désarmé, Pitt ne sut que marmonner :

« Comment allez-vous ? »

Heidi lui donna un coup de coude.

« Service-service, hein ?

— Pardon ? dit Weeks.

— Rien, excusez-moi. »

Pitt se remit et fit les présentations ; une formalité superflue, à son avis. Il était évident que Weeks avait été bien chapitré. Il semblait tout savoir sur tout le monde. Il évoqua longuement un projet archéologique sous-marin que Rudi Gunn avait presque oublié alors qu'il en avait été le directeur. Il fut particulièrement aimable avec Heidi.

« Si tous mes officiers étaient comme vous, commandant Milligan, je ne prendrais jamais ma retraite.

— La flatterie mérite une récompense, déclara Pitt. Heidi se laissera peut-être persuader de vous faire visiter le bateau.

— Cela me ferait grand plaisir, assura Weeks puis il reprit son sérieux. Vous serez sans doute moins hospitalier quand vous connaîtrez l'objet de ma visite.

— Vous venez m'annoncer que le match est annulé pour cause de pluie politique.

— La métaphore est bien trouvée. Je suis navré. J'ai des ordres.

— Combien de temps avons-nous pour récupérer nos hommes et notre matériel ?

— Combien vous faut-il ?

— Vingt-quatre heures. »

Weeks n'était pas idiot. Il en savait assez sur les travaux de sauvetage pour comprendre que Pitt le faisait marcher.

« Je vous en accorde huit.

— Nous ne pouvons ramener le caisson de saturation à la surface en moins de douze heures.

— Vous seriez bon commerçant dans les souks du Levant, monsieur Pitt, dit Weeks en retrouvant son sourire. Dix heures devraient vous suffire.

— A condition que vous commenciez à compter après le déjeuner. »

Weeks leva les bras au ciel.

« Seigneur, vous n'abandonnez jamais ! Bon, d'accord, après déjeuner.

— Cette question étant réglée, dit Heidi, si vous voulez bien me suivre, commandant, je vais vous montrer l'opération. »

Accompagné par deux de ses officiers, Weeks suivit Heidi par une échelle, jusqu'à la plate-forme de travail, dans la cale centrale. Pitt et Gunn retournèrent lentement à la salle de contrôle.

« Pourquoi faire tant d'honneurs à un individu qui nous chasse à coups de pied ? grogna Gunn avec irritation.

— J'ai gagné dix heures. Et je vais gagner toutes les minutes que je pourrai pour garder ces gars en bas, à travailler sur l'épave. »

Gunn s'arrêta et regarda Pitt.

« Comment ! Vous n'abandonnez pas le projet ?

— Bougre non !

— Vous êtes cinglé. Nous avons besoin d'au moins deux jours encore pour arriver à la cabine de Shields. Vous n'avez aucune chance de faire traîner aussi longtemps.

— Peut-être, mais, bon Dieu, je vais essayer. »

Dans les brumes du sommeil, Moon sentit qu'on le secouait. Il restait dans son bureau vingt-quatre heures sur vingt-quatre depuis que l'*Ocean Venturer* était mouillé au-dessus de l'*Empress of Ireland*. Les heures de sommeil normales étaient bouleversées et il se rattrapait en faisant de petits sommes. Quand il ouvrit enfin les yeux, il vit la figure sombre du chef des communications de la Maison Blanche. Il bâilla et se redressa.

« Qu'est-ce qu'il se passe ?

— Lisez ça et pleurez », répondit l'autre en lui tendant une feuille de papier.

Moon la parcourut rapidement.

« Où est le Président ? demanda-t-il.

— Il s'adresse à un groupe de dirigeants syndicalistes mexico-américains, dans la roseraie. »

Moon enfila ses souliers et se hâta dans le couloir, en mettant sa veste et en rectifiant son nœud de cravate. Le Président finissait de serrer des mains et revenait dans le bureau ovale, quand Moon le rattrapa.

« Encore de mauvaises nouvelles ? » demanda-t-il.

Moon hocha la tête et lui remit le message.

« Les dernières de Pitt.

— Lisez-les-moi en chemin.

— Voici ce qu'il dit : « Sommes chassés du Saint-Laurent par la marine canadienne. Avons un délai de grâce de dix heures pour faire nos valises. Destroyer se tient paré... »

— C'est tout ?

— Non, monsieur le Président.

— Eh bien, lisez !

— « Avons l'intention négliger note d'expulsion. Opération continue. Nous préparons à repousser abordage. Signé Pitt. »

Le Président s'arrêta net.

« Qu'est-ce que vous dites ?

— Pardon ?

— La dernière phrase. Relisez-la.

— « Nous préparons à repousser abordage. »

Le Président secoua la tête d'un air médusé.

« Dieu de Dieu ! L'ordre de repousser un abordage n'a pas été donné depuis cent ans !

— Si je suis bon juge de caractère, Pitt pense ce qu'il dit.

— Ainsi les Britanniques et les Canadiens claquent la porte...

— J'en ai bien peur, monsieur le Président. Dois-je contacter Pitt et lui ordonner de cesser toute opération ? Toute autre action risque de provoquer une riposte militaire.

« Il est vrai que nous marchons sur la corde raide, mais le bon vieux cran mérite une récompense. »

Moon eut soudain froid dans le dos.

« Vous ne suggérez pas que nous lancions à Pitt une bouée de sauvetage ?

— Si. Il est temps que nous aussi, nous fassions preuve de cran. »

54

Ils se tenaient tendrement côte à côte comme si c'était la première fois, en regardant la lune se lever à l'est, en essayant de deviner la destination des navires descendant le fleuve. Au sommet du mât les deux feux de position rouges, signalant un bateau mouillé au-dessus d'une épave, les éclairait juste assez pour qu'ils puissent se voir.

« Je n'aurais jamais pensé que ça en viendrait là, murmura Heidi.

— Vous avez jeté un caillou dans la mare et les cercles continuent à s'étendre.

— Curieux, comme la découverte d'une vieille lettre froissée dans des archives d'université a pu toucher tant de vies. Si seulement je n'y avais pas pris garde ! »

Elle soupira en s'appuyant contre Pitt et il l'enlaça.

« Nous ne pouvons pas revenir en arrière avec des si. Ça ne sert à rien. »

Heidi contempla le destroyer canadien dont les ponts et les superstructures étaient brillamment illuminés ; elle pouvait entendre le bourdonnement des génératrices. Elle frissonna quand une écharpe de brume flotta sur le fleuve.

« Que se passera-t-il quand nous dépasserons l'heure limite du commandant Weeks ? »

Pitt leva sa montre vers les feux du mât.

« Nous le saurons dans vingt minutes.

— J'ai affreusement honte.

— Qu'est-ce ? L'heure du grand nettoyage de la conscience ?

— Ce bâtiment ne serait pas là si je n'avais pas parlé comme une idiote à Brian Shaw.

— Qu'est-ce que j'ai dit, à propos des si ?

— Mais j'ai couché avec lui. Ça aggrave tout. Si quelqu'un doit en souffrir... je... »

Elle ne trouva pas ses mots et se tut, tandis que Pitt la serrait contre lui. Quelques minutes plus tard, une toux discrète rompit le silence et les ramena à la réalité. Pitt se retourna et vit Rudi Gunn sur la passerelle, au-dessus d'eux.

« Feriez bien de monter, Dirk. Weeks devient assez insistant. Il dit qu'il ne voit pas d'indications de notre départ. Je ne trouve plus de prétextes.

— Est-ce que vous lui avez dit que le navire est la proie de la peste bubonique et en pleine mutinerie ?

— Ce n'est pas le moment de plaisanter, bougonna Gunn. Nous avons aussi un contact radar. Un bateau sort du chenal principal et met le cap sur nous. J'ai peur que notre invité du déjeuner n'ait appelé des renforts. »

Par la fenêtre de la passerelle, Weeks regardait la nappe de brouillard. Une tasse de café à moitié vide refroidissait dans sa main. Son caractère normalement accommodant était mis à rude épreuve dans l'exaspérante indifférence du navire de la N.U.M.A. à ses demandes de renseignements. Il se tourna vers son second qui se penchait sur un radarscope.

« Qu'en pensez-vous ?

— Un gros navire, rien de plus. Probablement un pétrolier côtier ou un porte-conteneurs. Pouvez-vous voir ses feux ?

— Seulement quand ils sont apparus au-dessus de l'horizon. Le brouillard les a cachés.

— La malédiction du Saint-Laurent, grogna le second. On ne sait jamais quand la brume décide de recouvrir cette partie du fleuve. »

Weeks braqua une paire de jumelles sur l'*Ocean Venturer* mais déjà ses lumières commençaient à s'estomper dans le brouillard. Dans quelques minutes, il serait complètement invisible.

Le second se redressa et se frotta les yeux.

« Si je me laissais faire, je dirais que la cible est sur un cap de collision. »

Weeks prit un microphone.

« Radio, ici le capitaine. Branchez-moi sur la fréquence d'appel de sécurité.

— Le contact ralentit », annonça le second.

Weeks attendit que le haut-parleur de la passerelle émette des crépitements de parasite puis il transmit :

« Au navire remontant le fleuve, position zéro-un-sept au large de Pointe-au-Père. Ici le H.M.C.S. *Huron*. Répondez, je vous prie. A vous. »

La seule réponse fut le crépitement étouffé. Il appela encore deux fois, sans plus de résultats.

« Tombé à trois nœuds et se rapprochant encore. Portée douze cents mètres. »

Weeks ordonna à un matelot de donner le signal de navire au mouillage, à la corne de brume. Quatre hurlements lugubres de la corne du *Huron* retentirent sur l'eau noire, un bref, deux longs, un bref.

La réponse fut un hurlement strident et prolongé qui trancha dans le brouillard.

Weeks alla à la porte ouverte pour regarder dans la nuit. L'intrus qui s'approchait demeurait invisible.

« Il a l'air de se glisser entre nous et l'*Ocean Venturer*, dit le second.

— Pourquoi diable ne répondent-ils pas ? Pourquoi ces abrutis ne s'écartent-ils pas ?

— Nous devrions peut-être leur faire peur ? »

Une lueur rusée brilla dans les yeux de Weeks.

« Oui, ça devrait faire l'affaire, dit-il en appuyant sur le bouton du micro. Au bâtiment sur mon arrière bâbord. Ici le destroyer H.M.C.S. *Huron*. Si vous ne vous identifiez pas immédiatement, nous ouvrons le feu et nous vous faisons sauter. »

Cinq secondes s'écoulèrent. Puis une voix rocailleuse au fort accent texan tomba du haut-parleur :

« Ici le croiseur porte-missiles U.S.S. *Phoenix*. Dégainez quand vous serez prêt, partenaire. »

55

Les fermiers de la région accueillaient peut-être avec joie la pluie tombant à seaux sur la vallée de l'Hudson mais elle déprimait plus que jamais l'équipage du *De Soto*. Leur recherche du *Manhattan Limited* n'avait encore donné que des restes tordus et rouillés du viaduc Deauville-Hudson, éparpillés dans le lit du fleuve comme les ossements d'un dinosaure disparu.

Les heures s'étiraient, les hommes gardaient les yeux rivés sur les instruments, l'homme de barre passait et repassait sur le même quadrillage, tout le monde essayait de repérer quelque chose qui avait pu échapper aux recherches. Trois fois, les sondes traînant à l'arrière s'étaient accrochées à des obstacles submergés, faisant perdre des heures, pendant que les plongeurs les dégageaient.

Giordino, la bouche pincée, examinait les cartes quadrillées en y notant l'emplacement des débris indiqués par le sonar latéral. Finalement, il se tourna vers Glen Chase.

« Ma foi, nous ne savons peut-être pas où il est mais nous savons où il n'est pas. J'espère que l'équipe de plongée aura plus de chance... Ils ne devraient pas tarder à faire surface. »

Chase feuilletait distraitement le rapport historique sur la catastrophe du *Manhattan Limited*, que Heidi avait terminé avant de partir pour le Canada. Il s'arrêta aux deux dernières pages et les lut en silence.

« Il est possible que le train ait été renfloué des années après, quand c'était de l'histoire ancienne, et personne ne s'est soucié d'avertir les journaux ?

— Je ne crois pas, répondit Giordino. La catastrophe était un événement trop important, dans cette région, pour qu'une découverte passât inaperçue.

— Est-ce qu'il y a du vrai dans les propos des plongeurs occasionnels qui prétendent avoir découvert la locomotive ?

— Aucun n'a été confirmé. Un type jure même qu'il s'est assis dans la loco et qu'il a sonné la cloche. Un autre raconte qu'il a nagé dans une voiture Pullman pleine de squelettes. Dans tous les mystères non éclaircis, on trouve un fou furieux qui sait tout. »

Une silhouette en combinaison de plongée ruisselante entra dans la timonerie. Nicholas Riley, chef de l'équipe de plongeurs, s'assit par terre, adossé à la paroi, et poussa un long soupir.

« Ce courant de trois nœuds vous tue, marmonna-t-il.

— Vous avez trouvé quelque chose ? demanda impatiemment Giordino.

— Une véritable foire à la ferraille. Des sections de pont éparpillées sur tout le lit. Certaines poutrelles sont déchiquetées, comme si elles avaient sauté sur des explosifs.

— C'est expliqué là, dit Chase en montrant le rapport. Le Génie militaire a fait sauter le sommet de l'épave en 1917 parce que c'était un danger pour la navigation.

— Pas de traces du train ? insista Giordino.

— Pas même une roue, répondit Riley. Le fond est en sable très fin. Une petite pièce de monnaie y plongerait tout droit.

— A quelle profondeur, la formation rocheuse ?

— D'après notre dernier sondage, dit Chase, la roche est à une douzaine de mètres.

— On pourrait recouvrir un train et avoir encore sept mètres de mieux. »

Giordino plissa les yeux.

« Si on donnait des roses aux génies et des putois aux idiots, j'aurais droit à au moins dix putois.

— Mettons sept, plaisanta Chase. Pourquoi l'autocritique ?

— J'étais trop bête pour voir la solution de l'énigme. Pourquoi le magnétomètre à protons ne peut-il obtenir une bonne lecture ? Pourquoi le profileur de profondeur ne peut-il distinguer un train entier sous les sédiments ?

— Vous voulez bien nous faire partager la révélation ? demanda Riley.

— Tout le monde part du principe que le viaduc s'est effondré sous le poids du train et qu'ils sont tombés ensemble, la locomotive et les voitures emmêlées avec les poutrelles. Mais si le train était tombé le premier à travers le tablier central, et puis tout le reste du pont dessus ? »

Riley regarda Chase.

« Je crois qu'il a une idée. Le poids de tout cet acier a pu enfoncer toute trace du train dans le sable fin.

— Son hypothèse explique aussi pourquoi notre matériel de détection n'a rien donné, reconnut Chase. La masse disloquée du viaduc déforme et bloque nos signaux sondeurs, formant écran sur tout ce qui se trouve dessous.

— Y a-t-il une chance de creuser jusqu'à l'épave ?

— Aucune, répondit Riley à Giordino. Le fond est comme des sables mouvants. D'ailleurs, le courant est trop violent pour que mes plongeurs accomplissent quelque chose de valable.

— Nous avons besoin d'une péniche avec une grue et d'une drague pour arracher ce viaduc du fond, si nous voulons mettre la main sur le train », déclara Giordino.

Riley se leva péniblement.

« O.K. Je vais demander à mes gars de prendre des photos là-dessous, pour que nous sachions où placer les mâchoires de notre grue. »

Giordino ôta son bonnet et passa sa manche sur son front.

« C'est drôle, comme les choses se passent. Moi qui pensais que nous aurions le boulot le plus facile, pendant que Pitt et son équipe auraient le bâton merdeux.

— Dieu seul sait à quoi ils se heurtent dans le Saint-Laurent, grogna Chase. Je ne voudrais pas changer de place avec eux.

— Ma foi, je ne sais pas. Si Pitt est fidèle à lui-même, il doit être allongé sur un transatlantique avec une jolie fille d'un côté et un mai-tai de l'autre, en train de se dorer au soleil canadien. »

56

Un étrange brouillard, un tourbillon cramoisi, voilait la lumière et passait devant les yeux de Pitt. Une fois, deux fois, il s'efforça désespérément de passer de l'autre côté, les bras tendus comme un aveugle.

Rien ne l'avait préparé au choc, son esprit n'avait pas eu le temps de comprendre, même pas de s'interroger. Il essuya le sang coulant sur son front et se tâta la tête. Ses doigts découvrirent une estafilade de dix centimètres de long, heureusement peu profonde et n'entamant pas le crâne.

Pitt se releva difficilement et contempla avec stupéfaction les corps jonchant le pont autour de lui.

Rudi Gunn leva vers lui une figure blême, les yeux vitreux égarés et sans expression. Il vacillait, sur les mains et les genoux, en marmonnant tout bas.

« Mon Dieu, mon Dieu, qu'est-ce qui s'est passé ?

— Je ne sais pas, répondit Pitt d'une voix blanche qu'il ne reconnut pas. Je ne sais pas. »

Négligeant l'ordre de Villon de quitter le Canada, Shaw avait installé son camp à l'extrémité orientale de la Pointe-au-Père, à deux milles et demi du site de récupération. Il avait monté une longue-vue S-66 de l'armée britannique à longue portée, permettant de lire un titre de journal à cinq milles, et s'était appliqué à observer la petite flottille mouillée au-dessus de l'*Empress of Ireland.*

Des vedettes allaient et venaient entre les deux bâtiments de la marine, comme des ferry-boats tenus par un horaire. Shaw s'amusait à imaginer les négociations échauffées entre les officiers américains et canadiens.

L'*Ocean Venturer*, immobile, paraissait mort. Personne ne bougeait sur les ponts mais il voyait clairement que le derrick fonctionnait toujours et que son énorme treuil continuait de hisser des débris couverts de vase.

Shaw s'assit pour se reposer les yeux un moment et manger une tablette de chocolat qui lui tenait lieu de petit déjeuner. Il remarqua un petit hydroplane horsbord, descendant le fleuve à grande vitesse, qui bondissait de crête en crête à près de cent à l'heure, entraînant un large sillage en éventail.

Sa curiosité éveillée, il braqua sa longue-vue.

La coque était d'un jaune métallisé, avec une bande bordeaux s'élargissant à l'arrière. Sous le soleil, l'embarcation évoquait une flèche. Shaw attendit d'être moins ébloui et se concentra sur le pilote. L'homme seul derrière le pare-brise portait de grosses lunettes mais Shaw reconnut le nez aplati, la figure froide et dure.

C'était Foss Gly.

Fasciné, il regarda l'hydroplane décrire un large cercle autour des trois bateaux, en sautant hors de l'eau et ne laissant que ses hélices submergées, pour retomber dans un claquement de grosse caisse, qui parvenait jusqu'aux oreilles de Shaw.

Il était difficile de garder la longue-vue pointée sur l'embarcation rapide, mais il y parvint quand elle vira de bord et lui révéla l'intérieur du cockpit.

Gly serrait le volant de la main droite et tenait dans l'autre une petite boîte. Une mince tige étincelait au soleil, et Shaw reconnut une antenne.

« Non ! hurla-t-il dans le vent en comprenant l'horrible intention de Gly. Non ! Bon Dieu, non ! »

Soudain le calme matinal fut rompu par un sourd grondement de tonnerre paraissant venir de très loin, qui s'enfla à une rapidité terrifiante, un chaudron d'eau bouillante jaillit vers le ciel autour de l'*Ocean Venturer* alors que les explosifs déposés à l'avant de l'*Empress* sautaient.

Le navire de recherche s'éleva au-dessus de la trombe, resta en suspens pendant quelques secondes et retomba sur son flanc tribord en disparaissant sous la gigantesque colonne d'eau.

La violence de l'explosion était choquante, même vue de terre. Shaw se retint au trépied de la longue-vue, les yeux ronds, paralysé de stupeur.

La trombe montait encore en nuage d'écume, tournoyait autour des mâts du *Huron* et du *Phoenix*, défiant la gravité. Elle retomba enfin en pluie sur les superstructures des deux bâtiments. Il ne restait plus un homme debout sur les ponts. Tous avaient été jetés au sol ou par-dessus bord, par la force de l'onde de choc.

Quand Shaw braqua de nouveau la longue-vue sur Gly, l'hydroplane remontait à toute allure le Saint-Laurent, vers Québec. Pétrifié, la figure convulsée d'une rage amère, furieux de son impuissance, il regarda Gly s'enfuir encore une fois.

Il observa de nouveau l'*Ocean Venturer*.

Il avait l'air d'un bateau mort, l'arrière à demi submergé, gîtant fortement sur tribord. Lentement, le derrick vacilla, se pencha, parut hésiter et plongea lourdement par-dessus bord, laissant sur le pont un incroyable amas de ferraille et de câbles. Dieu seul savait combien d'hommes avaient été tués ou blessés à l'intérieur.

Shaw ne put regarder davantage. Il démonta sa longue-vue et descendit d'un pas lourd vers l'intérieur des terres, le sourd grondement de l'explosion se répercutait encore sur le fleuve et dans ses oreilles.

57

Inexplicablement, l'*Ocean Venturer* refusait de mourir.

Peut-être fut-il sauvé par sa double coque épaisse, spécialement conçue pour briser des glaces. Beaucoup de plaques extérieures étaient enfoncées, leurs joints éclatés et la quille était tordue. Les avaries étaient graves, nombreuses, mais le bateau survivait.

Pitt avait assisté à l'effondrement du derrick. Il regarda par les vitres brisées de la salle de contrôle, lâcha la porte à laquelle il se retenait et chancela vers le pupitre de Hoker, son sens de l'équilibre lui indiquant ce que ses yeux refusaient de croire. Le pont était incliné à 30°.

Sa première pensée fut que le bateau était perdu, puis il songea à ce que cette effroyable explosion avait dû faire aux plongeurs dans l'épave. Il secoua la tête pour s'éclaircir les idées et lutta contre la sourde douleur, pour réfléchir avec logique aux mesures à prendre. Puis il passa à l'action.

Avant tout, il décrocha le téléphone pour appeler le chef mécanicien. Près d'une minute s'écoula avant qu'une voix impersonnelle marmonne :

« Salle des moteurs.

— Metz ? C'est vous ?

— Faudrait parler plus fort, je n'entends pas. »

Pitt devina que pour les hommes sur les ponts inférieurs et aux moteurs, le fracas et l'onde de choc avaient dû être assourdissants. Il cria :

« Metz ! Ici Pitt !

— Ah ! comme ça c'est mieux, répondit Metz de la même voix sans timbre. Qu'est-ce qui se passe, bon Dieu ?

— Il a dû y avoir une explosion en bas.

— Merde, j'ai cru que les Canadiens nous avaient lancé une torpille.

— Quels sont les dégâts ?

— Ici, on travaille sous une centaine de robinets ouverts. L'eau jaillit de partout. Je ne crois pas que les pompes arriveront à écoper ça. C'est tout ce que je peux vous dire avant d'avoir sondé la coque.

— Des blessés ?

— Nous avons été catapultés comme des gymnastes ivres. Je crois que Jackson a un genou fracturé et Gilmore le crâne. A part ça, quelques tympans malmenés et des plaies et bosses en masse.

— Rappelez-moi toutes les cinq minutes, ordonna Pitt. Et quoi que vous fassiez, gardez les génératrices en marche.

— Pas la peine de me le rappeler. Si elles nous lâchent, nous sommes foutus.

— Vous avez pigé. »

Pitt raccrocha et regarda Heidi avec inquiétude. Gunn se penchait sur elle et lui soutenait la tête d'un bras. Elle était tassée contre la table des cartes, à peine consciente, regardant d'un œil morne sa jambe gauche tordue.

« C'est drôle, murmura-t-elle, ça ne fait pas mal. »

La douleur viendra, pensa Pitt. Il lui prit la main.

« Ne bougez pas, attendez que nous trouvions un brancard. »

Il voulait en dire plus, la réconforter, mais il n'avait pas le temps. A regret il se détourna, interrompu par la voix angoissée de Hoker.

« Plus rien ne fonctionne. »

276

Hoker s'efforçait de se remettre, ramassait sa chaise renversée, regardait son pupitre et ses écrans obscurs.

« Eh bien, réparez le foutu machin ! gronda Pitt. Nous devons savoir ce qui est arrivé à l'équipe sous-marine. »

Il se coiffa d'un casque et se brancha sur tous les postes de l'*Ocean Venturer*. Partout, les techniciens et les mécaniciens de la N.U.M.A. reprenaient leurs esprits et travaillaient comme des forcenés pour sauver leur navire. Les plus grièvement blessés étaient transportés à l'infirmerie, qui ne suffit bientôt plus et on dut en allonger dans la coursive. Ceux qui n'avaient pas une fonction capitale dégageaient les débris du derrick ou colmataient les fissures de la coque, de l'eau glacée jusqu'à la taille. Une équipe de plongeurs s'assemblait à la hâte pour descendre.

Les messages affluaient, alors que Pitt dirigeait les opérations. Un opérateur radio encore tout éberlué se tourna vers lui.

« Du capitaine du *Phoenix*. Il demande si nous avons besoin de secours.

— Merde, oui, nous avons besoin de secours ! cria Pitt. Demandez-lui de venir contre notre bord. Nous avons besoin de toutes les pompes qu'il a et de tous les techniciens qu'il peut nous prêter. »

Il tamponna son front avec une serviette humide, en attendant impatiemment la réponse.

« Voilà le message : « Tenez bon. Nous allons accoster sur votre flanc tribord », annonça le radio puis, un peu plus tard : « Le commandant Weeks du *Huron* demande si nous abandonnons le navire. »

— Il serait ravi, gronda Pitt. Ça résoudrait tous ses problèmes.

— Il attend la réponse.

— Dites-lui que nous abandonnerons le navire quand nous pourrons quitter le fond. Et répétez notre demande d'hommes et de pompes...

— Pitt ? »

C'était la voix de Metz dans ses écouteurs.

« J'écoute.

— On dirait que l'arrière a tout pris. Du milieu du

bateau jusqu'à l'avant, la coque est intacte et sèche. De là à l'arrière, c'est un vrai puzzle de fissures. J'ai peur que nous soyons foutus.

— Combien de temps pouvez-vous nous garder à flot ?

— A l'allure où l'eau monte, elle devrait court-circuiter les génératrices dans vingt à vingt-cinq minutes. Alors nous perdrons les pompes. Après ça, dix minutes, peut-être.

— Des secours arrivent. Ouvrez les sabords de chargement du flanc pour que les techniciens de contrôle des avaries et le matériel de pompage puissent être embarqués.

— Ils feraient bien de se grouiller, sinon nous ne serons plus là pour leur souhaiter la bienvenue à bord. »

Le radio fit un geste et Pitt alla vers lui, sur le pont en pente.

« J'ai rétabli le contact avec le *Sappho I*. Je vais vous brancher au téléphone.

— *Sappho I*, ici Pitt. Répondez.

— Klinger à bord de *Sappho I*, ou de ce qui reste de nous.

— Quel est votre état ?

— Nous sommes posés à cent cinquante mètres environ au sud-est de l'épave, notre avant enfoncé dans la vase. La coque a résisté au choc — on avait l'impression d'être à l'intérieur d'une cloche qui sonne — mais un des hublots est fissuré et nous embarquons de l'eau.

— Vos systèmes vitaux fonctionnent encore ?

— Affirmatif. Ils devraient nous garder en bonne santé pendant un bon moment. Le problème, c'est que nous serons noyés quinze bonnes heures avant que notre réserve d'oxygène soit épuisée.

— Pouvez-vous tenter une remontée libre ?

— Je pourrais. Je n'ai perdu qu'une dent dans la secousse. Marv Powers, lui, est dans un sale état. Deux bras cassés et il a pris un mauvais coup sur la tête. Il n'arriverait jamais à la surface. »

Pitt ferma les yeux un moment. Il n'aimait pas du tout jouer à Dieu avec des vies humaines, désigner des priorités pour savoir qui serait sauvé en premier ou en dernier. Quand il les rouvrit, sa décision était prise.

« Il va vous falloir tenir bon encore un moment, Klinger. Nous vous tirerons de là dès que nous pourrons. Tenez-moi au courant toutes les dix minutes. »

Pitt sortit sur la passerelle et se pencha par-dessus bord. Quatre plongeurs disparaissaient sous l'eau.

« J'ai une image ! » s'écria triomphalement Hoker alors qu'un des écrans de contrôle s'animait.

Il montrait la fosse d'excavation, vue du pont-promenade de l'épave. Les étais s'étaient effondrés et les ponts inférieurs écroulés vers l'intérieur. Il n'y avait aucune trace des deux scaphandres JIM ni des plongeurs du caisson de saturation.

L'œil froid de la caméra ne voyait qu'un cratère bordé d'acier tordu, mais Pitt avait l'impression de regarder au fond d'un tombeau.

« Dieu ait pitié d'eux ! murmura Hoker. Ils doivent être tous morts. »

58

A soixante-dix milles de là, le capitaine Toshio Yubari, un homme solide, buriné par les intempéries et dans toute la force de ses quarante ans, regardait de sa passerelle les allées et venues des petites embarcations sillonnant l'eau devant lui. La marée descendait et le porte-conteneurs *Honjo Maru* de deux cent dix-huit mètres avançait à une vitesse régulière de quinze nœuds. Yubari attendait, pour passer à vingt, que son navire eût doublé l'île du Cap-Breton.

Le *Honjo Maru* avait transporté quatre cents mini-voitures électriques de Kobé, au Japon, et faisait le voyage de retour avec une cargaison de papier des grandes fabriques de Québec. Les énormes rouleaux emplissant les conteneurs étaient beaucoup plus lourds que les petites autos, à volume égal, et la coque s'enfonçait dans l'eau, émergeant tout juste au-dessus de la ligne de flot-taison.

Shigaharu Sakai, le second, vint rejoindre le capitaine en étouffant un bâillement. Il frotta ses yeux rougis.

« Une nuit en bordée ? » demanda Yubari en riant.

Sakai marmonna une réponse inintelligible et changea de conversation.

« Une chance que nous n'ayons pas appareillé un dimanche, dit-il en désignant de la tête les voiliers qui disputaient des régates à un mille sur bâbord.

— Oui, il paraît que la circulation est tellement dense pendant le week-end qu'on peut traverser le fleuve à pied sur les yachts.

— Vous voulez que je vous remplace, capitaine, pendant votre déjeuner ?

— Merci, mais je préfère rester jusqu'à ce qu'on soit dans le golfe. Vous pourriez demander au steward de m'apporter un plat de canard aux nouilles et une bière. »

Sakai fit demi-tour pour obéir puis il s'arrêta et tendit le bras vers le fleuve.

« Voilà une âme courageuse ou bien imprudente. »

Yubari avait déjà aperçu l'hydroplane et le regardait avec la fascination de certains hommes pour la vitesse.

« Il doit filer à près de quatre-vingt-dix nœuds.

— S'il heurte un de ces voiliers, il n'en restera pas de quoi tailler une paire de baguettes. »

Yubari s'approcha de la rambarde.

« Ce fou fonce droit sur eux. »

L'hydroplane chargea dans la masse des voiliers comme un coyote dans un poulailler. Les skippers virèrent de bord dans l'affolement et se dispersèrent dans toutes les directions ; ils perdirent leur vent, leurs voiles faseyèrent et devinrent incontrôlables.

L'inévitable se produisit quand l'hydroplane frôla l'avant d'un yacht, emportant son beaupré et perdant son propre pare-brise par la même occasion. Il continua sur sa lancée, laissant la flottille éparpillée tanguer lourdement dans son sillage.

Yubari et Sakai, médusés par cette course insensée, virent l'hydroplane décrire un grand cercle et se précipiter vers le *Honjo Maru*. Il était maintenant assez près pour qu'ils distinguent un homme dans le cockpit, courbé sur le volant.

Il devint bientôt évident que le pilote avait été blessé quand le beaupré avait détruit son pare-brise.

Ils n'eurent pas le temps de hurler des commandements, de faire donner un coup de sirène avertisseur. Yubari et Sakai ne purent rien faire sinon rester figés, impuissants comme des piétons à un coin de rue devant un accident qu'ils n'ont pu empêcher.

Ils se baissèrent instinctivement quand l'hydroplane se jeta contre le flanc bâbord et explosa immédiatement dans une nappe de flammes aveuglantes. Le moteur hors-bord s'envola dans les airs, tournoya et vint s'écraser contre les superstructures. Des débris enflammés criblèrent le navire comme des éclats d'obus. Plusieurs vitres de la timonerie furent brisées. Pendant quelques secondes, des bouts de ferraille tombèrent du ciel, sur le pont et dans l'eau.

Miraculeusement, personne ne fut blessé à bord du porte-conteneurs. Yubari fit stopper les moteurs. Une vedette fut mise à l'eau pour effectuer des recherches sur l'arrière, où une nappe d'huile s'élevait du fond et s'étalait sur la légère houle.

On ne retrouva du pilote de l'hydroplane qu'un blouson de cuir calciné et une paire de grosses lunettes cassées.

59

A bord de l'*Ocean Venturer*, l'équipage se laissait aller à un optimisme prudent. Un flot constant d'hommes et de matériel arrivait du *Phoenix* et du *Huron*. Bientôt, des pompes auxiliaires arrêtèrent la montée de l'eau jaillissant dans les ponts inférieurs. Une fois les débris du derrick jetés par-dessus bord, la gîte fut réduite à 19 degrés.

La plupart des blessés les plus grièvement atteints, dont Heidi, furent transportés dans l'infirmerie plus spacieuse et mieux équipée du *Phoenix*. Pitt suivit un instant le brancard de la jeune femme, sur le pont.

« La croisière n'a pas été fameuse, hein ? murmura-t-il en repoussant de son front une mèche blonde.

— Je n'aurais voulu la manquer pour rien au monde », répondit-elle vaillamment.

Il se pencha pour l'embrasser.

« Je viendrai vous voir dès que je pourrai. »

Puis il monta par l'échelle à la salle de contrôle. Rudi Gunn l'accueillit sur le seuil.

« Un scaphandre JIM a été repéré, dérivant en aval, annonça-t-il. Le *Huron* le remorque avec une vedette.

— Pas de nouvelles de l'équipe de secours en plongée ?

— Son chef, Art Dumming, a fait un rapport il y a une minute. Ils n'ont pas encore trouvé le caisson mais il dit que l'explosion semble avoir été centrée sur l'avant de l'*Empress*. Tout le gaillard d'avant s'est désintégré. D'où venaient les explosifs, ça, c'est le mystère.

— Ils ont été déposés avant notre arrivée, murmura Pitt, tout songeur.

— Ou après.

— Impossible qu'une quantité aussi énorme, capable de provoquer un tel chaos, ait pu passer à travers notre cordon de sécurité.

— Ce gorille de Shaw a battu le système.

— Une fois, peut-être, mais pas plusieurs, en traînant de lourds barils d'explosifs sous-marins. Ils ont dû entreposer tout ça sur l'avant de l'épave, en attendant de savoir où le disperser pour provoquer le maximum de destruction.

— Et faire sauter l'épave avec le traité, avant que nous apparaissions à l'horizon.

— Mais nous sommes arrivés en avance et nous avons bouleversé leur horaire. C'est pour ça qu'ils ont volé la sonde. Ils avaient peur que nous ne découvrions le stock d'explosifs.

« — Est-ce que Shaw tient tellement à nous arrêter, qu'il ne recule pas devant le meurtre ?

— Ç'est ça que je ne comprends pas. Il ne m'a pas fait l'effet d'un boucher. »

Pitt se détourna et aperçut le chef mécanicien Metz qui entrait lentement, comme un homme prêt à s'écrouler. Il avait les traits tirés, hagards, les vêtements ruisselants et il empestait le gazole. Il s'efforça de sourire, avec faiblesse.

« Devinez quoi ? Le bon vieux rafiot va s'en tirer. Le *Venturer* n'est plus ce qu'il était, mais bon Dieu, il nous ramènera à bon port. »

C'était la meilleure nouvelle que Pitt apprenait depuis l'explosion.

« Vous avez arrêté l'invasion de l'eau ?

— Ouais. Depuis une heure, le niveau a baissé de vingt centimètres. Dès que vous pourrez libérer quelques plongeurs, je ferai colmater les pires brèches de l'extérieur.

— Le *Huron*. Pouvez-vous dégager les pompes du *Huron* ? demanda anxieusement Pitt.

— Je crois. Avec notre matériel et celui du *Phoenix*, nous devrions nous débrouiller. »

Pitt ne perdit pas de temps. Passant outre au protocole radio normal, il rugit dans le micro de son casque :

« Klinger ! »

La réponse se fit attendre quelques secondes, et quand elle vint la voix était pâteuse.

« Salut, ici le capitaine Nemo du sous-marin *Nautilus*. A vous.

— Quoi ? Qui ?

— Le mec des *Vingt millions de lieues sous les mers*. Vous savez, quoi. Un film épatant. Je l'ai vu quand j'étais môme à Seattle. Le plus beau, c'était le combat avec la pieuvre géante. »

Pitt dut se secouer ; il nageait en pleine irréalité. Il comprit vite ce qui n'allait pas.

« Klinger ! glapit-il en faisant sursauter tout le monde. Votre niveau de bioxyde de carbone est trop élevé ! Vous me comprenez ? Vérifiez votre système d'aération ! Je répète. Vérifiez votre système d'aération !

— Ah ! dites donc, vous vous rendez compte ? répliqua gaiement Klinger. Le cadran dit que nous respirons dix pour cent de CO_2.

— Nom de Dieu, Klinger, écoutez-moi ! Vous devez descendre à zéro cinq pour cent. Vous souffrez d'anoxie !

— Bon, bon, je vais régler ça. D'accord ? »

Pitt poussa un soupir de soulagement.

« Tenez le coup encore un peu et branchez votre signal de position. Le *Huron* vient vous hisser à bord.

— Comme vous voudrez, répliqua Klinger, de plus en plus pâteux.

— Où en est la fuite ?

— Deux heures, peut-être trois avant que les batteries soient noyées.

— Augmentez votre oxygène. Compris ? Augmentez l'oxygène. Nous vous verrons à dîner. »

Pitt se tourna pour parler à Gunn mais le petit homme l'avait devancé. Il était déjà à la porte.

« Je vais diriger personnellement la récupération du *Sappho I* à bord du *Huron* », dit-il, et il disparut.

Pitt regarda au-dehors et vit une petite grue soulever le scaphandre JIM hors de l'eau, tandis qu'une vedette du *Phoenix* se tenait accostée. La coupole fut dévissée, puis enlevée. Trois matelots extirpèrent du scaphandre un homme inerte qu'ils allongèrent sur le pont. L'un d'eux se redressa, leva les yeux vers Pitt et leva le pouce.

« Il est vivant ! » cria-t-il.

Deux hommes dans le submersible et un scaphandrier sauvés, et le navire à flot, pensa Pitt. Si seulement la chance continuait de leur sourire !

Dunning et son équipe trouvèrent le caisson de saturation à près d'une encablure de l'endroit où il avait été ancré. Le sabord extérieur du sas d'entrée était coincé en position fermée et ils durent s'y mettre à quatre, avec des barres d'acier de plus d'un mètre, pour l'ouvrir de force. Puis ils regardèrent tous Dunning, aucun ne voulant être le premier à entrer.

Il pénétra, nageant jusqu'à ce que sa tête éclate dans l'air pressurisé. Il grimpa sur une petite corniche, ôta son respirateur, hésita et rampa dans le compartiment principal. Le câble électrique le reliant à l'*Ocean Venturer* était arraché et, au début, Dunning ne vit que des ténèbres. Il alluma sa torche de plongée et balaya de son rayon le compartiment.

Tous les hommes étaient morts, empilés les uns sur les autres comme un stère de bois. Leur peau était d'un bleu violacé et le sang d'une centaine de blessures formait une immense mare sur le sol. Déjà, il se coagulait dans le froid. Dunning vit, aux filets venus des oreilles et des bouches, qu'ils étaient tous morts sur le coup, dans l'effroyable onde de choc, avant que leurs corps fussent presque réduits en bouillie par la violence du mouvement, quand le caisson se propulsa en tourbillonnant sur le lit du fleuve.

Dunning toussa et cracha la bile qui lui montait à la gorge, tremblant de nausée, écœuré par l'odeur de mort. Cinq longues minutes passèrent avant qu'il ait la force d'appeler l'*Ocean Venturer* et de parler intelligiblement.

Pitt reçut le message, ferma les yeux et s'appuya lourdement contre un pupitre. Il n'éprouvait pas de colère, rien qu'un immense chagrin. Hoker le regarda et lut sur son visage expressif la triste nouvelle.

« Les plongeurs ?

— C'était Dunning... Les hommes dans le caisson... Il n'y a pas de survivants. Tous morts sur le coup. Il en manque deux. S'ils étaient à l'extérieur et exposés à l'explosion, il n'y a pas d'espoir. Il dit qu'ils vont remonter les corps. »

Hoker ne trouva rien à commenter. Il se sentait terriblement vieux, perdu. Il se remit au travail au pupitre vidéo, avec des gestes lents et mécaniques. Pitt était soudain trop épuisé pour poursuivre sa mission. Ce n'était plus qu'une veillée funèbre, tout le projet pitoyablement gaspillé. Ils n'avaient rien accompli, ils n'avaient réussi qu'à tuer dix hommes de valeur.

Au début, il n'entendit pas la faible voix dans ses écouteurs. Enfin, elle parvint à pénétrer son accablement. Celui qui cherchait à communiquer semblait très affaibli et lointain.

« Ici Pitt. Qu'est-ce qu'il y a ? »

La réponse fut confuse et inaudible.

« Parlez plus fort, je n'entends rien. Essayez de forcer le volume.

— Comme ça, c'est mieux ? tonna brusquement la voix.

— Oui, oui, là j'entends. Qui êtes-vous ?

— Collins... »

Puis quelques mots déformés et ensuite :

« ... tenté un contact phonique depuis que je suis revenu à moi. Sais pas ce qui s'est passé. Soudain, le chaos total. Je viens seulement d'épisser le câble de communication. »

Le nom de Collins ne disait rien à Pitt. Durant ses quelques jours à bord de l'*Ocean Venturer*, il avait été trop occupé pour apprendre par cœur une centaine de noms et les associer à chaque visage.

« Quel est votre problème ? » demanda-t-il impatiemment.

Il y eut un long silence.

« Ma foi, on dirait que je suis coincé, répliqua enfin la voix ironique. Et si ça ne vous dérangeait pas trop, j'apprécierais qu'on me donne un coup de main pour me tirer de là. »

Pitt tapa sur l'épaule de Hoker.

« Qui est Collins, et quelle est sa fonction ?

— Vous ne le savez pas ?

— Si je le savais, je ne vous le demanderais pas ! Il dit qu'il est coincé et a besoin de secours. »

Hoker ouvrit des yeux stupéfaits.

« Collins est un des types en scaphandre JIM ! Il était en bas pendant l'explosion.

— Bon Dieu, marmonna Pitt, il doit me prendre pour l'abruti du siècle... Collins ! Donnez-moi votre état et votre position précise !

— Le scaphandre est intact. Quelques bosses et éraflures mais rien de grave. Le système d'aération indique encore vingt heures, à condition que je ne pratique pas de danse acrobatique. »

Pitt sourit à part lui de la bonne humeur de Collins, en regrettant de ne pas le connaître...

« Où je suis ? reprit le plongeur. Du diable si je le sais. Le scaphandre est plongé, jusqu'au ventre, dans la boue et il y a des débris qui pendent dessus. Je peux à peine bouger les bras. »

Pitt se tourna vers Hoker, qui le regardait toujours avec une singulière fixité.

« Y a-t-il une possibilité pour lui de larguer le câble de soulèvement, de lâcher ses poids et d'effectuer une remontée libre, comme son camarade ? » demanda-t-il.

Pitt secoua la tête.

« Il est à moitié enterré dans la vase et emberlificoté dans des débris de l'épave.

— Dans la vase, vous dites ?

— Oui.

— Alors il a dû tomber à travers les ponts dans celui des secondes. »

Pitt avait aussi envisagé cette possibilité mais il avait peur d'avancer une prédiction, ou même un espoir.

« Je vais lui demander. Collins ?

— Je n'ai pas bougé.

— Pouvez-vous déterminer si vous êtes tombé sur la zone cible ?

— Allez savoir. Je suis tombé dans les pommes tout de suite après le grand boum. Les choses étaient plus ou moins chaotiques. La visibilité commence à peine à revenir.

— Regardez autour de vous. Décrivez ce que vous voyez. »

Pitt attendit nerveusement la réponse, en pianotant sur un ordinateur. Ses yeux se tournèrent vers le *Huron* qui dominait le *Sappho I*, il regarda la grue à l'avant tourner vers le côté et s'abaisser. Soudain ses écouteurs crépitèrent et il se redressa.

« Pitt ?

— J'écoute. »

Collins avait perdu toute son assurance et son ironie.

« Je crois que je suis à l'endroit où le *Storstad* est entré en collision avec l'*Empress*. Autour de moi les dégâts sont anciens... beaucoup de corrosion, des algues... Des ossements. Je compte deux... non, trois squelettes. Ils sont encastrés dans les décombres. Dieu, j'ai l'impression de me trouver dans des catacombes. »

Pitt essaya de se représenter ce que voyait Collins, d'imaginer ce qu'il ressentirait, s'ils changeaient de place tous les deux.

« Continuez. Qu'est-ce qu'il y a encore ?

— Les restes des pauvres diables sont au-dessus de moi. Je peux presque allonger la main et leur caresser la tête.

— Le crâne, vous voulez dire ?

— Oui. L'un est plus petit, un enfant peut-être. Les autres ont l'air d'être des adultes. J'en emporterais bien un à la maison avec moi. »

En entendant le tour macabre que prenait la conversation, Pitt se demanda si Collins ne perdait pas le contact avec la réalité.

« Pourquoi ? Pour jouer à Hamlet ?

— Bon Dieu non ! répliqua Collins, indigné. La mâchoire doit avoir pour quatre mille dollars d'or dans les dents. »

Un vague souvenir s'agita dans la tête de Pitt et il fit un effort pour se rappeler une image, une photographie.

« Collins ! Ecoutez-moi attentivement. Sur la mâchoire supérieure, est-ce qu'il y a deux grandes incisives, deux dents de lapin qui avancent, entourées de couronnes d'or ? »

Collins ne répondit pas immédiatement et l'attente mit Pitt sur des charbons ardents. Il ne pouvait savoir que Collins était trop suffoqué pour répondre.

« Incroyable... absolument incroyable, murmura-t-il enfin. Vous avez décrit à la perfection les dents de ce gars-là. »

La révélation frappa Pitt avec une telle brutalité, une telle soudaineté qu'il resta un moment sans voix, le cœur battant, en comprenant qu'ils avaient enfin découvert le tombeau de Harvey Shields.

60

Sarveux attendit, avant de parler, que sa secrétaire eût refermé la porte.

« J'ai lu votre rapport et je le trouve profondément troublant. »

Shaw ne répondit pas car aucune réponse ne s'imposait. Il regardait le Premier ministre, assis en face de lui, qui lui semblait plus vieux dans la réalité qu'à la télévision. Il était surtout frappé par la tristesse du regard et par les gants. Il avait beau être au courant des blessures de Sarveux, il était tout de même inhabituel de voir un homme travailler à son bureau avec des gants.

« Vous portez de très graves accusations contre M. Villon, dont aucune n'est accompagnée de preuves concluantes.

— Je ne suis pas l'avocat du diable, monsieur le Premier ministre. Je ne fais que présenter les réalités telles que je les connais.

— Pourquoi m'apprenez-vous tout cela ?

— J'ai pensé que vous deviez être informé. Le général Simms partage mon point de vue.

— Je vois... Etes-vous certain que Foss Gly travaillait pour Villon ?

— Cela ne fait aucun doute. »

Sarveux s'adossa dans son fauteuil.

« Vous m'auriez rendu un plus grand service en oubliant tout cela. »

Shaw s'étonna.

« Pardon ?

— Henri Villon ne fait plus partie de mon gouvernement. Et vous dites que ce Gly est mort. »

Shaw ne répondit pas tout de suite et Sarveux en profita pour poursuivre :

« Votre hypothèse du tueur à gages est vague et obscure, pour dire le moins. Fondée sur rien d'autre que des conversations. Il n'y a pas assez de présomptions pour donner lieu à une enquête, même préliminaire. »

Shaw toisa Sarveux de son regard le plus écrasant.

« Le général Simms pense qu'en creusant un peu,

vous pourriez découvrir que ce Gly était le cerveau, dans votre accident d'avion et le récent décès de Jules Guerrier.

— Oui, l'homme était sans nul doute capable de... »

Sarveux s'interrompit soudain, se redressa et se pencha sur son bureau.

« Quoi ? Qu'est-ce que vous dites ? Qu'avez-vous insinué ?

— Henri Villon avait un mobile pour vouloir votre mort et celle de Guerrier et il... Il a employé un tueur connu. Je reconnais que deux et deux ne font pas forcément quatre mais dans ce cas, même trois serait une solution acceptable.

— Ce que le général Simms et vous suggérez est répugnant ! s'exclama Sarveux avec indignation. Les ministres canadiens ne cherchent pas à s'assassiner les uns les autres pour atteindre de plus hautes fonctions ! »

Shaw comprit que toute discussion serait inutile.

« Je regrette de ne pouvoir vous donner d'informations plus précises.

— Moi aussi, riposta froidement Sarveux. Je ne suis pas du tout convaincu qu'une gaffe, de vous ou de vos hommes, n'ait pas causé ce regrettable incident avec les Américains dans le Saint-Laurent. Et maintenant, vous essayez de brouiller la piste en rejetant la responsabilité sur un autre. »

Shaw sentit monter sa colère.

« Je puis vous assurer, monsieur le Premier ministre, que ce n'est pas le cas.

— On ne gouverne pas les nations avec des probabilités, monsieur Shaw. Je vous prie de remercier Simms et de lui dire que l'affaire est classée. Et pendant que vous y êtes, dites-lui aussi que je ne vois aucune raison de poursuivre cette affaire du Traité Nord-Américain. »

Shaw fut sidéré.

« Mais... mais si les Américains trouvent une copie du traité, ils peuvent...

— Ils n'en trouveront pas. Au revoir, monsieur Shaw. »

Les poings crispés, Shaw se leva et sortit du bureau

sans un mot. Dès qu'il fut seul, Sarveux décrocha son téléphone et forma un numéro sur sa ligne privée.

Quarante minutes plus tard, le commissaire principal Harold Finn, de la Police montée, entra dans la pièce.

C'était un petit homme en vêtements fripés, de ceux qui se perdent dans une foule ou se confondent avec les meubles dans une réception. Ses cheveux noirs, la raie au milieu, contrastaient avec ses sourcils blancs et broussailleux.

« Je suis navré de vous faire venir si vite, lui dit Sarveux.

— Pas de problème. »

Finn s'assit et fouilla dans sa serviette.

Sarveux ne perdit pas de temps.

« Qu'avez-vous découvert ? »

Le policier chaussa des lunettes et parcourut deux dossiers.

« J'ai le rapport de l'autopsie, et un autre sur Jean Boucher.

— L'homme qui a découvert le corps de Jules Guerrier ?

— Oui, son chauffeur-garde du corps. Il l'a trouvé mort en montant le réveiller dans la matinée. D'après le médecin légiste, Guerrier serait mort entre neuf et dix heures du soir, la veille. L'autopsie n'a révélé aucune cause précise du décès.

— Ils doivent bien avoir une idée !

— Divers facteurs, non concluants. Guerrier avait un pied dans la tombe. Le chirurgien qui a pratiqué l'autopsie dit qu'il souffrait d'emphysème, de calculs biliaires, d'artériosclérose — c'est probablement cette dernière qui l'a tué —, d'arthrite rhumatismale et d'un cancer de la prostate. C'est un miracle qu'il ait vécu aussi longtemps.

— Ainsi, Jules est mort de mort naturelle.

— Il avait de bonnes raisons pour cela.

— Et ce Jean Boucher ? »

Finn lut le rapport :

« Bonne famille honnête. Bonne éducation. Pas de

casier judiciaire, rien qui indique un intérêt pour les causes extrémistes. Une femme et deux filles, toutes deux mariées avec de braves garçons salariés. Boucher est entré au service de Guerrier en mai 62. Autant que nous avons pu le déterminer, il était absolument loyal à son patron.

— Avez-vous une raison de soupçonner un meurtre ?

— Franchement, non. Mais la mort d'une personnalité en vue exige que l'on prête une grande attention aux détails, pour qu'il n'y ait pas de controverse plus tard. Cette affaire aurait dû être de stricte routine. Malheureusement, Boucher a jeté un bâton dans les roues de l'enquête.

— Comment cela ?

— Il jure qu'Henri Villon a rendu visite à Guerrier dans la soirée en question et qu'il a été le dernier à le voir en vie. »

Sarveux fut ahuri.

« C'est impossible. Villon faisait un discours à l'inauguration d'un centre culturel, à trois cents kilomètres de là. Il a été vu par des milliers de personnes.

— Des millions. L'événement était télévisé.

— Est-ce que Boucher a pu assassiner Jules et inventer ce conte de fées pour se donner un alibi ?

— Je ne crois pas. Nous n'avons pas la moindre preuve que Guerrier a été assassiné. L'autopsie est nette. Boucher n'a besoin d'aucun alibi.

— Mais à quoi lui sert de prétendre que Villon était à Québec ?

— Nous ne savons pas, mais sa conviction est inébranlable.

— Il a eu une hallucination, alors. »

Finn se redressa dans son fauteuil.

« Il n'est pas fou, monsieur Sarveux. Voilà le hic. Il a demandé à prendre le sérum de vérité, à témoigner sous hypnose, à être soumis au détecteur de mensonge. Nous avons relevé son défi mais les résultats ont prouvé qu'il ne bluffait pas. Boucher dit la vérité. »

Sarveux regarda le policier, sans rien dire.

« J'aimerais penser que les Mounties savent toujours

tout, reprit Finn, mais ce n'est pas le cas. Nos techniciens du laboratoire ont passé la maison au peigne fin. A une exception près, les seules empreintes que nous avons relevées appartenaient à Guerrier, Boucher, la bonne et la cuisinière. Malheureusement, toutes celles que nous avons trouvées dans la chambre sur les boutons de porte étaient brouillées.

— Une exception, dites-vous ?

— Nous avons relevé l'empreinte d'un index droit sur le bouton de sonnette de l'entrée. Nous ne l'avons pas encore identifiée.

— Ça ne prouve rien. Elle a pu être faite par un livreur, un facteur, ou même un de vos hommes pendant l'enquête. »

Finn sourit.

« Dans ce cas, notre ordinateur l'aurait identifiée en deux secondes, ou moins. Non, c'est quelqu'un que nous n'avons pas sur nos fiches... Et ce qui est intéressant, c'est que nous avons l'heure approximative à laquelle la personne inconnue a sonné. La secrétaire de Guerrier, Mme Molly Saban, lui a apporté un bouillon de poulet pour soigner sa grippe. Elle est arrivée vers huit heures trente, elle a sonné, elle a remis le bouillon à Boucher et elle est repartie. Elle portait des gants, de sorte que l'index nu qui s'y est posé ensuite a laissé une empreinte très nette.

— Du bouillon de poulet, murmura Sarveux en secouant la tête. L'éternelle panacée.

— Grâce à Mme Saban, nous savons que quelqu'un est venu chez Guerrier après huit heures et demie, le soir de sa mort.

— Si nous croyons Boucher sur parole, comment Villon pouvait-il être en deux endroits en même temps ?

— Je n'en ai pas la moindre idée.

— L'enquête est-elle officiellement close ?

— Oui. Il y avait peu à gagner à la poursuivre.

— Je veux que vous la rouvriez. »

La seule réaction de Finn fut un imperceptible haussement de sourcils.

« Pardon ?

— Il y a peut-être du vrai, après tout, dans l'histoire de Boucher, dit Sarveux en poussant vers Finn le rapport de Shaw. Je viens de recevoir ceci d'un agent des services secrets britanniques. Il suggère une association entre Henri Villon et un tueur connu. Voyez s'il y a là une possibilité. J'aimerais aussi que vous pratiquiez une seconde autopsie. »

Les sourcils de Finn se haussèrent tout à fait.

« C'est toujours très délicat d'obtenir un ordre d'exhumation.

— Il n'y aura pas d'ordre d'exhumation.

— Ah bien ! Je comprends, monsieur le Premier ministre. L'affaire sera entourée du plus grand secret. Je m'en occuperai personnellement. »

Finn rangea les rapports dans sa serviette et se leva.

« Un dernier mot, dit Sarveux.

— Oui, monsieur le Premier ministre ?

— Depuis combien de temps êtes-vous au courant de la liaison de ma femme avec Henri Villon ? »

La figure généralement impénétrable de Finn prit un air peine.

« Ah ! bien, monsieur... Eh bien, elle m'a été révélée, il y a deux ans.

— Et vous ne m'en avez pas averti !

— A moins de penser qu'un acte de trahison a été commis, le principe de la Police montée est de ne pas se mêler des affaires personnelles des citoyens canadiens... Et cela comprend, naturellement, le Premier ministre et les membres du Parlement.

— Une saine politique, dit Sarveux entre ses dents. Merci, commissaire. Ce sera tout... pour le moment. »

61

A l'aube, un sombre voile planait sur le Saint-Laurent.

Deux hommes avaient succombé à leurs blessures, portant à douze le nombre des morts. Le corps d'un des plongeurs disparu avait été rejeté sur la côte méridionale, à une dizaine de kilomètres en aval. L'autre ne fut jamais retrouvé.

Ecrasé de fatigue et le cœur lourd, l'équipage de l'*Ocean Venturer* se massait silencieusement à la rambarde, alors que ses morts étaient solennellement transportés à bord du *Phoenix*, pour le voyage de retour. Pour certains, c'était un cauchemar qui s'atténuerait avec le temps, pour d'autres un drame qui resterait présent dans leurs souvenirs.

Une fois Collins dégagé et hissé à bord avec trois heures seulement d'air respirable restant dans son scaphandre JIM, Pitt mit fin à toutes les opérations sur l'épave. Metz annonça que la chambre des moteurs était à peu près sèche et que le navire tenait bon, la gîte n'étant plus que de dix degrés. Les spécialistes du contrôle des avaries sur les deux bâtiments de guerre étaient repartis et les longs tuyaux de leurs pompes de secours emportés. L'*Ocean Venturer* rentrerait au port par ses propres moyens, mais avec un seul moteur. L'arbre d'hélice de l'autre était faussé.

Pitt descendit dans la cale et enfila une combinaison thermique. Il bouclait sa ceinture plombée et achevait de serrer les sangles de ses bouteilles, quand Gunn s'approcha.

« Vous plongez, dit-il.

— Après tout ce qui s'est passé, ce serait criminel de partir sans prendre ce que nous sommes venus chercher, répliqua Pitt.

— Vous trouvez prudent de plonger seul ? Pourquoi n'emmenez-vous pas Dunning et ses hommes ?

— Ils ne sont pas en état de le faire. En ramenant les corps, ils ont dépassé à plusieurs reprises les limites de plongée. Leur accumulation d'azote est excessive. »

Gunn savait qu'il aurait plus de chances de déplacer le mont Blanc que de faire bouger un Dirk Pitt entêté. Il renonça à sa tentative et fit la grimace.

« C'est vous que ça regarde.

— Merci de l'encouragement.

— Je ne quitterai pas les écrans des yeux. Si vous êtes

un mauvais garnement et ratez le couvre-feu, je pourrais même apporter moi-même les bouteilles pour vos arrêts de décompression. »

Pitt remercia de la tête, d'un sourire. Eternellement patient, calme, discret, Gunn était une véritable police d'assurance, celui qui veillait à tous les innombrables détails, que les autres négligeaient. Il préparait tout avec un soin méticuleux et accomplissait avec simplicité ce qui devait être fait.

Pitt ajusta son masque, salua Gunn de la main et sauta dans les eaux glaciales.

A sept mètres de profondeur, il roula sur le dos et regarda au-dessus de lui la quille de l'*Ocean Venturer*, planant comme un gros dirigeable foncé. A quinze mètres, le bateau disparut dans les ténèbres opaques. Le monde du ciel et des nuages semblait à des années-lumière.

L'eau sombre était d'un vert terne. A mesure que la pression le comprimait, Pitt avait de plus en plus envie de remonter, de s'allonger au soleil, de faire un long somme et de tout oublier. Il résista à la tentation et alluma sa torche de plongée quand le vert vira au noir.

Dans l'obscurité, le grand paquebot se matérialisa en trois dimensions.

Un silence oppressant régnait sur les restes de l'*Empress of Ireland*, un vaisseau fantôme naviguant vers le néant.

Pitt dépassa à la nage le pont des embarcations en pente, se faufila devant les hublots des cabines vides et hésita au bord de la fosse d'excavation. A ce niveau, l'eau était plus froide. Il suivit des yeux les bulles échappées de son respirateur et montant en petits bouquets vers la surface. Quand il braqua sa torche, elles scintillèrent comme l'écume sur une plage, à la pleine lune.

Il se laissa glisser lentement dans la cavité. A dix-sept mètres, il se posa aussi légèrement qu'une feuille sur le fond de vase. Il était dans la cabine éventrée de Harvey Shields.

Un frisson glacé lui courut dans le dos, qui n'était pas causé par le froid de l'eau — sa combinaison thermique le tenait bien au chaud — mais par les spectres de son imagination. Il vit les ossements décrits par Collins. Contrairement aux squelettes blanchis et entiers des cours d'anatomie, ils étaient d'une couleur tabac et dispersés au hasard.

Un monceau de débris en partie recouvert de vase s'était entassé devant une petite ouverture dans l'acier enchevêtré, derrière le plus gros des crânes. Il s'approcha et tâta dans le trou.

Il toucha un objet rond, qu'il tira. Un nuage de particules et de petits lambeaux informes se déploya devant son masque. L'objet était une vieille brassière de sauvetage.

En arrachant les décombres, il s'insinua dans l'ouverture. La torche de plongée ne servait presque à rien. La vase en suspension formait un mur et reflétait le rayon lumineux.

Pitt découvrit un rasoir-sabre rouillé et, à côté, un bol à barbe. Puis ce fut un soulier bien conservé et un petit flacon de médicament, encore bouché, son contenu intact.

Avec la persévérance d'un archéologue passant au crible la poussière des temps, il explora avec les mains les tas de ferraille. Il ne sentait pas le froid qui pénétrait sa combinaison. Sans s'en apercevoir, il l'avait déchirée par endroits, sur les bords coupants. Des traînées de sang vaporeuses montaient de plusieurs coupures de son dos et de ses jambes.

Son cœur battit quand il crut voir son objectif émerger de la vase. C'était la poignée courbe d'un bagage. Il la saisit et tira avec précaution. La poignée pourrie d'une grande valise se détacha et lui resta dans la main. Il abandonna cette fausse promesse et poursuivit ses recherches.

Un mètre au-delà, il aperçut une autre poignée, plus petite. Il consulta sa montre de plongée. Il lui restait cinq minutes d'air. Gunn devait attendre. Aspirant profondément, il dégagea avec lenteur la poignée des débris.

Pitt contempla enfin les restes d'un petit sac de voyage. Les parois et le fond de cuir, bien que pourris, étaient encore intacts. N'osant presque pas espérer, il tira sur les fermetures et l'ouvrit.

A l'intérieur, il y avait une enveloppe couverte de vase. D'instinct, il sut qu'il avait trouvé le Traité Nord-Américain.

62

Le docteur Abner McGovern, assis à son bureau, considérait d'un air songeur le cadavre étendu sur la table d'acier inoxydable tout en mâchant distraitement un sandwich.

McGovern était perplexe. Le corps de Jules Guerrier ne collaborait pas avec lui. La plupart des examens avaient été repris et les analyses répétées quatre ou cinq fois. Ses assistants et lui avaient analysé sans fin les tissus, étudié et réétudié les résultats obtenus par le médecin légiste de Québec. En dépit de tout, la cause exacte de la mort lui échappait encore.

Il faisait partie de ces gens obstinés qui ne renoncent jamais, qui restent éveillés toute une nuit pour finir de lire un roman ou ajouter la dernière pièce à un puzzle. Il refusait de renoncer maintenant. Un homme ne cessait pas simplement de vivre sans raison.

Guerrier avait été dans un état physique déplorable. Mais il était connu pour sa solide constitution. Sa volonté de vivre ne se serait jamais éteinte comme une bougie qu'on souffle.

Ce devait donc être autre chose qu'un arrêt des fonctions corporelles. La mort avait dû être provoquée.

Mais tous les poisons avaient été recherchés, même les plus exotiques. Toutes les analyses avaient été négatives. Il n'y avait pas non plus la moindre petite trace de piqûre, sous les cheveux ou les ongles, entre les doigts et les orteils, à l'intérieur des orifices.

La possibilité de l'asphyxie revenait sans cesse à

l'esprit de McGovern. La mort par manque d'oxygène laisse peu de traces révélatrices.

Depuis quarante ans qu'il appartenait au service de pathologie de la Police montée, il ne se rappelait qu'une poignée de cas où les victimes avaient été tuées par suffocation.

Il enfila une nouvelle paire de gants chirurgicaux et retourna vers le cadavre. Pour la troisième fois de l'après-midi, il examina l'intérieur de la bouche. Tout était en ordre. Pas de meurtrissures, pas de pâleur sous les lèvres.

Encore une impasse.

Il alla se rasseoir à son bureau, découragé, les mains pendant sur ses genoux, les yeux baissés sur le carrelage. Il remarqua alors une légère coloration sur le pouce d'un de ses gants. Distraitement, il le passa sur une feuille de papier, laissant une traînée rose et grasse.

Rapidement, il alla se pencher sur Guerrier. Avec précaution, il frotta une serviette entre les lèvres et les gencives. Puis il les examina à la loupe.

« Ingénieux, murmura-t-il comme s'il s'adressait au cadavre. Positivement génial. »

Sarveux était à bout de forces. Sa prise de position sur la non-ingérence dans l'indépendance du Québec avait été accueillie par un tollé de protestations de son propre parti et des loyalistes anglophones dans l'Ouest. Les parlementaires des provinces maritimes s'indignaient particulièrement de sa rupture avec l'unité nationale. Leur colère n'était pas inattendue. Le nouveau Québec les isolait du reste du Canada.

Il était dans son bureau et buvait un verre, en essayant d'oublier les événements de la journée, quand le téléphone sonna. Sa secrétaire lui annonça que le commissaire principal Finn l'appelait du siège de la Police montée.

Il soupira et attendit le déclic de la communication.

« Monsieur Sarveux ?

— Oui.

— C'est un assassinat, déclara Finn sans ménagement.

— Vous avez une preuve ?

— Une preuve absolue. »

La main de Sarveux se crispa sur le combiné. « Dieu, pensait-il, ça ne finira donc jamais ? »

« Comment ?

— Le Premier ministre Guerrier a été étouffé. Très habile de la part de l'assassin. Il a utilisé du maquillage de théâtre pour couvrir les traces. Une fois que nous avons su quoi chercher, nous avons découvert des marques de dents sur une taie d'oreiller.

— Vous continuerez d'interroger Boucher ?

— Pas la peine. Votre rapport des services secrets britanniques était tout à fait opportun. L'empreinte sur le bouton de sonnette est celle de l'index droit de Foss Gly. »

Sarveux ferma les yeux.

« Comment est-il possible que Boucher ait pris Gly pour Villon ?

— Je n'en sais rien. Cependant, à en juger par les photos du rapport, il existe une légère ressemblance. L'emploi du maquillage pour Guerrier pourrait être une clef. Si Gly a pu abuser nos pathologistes, il est peut-être suffisamment maître en déguisements pour se transformer en portrait craché de Villon.

— Vous parlez de lui comme s'il était encore en vie.

— Une vieille habitude, tant que je n'ai pas vu le cadavre, répondit Finn. Vous voulez que je poursuive l'enquête ?

— Oui, mais que tout reste confidentiel. Pouvez-vous compter sur le silence de vos hommes ?

— Absolument.

— Gardez Villon sous stricte surveillance et ramenez Guerrier dans sa tombe.

— Je m'en occupe.

— Et autre chose, commissaire.

— Oui ?

— Désormais, faites-moi vos rapports en personne. Il

arrive que des communications téléphoniques soient interceptées.

— Compris. Je reviendrai vous voir bientôt. Au revoir, monsieur le Premier ministre. »

Finn avait raccroché depuis plusieurs secondes que Sarveux tenait encore le combiné à son oreille. « Est-il possible qu'Henri Villon et le chef mystérieux de la S.Q.L. ne fassent qu'un ? » se demandait-il. « Et Foss Gly ? Pourquoi s'est-il fait passer pour Villon ? »

Les réponses lui vinrent une heure plus tard et, soudain, il ne sentit plus sa fatigue.

63

L'élégant appareil privé, aux couleurs aigue-marine de la N.U.M.A., se posa et roula sur la piste, pour s'arrêter à moins de dix mètres de Sandecker et de Moon. La porte de la cabine s'ouvrit et Pitt en descendit. Il portait à deux mains un grand caisson d'aluminium.

Sandecker parut profondément inquiet quand il vit la figure hagarde, les pas lents et mal assurés d'un homme épuisé. Il s'avança et mit un bras autour des épaules de Pitt, tandis que Moon prenait le caisson.

« Vous avez une mine épouvantable. Quand avez-vous dormi pour la dernière fois ? »

Pitt tourna vers l'amiral des yeux rougis.

« Sais plus. Quel jour sommes-nous ?

— Vendredi.

— Pas sûr... Je crois que c'était lundi soir.

— Dieu de Dieu, ça fait quatre jours ! »

Une voiture approcha et Moon hissa le caisson dans le coffre. Tous trois s'assirent à l'arrière et aussitôt Pitt s'assoupit. Il lui sembla qu'il venait à peine de fermer les yeux quand Sandecker le secoua. Le chauffeur s'était arrêté à l'entrée du laboratoire de l'Arlington College of Archeology.

Un homme en blouse blanche apparut, en compagnie

de deux gardes en uniforme. Il avait une soixantaine d'années, un dos un peu voûté et la figure du Dr Jekyll, redevenu Mr. Hyde.

« Docteur Melvin Galasso, se présenta-t-il sans tendre la main. Vous apportez l'objet ? »

Pitt montra le caisson d'aluminium que Moon soulevait du coffre.

« Là-dedans.

— Vous ne l'avez pas laissé sécher, j'espère. Il est important que l'enveloppe extérieure soit souple.

— Le sac de voyage et l'enveloppe de toile huilée sont encore plongés dans l'eau du Saint-Laurent.

— Comment les avez-vous trouvés ?

— Enfoncés dans la vase jusqu'à la poignée. »

Galasso hocha la tête avec satisfaction. Puis il se tourna vers la porte du laboratoire.

« Très bien, messieurs. Allons voir ce que vous avez là. »

Le docteur Galasso manquait peut-être de vernis mondain, mais pas de patience. Il passa deux heures à retirer simplement l'enveloppe de toile huilée du sac de voyage, en décrivant par le menu toute la procédure, comme s'il donnait un cours.

« La vase du fond nous a sauvés, expliqua-t-il. Le cuir, comme vous pouvez le constater, est dans un excellent état de conservation et encore souple. »

Avec une dextérité méticuleuse, il découpa un trou rectangulaire dans le côté du sac, avec un bistouri, en prenant bien soin de ne pas toucher le contenu. Puis il tailla une mince feuille de plastique à des dimensions un peu plus grandes que l'enveloppe et la glissa par l'ouverture.

« Vous avez été très sage, monsieur Pitt, de ne pas toucher à l'enveloppe. Si vous aviez tenté de la retirer du sac, le tissu se serait décomposé !

— Est-ce que la toile huilée ne résiste pas à l'eau ? » demanda Moon.

Galasso s'interrompit pour le toiser.

— L'eau est un solvant. Avec le temps, elle pourrait

dissoudre un cuirassé. La toile huilée est simplement une étoffe chimiquement traitée, en général d'un côté seulement. Par conséquent, elle est périssable. »

Ecartant Moon de ses préoccupations, Galasso se remit au travail.

Quand il fut certain que le plastique était en bonne position sous l'enveloppe, il commença à le retirer, millimètre par millimètre, jusqu'à ce qu'enfin le paquet informe, encore ruisselant, arrive à l'air libre pour la première fois depuis soixante-quinze ans.

Ils l'entouraient en silence. Galasso lui-même semblait impressionné et ne trouvait plus rien à dire. Moon se mit à trembler et se cramponna à un évier. Sandecker tiraillait sa barbe et Pitt buvait sa quatrième tasse de café noir.

Sans un mot, Galasso entreprit de défaire le paquet. Il commença par tamponner toute la surface, avec des serviettes en papier, jusqu'à ce qu'elle fût sèche. Puis il l'examina sous tous les angles, comme un tailleur de diamants cherchant le point d'impact sur une pierre de cinquante carats, en tâtant ici et là avec un minuscule marqueur.

Enfin il entama le dévoilement. Avec une lenteur exaspérante, il défit l'emballage. Au bout d'une éternité, semblait-il aux hommes impatients, il arriva à la dernière couche. Il prit un temps, pour éponger sa figure en sueur et remuer ses doigts ankylosés. Puis il continua.

« La minute de vérité », pontifia-t-il.

Moon décrocha un téléphone et établit une liaison directe avec le Président. Sandecker se rapprocha et se pencha, pour regarder par-dessus l'épaule de Galasso. L'expression de Pitt était impassible, froide et vaguement lointaine.

Le fin tissu fragile fut soulevé avec précaution, par degrés, et rabattu sur les côtés.

Ils avaient osé affronter l'impossible et leur unique récompense était la désillusion, suivie d'une cruelle amertume.

Le fleuve indifférent avait transpercé la toile huilée et transformé la copie britannique du Traité Nord-Américain en pulpe grisâtre, illisible.

CINQUIÈME PARTIE

LE *MANHATTAN LIMITED*

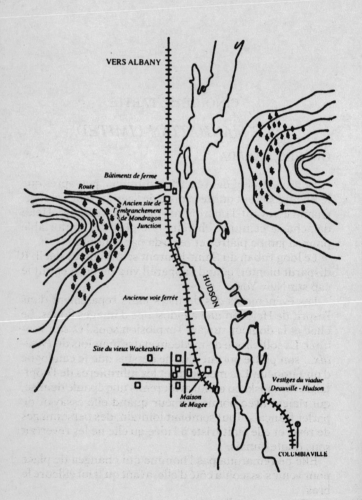

VERS ALBANY

Bâtiments de ferme

Route

Ancien site de
l'embranchement
de Mondragon
Junction

Ancienne voie ferrée

HUDSON

Site du vieux Wacketshire

Maison
de Magee

Vestiges du viaduc
Deauville - Hudson

COLUMBIAVILLE

64

MAI 1989
QUÉBEC, CANADA

Le grondement des réacteurs diminua, peu après que le Boeing 757 eut quitté la piste de l'aéroport de Québec. Quand le voyant d'interdiction de fumer s'éteignit, Heidi détacha sa ceinture, chercha une position confortable pour sa jambe plâtrée et regarda par le hublot.

Le long ruban du Saint-Laurent scintillait au soleil. Il disparut bientôt, quand l'appareil vira de bord et mit le cap sur New York.

Les événements des derniers jours repassaient dans l'esprit de Heidi en un kaléidoscope d'images floues. Le choc et la douleur suivant l'explosion sous l'*Ocean Venturer*. La sollicitude du médecin et des matelots du *Phoenix*... son plâtre portait plus de dessins que le catalogue d'un tatoueur. Les médecins et les infirmières de l'hôpital de Rimouski où on lui avait remis une épaule démise, qui riaient avec bonne humeur quand elle essayait de parler français. Tout semblait lointain, des personnages de rêve, et elle était triste à l'idée qu'elle ne les reverrait sans doute jamais.

Elle ne remarqua pas l'homme qui changea de place pour venir s'asseoir à côté d'elle, avant qu'il lui effleure le bras.

« Bonjour, Heidi. »

Elle tourna la tête, reconnut Brian Shaw et fut trop suffoquée pour répondre.

« Je sais ce que vous pensez, murmura-t-il, mais il fallait que je vous parle. »

La surprise de Heidi se changea en mépris.

« De quel égout êtes-vous sorti ? »

Il rougit de colère.

« Je ne puis nier que c'était une séduction froidement calculée. Pour cela, je vous demande pardon.

— Le devoir avant tout, railla-t-elle. Coucher avec une femme pour lui soutirer des renseignements et s'en servir ensuite pour assassiner douze innocents. A mes yeux, monsieur Shaw, vous êtes une ordure. »

Il resta un moment silencieux. Les Américaines, pensait-il, avaient une façon de s'exprimer bien différente des Anglaises.

« Un drame regrettable et complètement inutile. Je tenais à ce que vous sachiez, Dirk Pitt et vous, que je ne suis pas responsable de ce qui s'est passé.

— Vous avez déjà menti. Continuez donc !

— Pitt me croira quand je lui dirai que c'est Foss Gly qui a fait détoner les explosifs.

— Foss Gly ?

— Pitt connaît le nom. »

Elle le regarda d'un air sceptique.

— Vous auriez pu vous disculper au téléphone. Pourquoi êtes-vous ici, réellement ? Pour me soutirer encore des renseignements ? Pour savoir si nous avons retrouvé la copie du traité dans l'*Empress of Ireland* ?

— Vous n'avez pas trouvé le traité, déclara-t-il catégoriquement.

— Vous plaidez le faux pour savoir le vrai.

— Je sais que Pitt a quitté Washington pour New York et que les recherches se poursuivent dans l'Hudson. C'est une preuve suffisante.

— Vous ne m'avez toujours pas dit ce que vous voulez. »

Il la regarda fixement.

« Vous devez transmettre un message de mon Premier ministre à votre Président.

— Vous êtes fou !

— Pas le moins du monde. Selon les apparences, le

gouvernement de Sa Majesté est censé ne pas savoir ce que le vôtre manigance et il est trop tôt pour une confrontation directe. Comme la situation est trop délicate pour que deux nations amies passent par les voies diplomatiques ordinaires, toutes les communications doivent se faire d'une manière dissimulée. C'est une méthode assez courante, vous savez. Les Russes l'apprécient particulièrement.

— Mais je ne peux pas téléphoner comme ça au Président ! s'exclama-t-elle, éberluée.

— Inutile. Vous n'avez qu'à transmettre le message à Alan Mercier. Il prendra la relève.

— Le conseiller pour la sécurité nationale ?

— Lui-même.

— Mais... Qu'est-ce que je dois lui dire ?

— Simplement que la Grande-Bretagne ne renoncera pas à une de ses nations du Commonwealth à cause d'un chiffon de papier. Et que nous élèverons de fortes défenses militaires contre toute incursion de l'extérieur sur les frontières de la nation.

— Est-ce que vous suggérez qu'une épreuve de force entre l'Amérique et...

— Vous gagneriez, naturellement, mais ce serait la fin de l'Alliance atlantique, de l'O.T.A.N. Le Premier ministre espère que votre pays ne paiera pas ce prix exorbitant pour s'emparer du Canada.

— S'emparer du Canada ? C'est ridicule !

— Vraiment ? Pourquoi, alors, les Américains ne reculent-ils devant rien pour retrouver une copie du traité ?

— Il doit y avoir d'autres raisons.

— Peut-être... »

Shaw hésita et prit la main de Heidi.

« Mais voyez-vous, je ne le crois pas. »

65

« Ainsi, le train est enfoui sous le viaduc écroulé », dit Pitt.

Glen Chase hocha la tête.

« Tout l'indique.

— C'est le seul endroit où il peut se trouver », ajouta Giordino.

Pitt s'accouda au garde-fou de l'étroite passerelle enjambant la péniche de récupération. Il regarda la longue flèche de la grue tourner et lâcher une masse ruisselante de poutrelles rouillées dans la cale principale. Puis la flèche pivota et replongea son grappin dans le fleuve.

« A ce train, il faudra huit jours avant que nous puissions sonder le fond.

— Nous ne pouvons pas creuser, tant que les débris n'auront pas été dégagés », dit Giordino.

Pitt se tourna vers Chase.

« Dites à un de vos hommes de découper quelques fragments des poutrelles transversales à la torche. J'aimerais les faire examiner en laboratoire.

— Qu'espérez-vous trouver ? demanda Chase.

— La cause de l'effondrement du viaduc, peut-être. »

Un homme en casque d'ouvrier leva un porte-voix à sa bouche et cria, gêné par le moteur Diesel de la grue :

« Monsieur Pitt ! Téléphone ! »

Pitt s'excusa et entra dans le bureau de la péniche. C'était Moon qui appelait.

« Pas de nouvelles ?

— Toujours rien, répondit Pitt.

— Euh... Le Président doit avoir la copie du traité avant lundi. »

Pitt fut assommé.

« C'est dans cinq jours !

— Si vous avez encore les mains vides lundi à treize heures, toutes les recherches seront annulées.

— Mais enfin, bon Dieu, Moon ! Vous ne pouvez pas imposer des délais impossibles sur un projet pareil !

— Je regrette, mais c'est comme ça.

— Pourquoi un si bref avertissement ?

— Tout ce que je peux vous dire, c'est que l'urgence est critique. »

Pitt serra le combiné à se faire mal et ne trouva rien à dire.

« Pitt ? Vous êtes toujours là ?

— Ouais.

— Le Président est pressé de connaître vos progrès.

— Quels progrès ?

— Il faudra faire mieux que ça, répliqua aigrement Moon.

— Tout dépend de la découverte du train et de la voiture d'Essex.

— Pouvez-vous me donner une estimation ?

— Il y a un vieil adage, chez les archéologues. Aucune chose ne se trouve, avant qu'elle veuille se voir trouver.

— Je suis sûr que le Président préférerait un rapport plus optimiste. Que dois-je lui dire ? Quelles sont les chances d'avoir le traité entre ses mains avant lundi ?

— Dites au Président, riposta Pitt d'une voix glaciale, qu'il n'a pas la moindre chance. »

Pitt arriva à minuit aux laboratoires de la Fondation Heiser, à Brooklyn. Il gara en marche arrière la camionnette contre une plate-forme de chargement et coupa le contact. Le docteur Walter McComb, chimiste en chef, et deux de ses assistants l'attendaient.

— Je vous suis reconnaissant d'avoir veillé si tard. »

McComb, qui avait quinze ans et quelque trente-cinq kilos de plus que Pitt, souleva un des lourds fragments du viaduc sans un grognement.

« La Maison Blanche ne m'a encore jamais rien demandé. Comment pouvais-je refuser ? »

A eux quatre, ils transportèrent la ferraille dans le coin d'un petit entrepôt. Puis les hommes du laboratoire découpèrent des échantillons à la scie électrique, qu'ils firent tremper dans une solution et nettoyèrent à l'acoustique. Ils les envoyèrent à plusieurs laboratoires pour commencer les analyses diverses, selon leur spécialité.

A quatre heures du matin, McComb s'entretint avec

ses assistants et rejoignit Pitt dans le salon de repos du personnel.

« Je crois que nous avons quelque chose d'intéressant pour vous, annonça-t-il avec un sourire.

— Intéressant comment ?

— Nous avons percé le mystère de l'effondrement du viaduc Deauville-Hudson. »

Il fit signe à Pitt de le suivre dans une pièce pleine de matériel complexe, lui donna une grande loupe et lui désigna deux objets sur la table.

« Voyez vous-même. »

Pitt se pencha puis il leva les yeux.

« Qu'est-ce que je cherche ?

— Le métal qui se sépare sous une forte tension laisse des lignes de fracture. Elles sont évidentes sur l'échantillon de gauche.

— Hum... Ah ! oui, je les vois.

— Vous remarquerez qu'il n'y a pas de lignes de fracture sur le spécimen du pont, à droite. La déformation est excessive pour avoir des causes naturelles. Nous avons placé les spécimens sous un microscope scanner à électrons, qui nous montre les électrons caractéristiques de chaque élément en présence. Les résultats révèlent des résidus de sulfite de fer.

— Qu'est-ce que ça veut dire ?

— Cela veut dire, monsieur Pitt, qu'on a très habilement et très méthodiquement fait sauter le viaduc Deauville-Hudson. »

66

« Une affaire macabre ! s'exclama Preston Beatty avec un curieux enthousiasme. C'est une chose de charcuter un corps humain mais une autre de le servir pour dîner.

— Voulez-vous une autre bière ? proposa Pitt.

— S'il vous plaît, accepta Beatty en vidant son verre. Des gens fascinants, Hattie et Nathan Pilcher. On pourrait dire qu'ils ont trouvé la solution idéale pour faire disparaître le corps du délit. Cette taverne où nous sommes est construite sur les fondations mêmes de l'auberge des Pilcher. Les habitants de Pough-Keepsie l'ont incendiée en 1823, quand ils ont appris les horribles événements qui s'étaient déroulés entre ses murs. »

Pitt fit signe à une barmaid.

« En somme, d'après vous, les Pilcher assassinaient les clients d'une nuit, pour leur argent, et les mettaient au menu ?

— Précisément. »

Beatty était manifestement dans son élément. Il raconta l'histoire avec un plaisir non dissimulé.

« Impossible de faire le décompte des victimes, naturellement. On a déterré quelques ossements dispersés. Mais il est permis de supposer que les Pilcher ont fait cuire entre quinze et vingt voyageurs innocents, en cinq ans de carrière. »

Le professeur Beatty était considéré comme un expert, qui faisait autorité en matière de crimes sans solution. Ses livres connaissaient un grand succès au Canada et aux Etats-Unis et figuraient parfois sur les listes des best-sellers, catégorie documents. Confortablement assis sur la banquette, il posait sur Pitt des yeux bleu-vert, brillant au-dessus d'une barbe poivre et sel. Pitt, se fondant sur les traits rugueux et sévères et les cheveux argentés, lui donnait de quarante-cinq à cinquante ans. Il avait plutôt l'air d'un pirate endurci que d'un écrivain.

« Le plus incroyable, poursuivit-il, c'est la manière dont ils ont été dénoncés.

— Un chroniqueur gastronomique a critiqué leur cuisine ?

— Vous êtes plus près de la vérité que vous ne le croyez, répondit Beatty en riant. Un soir, un capitaine au long cours s'est arrêté pour la nuit. Il était accompagné d'un valet, un Mélanésien qu'il avait ramené des îles Salomon, bien des années auparavant. Malheureusement pour les Pilcher, le Mélanésien avait été jadis cannibale et son palais exercé a reconnu la nature de la viande du ragoût.

— Pas très appétissant, murmura Pitt. Et qu'est-il arrivé aux Pilcher ? Ils ont été exécutés ?

— Non, ils se sont évadés avant leur procès et on ne les a plus jamais revus. »

Les bières arrivèrent et Beatty s'interrompit pendant que Pitt signait l'addition.

« J'ai étudié de vieilles archives criminelles, ici et au Canada, pour essayer d'établir un rapport entre leur mode d'opération et d'autres crimes postérieurs sans solution, mais ils ont sombré dans l'oubli comme Jack l'Eventreur.

— Et Clement Massey ? dit Pitt en abordant le sujet qui l'intéressait.

— Ah ! oui. Clement Massey, dit Dandy Doyle ! se souvint Beatty comme s'il évoquait avec tendresse un parent. Un brigand avec des années d'avance sur son époque. Il aurait pu donner des leçons aux meilleurs.

— Il était si bon que ça ?

— Il avait du style et il était incroyablement perspicace. Il préparait tous ses coups, pour les faire passer pour l'œuvre de bandes rivales. Autant que je puisse le calculer, il a réussi six hold-up de banques et trois vols de trains qui ont été attribués à d'autres.

— Quel était son milieu ?

— Il venait d'une riche famille de Boston. Diplômé de Harvard avec mention. Il a ouvert un cabinet d'avocat qui a vite prospéré et sa clientèle représentait l'élite de Providence. Il a épousé une jeune fille du grand monde qui lui a donné cinq enfants. Il a été élu deux fois au sénat du Massachusetts.

— Pourquoi volait-il des banques ? s'étonna Pitt.

— Pour s'amuser. Il remettait tous ses biens mal acquis à de bonnes œuvres.

— Comment se fait-il qu'il n'ait jamais été mis à la une des journaux ou des vieux magazines de faits divers à sensation ?

— Il a disparu bien avant que ses crimes lui soient attribués. Et cela ne s'est fait que le jour où un journaliste entreprenant a prouvé que Clement Massey et Dandy Doyle ne faisaient qu'un. Naturellement, ses amis et confrères influents se sont hâtés d'étouffer le scandale. D'ailleurs, il n'y avait pas assez de preuves concluantes pour une action en justice.

— Il est difficile de croire que Massey n'ait jamais été reconnu au cours d'un hold-up.

— Il y participait rarement lui-même. Comme un général dirigeant la bataille de l'arrière, il restait habituellement en coulisse. Tous ses coups étaient effectués hors de l'Etat, et sa propre bande elle-même ignorait sa véritable identité. A vrai dire, il a bien été reconnu une des rares fois où il a dirigé un vol sur place. Mais le responsable de l'enquête s'est moqué de ce témoin. Après tout, qui croirait qu'un sénateur respectable du Massachusetts était un bandit ?

— Bizarre que Massey n'ait pas porté de masque.

— Petite singularité psychologique. Il se montrait, sans doute, parce que cela l'excitait de forcer la chance. Pour certains hommes, une double vie est comme un défi. Et cependant, au fond, ils veulent être pris. Comme un mari qui trompe sa femme laisse traîner des mouchoirs couverts de rouge à lèvres.

— Mais alors, pourquoi le hold-up de la gare de Wacketshire ? Pourquoi Massey a-t-il tout risqué pour dix-huit malheureux dollars ?

— J'ai passé plus d'une nuit à contempler le plafond, en essayant de résoudre cette énigme, avoua Beatty en baissant les yeux sur son verre. A part cette petite affaire, jamais Massey n'a tenté de coups rapportant moins de vingt-cinq mille dollars.

— Il a disparu tout de suite après.

— Je disparaîtrais aussi si j'avais causé une centaine de morts... Comme il est resté sourd aux supplications du chef de gare qui voulait arrêter le train et qu'il a laissé des femmes et des enfants plonger dans l'Hudson glacial, il est passé à la postérité comme un monstrueux assassin au lieu d'un Robin des Bois.

— Comment l'expliquez-vous ?

— Il voulait dévaliser le train, répondit calmement

315

Beatty. Mais quelque chose a mal tourné. Il y avait une terrible tempête, un gros orage, cette nuit-là. Le train avait du retard. Massey a peut-être vu son horaire bouleversé. Je ne sais pas. Quelque chose a compromis ses plans.

— Qu'y avait-il dans ce train, pour un voleur ?

— Deux millions de dollars en pièces d'or. »

Pitt sursauta.

« Je n'ai rien lu sur un envoi d'or par le *Manhattan Limited* !

— Des pièces d'or Saint-Gaudens de vingt dollars, frappées en 1914 par la Monnaie de Philadelphie. Elles étaient destinées aux banques de New York. Je pense que Massey en a eu vent. La direction du chemin de fer s'est crue astucieuse en déroutant le fourgon d'or sur le centre du pays au lieu de l'envoyer directement. Le bruit a couru que le fourgon a été rattaché au *Manhattan Limited* à Albany. Impossible de prouver quoi que ce soit, bien entendu. La perte, si perte il y a eu, n'a jamais été signalée. Les grands banquiers ont probablement jugé préférable de se taire pour ne pas ternir leur réputation.

— Cela explique peut-être pourquoi la compagnie a failli se mettre en faillite, en essayant de récupérer le train.

— Peut-être... »

Beatty resta perdu dans le passé pendant plus d'une minute. Puis il dit :

« De tous les crimes que j'ai étudiés, dans toutes les archives de police du monde, le petit vol mesquin de Massey à Wacketshire est celui qui m'intrigue le plus.

— Il est horrible pour une autre raison.

— Ah ! oui ?

— Ce matin, un laboratoire a trouvé des traces de sulfite de fer dans des échantillons prélevés sur le viaduc Deauville-Hudson. »

Beatty plissa les yeux.

« Le sulfite de fer est employé pour la poudre noire.

— Oui. Selon toute vraisemblance, Massey a fait sauter le pont. »

Le professeur parut assommé par cette révélation.

« Mais pourquoi ? Quel était son mobile ?

— Nous le saurons quand nous aurons trouvé le *Manhattan Limited*. »

Pitt conduisit machinalement, en regagnant le *De Soto*. Une pensée se frayait un chemin parmi toutes les autres, une idée qu'il avait négligée. Au début, il refusa de la retenir mais elle ne le lâcha pas. Finalement, elle commença à prendre corps et s'imposa par sa logique.

Il s'arrêta à une cabine téléphonique, dans le parking d'un supermarché, et forma un numéro de Washington. Une voix bourrue lui répondit.

« Sandecker. »

Pitt ne prit pas la peine de se nommer.

« Un service.

— Allez-y.

— J'ai besoin d'un grappin aérien.

— Répétez ça ? »

Pitt imagina les dents resserrées d'un cran sur l'éternel cigare.

« Un grappin aérien. Il doit m'être livré avant demain midi.

— Pour quoi faire ? »

Pitt aspira profondément et expliqua.

67

Villon pilota l'avion d'affaires à la gauche d'une masse de cumulus, le manche à balai bougeant à peine entre ses mains. Par le hublot du cockpit, Danielle regardait défiler, sous les ailes, la forêt canadienne.

« Tout est si beau, murmura-t-elle.

— A bord des avions de ligne, on rate le paysage. Ils volent trop haut pour qu'on puisse apprécier les détails.

— Ton nouvel appareil est très beau aussi.

— Un cadeau de mes partisans bien nantis. Il n'est

pas à mon nom, naturellement, mais personne n'y touche à part moi. »

Ils volèrent en silence pendant quelques minutes. Villon maintenait une vitesse régulière, par-dessus le cœur du parc des Laurentides. Des lacs bleus apparaissaient autour d'eux, comme de petits diamants dans une monture d'émeraude. Ils distinguaient aisément de petites barques, avec des pêcheurs au lancer, pêchant la truite.

« Je suis heureuse que tu m'aies invitée, dit enfin Danielle. Il y avait longtemps.

— Seulement deux semaines, répondit Villon sans la regarder. J'étais pris par la campagne.

— Je pensais que peut-être... que tu ne voulais peut-être plus me voir.

— En voilà une idée !

— Cette dernière fois, au cottage...

— Eh bien ? demanda-t-il innocemment.

— Tu n'étais pas précisément cordial. »

Il pencha un peu la tête, essayant de se souvenir. Rien ne lui vint et il haussa les épaules, en attribuant ce propos à la susceptibilité féminine.

« Excuse-moi, je devais être préoccupé. »

Il régla les commandes en un large virage sur l'aile et brancha le pilote automatique. Puis il sourit.

« Viens, je vais compenser ça. »

Il la prit par la main et l'entraîna hors du poste de pilotage.

La cabine des passagers faisait sept mètres, jusqu'aux toilettes. Il y avait quatre sièges et un canapé, un épais tapis, un bar bien garni et une table de salle à manger. Il ouvrit la porte d'un compartiment privé et désigna le grand lit.

« Le parfait nid d'amour. Intime, discret et loin des regards curieux. »

Le soleil ruisselait par les hublots et inondait les draps. Danielle se redressa, alors que Villon revenait de la cabine principale en lui apportant un verre.

« Il n'y a pas de loi interdisant ce genre de chose ? demanda-t-elle.

— L'amour à cinq mille pieds ?

— Non. Laisser un avion tourner en rond pendant deux heures sans personne aux commandes.

— Tu vas me dénoncer ? »

Elle but un peu de Bloody Mary, posa le verre et se coucha en prenant une pose provocante.

« Je vois d'ici les manchettes. LE NOUVEAU PRÉSIDENT DU QUÉBEC SURPRIS DANS UN BORDEL VOLANT.

— Je ne suis pas encore président, protesta-t-il en riant.

— Tu le seras après les élections.

— C'est dans six mois. Bien des choses peuvent se passer entre-temps.

— Les sondages te donnent une victoire écrasante.

— Que dit Charles ?

— Il ne parle plus jamais de toi. »

Villon s'assit sur le lit et laissa courir ses doigt sur le ventre de Danielle.

« Maintenant que le Parlement lui a refusé le vote de confiance, son pouvoir s'est évaporé. Qu'est-ce que tu attends pour le quitter ? La vie serait plus facile pour nous.

— Mieux vaut que je reste un peu plus longtemps à ses côtés. Je peux apprendre encore beaucoup de choses importantes pour le Québec.

— Puisque nous y sommes, il y en a bien une qui m'inquiète.

— Quoi donc ?

— Le Président des Etats-Unis doit s'adresser au Parlement la semaine prochaine. J'aimerais savoir ce qu'il a l'intention de dire. Tu n'as entendu parler de rien ? »

Elle lui prit la main et la posa plus bas.

« Charles y a fait allusion hier. Tu n'as pas à te faire de souci. Il dit que le Président va lancer un appel pour une transition pacifique à l'indépendance du Québec.

— Je le savais, dit Villon en souriant. Les Américains mettent les pouces. »

Danielle commençait à perdre le contrôle d'elle-même. Elle tendit les bras.

319

« J'espère que tu as fait le plein avant de quitter Ottawa, murmura-t-elle.

— Nous avons encore trois heures de vol », assura-t-il et il tomba sur elle.

« Il n'y a aucune erreur ? demanda Sarveux au téléphone.

— Absolument aucune, répondit le commissaire principal Finn. Mon agent les a vus monter à bord de l'avion de M. Villon. Nous les avons suivis au radar de l'armée de l'air. Ils tournent au-dessus du parc des Laurentides depuis treize heures.

— Votre homme est bien certain que c'était Henri Villon ?

— Oui, monsieur le Premier ministre, il n'y a pas le moindre doute.

— Merci, commissaire.

— A votre service, monsieur le Premier ministre. »

Sarveux raccrocha et prit un moment pour mettre de l'ordre dans ses pensées. Puis il parla à l'interphone :

« Vous pouvez le faire entrer maintenant. »

Sarveux sursauta et, après le choc initial, sa figure se crispa. Il était certain que ses yeux le trompaient, que son esprit lui jouait des tours. Ses jambes refusaient de réagir et il n'avait pas la force de se lever derrière son bureau. Puis le visiteur traversa la pièce et le dévisagea.

« Merci de me recevoir, Charles. »

La figure avait son expression froide et familière, la voix était exactement celle qu'il avait connue. Sarveux fit un effort pour garder un calme apparent mais il avait soudain le vertige.

L'homme qui se tenait devant lui était Henri Villon, en chair et en os, tout à fait à l'aise, toujours aussi assuré et hautain.

« Je croyais... je croyais que vous faisiez campagne au Québec, bredouilla Sarveux.

— J'ai pris le temps de faire un saut à Ottawa dans l'espoir que nous pourrions convenir d'une trêve, vous et moi.

— Le fossé entre nous est trop large, répondit Sarveux en se remettant peu à peu.

— Le Canada et le Québec doivent apprendre à vivre ensemble sans nouvelles frictions, insista Villon. Vous et moi aussi.

— Je veux bien écouter la voix de la raison, riposta Sarveux avec un léger durcissement du ton. Asseyez-vous, Henri. Et dites-moi ce que vous envisagez. »

68

Alan Mercier acheva de lire le dossier marqué ULTRA SECRET et le relut. Il était suffoqué. De temps en temps, il revenait en arrière, tentant de garder un esprit ouvert, mais il avait de plus en plus de mal à croire ce que ses yeux lui transmettaient. Il avait la mine d'un homme qui tient une bombe à retardement entre ses mains.

Le Président, assis en face de lui, paraissait détaché et attendait patiemment. La pièce était très silencieuse ; on n'entendait que le froissement des feuillets et parfois le craquement d'une bûche dans la cheminée. Il y avait deux plateaux sur la table basse, entre les deux hommes. Mercier était trop absorbé pour avaler une bouchée mais le Président mangeait le dîner tardif de bon appétit.

Finalement, Mercier referma le dossier et ôta ses lunettes. Il réfléchit un moment.

« Il faut que je pose la question, dit-il enfin. Est-ce que ce complot dément est bien vrai ?

— Jusqu'au dernier point de la dernière phrase.

— Une idée remarquable, murmura Mercier en soupirant. Je le reconnais.

— C'est bien mon avis.

— Je n'arrive pas à croire que vous êtes allé si loin, pendant tant d'années, sans aucune fuite.

— Ce n'est pas étonnant, si l'on considère que deux personnes seulement étaient au courant.

— Doug Oates l'était.

— Seulement après son arrivée à la Maison Blanche, rectifia le Président. Une fois que j'ai eu le pouvoir de mettre la machine en marche, la première mesure, la plus évidente, était de mettre le Département d'Etat dans le coup.

— Mais pas la Sécurité nationale !

— Rien de personnel, Alan. J'ai simplement élargi un peu le cercle à chaque stade de la progression.

— Et maintenant, c'est mon tour.

— Oui. Je veux qu'avec votre équipe vous recrutiez et organisiez les Canadiens influents qui voient les choses de la même manière que moi. »

Mercier épongea la sueur sur son front.

« Dieu de Dieu... Si ce truc rate et si votre déclaration de banqueroute nationale suit immédiatement...

— Il ne ratera pas.

— Vous avez peut-être visé trop loin.

— Mais si c'est accepté, tout au moins en principe, pensez à ce que ça représente.

— Vous aurez une première indication quand vous présenterez ça au Parlement canadien lundi.

— Oui, tout sera alors en pleine lumière. »

Mercier posa le dossier sur la table.

« Je dois vous tirer mon chapeau, monsieur le Président. Quand vous avez gardé le silence et refusé d'intervenir dans la demande d'indépendance du Québec, j'ai cru que vous deveniez fou. Maintenant je commence à voir la méthode derrière la folie.

— Nous ne faisons qu'ouvrir la première porte sur un long couloir.

— Ne croyez-vous pas que vous comptez trop sur la découverte du Traité Nord-Américain ?

— Sans doute, murmura le Président. Mais si un miracle se produit dans l'Hudson avant lundi, nous aurons peut-être l'avantage de dessiner un nouveau drapeau. »

69

Le grappin aérien était exactement ce qu'évoquait son nom : un hélicoptère capable de transporter du matériel lourd au sommet des gratte-ciel, par-dessus les fleuves et les montagnes. Son mince fuselage avait trente-cinq mètres de long et son train d'atterrissage pendait comme une tige rigide.

Les hommes du site de récupération trouvaient que le bizarre appareil avait l'air d'une monstrueuse mante religieuse, sortie tout droit d'un film de science-fiction japonais. Ils le regardaient, avec fascination, survoler l'Hudson à soixante-dix mètres d'altitude en faisant bouillonner l'eau d'une rive à l'autre, au vent de ses énormes rotors.

Le spectacle était rendu plus étrange encore par l'objet en forme de coin suspendu au grappin, sous le ventre de l'appareil. A part Pitt et Giordino, c'était la première fois que l'équipe de la N.U.M.A. voyait le *Bidule*.

Pitt dirigea les opérations par radio, en donnant l'ordre au pilote de déposer son fardeau à côté du *De Soto*. L'hélicoptère cessa d'avancer et plana pendant quelques minutes en attendant que le mouvement de pendule du *Bidule* s'arrêtât. Puis les câbles jumeaux se déroulèrent et posèrent sur le fleuve le petit navire de recherche. Quand les câbles se détendirent, la grue du *De Soto* pivota, s'abaissa par-dessus bord et des plongeurs escaladèrent l'échelle le long de la coque verticale. Les crochets de câbles furent détachés et, allégé de son fardeau, l'hélicoptère s'éleva, vira de bord et repartit en aval.

Sur le pont, tout le monde regardait le *Bidule* en se demandant à quoi il servait. Brusquement, mettant le comble à la stupéfaction, un panneau s'ouvrit et une tête apparut.

« Où diable est Pitt ? cria l'homme.

— Présent ! répondit celui-ci.

— Devine quoi ?

— Tu as trouvé encore une fiole de remède contre les morsures de serpent dans ta couchette.

— Comment tu le sais ? répliqua Sam Quayle en riant.

— Lasky est avec toi ?

— Là-dessous, il remonte les contrôles de ballast pour opérer en faible profondeur.

— Vous avez pris un risque, en voyageant là-dedans depuis Boston.

— Peut-être, mais nous avons gagné du temps en activant les systèmes électroniques pendant le vol.

— Quand serez-vous prêts à plonger ?

— Accorde-nous une heure. »

Chase s'approcha de Giordino.

« Qu'est-ce au juste, cette monstruosité mécanique ?

— Si vous aviez une idée du prix que ça coûte, vous ne l'insulteriez pas ! »

Trois heures plus tard le *Bidule*, fendant les eaux à trois mètres sous la surface, rampait lentement sur le fond. A l'intérieur, la tension était difficilement supportable tandis que la coque frôlait dangereusement les débris tordus du viaduc.

Pitt ne quittait pas des yeux les écrans de contrôle tandis que Bill Lasky manœuvrait à contre-courant. Derrière eux, Quayle se penchait sur un panneau d'instruments en concentrant son attention sur les détecteurs.

« Toujours pas de contact ? demanda Pitt pour la quatrième fois.

— Négatif, répondit Quayle. J'ai élargi le rayon pour couvrir une largeur de vingt mètres sous terre, mais tout ce que je lis, c'est la fondation rocheuse.

— Nous sommes montés trop loin en amont, dit Pitt à Lasky. Fais demi-tour pour un nouveau passage.

— D'accord, en approchant d'un nouvel angle. »

Cinq fois encore le *Bidule* se faufila parmi les débris engloutis. Deux fois, ils perçurent le bruit d'épaves raclant la coque. Pitt ne cessait de se répéter avec angoisse que si la mince carapace de métal était crevée, il serait responsable de la perte d'un engin de six cent millions de dollars.

Quayle semblait indifférent au péril. Il rageait parce que ses instruments restaient muets. Il était particulièrement furieux contre lui-même parce qu'il pensait que c'était sa faute.

« Doit y avoir un mauvais fonctionnement, marmonnait-il. Je devrais avoir une cible, maintenant.

— Tu ne peux pas isoler le problème ? demanda Pitt.

— Non, bon Dieu ! Tous les systèmes fonctionnent normalement. J'ai dû faire une erreur de calcul quand j'ai reprogrammé les ordinateurs. »

Les espoirs de découverte rapide s'amenuisaient. Le dépit était aggravé par les faux espoirs et l'impatience. Finalement, alors qu'ils faisaient demi-tour pour un nouveau passage sur le secteur quadrillé, le courant poussa le *Bidule* sur un banc de vase. Lasky se débattit aux commandes pendant près d'une heure avant d'arriver à le dégager.

Pitt donnait les coordonnées d'un nouveau cap quand la voix de Giordino se fit entendre dans les haut-parleurs.

« *De Soto* à *Bidule*. Vous me recevez ?

— J'écoute, grogna Pitt.

— Je voulais me renseigner un peu. Vous êtes bougrement silencieux, là-dessous.

— Rien à signaler.

— Feriez bien de fermer boutique. Un gros orage menace. Chase aimerait mettre notre merveille électronique en sécurité avant que le vent frappe. »

Pitt n'aimait pas renoncer mais il ne servait à rien de continuer. Ils n'avaient plus de temps. Même s'ils trouvaient le train dans les quelques heures suivantes, l'équipe de récupération ne pourrait guère retrouver et fouiller la voiture transportant Essex et le traité, avant l'allocution du Président au Parlement canadien.

« O.K., répondit Pitt. Préparez-vous à nous recevoir. Nous plions bagage. »

Sur la passerelle, Giordino indiquait les nuages noirs massés au-dessus du bateau.

« Ce projet est maudit depuis le début, marmonna-t-il.

Comme si nous n'avions pas assez de problèmes, voilà le temps qui s'en mêle.

— Quelqu'un là-haut ne nous aime pas du tout, dit Chase en montrant le ciel.

— Bougre de mécréant, vous vous en prenez à Dieu ? plaisanta Giordino avec bonne humeur.

— Non. Au fantôme. »

Pitt se retourna.

« Au fantôme ?

— Un objet innommable, là-haut. Personne ne veut avouer qu'il l'a vu.

— Parlez pour vous ! protesta Giordino. Je n'ai fait que l'entendre.

— Sa lumière était plus brillante que l'enfer quand il a gravi la pente vers le pont, l'autre nuit. Le faisceau illuminait la moitié de la rive gauche. Je ne vois pas comment ça a pu vous échapper.

— Un instant, intervint Pitt. Vous parlez du train fantôme ?

— Tu es au courant ? s'étonna Giordino.

— Comme tout le monde. On dit que le spectre du train maudit essaie encore de franchir le viaduc Deauville-Hudson.

— Vous n'allez tout de même pas croire ça ? demanda Chase.

— Je crois qu'il y a quelque chose là-haut sur l'ancienne voie qui fait tchou-tchou dans la nuit. En fait, ça a failli m'écraser.

— Quand ?

— Il y a deux mois, quand je suis venu ici pour examiner le site. »

Giordino secoua la tête.

« Au moins, nous ne serons pas seuls à aller à l'asile.

— Le fantôme vous a rendu visite combien de fois ? »

Giordino se tourna vers Chase, pour une confirmation.

« Deux... Non, trois fois.

— Vous dites que certains soirs vous entendiez le bruit sans voir de lumière ?

— Les deux premières intrusions sont arrivées avec

des sifflets à vapeur et le grondement d'une locomotive, expliqua Chase. La troisième fois, nous avons eu droit à tout le bazar. Le fracas était accompagné d'une lumière aveuglante.

— Moi aussi, j'ai vu la lumière. Quel temps faisait-il ? »

Chase réfléchit un moment.

« Si je me souviens bien, le temps était dégagé et la nuit plus noire que de la poix, quand la lumière est apparue.

— C'est ça, approuva Giordino. Le bruit n'est venu seul que lorsqu'il y avait la lune.

— Alors nous avons un schéma. Il n'y avait pas de lune quand je l'ai vu.

— Toutes ces histoires de fantômes ne nous avancent pas pour retrouver le vrai train, dit Giordino. Je propose de retomber sur terre et de chercher un moyen de passer sous les débris du viaduc dans les prochaines... soixante-quatorze heures, précisa-t-il après avoir consulté sa montre.

— J'ai une autre idée, dit Pitt.

— Laquelle ?

— Oh ! rien. »

Giordino regarda Pitt, prêt à sourire s'il plaisantait. Mais il avait la mine grave.

« Qu'est-ce que tu vas dire au Président ?

— Au Président... ? Je vais lui dire que nous avons pêché dans le vent et gaspillé notre temps et des sommes considérables à chercher une illusion.

— Où veux-tu en venir ?

— Le *Manhattan Limited* n'est pas au fond de l'Hudson. Il n'y a jamais été. »

70

Le soleil couchant fut brusquement couvert par des nuages. Le ciel devint noir et menaçant. Pitt et Giordino, sur l'ancienne voie, écoutaient les sourds grondements du tonnerre qui se rapprochaient. Un éclair les aveugla, un nouveau coup de tonnerre les assourdit et la pluie se mit à tomber à seaux.

Le vent secouait les arbres en poussant des hurlements démoniaques. L'air était lourd, chargé d'électricité. Bientôt il n'y eut plus de clarté, plus de couleurs, rien que du noir zébré de blanc. La pluie chassée à l'horizontale par la tempête criblait la figure des hommes comme avec des grains de sable.

Pitt remonta le col de son imperméable, voûta les épaules contre les rafales et regarda dans la nuit.

« Comment peux-tu être certain qu'il apparaîtra ? cria Giordino dans le tumulte.

— Les conditions sont les mêmes que la nuit où le train a disparu. Je mise sur le caractère mélodramatique du fantôme.

— Je lui accorde encore une heure, dit Chase, tout trempé et malheureux. Et puis je retourne au bateau et à une bonne rasade de Jack Daniels.

— Venez, leur dit Pitt, allons faire un tour le long de la voie. »

A contrecœur, Giordino et Chase le suivirent. Les éclairs se succédaient sans arrêt et, vu de la berge, le *De Soto* avait lui-même l'air d'un fantôme gris. Un grand faisceau de lumière brilla un instant derrière lui sur l'autre rive et il se changea en silhouette noire. L'unique signe de vie était le feu blanc sur le mât, qui semblait défier l'orage.

Au bout de huit cents mètres environ, Pitt s'arrêta et pencha la tête pour écouter.

« Je crois que j'entends quelque chose. »

Giordino mit ses mains en cornet à ses oreilles. Il attendit que le dernier coup de tonnerre eût fini de se répercuter dans les collines. Puis il entendit aussi le cri nostalgique d'un sifflet de train dans la nuit.

« Vous l'avez évoqué, dit Chase, il est pile à l'heure. »

Pendant plusieurs secondes, nul ne parla ; le bruit se rapprochait et puis ils entendirent le tintement d'une cloche et le sifflement de la vapeur. Le fracas fut couvert un moment par un nouveau coup de tonnerre. Chase jura plus tard qu'il avait senti le temps s'arrêter en grinçant.

A ce moment, une lumière surgit d'une courbe et les baigna de sa lueur, ses rayons déformés par la pluie. Ils restèrent figés, chacun voyant les reflets jaunes sur la figure des autres.

Ils regardaient devant eux, sans y croire et pourtant certains que ce n'était pas une hallucination. Giordino se tourna pour dire quelque chose à Pitt et fut stupéfait de le voir sourire.

« Ne bouge pas, dit Pitt avec un calme incroyable. Tourne-toi, ferme les yeux et couvre-les avec tes mains pour ne pas être aveuglé. »

L'instinct dictait exactement le contraire, de fuir ou au moins de s'aplatir sur le sol. Leur unique lien avec le courage était la fermeté du ton de Pitt.

« Bougez pas... Bougez pas... Soyez prêts à ouvrir les yeux quand je crierai. »

Giordino se raidit, attendant le choc qui mettrait en bouillie sa chair et ses os. Il se dit qu'il allait mourir.

Le fracas assourdissant était sur eux, agressait leurs tympans. Ils avaient l'impression d'être projetés dans une sorte de vide singulier où la logique du XXe siècle n'avait plus de sens.

Puis, comme par magie, la chose impossible passa au-dessus d'eux.

« Regardez ! » hurla Pitt dans le tumulte.

Ils laissèrent tomber leurs mains et ouvrirent tout grands leurs yeux encore accoutumés à l'obscurité.

La lumière s'éloignait le long de la voie, le son de la locomotive s'atténuait. Ils virent nettement un rectangle noir au centre du reflet, à environ deux mètres cinquante du sol. Ils le regardèrent bouche bée, alors qu'il rapetissait au loin et montait le long de la rampe vers le pont, où tout s'éteignit et se tut.

« Qu'est-ce que c'était que ça ? marmonna Chase.

— Un antique phare de locomotive et un amplificateur, répondit Pitt.

— Ah ! oui ? grogna Giordino. Et comment est-ce que ça flotte dans les airs ?

— Sur un fil tendu entre les vieux poteaux télégraphiques.

— Dommage qu'il y ait une explication logique, dit Chase en hochant tristement la tête. Je n'aime pas voir s'effondrer les bonnes vieilles légendes surnaturelles. »

Pitt leva un bras.

« Continuez d'ouvrir l'œil. Votre légende devrait revenir d'une minute à l'autre. »

Ils se groupèrent autour d'un poteau, la tête levée dans l'obscurité. Une minute plus tard, une forme noire apparut et glissa sans bruit au-dessus d'eux. Puis elle se fondit dans l'ombre et disparut.

« Ça m'a bien eu, avoua Giordino.

— Mais d'où ça vient ? » demanda Chase.

Pitt ne répondit pas tout de suite. La foudre tombant sur un champ éloigné l'illumina soudain, révélant son expression pensive.

« Vous savez à quoi je pense ? dit-il enfin.

— Non. A quoi ?

— Je pense que nous devrions tous aller prendre un café et une part de tarte aux pommes chaude. »

Quand ils frappèrent à la porte d'Ansel Magee, ils avaient l'air de rats noyés. Le sculpteur les fit entrer cordialement et prit leurs manteaux trempés. Après les présentations, Annie Magee, fidèle à elle-même, se précipita dans la cuisine pour faire du café et préparer la tarte, aux cerises cette fois.

« Qu'est-ce qui vous amène par une nuit aussi sinistre ? demanda Magee.

— Nous chassons les fantômes », répondit Pitt.

Magee plissa les yeux.

« Vous en avez trouvé ?

— Est-ce que nous pourrions en parler dans le bureau de la gare ?

330

« — Oui, bien sûr. Venez, venez. »

Il ne se fit pas prier pour régaler Giordino et Chase de l'histoire du bureau et de ses anciens occupants. Tout en parlant, il alluma un feu dans le poêle de fonte. Pitt s'était assis au bureau à cylindre de Sam Harding. Il connaissait déjà l'histoire et avait la tête ailleurs.

Magee était en train de montrer la balle dans l'échiquier de Hiram Meechum quand Annie entra avec un plateau de tasses et d'assiettes.

Quand la dernière miette de tarte eut disparu, le sculpteur se tourna vers Pitt.

« Vous ne m'avez pas dit si vous aviez trouvé un fantôme.

— Non, pas de fantôme. Mais nous avons trouvé un système ingénieux qui imite le train fantôme. »

Les puissantes épaules de Magee s'affaissèrent.

« J'ai toujours pensé que quelqu'un découvrirait un jour le secret. J'ai bien abusé les gens du coin. Notez qu'aucun n'en était fâché. Ils sont tous très fiers d'avoir un fantôme à eux. Ça leur donne de quoi se vanter auprès des touristes.

— Quand l'avez-vous deviné ? demanda Annie.

— Le soir où je suis venu frapper chez vous. Avant, j'étais sur la culée du viaduc, quand vous avez envoyé le fantôme faire un tour. Juste avant qu'il m'atteigne, la lumière s'est éteinte et le bruit s'est tu.

— Vous avez vu à ce moment comment ça marchait ?

— Non, j'étais aveuglé par la lumière. Quand mes yeux se sont réhabitués à l'obscurité, c'était parti depuis longtemps. Au début, j'étais décontenancé. Mon instinct m'a fait chercher sur le sol. J'ai été encore plus dérouté en ne trouvant pas de traces dans la neige. Mais je suis un homme très curieux. Je me suis demandé pourquoi les rails avaient été arrachés et emportés, jusqu'à la dernière traverse, alors que les poteaux télégraphiques restaient debout. Les compagnies de chemin de fer sont près de leurs sous. Elles n'aiment pas abandonner du matériel réutilisable, quand elles suppriment une voie. J'ai suivi les poteaux et je suis arrivé au dernier. Il est à la porte d'une cabane, à côté de votre voie privée. J'ai

remarqué aussi que le phare manquait sur votre locomotive.

— Bravo, monsieur Pitt. Vous êtes le premier à
découvrir la vérité.

— Comment est-ce que ça marche ? demanda Giordino.

— Selon le même principe qu'un remonte-pente. Le
phare et quatre haut-parleurs sont suspendus à un câble
tendu entre les poteaux. Quand le colis son-et-lumière
atteint l'entrée de l'ancien viaduc Deauville-Hudson,
une télécommande arrête le mécanisme et il fait alors
demi-tour et revient à la cabane.

— Pourquoi est-ce que certaines nuits nous avons
entendu seulement le bruit, sans voir de lumière ?
demanda Chase.

— Le phare de locomotive est plutôt gros, facilement
visible. Alors, quand il y a la lune, je l'enlève et n'envoie
que le système sonore. »

Giordino eut un large sourire.

« Je vous avouerai que Chase et moi étions tout prêts
à nous convertir, la première fois qu'il nous a rendu
visite.

— J'espère que je ne vous ai pas causé trop de déran-
gement.

— Pensez-vous ! C'était un magnifique sujet de
conversation.

— Annie et moi descendons presque tous les jours sur
la berge pour observer votre opération. Il me semble que
vous avez eu des problèmes. Est-ce que vous avez
remonté des morceaux du *Manhattan Limited* ?

— Pas même un rivet, répondit Pitt. Nous abandonnons le projet.

— C'est dommage, dit sincèrement Magee. Je souhai-
tais votre réussite. Je suppose que le train ne peut pas
être trouvé.

— Pas dans l'Hudson, en tout cas.

— Encore un peu de café ? proposa Annie, en faisant
le tour avec la cafetière.

— J'en prendrai avec plaisir, merci.

— Vous disiez... ?

— Est-ce que vous auriez un de ces petits wagonnets à moteur qui servent aux cheminots quand ils réparent les voies ? demanda Pitt.

— J'ai un vieux wagonnet à main de quatre-vingts ans qui marche à l'huile de coude.

— Puis-je vous l'emprunter pour une heure, ainsi que votre matériel du train fantôme ?

— Quand les voulez-vous ?

— Tout de suite.

— Par une nuit d'orage comme celle-ci ?

— Justement. »

71

Giordino se mit en position sur le quai de la voie, une grande torche électrique à la main. Le vent était tombé à dix nœuds et le coin de la gare l'abritait des rafales de pluie.

Chase n'avait pas cette chance. Il était tassé sur le wagonnet, à quatre cents mètres de la voie. Pour la dixième fois, il essuya les bornes de la batterie et vérifia les fils du phare de locomotive et des haut-parleurs, montés tant bien que mal sur le devant du wagonnet.

Pitt apparut sur le seuil et leva une main. Giordino répondit, sauta sur la voie, et fit clignoter sa torche dans la nuit.

« Pas trop tôt », marmonna Chase en actionnant le levier de la batterie et en faisant tourner la grosse manivelle.

Le faisceau du phare scintilla sur les rails mouillés et le coup de sifflet strident fut emporté par le vent. Pitt hésita, minutant dans sa tête l'avance du wagonnet. Certain que Chase s'approchait à bonne allure, il rentra dans le bureau et alla se réchauffer devant le poêle.

« Nous roulons, annonça-t-il

— Qu'espérez-vous apprendre en reconstituant le vol ? demanda Magee.

— Je pourrai mieux vous répondre dans quelques minutes.

— Je trouve ça passionnant ! s'exclama Annie.

— Annie, vous jouerez le rôle de Hiram Meechum, le télégraphiste, et moi celui de Sam Harding, Monsieur Magee, vous êtes l'historien. Je vous laisse jouer le rôle de Clement Massey et vous nous ferez revivre les événements un par un.

— Je vais essayer. Mais il est impossible de reproduire le dialogue et les mouvements exacts de ce qui s'est passé il y a soixante-quinze ans.

— Nous n'avons pas besoin de la perfection. Un simulacre suffira.

— Bon... Voyons un peu. Meechum était assis à la table, devant son échiquier. Harding venait de recevoir l'appel du dispatcher d'Albany ; il était près du téléphone quand Massey est entré. »

Magee alla à la porte et pivota, en tenant une main devant lui pour imiter un pistolet. Le bruit de locomotive se rapprochait et se confondait par moments avec des grondements de tonnerre. Il resta là quelques secondes, immobile, l'oreille tendue, puis il hocha la tête.

« C'est un hold-up », dit-il.

Annie regarda Pitt, ne sachant que faire ou dire.

« Une fois la surprise passée, dit-il, les deux hommes ont dû discuter.

— Oui, quand je l'ai interrogé, Sam Harding m'a dit qu'il avait essayé d'expliquer à Massey qu'il n'y avait pas d'argent dans le coffre, mais l'autre n'a rien voulu écouter. Il insistait pour que l'un d'eux ouvre le coffre.

— Ils ont refusé, supposa Pitt.

— Au début, oui. Puis Harding a accepté mais il voulait d'abord arrêter le train. Massey s'y est opposé, en prétendant que c'était une ruse. Il s'est impatienté et a tiré sur l'échiquier de Meechum. »

Annie hésita. Puis, emportée par son imagination, elle balaya l'échiquier de la table et les pièces s'éparpillèrent sur le plancher.

« Harding a supplié, il a essayé d'expliquer que le pont s'était effondré. Massey n'a rien voulu entendre. »

Le phare sur le wagonnet brilla à travers les vitres. Pitt vit les yeux de Magee plongés dans un autre temps.

« Et alors ? demanda-t-il.

— Meechum s'est emparé d'une lanterne et a tenté d'atteindre le quai pour arrêter le train. Massey lui a tiré une balle dans la hanche.

— Annie, s'il vous plaît ? »

Elle se leva, fit quelques pas vers la porte et se coucha par terre.

Le wagonnet n'était plus qu'à cent mètres. Pitt, à sa lumière, pouvait lire les dates sur le calendrier.

« La porte ? demanda-t-il vivement. Ouverte ou fermée ? »

Magee réfléchit.

« Vite, vite !

— Massey l'avait fermée d'un coup de pied. »

Pitt ferma la porte.

« Ensuite ?

— Ouvrez ce foutu coffre ! Oui, les mots mêmes de Massey, d'après Harding. »

Pitt alla s'accroupir devant le vieux coffre de fer.

Cinq secondes plus tard, le wagonnet, avec Chase tournant frénétiquement la manivelle, passa sur la voie et le fracas de ses haut-parleurs se répercuta dans le vieux bâtiment. Giordino se dressa et balança sa torche sur les vitres dans un grand mouvement circulaire ; ainsi, ceux qui se trouvaient à l'intérieur avaient l'impression que les lumières des voitures défilaient dehors. Le seul son manquant était le claquement des roues d'acier.

Un frisson courut dans le dos de Magee. Il croyait revivre le passé, un passé qu'il n'avait pas connu.

Annie se releva et, de ses bras, entoura la taille de son mari. Elle leva vers lui des yeux singulièrement pénétrants.

« C'était si vrai, murmura-t-il. Si vrai...

— C'est parce que nous l'avons revécu exactement comme c'est arrivé en 1914 », déclara Pitt.

Magee se tourna vers lui.

« Mais il y avait alors le vrai *Manhattan Limited*.

— Non. Il n'y avait pas de *Manhattan Limited* alors.

— Vous vous trompez, voyons. Harding et Meechum l'ont vu.

— Ils ont été bernés.

— Ce n'est pas possible... Non, ce n'est pas... Ils étaient des cheminots expérimentés... ils ne pouvaient pas se laisser abuser !

— Meechum était par terre, blessé. La porte était fermée. Harding tournait le dos, penché sur le coffre. Ils n'ont vu que des lumières. Ils n'ont entendu que du bruit. Les bruits d'un vieux disque de gramophone reproduisant le passage d'un train.

— Mais le viaduc... Il s'est écroulé sous le poids du train. Ça n'a pas pu être fabriqué !

— Massey a fait sauter le pont par sections. Il savait qu'une grande explosion alerterait toute la vallée. Alors il a fait détoner de petites charges de poudre noire aux endroits clefs de la structure, en faisant coïncider les explosions avec les coups de tonnerre, jusqu'à ce que le tablier central finisse par céder et tomber dans l'Hudson. »

Magee, encore mystifié, ne dit rien.

« Le hold-up à la gare n'était qu'un leurre. Massey avait autre chose en tête que dix-huit pauvres dollars. Il visait l'envoi de deux millions en pièces d'or, transportés par le *Manhattan Limited*.

— Pourquoi se donner tant de mal ? Il n'avait qu'à arrêter le train, tout simplement, et filer avec les sacs.

— C'est ainsi que Hollywood le filmerait, sans doute. Mais dans la vie réelle, il y a toujours un os. Les pièces en question étaient des pièces de vingt dollars du type Saint-Gaudens. Chacune pesait près de trente grammes. L'arithmétique élémentaire nous apprend qu'il en faut cent mille pour faire deux millions de dollars. Un autre petit calcul, et vous trouvez une cargaison pesant trois tonnes. Ce n'est pas précisément quelques sacs, qu'une poignée d'hommes pourraient décharger et emporter avant que les responsables du chemin de fer s'étonnent du retard du train et envoient une charge de cavalerie le long de la voie.

— Bon, dit Giordino, je marche et je pose la question à laquelle tout le monde pense. Si le train n'est pas passé par ici et n'a pas piqué une tête dans l'Hudson, où est-il allé ?

— Je pense que Massey s'est emparé de la locomotive, qu'il a détourné le convoi de la voie principale et l'a caché quelque part où il est resté jusqu'à ce jour. »

Si Pitt avait prétendu être un visiteur de Vénus ou la réincarnation de Napoléon Ier, ses propos n'auraient pas été accueillis avec plus de scepticisme. Magee se retint visiblement de hausser les épaules. Seule Annie prit un air songeur.

« Par certains côtés, l'hypothèse de M. Pitt n'est pas aussi invraisemblable qu'elle le paraît. »

Magee la regarda comme si elle était une enfant stupide.

« Pas un passager, pas un voyageur ni un contrôleur qui ait survécu pour raconter l'histoire, ou un voleur faisant des aveux sur son lit de mort, pas même un cadavre ? Pas un seul fragment de tout un train, qui ressorte après tant d'années... Pas possible !

— Ce serait la plus grande disparition de tous les temps », ajouta Chase, qui était revenu depuis un moment.

Pitt n'avait pas l'air de les écouter. Soudain, il demanda au sculpteur :

« A quelle distance est Albany, d'ici ?

— Une quarantaine de kilomètres. Pourquoi ?

— Le *Manhattan Limited* a été vu pour la dernière fois quand il a quitté la gare d'Albany.

— Mais vous ne croyez tout de même pas...

— Les gens croient ce qu'ils veulent croire. Aux mythes, aux fantômes, à la religion et au surnaturel. Moi, je crois qu'une entité froide, tangible, a simplement été égarée pendant trois quarts de siècle, dans un endroit où personne n'a songé à la chercher. »

Magee soupira.

« Quels sont vos projets ? »

La question surprit Pitt.

« Je vais examiner chaque centimètre de la voie abandonnée, entre ici et Albany, jusqu'à ce que je trouve les restes d'un vieil embranchement qui ne mène nulle part. »

72

Le téléphone sonna à vingt-trois heures quinze. Sandecker posa le livre qu'il lisait et répondit :

« Sandecker.

— Encore Pitt. »

L'amiral se redressa en s'éclaircissant les idées.

« D'où appelez-vous, cette fois ?

— D'Albany. Il y a du nouveau.

— Un autre problème dans le projet de récupération ?

— Je l'ai abandonné. »

Sandecker respira profondément.

« Ça vous gênerait de me dire pourquoi ?

— Nous cherchions au mauvais endroit.

— Nom de dieu ! C'est le bouquet. Merde. Pas de doute du tout ?

— Pas pour moi.

— Quittez pas. »

Sandecker prit un cigare dans l'humidor, sur sa table de chevet, et l'alluma. Il estimait qu'un bon cigare tenait le monde en respect. Il souffla un nuage de fumée et reprit l'appareil.

« Dirk.

— Toujours là.

— Qu'est-ce que je dis au Président ? »

Il y eut un silence puis Pitt répondit distinctement :

« Dites-lui que la cote est passée d'un million contre un à mille contre un.

— Vous avez trouvé quelque chose ?

— Je n'ai pas dit ça.

— Alors sur quoi travaillez-vous ?

— Rien de plus qu'une intuition.

— Que voulez-vous de moi ?

— Que vous mettiez la main sur Heidi Milligan. Elle est descendue au Gramercy Park Hotel à New York. Demandez-lui de fouiller dans de vieilles archives de chemin de fer et de chercher des cartes indiquant les lignes, les voies de garage et les embranchements du New York & Quebec Northern Railroad entre Albany et le viaduc Deauville-Hudson, de 1880 à 1914.

— D'accord, je m'en occupe. Vous avez son numéro ?

— Il faudra que vous le demandiez aux renseignements. »

Sandecker tira sur son cigare.

« Quelle est la perspective pour lundi ?

— Sombre. On ne peut pas hâter ces choses-là.

— Le Président a besoin de cette copie du traité.

— Pourquoi ?

— Vous ne le savez pas ?

— Moon n'a rien voulu me dire.

— Le Président s'adresse à la Chambre des Communes et au Sénat canadiens. Son discours sera un appel à une fusion de nos deux pays. Alan Mercier me l'a appris ce matin. Depuis que le Québec est devenu indépendant, les Provinces Maritimes s'agitent. Le Président espère persuader les provinces occidentales de se joindre au mouvement de confédération. C'est là qu'entre en jeu une copie signée du Traité Nord-Américain. Pas pour forcer la main ou menacer mais pour éliminer la jungle de paperasserie de la transition et couper court à toute objection et intervention du Royaume-Uni. Son appel en faveur d'une Amérique du Nord unifiée sera lancé dans cinquante-huit heures. Vous voyez le topo ?

— Oui... Je comprends maintenant. Et pendant que vous y êtes, remerciez le Président et son petit groupe de ne m'avoir mis au courant qu'à la dernière minute.

— Ça aurait changé quelque chose, autrement ?

— Non, sans doute pas.

— Où Heidi peut-elle vous joindre ?

— Je vais garder le *De Soto* amarré sur le site du viaduc, comme poste de commandement. Tous les appels pourront être relayés de là. »

Il n'y avait plus rien à ajouter. Alors Sandecker dit tout simplement :

« Bonne chance.

— Merci », répondit Pitt et il raccrocha.

L'amiral obtint en moins d'une minute le numéro de l'hôtel de Heidi et le forma tout de suite.

« Bonsoir. Gramercy Park Hotel, répondit une voix féminine ensommeillée.

— La chambre du commandant Milligan, s'il vous plaît. »

Un bref silence.

« Oui, le 367. Je l'appelle.

— Allô ? répondit une voix d'homme.

— C'est la chambre du commandant Milligan ? demanda impatiemment Sandecker.

— Non, monsieur, c'est le directeur adjoint. Le commandant est sorti pour la soirée.

— Savez-vous quand elle rentrera ?

— Non, monsieur, elle n'est pas passée à la réception en partant.

— Vous devez avoir une mémoire photographique, grommela l'amiral avec méfiance.

— Pardon ?

— Vous reconnaissez tous vos clients quand ils passent par le hall ?

— Quand il s'agit d'une très jolie femme d'un mètre quatre-vingts avec une jambe plâtrée, oui.

— Je vois.

— Puis-je lui transmettre un message ? »

Sandecker réfléchit un moment.

« Pas de message. Je rappellerai plus tard.

— Une minute, monsieur. Je crois qu'elle vient de passer et qu'elle a pris l'ascenseur. Si vous voulez bien ne pas quitter, je vais demander au standard d'appeler sa chambre et de transférer votre appel. »

Dans la chambre 367, Brian Shaw posa le combiné et entra dans la salle de bains. Heidi était dans la baignoire, couverte de bulles, son plâtre posé sur le rebord. Un bonnet en plastique protégeait ses cheveux et elle tenait un verre vide à la main.

« Vénus, née de l'écume de la mer, dit Shaw en riant. J'aimerais bien avoir une photo de ça.

— Je ne peux pas atteindre le champagne », dit-elle en montrant un magnum de Taittinger brut réserve spéciale dans un seau à glace perché sur le lavabo.

Il vint remplir son verre puis il versa le reste du champagne frappé sur ses seins. Elle poussa un cri et voulut éclabousser Shaw mais il recula prestement vers la porte.

« Vous me paierez ça ! cria-t-elle.

— Avant de déclarer la guerre, vous avez un coup de téléphone.

— Qui est-ce ?

— Je n'ai pas demandé. Ce doit être un autre vieux dragueur. Vous pouvez prendre la communication ici. Je vais raccrocher l'autre appareil. »

Il y avait un téléphone mural dans la salle de bains, entre la baignoire et le lavabo.

Shaw passa dans la chambre. Dès qu'il entendit la voix de Heidi, il donna un petit coup sur les broches mais garda le combiné à l'oreille. Quand la conversation entre Sandecker et elle fut terminée, il attendit qu'elle raccrochât. Elle n'en fit rien.

« Pas bête », pensa-t-il.

Elle n'avait pas confiance en lui. Au bout de dix secondes, il entendit enfin le déclic. Il appela alors le standard de l'hôtel.

« Mademoiselle, pourriez-vous appeler la chambre 367 dans une minute et demander M. Brian Shaw ? Ne dites pas qui vous êtes, s'il vous plaît.

— C'est tout ?

— Oui. Quand Shaw lui-même répondra, vous n'aurez qu'à raccrocher.

— Bien, monsieur. »

Shaw retourna dans la salle de bains.

« Une trêve ?

— Qu'est-ce que vous diriez si je vous en faisais autant ?

341

— La sensation ne serait pas la même. Je ne suis pas bâti comme vous.

— Maintenant j'empeste le champagne.

— Ça me paraît délicieux. »

Les téléphones sonnèrent.

« Probablement pour vous », dit-il nonchalamment.

Heidi allongea le pas et répondit, puis elle lui tendit l'appareil.

« On demande Brian Shaw. Vous voulez peut-être le prendre dans l'autre pièce ?

— Je n'ai pas de secrets », assura-t-il.

Il marmonna une conversation à sens unique et raccrocha en fronçant les sourcils.

« Ah ! la barbe ! C'était le consulat. Je dois aller parler à quelqu'un.

— En pleine nuit ? »

Il se courba et embrassa les orteils qui dépassaient du plâtre.

« Trempez dans l'attente du bonheur. Je reviendrai dans deux heures. »

Le conservateur du musée des Chemins de fer de Long Island était un vieux comptable à la retraite, qui avait une passion pour le cheval de fer. Il passa en bâillant devant les reliques exposées, furieux d'être brutalement réveillé au milieu de la nuit pour ouvrir le musée à un agent du F.B.I.

Arrivé devant la vieille porte dont le verre dépoli était gravé à l'image d'un élan sur une montagne regardant passer une locomotive à vapeur, il chercha la bonne clef sur un gros trousseau. Puis il ouvrit la porte et alluma. Mais il resta là, un bras barrant le passage.

« Vous êtes bien sûr que vous êtes du F.B.I. ? »

La tournure stupide de la question fit soupirer Shaw. Il montra une carte d'identité fabriquée à la hâte. Puis il attendit patiemment que le conservateur lût les petits caractères.

« Je vous assure, monsieur Rheinhold...

— Reingold. Comme la bière.

— Pardon, mais je vous assure que le bureau ne vous

aurait pas dérangé à cette heure si l'affaire n'était pas urgente.

— Pouvez-vous me dire de quoi il s'agit ?

— Je crains que non.

— Un scandale Amtrack. Je parie que vous enquêtez sur un scandale Amtrack.

— Je ne peux rien dire.

— Un vol dans un train, peut-être. Ça doit être assez confidentiel. Je n'ai rien vu sur un hold-up au journal télévisé de six heures.

— Puis-je vous demander de me laisser entrer ? dit impatiemment Shaw. Je suis plutôt pressé.

— Bon, bon, simple question », bougonna Reingold, déçu.

Il précéda Shaw dans une travée, entre de hautes étagères pleines de volumes reliés sur les chemins de fer, la plupart épuisés depuis longtemps. Au fond d'une bibliothèque contenant de grands albums, il s'arrêta et lut les titres tout haut, en commençant par le bas ; il avait des lunettes à double foyer.

« Voyons un peu, cartes des voies du New Haven & Hartford, le Lake Shore & Michigan Southern, Boston & Albany... ah! voilà, le New York & Quebec Northern. »

Il porta l'album sur une table et défit les ficelles de la couverture.

« Une superbe ligne, à son époque. Plus de trois mille kilomètres de voies. Ils avaient un express renommé qui s'appelait le *Manhattan Limited*. Il y a une section de voie particulière qui vous intéresse ?

— Je la trouverai. Merci.

— Voulez-vous une tasse de café ? Je peux en faire là-haut au bureau. Je n'en ai que pour deux minutes.

— Vous êtes un homme civilisé, monsieur Reingold. Un café me ferait grand plaisir. »

Le conservateur repartit. Il s'arrêta sur le seuil et se retourna. Shaw était assis à la table et se penchait sur les cartes jaunies.

Quand il revint avec le café, l'album était soigneusement rattaché et remis en place sur son étagère.

« Monsieur Shaw ? »

Il n'obtint pas de réponse. La bibliothèque était déserte.

73

Pitt était résolu, exalté, il se sentait même inspiré.

Il était stimulé à la pensée qu'il avait ouvert une porte que des générations avaient négligée. Avec un optimisme tout neuf, il attendait dans un petit pâturage désert l'atterrissage du biréacteur.

Normalement, l'exploit était impossible ; le champ était plein de trous, de vieilles souches, de ravines à sec. La plus longue surface aplanie n'avait guère plus de quinze mètres de long et se terminait devant une paroi rocheuse et moussue. Pitt attendait un hélicoptère et commençait à se demander si le pilote cherchait à se suicider ou s'il s'était trompé d'appareil.

Puis il observa avec fascination les ailes et les moteurs qui se relevaient lentement tandis que le fuselage et la queue demeuraient horizontaux. Quand les ailes eurent atteint 90° et qu'elles se pointèrent vers le ciel, l'avion interrompit son mouvement et descendit vers le sol inégal.

Quand les roues eurent touché l'herbe, Pitt s'approcha et ouvrit la porte du cockpit. Une figure jeune, couverte de taches de rousseur et couronnée de cheveux roux, lui sourit.

« Salut. C'est vous, Pitt ?

— Oui.

— Montez. »

Pitt monta, verrouilla la porte et s'assit dans le siège du copilote.

« C'est un A.D.A.V., n'est-ce pas ?

— Ouais. Avion à décollage et atterrissage vertical, fabriqué en Italie, un Scinletti 440. Un chouette petit appareil, capricieux des fois. Mais je lui chante du Verdi et avec moi il est doux comme un agneau.

— Vous n'utilisez pas d'hélicoptère ?

— Trop de vibrations. D'ailleurs, la photographie aérienne à la verticale est meilleure d'un avion rapide... Au fait, je m'appelle Jack Westler. »

Il manipula les commandes et le Scinletti commença à s'élever. A environ deux cents pieds, Pitt se retourna pour regarder les ailes se remettre à l'horizontale. La vitesse s'accrut et bientôt l'avion reprit un vol normal.

« Quel secteur vous voulez photographier ? demanda Westler.

— L'ancienne voie le long de la rive droite de l'Hudson, jusqu'à Albany.

— Il n'en reste pas grand-chose.

— Vous la connaissez ?

— J'ai vécu toute ma vie dans la vallée de l'Hudson. Vous n'avez jamais entendu parler du train fantôme ?

— Ayez pitié de moi, répliqua Pitt d'une voix lasse.

— Oh ! bon, bon... Où voulez-vous qu'on commence à dérouler le film ?

— A la maison Magee », dit Pitt et il se retourna vers la cabine où il ne vit aucun matériel. « A propos de film, où sont la caméra et son opérateur ?

— Vous voulez dire les caméras, au pluriel. Nous en avons deux, leurs objectifs réglés à des angles un peu différents pour un effet binoculaire. Elles sont montées sur des supports, sous le fuselage. Je les fais marcher d'ici.

— A quelle altitude allez-vous voler ?

— Ça dépend des objectifs. L'altitude est calculée mathématiquement et optiquement. Nous sommes parés pour le parcours à dix mille pieds. »

La vue de la vallée, du haut du ciel, était enivrante. Le paysage s'étendait jusqu'à l'horizon, frais et vert, couronné de petits nuages printaniers. A cinq mille pieds, le fleuve prit la forme d'un immense python serpentant à travers les collines, avec par-ci, par-là une île basse, comme un gué sur un ruisseau. Une région de vignobles ici, des vergers là, de temps en temps une ferme avec des vaches.

Quand l'altimètre marqua dix mille pieds, Westler vira

sur l'aile, au nord-ouest. Le *De Soto* glissa par-dessous, comme un minuscule modèle réduit dans un diorama.

« Caméras en route, annonça Westler.

— A vous entendre, on dirait un film qu'on tourne.

— Presque. Chaque image chevauche la suivante de soixante pour cent. Comme ça, un objet particulier se voit deux fois à des angles légèrement différents et avec des ombres différentes. On peut détecter des choses invisibles au sol, des restes de bouleversements, des vestiges de constructions vieux de cent et même de mille ans. »

Pitt voyait très nettement la ligne de la voie. Brusquement, elle se coupa et disparut dans un champ d'alfalfa. Il le montra du doigt.

« Et si la cible est complètement cachée ? »

Westler regarda par le pare-brise et hocha la tête.

« Oui, voilà un exemple. Quand la terre au-dessus du secteur choisi est utilisée pour l'agriculture, la végétation présente une subtile différence de couleur, à cause des éléments étrangers à la composition naturelle du sol. Le changement peut échapper à l'œil humain mais l'optique de la caméra et le rehaussement des couleurs sur la pellicule exagèrent les variations. »

En un rien de temps, sembla-t-il à Pitt, ils abordèrent les faubourgs de la capitale de l'Etat de New York. Il contempla les grands cargos amarrés dans le port fluvial d'Albany. Des hectares de voies ferrées se déployaient, à partir des entrepôts, comme une toile d'araignée géante. Là, l'ancienne voie disparaissait pour de bon, sous les apports du progrès.

« Faisons encore un tour, dit Pitt.

— Nous voilà repartis. »

Cinq fois, ils firent la navette au-dessus de la voie du New York & Quebec Northern, mais la mince ligne traversant la campagne restait sans embranchements, ni lignes annexes.

Si les caméras ne détectaient pas quelque chose qui échappait à l'œil nu, le seul espoir de retrouver le *Manhattan Limited* était Heidi Milligan.

Les cartes avaient disparu de l'album du musée des Chemins de fer et Heidi savait parfaitement qui les avait volées.

Shaw était revenu à l'hôtel plus tard dans la nuit et ils avaient fait l'amour tendrement, jusqu'au matin. Mais au réveil de Heidi, il était parti. Trop tard, elle comprit qu'il avait écouté sa conversation avec l'amiral Sandecker.

Elle s'adossa dans le fauteuil de la bibliothèque du musée et ferma les yeux. Shaw pensait l'avoir acculée dans une impasse, en volant les cartes. Mais il y avait d'autres sources, d'autres archives, des collections privées, des sociétés historiques. Shaw savait qu'elle n'avait pas le temps de toutes les consulter. Alors elle devait maintenant trouver une autre voie à explorer. Et ce que Shaw ne pouvait pas savoir, ne pouvait projeter dans son esprit retors, c'était qu'elle n'était pas du tout prise au piège.

« Très bien, monsieur le gros malin, murmura-t-elle aux étagères silencieuses, c'est là que je vais vous avoir. »

Elle appela le conservateur bâillant, qui marmonnait toujours contre les agents malappris du F.B.I.

« J'aimerais voir vos vieilles annales de dispatching et vos livres de bord. »

Il hocha aimablement la tête.

« Nous avons catalogué beaucoup de vieux documents de route. Nous ne les avons pas tous, bien sûr. Trop volumineux. Mais dites-moi ce que vous voulez et je me ferai un plaisir de vous le rechercher. »

Heidi le lui indiqua et, avant midi, elle avait trouvé ce qu'elle cherchait.

74

Heidi descendit d'avion à l'aéroport d'Albany à seize heures. Giordino l'attendait. Elle refusa l'offre d'un fauteuil roulant et insista pour marcher avec ses béquilles jusqu'à la voiture.

« Comment ça marche ? demanda-t-elle quand Giordino prit la direction du sud.

— Ce n'est pas très encourageant. Pitt examine des photos aériennes. Aucune trace d'embranchement, nulle part.

— Je crois avoir trouvé quelque chose.

— On aurait bien besoin d'un coup de chance, pour changer.

— Vous ne paraissez pas très enthousiaste.

— Mon bel esprit de corps m'a abandonné.

— Ça va si mal que ça ?

— Réfléchissez. Le Président se présente devant le Parlement canadien demain après-midi. Nous sommes morts. Aucun moyen au monde de dénicher un traité auparavant... même s'il en existe un, et j'en doute.

— Que pense Pitt ? A propos du train ailleurs que dans l'Hudson ?

— Il est convaincu qu'il n'a jamais atteint le viaduc.

— Et vous, qu'est-ce que vous croyez ? »

Giordino regarda fixement la route. Puis il sourit.

« Je pense qu'on perd sa salive à discuter avec Pitt.

— Pourquoi ? Parce qu'il est entêté ?

— Non. Parce qu'il a généralement raison. »

Pitt refusait d'accepter la défaite. Depuis des heures il regardait à la loupe les agrandissements photographiques, interprétant chaque détail en trois dimensions.

Les barrières en zigzag séparant les pâturages des bois, les automobiles et les maisons, un ballon à air chaud rouge et jaune qui mettait une tache de couleur vive dans le vert du paysage, tout était révélé avec une clarté stupéfiante. On pouvait même distinguer par endroits une traverse de chemin de fer oubliée, sur la voie envahie par les herbes folles.

Inlassablement il passait et repassait sur la ligne presque droite entre le viaduc détruit et les confins du secteur industriel d'Albany, ses yeux fatigués guettant le plus infime détail, la plus minuscule trace d'un embranchement abandonné.

Le secret restait bien gardé.

Finalement, il renonça et se renversa contre son dossier en fermant les yeux. Il en était là quand Heidi et Giordino entrèrent dans la chambre des cartes du *De Soto*. Pitt se leva pour embrasser la jeune femme.

« Comment va la jambe ?

— Mieux, merci. »

Il l'aida à s'asseoir, Giordino prit les béquilles et les accota dans un coin, puis il posa sa serviette à côté d'elle.

« Al me dit que vous n'avez rien trouvé.

— On le dirait bien, grommela Pitt.

— J'ai encore de mauvaises nouvelles pour vous. Brian Shaw sait tout. Il a volé les cartes des anciennes voies, au musée, avant que je puisse les examiner.

— Ça ne lui servira pas à grand-chose, à moins qu'il n'ait une idée de leur valeur.

— Je crois qu'il a deviné... »

Pitt resta un moment songeur, repoussant toute tentative d'interrogatoire de Heidi. Le mal était fait. Peu importait maintenant comment Shaw avait découvert la clef de l'énigme. Il fut stupéfait d'éprouver un pincement de jalousie, en se demandant ce que Heidi pouvait bien trouver à ce vieil homme.

« Alors il est dans la région.

— Sans doute en train de fouiner sournoisement dans la campagne autour de nous, à cette minute même, ajouta Giordino.

— Les cartes ne lui apporteront rien, déclara Pitt. On ne voit absolument rien qui ressemble à un embranchement sur les photos aériennes. »

Elle prit sa serviette, la posa sur ses genoux et l'ouvrit.

« Mais il y en a un. Il quittait la voie principale à un endroit appelé Mondragon Hook Junction. »

L'atmosphère de la cabine s'électrisa soudain.

« Où est-ce ? demanda Pitt.

— Je ne peux pas l'indiquer exactement sans une vieille carte. »

Gordino feuilleta plusieurs cartes topographiques de la vallée.

« Il n'y a rien ici, mais ces relèvements ne remontent pas au-delà de 1965.

— Comment avez-vous découvert ce Mondragon Hook ?

— Raisonnement élémentaire, répondit avec modestie Heidi. Je me suis demandé comment je cacherais une locomotive et sept voitures Pullman pour que personne ne puisse les retrouver pendant toute une vie. La seule réponse était sous terre. Alors j'ai commencé à travailler en remontant le temps et j'ai étudié les anciennes archives du dispatching d'Albany avant 14. J'ai eu de la chance et j'ai trouvé huit trains de marchandises qui ramenaient des wagons chargés de pierre à chaux.

— De pierre à chaux ?

— Oui, ces expéditions venaient d'un poste d'aiguillage appelé Mondragon Hook et elles étaient destinées à une usine de ciment du New Jersey...

— Quand ?

— Dans les années 1890. »

Giordino fit une moue sceptique.

« Ce Mondragon Hook pouvait être à des centaines de kilomètres d'ici.

— Il faut que ce soit au-dessous d'Albany, répliqua Heidi.

— Comment pouvez-vous en être sûre ?

— Les archives du New York & Quebec Northern ne font mention de wagons de minerai transportant de la pierre à chaux sur aucun des trains de marchandises traversant Albany. Mais j'en ai trouvé une dans le livre de dispatching d'une gare de Germantown où ils changeaient de locomotive.

— Germantown, murmura Pitt. C'est à vingt-huit kilomètres en aval.

— Ensuite, j'ai cherché sur de vieilles cartes géologiques, reprit Heidi en en retirant une de sa serviette, pour l'étaler sur la table. La seule carrière souterraine de pierre à chaux entre Albany et Germantown se trouve là. A environ treize kilomètres au nord du viaduc Deauville-Hudson et un kilomètre plus à l'ouest. »

Pitt reprit ses verres grossissants et examina les photos aériennes.

« Là, à l'est du site de la carrière, il y a une ferme. La maison et la grange ont recouvert toute trace de l'aiguillage.

— Oui, je la vois ! s'écria Heidi. Et il y a une route goudronnée qui va vers l'autoroute !

— Pas étonnant que tu aies perdu la voie, dit Giordino. Le canton l'a fait asphalter.

— Si vous regardez de près, dit Pitt, vous pouvez distinguer une partie de vieux ballast, qui quitte la route sur une centaine de mètres et se termine au pied d'une colline abrupte, une montagne comme diraient les indigènes. »

Heidi prit la loupe.

« C'est étonnant comme tout saute aux yeux quand on sait ce qu'on cherche.

— Est-ce que vous avez trouvé des renseignements sur la carrière ? demanda Giordino.

— Ça, c'était le plus facile. La propriété et la voie appartenaient à la Forbes Excavation Company, qui a exploité la carrière de 1882 à 1910, date à laquelle on a rencontré des nappes d'eau. Toutes les opérations ont été interrompues et le terrain vendu aux fermiers du voisinage.

— Je ne voudrais pas être un rabat-joie, grogna Giordino, mais si la carrière était à ciel ouvert ? »

Heidi le regarda d'un air songeur.

« Je vois ce que vous voulez dire. A moins que la compagnie Forbes n'ait extrait la pierre à l'intérieur de la montagne, ce n'était pas un bon coin pour cacher un train... D'après cette photo, il y a trop de végétation pour s'en rendre compte, mais le terrain paraît uniforme.

— Je pense que nous devons aller voir, déclara Pitt.

— D'accord, je te conduis.

— Non, j'irai seul. En attendant, appelle Moon et fais venir des renforts, un peloton de Marines, au cas où

351

Shaw en aurait aussi. Et dis-lui de nous expédier un ingénieur des mines, un bon. Cherche autour d'ici des vieux qui pourraient se rappeler des allées et venues bizarres du côté de la carrière. Heidi, si vous en avez le courage, tirez du lit des rédacteurs de journaux locaux et demandez-leur de rechercher dans leurs feuilles de chou jaunies des dépêches intéressantes pour nous, même dans les pages intérieures. Je saurai mieux où nous en sommes quand j'aurai examiné la carrière.

— Il ne reste guère de temps, dit sombrement Giordino. Le Président fait son discours dans dix-neuf heures.

— Pas la peine que tu me le rappelles. Il ne nous reste plus qu'à pénétrer dans cette montagne. »

75

Le soleil s'était couché et un quartier de lune l'avait remplacé. La soirée était fraîche et l'air vif. De son poste d'observation, au-dessus de l'entrée de l'ancienne carrière, Shaw apercevait les lumières des villages et des fermes, à plusieurs kilomètres de distance. Distraitement, il se dit que c'était un pays pittoresque.

Le bruit d'un avion à moteur à pistons vint déranger le silence de la campagne. Shaw leva le nez, se retourna mais ne vit rien. L'avion volait tous feux éteints. Au son, il jugea qu'il tournait à basse altitude au-dessus de la colline. Çà et là, une étoile s'éteignait, cachée par des parachutes.

Un quart d'heure plus tard, deux ombres surgirent des arbres, plus bas, et montèrent vers Shaw. La première était Burton-Angus, l'autre Eric Caldweiler, énorme et trapu, ancien contremaître d'une mine de charbon du pays de Galles.

« Ça s'est bien passé ? demanda Shaw.

— Un saut parfait, répondit Burton-Angus. Ils ont

pratiquement atterri sur mon signal. L'officier qui les commande est le lieutenant Macklin. »

Outrepassant une des règles inviolables des opérations secrètes de nuit, Shaw alluma une cigarette. Il savait que les Américains apprendraient vite leur présence.

« Avez-vous trouvé l'entrée de la carrière ?

— N'y pensez plus, dit Caldweiler. La moitié de la colline a glissé.

— Elle est enterrée ?

— Oui, plus profondément qu'une cave à whisky d'Ecossais. La masse qu'il y a dessus, ça doit être quelque chose.

— Aucune chance de creuser dedans ?

— Non. Même si nous avions un bulldozer géant, un Jumbo à tunnels, il faudrait deux ou trois jours.

— Mauvais. Les Américains risquent d'arriver d'un instant à l'autre.

— On pourrait peut-être entrer par les portails, dit l'ancien mineur en bourrant une courte pipe. A condition de les trouver dans le noir.

— Quels portails ?

— Toutes les mines doivent avoir deux issues supplémentaires, une sortie de secours, au cas où la principale serait bloquée, et un puits d'aération.

— Où commençons-nous à chercher ? demanda anxieusement Shaw.

— Eh bien... voyons un peu. Il doit s'agir d'une mine en pente... Un tunnel au flanc de la colline où le minerai est apparu en surface. De là, elle doit descendre en suivant la pente de la couche de pierre à chaux. La sortie de secours doit donc être quelque part à la base de la colline. Le puits d'aération ? Plus haut, face au nord.

— Pourquoi au nord ?

— A cause des vents dominants. Exactement ce qu'il fallait pour une aération croisée au temps où l'air pulsé n'existait pas.

— Alors, cherchons ce puits. Il est probablement caché sous le bois, moins exposé que la sortie de secours en bas.

— Encore une escalade ? grogna Burton-Angus.

— Ça vous fera du bien, répliqua Shaw en souriant. Après tous ces buffets somptueux des réceptions diplomatiques... Je vais rassembler nos assistants. »

Shaw écrasa sa cigarette du bout de sa chaussure et se dirigea vers un épais fourré au pied de la colline, à une trentaine de mètres de l'ancienne voie de chemin de fer. Au bord d'une ravine, il buta contre une racine et tomba, tendant les bras devant lui pour amortir sa chute. Mais il ne rencontra que le vide et roula sur une pente herbue, pour atterrir sur le dos dans un lit de gravier.

Il était encore allongé, le souffle coupé, quand une silhouette surgit au-dessus de lui, se profilant contre les étoiles, et posa sur son front le canon d'un fusil.

« J'espère que vous êtes M. Shaw, dit une voix courtoise.

— Oui, haleta-t-il. C'est moi.

— Enchanté. Permettez-moi de vous aider, monsieur. »

Le fusil fut écarté.

« Lieutenant Macklin ?

— Non, monsieur. Sergent Bentley. »

Bentley était en combinaison léopard noir et gris, le camouflage de nuit, le pantalon glissé dans des bottes de parachutiste. Il portait un béret noir tiré sur la tête et sa figure comme ses mains étaient barbouillées de noir. Il tenait à la main un casque recouvert d'un filet.

Un autre homme émergea de l'ombre.

« Un problème, sergent ?

— M. Shaw a fait une chute malencontreuse.

— C'est vous, Macklin ? » demanda Shaw qui avait repris haleine.

Des dents brillèrent dans l'obscurité.

« Ça ne se voit pas ?

— Sous ce maquillage de négro, vous vous ressemblez tous.

— Navré.

— Vous avez tous vos hommes ?

— Tous les quatorze, sains et saufs. Ce qui n'est pas rien, pour un saut dans le noir.

— J'ai besoin de vous pour chercher une ouverture sur la colline. Des traces d'excavation ou une dépression dans la terre. Commencez par le pied et formez une ligne, à trois mètres d'écart.

— Sergent, dit Macklin à Bentley, vous avez entendu.

— Oui, mon lieutenant. »

Bentley fit quatre pas et disparut dans le fourré.

« Je me demande... murmura Macklin.

— Quoi donc ?

— Les Américains. Comment vont-ils réagir en trouvant un peloton armé de paras des Royal Marines retranché en plein Etat de New York ?

— Difficile à dire. Les Américains ont un bon sens de l'humour.

— Ils ne riront pas si nous devons leur tirer dessus.

— La dernière fois, c'était quand ? marmonna Shaw plongé dans ses réflexions.

— Vous voulez dire depuis que des militaires britanniques ont envahi les Etats-Unis ?

— Quelque chose comme ça.

— Je crois que c'était en 1814, quand Sir Edward Parkenham a attaqué La Nouvelle-Orléans.

— Nous avons perdu cette bataille-là.

— Les Yanks étaient furieux parce que nous avions incendié Washington. »

Soudain, ils sursautèrent en entendant le grondement d'un moteur de voiture qui passait en seconde. Puis une paire de phares se braqua sur la voie abandonnée. Automatiquement, Macklin et Shaw s'accroupirent et regardèrent à travers les herbes bordant la ravine.

La voiture cahota sur le sol inégal et s'arrêta là où l'ancienne voie disparaissait sous la colline. Le moteur se tut et un homme descendit. Il passa dans le faisceau des phares.

Shaw se demanda ce qu'il ferait en se retrouvant nez à nez avec Pitt. Devrait-il le tuer ? Un ordre chuchoté à Macklin, même un simple geste de la main, et Pitt tomberait sous une dizaine de coups de couteau portés par des hommes entraînés au meurtre silencieux.

Pitt resta là une longue minute, les yeux levés vers la

colline, comme s'il la défiait. Il ramassa une pierre et la lança dans l'obscurité, vers le haut de la pente. Puis il tourna les talons et se remit au volant. Le moteur vrombit et la voiture fit demi-tour.

Shaw ne se releva avec Macklin que lorsque les feux rouges eurent presque disparu.

« J'ai cru un moment que vous alliez m'ordonner de tuer ce type-là, dit le lieutenant.

— L'idée m'en est venue, avoua Shaw. Mais inutile de déranger un nid de frelons. Les choses deviendront déjà assez délicates quand le jour se lèvera.

— Qui était-ce, à votre avis ?

— Ça, répondit lentement Shaw, c'était l'ennemi. »

76

Danielle était radieuse, en robe du soir, mousseline de soie vert foncé, décolleté dans le dos. Ses cheveux étaient partagés en bandeaux et retenus par un peigne orné de fleurs dorées. Un collier d'or en spirale lui serrait le cou. La flamme des bougies se refléta dans ses yeux, quand elle regarda son mari, de l'autre côté de la table.

Pendant que la bonne desservait, Sarveux lui prit la main et la baisa.

« Dois-tu vraiment partir ?

— Il le faut bien. Ma nouvelle garde-robe d'automne est prête chez Vivonnes, et j'ai pris rendez-vous demain matin pour un dernier essayage.

— Pourquoi faut-il toujours que tu ailles à Québec ? Tu ne peux pas trouver de bonne couturière à Ottawa ? »

Danielle rit en servant un cognac à son mari.

« Parce que je préfère les modélistes de Québec aux couturières d'Ottawa.

— Nous n'avons jamais un instant à nous.

— Tu es toujours occupé à gouverner le pays.

— Je ne puis le nier. Et quand j'arrive à trouver du temps pour toi, tu as toujours un engagement ailleurs.

— Je suis la femme du Premier ministre. Je ne peux pas fermer les yeux et tourner le dos aux devoirs qui m'incombent.

— Ne pars pas...

— Voyons, tu veux que je sois élégante pour nos obligations mondaines !

— Où descendras-tu ?

— Comme toujours quand je passe la nuit à Québec, chez Nancy Soult.

— Je serais plus tranquille si tu rentrais dans la soirée.

— Il ne m'arrivera rien, Charles. Je serai de retour demain dans l'après-midi. Nous aurons une conversation à ce moment.

— Je t'aime, Danielle, murmura-t-il. Mon vœu le plus cher est de vieillir à tes côtés. Je tiens à ce que tu le saches. »

La seule réponse de Danielle fut le bruit d'une porte qui se fermait.

L'hôtel particulier était au nom de Nancy Soult, ce qu'elle-même ignorait. Romancière canadienne, auteur de best-sellers, elle vivait en Irlande pour échapper aux impôts écrasants dus à l'inflation. Ses visites à sa famille et à ses amis à Vancouver étaient rares, et il y avait plus de vingt ans qu'elle n'avait mis les pieds à Québec.

La routine ne variait jamais.

Dès que la voiture officielle déposait Danielle devant le portail gardé par un Mountie, elle allait de pièce en pièce en claquant les portes, ouvrait les robinets et tirait les chasses d'eau, réglait la radio à modulation de fréquence sur une station diffusant de la musique reposante.

Une fois sa présence bien établie, elle ouvrait une penderie, écartait les vêtements et découvrait une porte donnant sur une cage d'escalier rarement utilisée de l'immeuble attenant.

Elle descendait rapidement jusque dans un petit garage qui donnait sur une ruelle. Henri Villon attendait ponctuellement dans sa Mercedes. Comme d'habitude, quand elle s'assit à côté de lui, il l'enlaça et l'embrassa.

Danielle se détendit. Mais la démonstration d'affection ne dura pas. Il la repoussa et reprit son sérieux.

« J'espère que c'est important, dit-il. J'ai de plus en plus de difficulté à m'échapper.

— Est-il possible que tu sois le même homme qui faisait l'amour si imprudemment dans la résidence du Premier ministre ?

— Je n'étais pas encore candidat à la présidence du Québec. »

Elle soupira et glissa vers sa portière. Elle sentait que l'excitation, la passion de leurs rencontres clandestines s'atténuaient. Il n'y avait même plus d'illusions à briser. Jamais elle n'avait pensé que leur liaison durerait éternellement. Il ne restait plus qu'à étouffer la peine et rester bons amis.

« Tu veux que nous allions quelque part ? demanda-t-il, interrompant ses réflexions.

— Non, roulons simplement au hasard. »

Il pressa le bouton de la porte électrique du garage et sortit dans la ruelle en marche arrière. Il y avait peu de circulation et il descendit vers les quais, où il prit la file derrière quelques voitures qui attendaient le bac.

Ils ne se parlèrent plus avant que Villon n'engage la Mercedes sur la rampe et aille se garer à l'avant du pont, d'où ils avaient une vue des lumières dansant sur le Saint-Laurent.

« Nous avons une crise sur les bras, dit enfin Danielle.

— Elle concerne toi et moi ou le Québec ?

— Les trois.

— Tu as l'air bien sombre.

— Je le suis. Charles va donner sa démission de Premier ministre du Canada et présenter sa candidature à la présidence du Québec. »

Villon tourna vivement la tête et la regarda.

« Répète ça !

— Mon mari va annoncer sa candidature à la présidence du Québec.

— Je ne peux pas le croire ! C'est la chose la plus stupide que j'aie jamais entendue. Pourquoi ? Une décision aussi ridicule n'a ni rime ni raison.

— Je crois qu'elle est inspirée par la colère.

— Il me déteste tant que ça ? »

Elle baissa les yeux.

« Je crois qu'il soupçonne quelque chose entre nous. Il sait peut-être, même. Il peut vouloir se venger.

— Pas Charles. Il n'a pas de ces réactions puériles.

— J'ai toujours été si prudente. Il doit m'avoir fait suivre. Sinon, comment aurait-il su ? »

Villon éclata de rire.

« Parce que je le lui ai pratiquement dit.

— Tu n'as pas fait ça !

— Au diable ce vieux crétin ! Laisse-le mariner dans sa vertueuse indignation, je m'en fous. Il n'a aucune chance de remporter les élections. Charles Sarveux a peu d'amis dans le Parti Québécois. C'est moi qu'on soutient. »

Le bac n'était qu'à cent mètres de la rive opposée, quand un homme sortit de la cinquième voiture derrière la Mercedes et rejoignit les passagers qui revenaient sur le pont-parking après avoir admiré le panorama.

Par la lunette arrière, il voyait les deux profils en conversation ; il entendait un murmure de voix, à travers les vitres levées.

Nonchalamment, il s'approcha, ouvrit la portière arrière comme si la voiture lui appartenait et s'assit.

« Madame Sarveux, monsieur Villon, bonsoir. »

La surprise de Danielle et de Villon fit place à l'incrédulité puis à la peur, quand ils virent le magnum 44, tenu d'une main de fer, aller lentement d'une tête à l'autre.

Villon avait de bonnes raisons d'être absolument effaré.

Il avait l'impression de se regarder dans une glace.

L'homme assis à l'arrière était son jumeau, son sosie parfait. Il voyait tous les détails de la figure à la lumière des projecteurs de l'appontement.

Danielle laissa échapper un petit gémissement qui serait devenu un cri de terreur si le canon du pistolet ne l'avait violemment frappée à la joue.

Du sang coula et elle poussa un nouveau gémissement de douleur.

« Ça ne me dérange pas de frapper une femme, alors épargnez-vous toute résistance inutile. »

La voix était une imitation précise de celle de Villon.

« Qui êtes-vous ? demanda-t-il. Que voulez-vous ?

— Je suis flatté que l'original ne puisse reconnaître l'imitation. »

La voix avait changé et maintenant Villon la reconnaissait avec un frémissement d'horreur.

« Je suis Foss Gly et j'ai l'intention de vous tuer tous les deux. »

77

Une pluie fine commençait à tomber et Villon mit en marche les essuie-glaces. Le canon du pistolet s'enfonçait dans sa nuque ; la pression ne s'était pas atténuée un seul instant, depuis qu'ils avaient quitté le bac.

A côté de lui, Danielle tenait un mouchoir contre sa joue ensanglantée. De temps en temps, de petites plaintes montaient de sa gorge. Elle semblait perdue dans un cauchemar, engourdie par la terreur.

Toutes les questions et les supplications s'étaient heurtées à un silence glacial. Gly n'ouvrait la bouche que pour indiquer le chemin. Ils roulaient maintenant dans la campagne obscure, où brillaient les rares lumières de quelques fermes. Villon ne pouvait qu'obéir, en guettant l'occasion d'agir, d'attirer l'attention d'un autre automobiliste ou, avec de la chance, d'une voiture de police.

« Ralentissez, ordonna Gly. Il va y avoir un chemin de terre sur la gauche. Prenez-le. »

Le cœur serré, Villon obéit. Le chemin avait été récemment nivelé et paraissait servir à la circulation de matériel lourd de construction.

« Je vous croyais mort », dit Villon.

Gly ne répondit pas.

« Brian Shaw, l'agent des services secrets britanniques, disait que vous aviez lancé un bateau volé contre un cargo japonais.

— Est-ce qu'il vous a dit que mon corps n'a jamais été retrouvé ? »

Enfin, Gly parlait. C'était un commencement.

« Oui, il y a eu une explosion...

— J'ai bloqué le gouvernail, mis tous les gaz et sauté cinq milles avant la collision. Avec tout le trafic sur le Saint-Laurent, je pensais que le bateau ne pouvait manquer de se jeter contre un autre bateau.

— Pourquoi vous êtes-vous fait ma tête ?

— C'est évident, non ? Après votre mort, je prendrai votre place. C'est moi, pas vous, qui serai président du Québec. »

Cinq secondes passèrent avant que l'incroyable révélation pénétrât l'esprit de Villon.

« C'est de la folie !

— De la folie ? Pas tellement. De l'astuce, plutôt.

— Jamais vous ne vous en tirerez !

— Mais si, je l'ai déjà fait, répondit très calmement Gly. Comment croyez-vous que je sois entré chez Jules Guerrier, que je sois passé devant son garde du corps pour monter dans sa chambre et l'assassiner ? Je me suis assis à votre bureau, j'ai reçu la plupart de vos amis, j'ai discuté de politique avec Charles Sarveux, j'ai pris la parole à la Chambre des Communes. J'ai même couché avec votre femme et avec votre maîtresse, qui est là à côté de vous. »

Villon eut comme un vertige.

« Pas vrai... pas vrai... pas ma femme.

— Si, Henri, c'est vrai. Je peux même décrire son anatomie, à commencer par...

— Non ! » hurla Villon.

Il donna un coup de frein brutal et un violent coup de volant à droite.

La chance le quitta. Les pneus ne mordirent pas sur la terre humide et la violente réaction qu'il attendait, qu'il espérait, n'eut pas lieu. Il n'y eut pas de brusque secousse déséquilibrante ; la voiture dérapa lentement en rond.

Gardant son équilibre, le bras à peine dévié, Gly pressa la détente.

La balle de 44 fractura la clavicule de Villon et traversa le pare-brise.

Danielle poussa un cri aigu qui se termina en sanglot étranglé.

La voiture s'arrêta enfin dans l'herbe mouillée du bas-côté. Les mains de Villon glissèrent du volant. Il rejeta la tête contre le dossier, une main crispée sur sa blessure, les dents serrées sur la douleur.

Gly descendit et ouvrit la portière avant, du côté du volant. Il poussa Villon vers Danielle et monta.

« Je prends la relève, gronda-t-il, et il enfonça le canon de son arme dans les côtes de Villon. Et plus d'histoires. »

Gly fit demi-tour et regagna la chaussée. Au bout de huit cents mètres, un énorme bulldozer jaune apparut à la lumière des phares, à côté d'une tranchée profonde de trois mètres et large de cinq. Un grand monticule de terre s'entassait de l'autre côté. Gly roula au bord du trou. Danielle distingua un grand tuyau de ciment dans le fond de la tranchée.

Ils passèrent devant une rangée de camions et de véhicules du bâtiment. Le bureau de l'ingénieur, une vieille caravane, était obscur, désert. Tous les ouvriers étaient partis pour la nuit.

Gly s'arrêta à l'endroit où les travaux avaient commencé pour combler la tranchée. Il freina, calcula l'angle de la pente descendant vers le tuyau, puis il emballa le moteur et conduisit la Mercedes dans le fond.

Le pare-chocs avant frappa la canalisation et fit jaillir des étincelles du béton. L'arrière dérapa et la voiture se renversa, les phares projetant leur lumière en biais vers le ciel.

Gly tira de sa poche deux paires de menottes. Avec la première il attacha la main gauche de Villon à la colonne de direction, avec l'autre celle de Danielle.

« Qu'est-ce que vous faites ? » souffla-t-elle.

Il la regarda. Les cheveux noirs étaient décoiffés, le

visage ravissant gâché par l'estafilade sanglante. Les yeux étaient ceux d'une biche paralysée par la terreur.

Il sourit horriblement.

« Je m'arrange pour que votre amant et vous passiez l'éternité ensemble.

— Aucune raison de la tuer, gémit Villon. Pour l'amour de Dieu, laissez-la.

— Navré, grommela Gly. Elle fait partie du marché.

— Quel marché ? »

Pas de réponse. Gly claqua la portière et remonta à la surface. Il disparut vite dans la nuit et quelques minutes plus tard un moteur Diesel vrombit.

Le moteur semblait peiner, comme s'il traînait un lourd fardeau. Le grondement du pot d'échappement se rapprocha et une gigantesque pelle argentée glissa sur le rebord de la tranchée. Soudain, elle plongea et trois mètres cubes de terre tombèrent sur le toit de la Mercedes.

Danielle poussa un cri pitoyable.

« Sainte Mère de Dieu... Il va nous enterrer vivants ! Non ! Je vous en supplie ! Non ! »

Sourd à cette prière, Gly actionna le levier de chargement et leva la flèche de la pelleteuse pour ramasser un nouveau tas de terre. Il connaissait la position de chaque manette, il savait parfaitement s'en servir. Pendant deux nuits, il s'était exercé, en remplissant des portions de tranchée si habilement que les ouvriers ne s'étaient même pas aperçus que près de dix mètres de canalisation avaient été recouverts entre leurs journées de travail.

Danielle luttait frénétiquement pour briser la chaîne de ses menottes. Déjà, elle avait les poignets ensanglantés, la peau en lambeaux.

« Henri ! sanglota-t-elle. Ne me laisse pas mourir, pas comme ça ! »

Villon ne parut pas entendre. Pour lui, la fin viendrait vite. Il savait qu'il perdait tout son sang et n'en avait plus que pour quelques secondes.

« Bizarre, murmura-t-il. Bizarre que le dernier à mourir pour la liberté du Québec soit moi. Qui aurait pu penser... »

Sa voix s'éteignit.

La voiture était presque entièrement recouverte. On ne voyait plus qu'une partie du pare-brise éclaté, l'étoile à trois branches sur le capot et un phare.

Un homme s'avança au bord de la tranchée, dans la lumière. Ce n'était pas Foss Gly. Il regarda au fond, la figure convulsée par le chagrin, des larmes brillant sur ses joues.

Pendant une seconde, Danielle le contempla avec horreur. Elle devint livide. Elle plaqua une main sur la vitre, dans un geste de supplication. Puis, lentement, elle parut comprendre et ses lèvres formèrent un mot : « Pardon ».

La pelleteuse plongea encore une fois et la terre recouvrit entièrement la voiture.

Enfin la tranchée fut comblée et le moteur Diesel se tut.

Seulement alors, Charles Sarveux s'éloigna, tête basse.

78

Le terrain du lac Saint-Joseph, dans les collines au nord-est de Québec, était une des bases de la Royal Canadian Air Force qui avaient été fermées pour cause d'économies budgétaires. Sa piste de trois kilomètres était interdite aux vols commerciaux mais encore utilisée par l'armée pour l'entraînement ou les atterrissages d'urgence.

L'avion d'Henri Villon était garé devant un vieux hangar, à côté d'un camion-citerne. Deux hommes en imperméable procédaient aux dernières vérifications. A l'intérieur du hangar, dans un bureau sans autre meuble qu'un établi rouillé, Charles Sarveux et le commissaire principal Finn attendaient en silence, en regardant par la vitre poussiéreuse. Le crachin du matin était devenu une pluie diluvienne qui traversait ce toit de tôle en dix endroits.

Foss Gly était confortablement allongé sur une couverture. Les mains croisées sous la nuque, il ne se souciait pas des gouttes s'écrasant sur le ciment autour de lui. L'air satisfait, il contemplait les poutrelles du plafond.

Le grimage Villon avait disparu et il était redevenu lui-même.

Dehors, le pilote sauta de l'aile et courut vers le hangar.

« Nous sommes prêts quand vous voudrez », annonça-t-il.

Gly se redressa.

« Qu'est-ce que vous avez trouvé ?

— Rien. Nous avons inspecté chaque système, chaque centimètre carré, même la quantité d'huile et de carburant. Rien n'a été touché. Il est intact.

— Bon, faites chauffer les moteurs. »

Le pilote retourna sous la pluie.

« Eh bien, messieurs, dit Gly, je crois que je vais vous quitter. »

Sarveux fit un signe à Finn. Le commissaire de la Police montée posa deux grandes valises sur l'établi et les ouvrit.

« Trente millions de dollars canadiens, en billets bien usagés », dit-il, impassible.

Gly tira de sa poche une loupe de joaillier et examina quelques billets au hasard. Au bout de dix minutes, il rempocha la loupe et ferma les valises.

« Vous ne plaisantiez pas, en disant « bien usagés ». La plupart de ces billets le sont tellement qu'on peut à peine lire les chiffres.

— Vos instructions, répliqua sèchement Finn. Ça n'a pas été simple d'en rassembler un tel nombre, en si peu de temps. Je pense que vous les trouverez négociables. »

Gly s'approcha de Sarveux et tendit la main.

« C'est un plaisir de faire des affaires avec vous, monsieur le Premier ministre. »

Sarveux ne prit pas la main offerte.

« Je suis simplement heureux que nous ayons surpris votre imposture à temps. »

Gly haussa les épaules et son bras retomba.

« Qui peut le dire ? J'aurais peut-être été un très bon président, meilleur que Villon.

— Pure chance pour moi que vous ne le soyez pas. Si le commissaire Finn n'avait pas su exactement où se trouvait Villon quand vous êtes entré dans mon bureau, vous n'auriez sans doute jamais été appréhendé. Mon seul regret est de ne pouvoir vous pendre.

— C'est bien pour ça que j'ai pris une police d'assurance, répliqua Gly avec mépris. Un journal chronologique de mes actes au nom de la Société Québec Libre, des enregistrements de mes conversations avec Villon, des bandes vidéo de votre femme dans des postures évocatrices avec votre ministre de l'Intérieur. L'étoffe dont on fait les gros scandales. Il me semble que c'est un échange honnête contre ma vie.

— Quand les aurai-je ? demanda Sarveux.

— Je vous enverrai des instructions sur leur cachette une fois que je serai en sécurité, hors de votre atteinte.

— Comment puis-je en être sûr ? Comment puis-je avoir confiance en vous pour que vous ne poursuiviez pas le chantage ?

— Vous ne pouvez pas, pas du tout.

— Ordure, gronda rageusement Sarveux. Immonde fumier.

— Ça va mieux ? railla Gly. Vous êtes resté muet et pétri de vertu pendant que je tuais votre rival politique et votre femme infidèle. Et puis vous avez eu le culot de payer le travail avec des fonds du gouvernement. Vous êtes un bien plus grand fumier que moi, Sarveux. Et c'est vous qui profitez le plus du marché. Alors gardez vos insultes et vos sermons pour votre miroir. »

Sarveux tremblait de fureur.

« Partez... Partez, quittez le Canada.

— Avec plaisir. »

Gly prit les deux valises et monta dans l'avion. Pendant que le pilote roulait vers son point fixe, il s'installa dans la cabine principale et se servit à boire.

Pas mal, pensait-il, un avion à réaction et trente millions de dollars. Rien ne valait une sortie de scène en grand style.

Le téléphone sonna sur le bar. C'était le pilote.

« Nous sommes prêts à décoller. Vous voulez me donner le plan de vol, maintenant ?

— Cap au sud sur les Etats-Unis. Volez bas pour éviter les radars. A cent cinquante kilomètres de la frontière, montez à l'altitude de croisière et mettez le cap sur Montserrat.

— Où c'est, ça ?

— Une des îles Sous-le-Vent des Petites Antilles, au sud-est de Porto Rico. Réveillez-moi quand nous y serons.

— Faites de beaux rêves, patron. »

Gly se carra dans son fauteuil, sans prendre la peine de boucler sa ceinture de sécurité. En ce moment, il se sentait immortel. Il rit tout seul, en regardant par le hublot les deux silhouettes se profilant dans la lumière du hangar.

Sarveux est un crétin, se dit-il. A la place du Premier ministre, Gly aurait caché une bombe dans l'appareil, aurait trafiqué les commandes pour qu'il s'écrase ou aurait ordonné à l'armée de l'air de l'abattre. Ce dernier recours était encore une possibilité, mais bien mince.

Seulement il n'y avait pas de bombe et toutes les commandes avaient été soigneusement vérifiées.

Il avait réussi. Il était libre.

Alors que l'avion prenait de la vitesse et disparaissait dans la nuit pluvieuse, Sarveux se tourna vers Finn.

« Comment cela arrivera-t-il ?

— Le pilote automatique. Une fois qu'il sera branché, l'appareil entamera une remontée très progressive. Les altimètres ont été réglés pour n'indiquer aucune altitude dépassant onze mille pieds. Le système de pressurisation et l'arrivée de secours d'oxygène ne fonctionneront pas. Quand le pilote s'apercevra que quelque chose ne va pas, il sera trop tard.

— Il ne peut pas débrancher le pilote automatique ?

— Non. Les circuits ont été remontés. Il pourrait le briser à la hache, mais ça ne servirait à rien. Il lui sera impossible de reprendre les commandes de l'appareil.

— Ainsi, ils perdront connaissance par manque d'oxygène.

— Et ils finiront par plonger dans l'océan quand ils n'auront plus de carburant.

— Ils pourraient s'écraser sur terre.

— Un risque minime. En calculant le rayon d'action de l'avion avec les réservoirs pleins, et en supposant que Gly a l'intention de voler le plus loin possible avant de se poser, il y a neuf chances sur dix qu'ils soient au-dessus de l'eau. »

Sarveux resta un moment songeur.

« Les communiqués à la presse ?

— Déjà rédigés, prêts à être remis aux agences. »

Le commissaire principal ouvrit un parapluie et ils retournèrent lentement vers la limousine du Premier ministre. Un des hommes de Finn éteignit les lumières du hangar et de la piste.

Près de la voiture, Sarveux s'arrêta et contempla le ciel noir.

« Dommage que Gly ne sache jamais qu'il a été dupé. Je crois qu'il aurait apprécié la manœuvre.

Le lendemain matin, les agences de presse internationales diffusèrent la dépêche suivante :

OTTAWA, 10/6 (Spéciale). — Un avion transportant Danielle Sarveux et Henri Villon s'est écrasé ce matin dans l'Atlantique à 200 milles au nord-est de Cayenne, Guyane française.

La femme du Premier ministre du Canada et le candidat à la présidence du Québec nouvellement indépendant avaient décollé hier soir d'Ottawa pour Québec et l'alerte avait été donnée quand ils n'ont pas atterri à l'heure prévue.

Villon pilotait son propre appareil et Mme Sarveux

était l'unique passagère. Tous les contacts radio sont restés sans réponse.

Comme les aiguilleurs de l'air canadiens n'ont pas soupçonné tout de suite que le biréacteur Albatros était passé dans l'espace aérien des Etats-Unis, plusieurs heures ont été perdues en recherches infructueuses entre Québec et Ottawa. C'est seulement quand le Concorde d'Air France a rapporté la présence d'un appareil volant d'une manière désordonnée au sud des Bermudes à 55 000 pieds, 8 000 de plus que l'altitude maximum de l'Albatros de Villon, qu'on a effectué un rapprochement.

Des chasseurs de l'U.S. Navy ont décollé du porte-avions *Kitty Hawk* près de Cuba. Le lieutenant Arthur Hancock a été le premier à repérer l'Albatros et a signalé la présence d'un homme inerte aux commandes. Il a suivi l'appareil jusqu'à ce qu'il entame une plongée en spirale et tombe dans l'océan.

« Nous ignorons encore les causes de l'accident, dit Ian Stone, un porte-parole de la Canadien Air Authority. La seule hypothèse logique est que Mme Sarveux et M. Villon ont perdu connaissance par manque d'oxygène et que l'avion, sur pilote automatique, a volé seul sur plus de 3 000 milles en déviant de sa course avant de tomber en panne sèche et de s'écraser. » Les recherches n'ont permis de retrouver aucune trace de l'épave.

Le Premier ministre Sarveux est resté enfermé chez lui pendant cette épreuve et n'a fait aucun commentaire à la presse.

79

Une brume matinale recouvrait la vallée de l'Hudson, réduisant la visibilité à cinquante mètres. Sur le versant de la colline opposé à l'entrée ensevelie de la carrière, Pitt avait installé un poste de commandement dans une caravane empruntée à un cultivateur voisin. Ironiquement, ni lui ni Shaw ne savaient où se trouvait l'autre, bien qu'ils ne fussent séparés que par quinze cents mètres de forêt.

Trop de café et pas assez de sommeil rendaient Pitt groggy. Il avait follement envie d'une solide rasade de cognac pour s'éclaircir les idées mais savait que ce serait une erreur. Il avait besoin de garder tous ses esprits.

Du seuil de la caravane, il regardait Nicholas Riley et l'équipe de plongée du *De Soto* décharger leur matériel pendant que Glen Chase et Al Giordino se penchaient sur une lourde grille de fer encastrée au flanc rocheux de la colline. Un crépitement retentit quand ils allumèrent une lampe à acétylène, suivi d'une gerbe d'étincelles au moment où la flamme bleue attaqua les barreaux rouillés.

« Je ne garantis pas que cette ouverture soit une issue de secours, dit Jerry Lubin. Mais je crois pouvoir parier dessus. »

Lubin était arrivé quelques heures plus tôt de Washington avec l'amiral Sandecker. Ingénieur des mines, conseiller à la Federal Resources Agency, c'était un petit homme spirituel au nez de prêteur sur gages et aux yeux de chien de chasse affligé. Pitt se tourna vers lui.

« Nous l'avons trouvée là où vous disiez qu'elle serait.

— Une supposition calculée. Si j'avais été contrôleur des mines, c'est là que je l'aurais placée.

— Quelqu'un s'est donné beaucoup de mal pour empêcher les gens d'entrer, dit Sandecker.

— Le fermier à qui appartenait le terrain, déclara Heidi, perchée sur une couchette supérieure.

— Où avez-vous appris ça ? demanda Lubin.

— Une gentille journaliste a quitté le lit de son amant pour venir m'ouvrir la documentation du journal local. Il y a trente ans, trois plongeurs se sont noyés dans le puits. Deux des corps n'ont jamais été retrouvés. Le fermier a scellé l'entrée pour éviter que des gens se tuent sur ses terres.

— Vous n'avez rien découvert sur le glissement de terrain ?

370

— Rien du tout. Toutes les archives d'avant 46 ont été détruites par un incendie. »

Sandecker tiraillait sa barbe rousse, d'un air songeur.

« Je me demande jusqu'où ces pauvres bougres sont allés avant de se noyer.

— Ils sont probablement arrivés jusqu'à la salle principale de la carrière et ont dû manquer d'air pour le retour », supposa Pitt.

Heidi dit alors ce que tout le monde pensait :

« Alors ils ont dû voir ce qu'il y a dedans. »

Sandecker regarda Pitt avec inquiétude.

« Je ne voudrais pas que vous commettiez la même erreur.

— Les victimes étaient assurément des plongeurs du dimanche, mal entraînés et sous-équipés.

— J'aimerais bien qu'il y ait un chemin plus facile.

— Le puits d'aération est une possibilité, suggéra Lubin.

— Bien sûr ! s'exclama l'amiral. Toutes les mines souterraines ont besoin d'aération.

— Je n'en ai pas parlé plus tôt parce qu'il faudrait une éternité pour le trouver dans ce brouillard. De plus, chaque fois qu'une mine est abandonnée, le puits est comblé et recouvert. Il y a toujours le risque qu'une vache ou un être humain, surtout un enfant, tombe dedans et disparaisse.

— J'ai dans l'idée que c'est là que nous trouverons notre ami Brian Shaw, murmura Pitt.

— Qui ça ?

— Un concurrent. Il tient à tout prix à pénétrer sous cette colline. »

Lubin haussa vaguement les épaules.

« Alors je ne l'envie pas. Creuser dans un puits de secours, large comme les épaules d'un homme, est un sacré boulot. »

Les Britanniques auraient été tout à fait d'accord avec Lubin.

Un des hommes du lieutenant Macklin était littéralement tombé sur le monticule de terre cachant le puits d'aération. Depuis minuit, les paras s'acharnaient fébrilement pour dégager le passage obstrué.

C'était un travail harassant. Un seul homme à la fois pouvait creuser dans les limites étroites. Ils étaient constamment à la merci d'un éboulement. Des seaux volés dans un verger voisin étaient emplis et hissés avec des cordes à la surface. Vidés et replongés pour le chargement suivant. L'homme-taupe creusait aussi vite et aussi vigoureusement qu'il le pouvait. Quand il était sur le point de tomber de fatigue, on le remplaçait aussitôt. Pas un instant l'excavation ne s'interrompait.

« A quelle profondeur sommes-nous ? demanda Shaw.

— Treize mètres environ, répondit Caldweiler.

— Combien reste-t-il ? »

Le Gallois plissa le front.

« Je pense que nous devrions arriver dans la carrière principale après une quarantaine de mètres encore. Jusqu'à quelle profondeur le puits d'aération a été comblé, je ne le sais pas. Nous pouvons opérer une percée au bout de cinquante centimètres, ou alors nous devrons creuser jusqu'au fond.

— Les cinquante centimètres feraient mon affaire, grommela Macklin. Ce brouillard ne va plus nous abriter bien longtemps.

— Toujours pas de trace des Américains ?

— Seulement un bruit de véhicules, quelque part derrière la colline. »

Shaw alluma encore une de ses cigarettes spéciales. La dernière.

« J'aurais cru qu'ils allaient grouiller partout bien plus tôt.

— Ils seront bougrement bien reçus quand ils se montreront, déclara presque gaiement Macklin.

— Il paraît que les prisons américaines sont surpeuplées, grogna Caldweiler. Je n'ai guère envie d'y passer le restant de mes jours.

— Ça devrait être du gâteau de s'en évader en creusant un tunnel, pour un homme de votre expérience, plaisanta Shaw.

— C'est ça, faut toujours voir le côté comique. Non, sérieusement, je me demande bien ce que je fous ici.

— Vous vous êtes porté volontaire, comme nous tous, fit observer le lieutenant au Gallois.

— Si vous vivez assez longtemps pour retourner en Angleterre, le Premier ministre en personne vous épinglera une médaille, lui dit Shaw.

— Tout ça pour déchirer un bout de papier ?

— Ce bout de papier est plus important que vous ne pourrez jamais imaginer.

— Pour ce qu'il coûte en sang et sueur, bougonna Caldweiler, je l'espère bien. »

Un petit convoi de transports de troupes blindé s'arrêta. Un officier en battle-dress sauta du véhicule de tête et lança des ordres. Un flot de Marines, armes automatiques au poing, débarquèrent et se formèrent en pelotons.

L'officier, qui avait un flair pour reconnaître ses supérieurs, s'approcha sans hésiter de l'amiral.

« Amiral Sandecker ?

— A votre service, répondit-il, ravi d'être reconnu.

— Lieutenant Sanchez, dit l'officier en saluant. Troisième Force de reconnaissance des Marines. »

Sandecker rendit le salut.

« Heureux de vous voir, lieutenant.

— Mes ordres pour notre déploiement n'étaient pas très clairs.

— Combien êtes-vous ?

— Trois pelotons. Quarante hommes y compris moi-même.

— Très bien. Un peloton pour entourer d'un cordon le secteur immédiat, deux pour patrouiller sous bois tout autour de la colline.

— Bien, amiral.

— Et, lieutenant... nous ne savons pas à quoi nous attendre. Dites à vos hommes de marcher sur des œufs. »

Sandecker tourna les talons et approcha de l'issue de secours. Le dernier barreau de la grille avait été coupé. Les plongeurs se tenaient prêts à pénétrer dans le cœur de la colline. Un curieux silence tomba. Tout le monde regardait l'ouverture béante comme si c'était une sinistre porte de l'enfer.

Pitt avait enfilé une combinaison thermique et serrait les sangles de sa bouteille d'air. Quand tout fut en ordre, il fit signe à Riley et à son équipe.

« Allons-y pour un sondage de nuit. »

Sandecker le regarda.

« Sondage de nuit ?

— Un vieux terme de plongeurs pour désigner l'exploration des grottes sous-marines obscures.

— Ne prenez pas de risques et soyez prudent...

— Touchez du bois pour que je trouve le traité là-dedans.

— Des deux mains. L'autre pour que Shaw ne vous devance pas.

— Ouais. Il y a ça, aussi. »

Sur ce, Pitt se glissa dans l'ouverture et disparut dans les ténèbres.

80

La vieille issue de secours plongeait dans les entrailles de la colline. Les parois étaient hautes de plus de deux mètres et portaient les traces du pic des mineurs. L'air était humide, imprégné d'une odeur de mausolée légère mais menaçante. Au bout de vingt mètres, le passage fit un coude et plus aucune clarté ne vint de l'extérieur.

Ils allumèrent leurs torches de plongée et Pitt, suivi par Riley et trois hommes, continua sa marche. Les pas se répercutaient dans l'obscurité opaque tout autour d'eux.

Ils passèrent à côté d'un wagonnet vide dont les petites roues de fer étaient soudées par la rouille aux rails de la voie étroite. Des pics et des pelles étaient entassés dans une niche, comme s'ils attendaient des mains calleuses. Il y avait d'autres vestiges, une lampe de mineur cassée, un énorme marteau, les pages jaunies et collées d'un catalogue Montgomery Ward, ouvertes à des placards publicitaires montrant des pianos droits.

Un éboulis de pierres leur fit perdre vingt minutes pendant qu'ils dégageaient le passage. Tout le monde gardait un œil méfiant sur les madriers vermoulus fléchissant sous le poids du plafond croulant. Ils travaillaient en silence, dans la peur constante d'être écrasés par un éboulement. Enfin ils se frayèrent un chemin entre les pierres et trouvèrent le sol de la galerie inondé.

Quand ils eurent de l'eau aux genoux, Pitt s'arrêta et leva une main.

« Bientôt, nous n'aurons plus pied. Je crois que l'équipe de sécurité devrait installer son P.C. ici. »

Riley approuva. Les trois plongeurs, qui devaient rester en arrière en cas d'urgence, entassèrent les bouteilles de réserve et attachèrent l'extrémité d'un cordage orangé et fluorescent autour d'un grand dévidoir. Tandis qu'ils installaient leur matériel, les torches dansaient sur les parois et leurs voix se répercutaient, amplifiées et bizarres.

Après avoir remplacé leurs bottillons de marche par des palmes, Pitt et Riley empoignèrent le dévidoir et repartirent en déroulant le cordage de sécurité.

Ils eurent bientôt de l'eau jusqu'à la taille. Ils s'arrêtèrent pour mettre leur masque et serrer les dents sur l'embout de leur respirateur. Puis ils plongèrent dans le noir.

L'eau était très froide mais la visibilité étonnamment bonne et Pitt ressentit un frisson de crainte presque superstitieuse quand il aperçut une petite salamandre dont les yeux atrophiés étaient aveugles. Il s'émerveilla qu'une forme de vie puisse exister dans un tel isolement.

L'issue de secours de la carrière descendait en pente douce vers un abîme apparemment sans fond. Elle avait quelque chose de maléfique, comme si une force maudite et innommable était tapie dans les sombres profondeurs au-delà des faisceaux des torches de plongée.

Au bout de dix minutes, ils s'arrêtèrent pour faire le point. Leur indicateur de profondeur annonçait trente-quatre mètres quarante. Pitt examinait Riley à travers son masque. Le chef de plongée vérifia la pression de l'air et fit signe qu'on pouvait continuer.

Le boyau s'élargit et devint un vaste passage aux parois jaune sale. Ils étaient enfin arrivés dans une galerie de la carrière de pierre à chaux. Le sol se nivela et Pitt remarqua que la profondeur n'était plus que de treize mètres. Il braqua sa torche vers le haut. Le rayon se refléta sur une espèce de couverture de mercure. Il remonta comme un fantôme et émergea soudain à l'air libre.

Il refaisait surface au sein d'une poche d'air, dans une grande salle voûtée. Des stalactites pendaient autour de lui, leur pointe à quelques centimètres de l'eau. Trop tard, Pitt replongea pour avertir Riley.

Incapable d'y voir à cause de la réverbération de la surface, Riley cogna violemment son masque contre une pointe de stalactite et le verre se brisa. L'arête de son nez fut entaillée et ses paupières fendues. Il apprendrait plus tard que le cristallin de son œil gauche était perdu.

Pitt se faufila entre les aiguilles de pierre et prit Riley sous les aisselles.

« Qu'est-ce qui s'est passé ? marmonna le blessé. Pourquoi n'avons-nous plus de lumière ?

— Vous avez rencontré le mauvais bout d'une stalactite. Votre torche de plongée s'est cassée. J'ai perdu la mienne. »

Riley n'avala pas le mensonge. Il ôta son gant et se tâta la figure.

— Je suis aveugle, dit-il très simplement.

— Jamais de la vie. »

Pitt détacha le masque brisé et retira avec précaution les plus gros morceaux de verre. L'eau glacée avait tellement engourdi la peau du chef de plongée qu'il ne sentait pas la douleur.

« Quel sale coup. Pourquoi moi ?

— Cessez de vous plaindre. Deux ou trois petits points de suture et votre vilaine gueule sera comme neuve.

— Navré de tout foutre en l'air. Probable que nous nous arrêtons là.

— Parlez pour vous.

— Quoi ? Vous ne revenez pas ?

— Non, je continue.

— Où en est votre réserve d'air ?

— J'en ai à revendre.

— Vous ne tromperez pas un vieux pro, mon pote. Il en reste à peine assez pour rejoindre l'équipe de secours. Si vous continuez, vous jetez votre billet d'aller-retour. »

Pitt attacha le cordage de sécurité autour d'une stalactite qu'il entoura de la main de Riley.

« Suivez la route de pavés jaunes, et attention à la tête.

— Feriez un bide, comme comique. Qu'est-ce que je dis à l'amiral ? Il va me châtrer quand il saura que je vous ai laissé ici.

— Dites-lui, répondit Pitt avec un mince sourire, que j'avais un train à prendre. »

Le caporal Richard Willapa se sentait tout à fait chez lui, en fouillant les bois humides de l'Etat de New York. Descendant direct des Indiens Chinooks de la côte nord-ouest du Pacifique, il avait passé sa jeunesse à traquer le gibier dans les forêts vierges de l'Etat de Washington, affûtant les talents qui lui permettaient de s'approcher à cinq ou six mètres d'un cerf avant que l'animal sente sa présence et s'enfuie.

Son expérience lui servait, alors qu'il relevait les traces d'un récent passage humain. Les empreintes étaient celles d'un homme de petite taille, jugeait-il, portant des bottes de combat de taille 7, semblables aux siennes. Le brouillard humide n'avait pas encore trempé les traces, indiquant à l'œil exercé de Willapa qu'elles n'avaient pas plus d'une demi-heure.

Les pas venaient d'un fourré, s'arrêtaient à un arbre, et repartaient. Willapa nota avec amusement la vapeur légère s'élevant du tronc. Quelqu'un était sorti du fourré pour se soulager et y était retourné.

Il regarda autour de lui mais aucun de ses camarades

n'était visible. Son sergent l'avait envoyé en éclaireur et les autres ne l'avaient pas encore rattrapé.

Furtivement, Willapa grimpa dans la fourche d'un arbre et regarda dans le fourré. De son poste d'observation élevé, il distingua le contour d'une tête et d'épaules voûtées, sur une branche abattue.

« Ça va ! cria-t-il. Je sais que vous êtes là-dedans. Sortez les mains en l'air. »

La réponse fut une grêle de balles qui fit sauter des éclats d'écorce au-dessous de lui.

« Dieu Tout-Puissant ! » marmonna-t-il avec stupéfaction.

Personne ne lui avait dit qu'il risquait de se faire tirer dessus. Il épaula, visa, pressa la détente et arrosa le fourré.

La fusillade sur la colline s'amplifia et se répercuta dans la vallée. Le lieutenant Sanchez sauta sur sa radio de campagne.

« Sergent Ryan, vous me recevez ? »

Ryan répondit presque immédiatement.

« Ici Ryan, j'écoute, mon lieutenant.

— Qu'est-ce qui se passe là-haut, bon Dieu ?

— Nous sommes tombés sur un nid de frelons. On se croirait à Bastogne. J'ai déjà trois blessés. »

Sanchez fut atterré.

« Qui vous tire dessus ?

— C'est sûr que c'est pas des péquenauds avec des fourches. Nous sommes en face d'une unité d'élite.

— Expliquez-vous.

— On nous frappe avec des fusils d'assaut, ces mecs savent drôlement s'en servir. »

« Ce coup-ci, nous sommes bons, cria Shaw en baissant la tête tandis que les salves continues déchiquetaient le feuillage au-dessus d'eux. Ils viennent sur nous par l'arrière.

— C'est pas des amateurs, ces Yankees, lui cria Macklin. Ils prennent leur temps et ils nous tirent comme des lapins.

— Plus ils attendront, mieux ça vaudra. »

Shaw rampa vers la fosse où Caldweiler et trois autres hommes continuaient de creuser frénétiquement sans prendre garde à la bataille qui faisait rage autour d'eux.

« Est-ce qu'il y a une chance de percée ?

— Vous serez le premier à le savoir, grogna le Gallois, le front ruisselant de sueur, alors qu'il hissait un seau contenant une énorme pierre. Nous sommes descendus à vingt-trois mètres, maintenant. C'est tout ce que je peux vous dire. »

Shaw se baissa soudain alors qu'une balle ricochait sur la pierre que tenait Caldweiler et emportait le talon gauche de sa botte.

« Vous feriez mieux de rester caché jusqu'à ce que je vous appelle », dit l'ancien mineur.

Shaw obéit et, d'un bond, se mit à l'abri d'un repli de terrain, à côté de Burton-Angus qui avait l'air de beaucoup s'amuser en ripostant au tir nourri.

« Vous avez touché quelque chose ? lui demanda-t-il.

— Ces salauds-là ne se montrent jamais. Ils ont appris leur leçon au Vietnam. »

Burton-Angus se redressa sur les genoux et tira une longue salve dans un fourré. La riposte fut une pluie de balles qui labourèrent le sol tout autour de lui. D'un mouvement brusque il se leva et retomba sur le dos sans un mot.

Shaw se pencha sur lui. Du sang commençait à sourdre de trois petits trous rapprochés sur sa poitrine. Il leva vers Shaw des yeux déjà voilés, une figure déjà pâlie.

« Bougrement bizarre, murmura-t-il. Se faire tirer dessus sur le sol américain. Qui aurait cru... »

Les yeux devinrent fixes. Il était mort.

Le sergent Bentley émergea des broussailles et parcourut du regard la petite ravine, l'expression amère.

« Trop de braves types meurent aujourd'hui... »

Puis sa figure durcit et il regarda avec prudence par-dessus le rebord du talus. Le tir qui avait tué Burton-Angus, estima-t-il, venait d'en haut. Il détecta un léger mouvement dans le feuillage. Réglant son fusil sur tir semi-automatique, il visa soigneusement et tira six coups.

Il vit avec une sombre satisfaction un corps glisser lentement d'un arbre et s'écraser sur la terre humide.

Le caporal Richard Willapa ne traquerait plus le cerf dans sa forêt natale.

81

Peu après la fusillade, l'amiral Sandecker lança par radio un appel d'urgence, pour l'envoi de médecins et d'ambulances. La réaction fut presque immédiate. Bientôt les sirènes se firent entendre au loin, au moment où les premiers blessés valides commençaient à descendre de la colline.

Heidi boitillait de l'un à l'autre pour administrer les premiers secours et offrir des paroles de réconfort, tout en ravalant ses larmes. Le pire était leur incroyable jeunesse. Tous semblaient avoir moins de vingt ans. Ils étaient pâles et commotionnés. Jamais ils n'avaient prévu qu'ils seraient blessés ni qu'ils mourraient sur leur sol, en combattant un ennemi qu'ils ne voyaient même pas.

Heidi leva les yeux, par hasard, alors que Riley sortait de l'issue de secours, soutenu par deux hommes de l'équipe de plongée, sa figure était un masque cramoisi. La peur lui serra le ventre quand elle se rendit compte qu'il n'y avait aucune trace de Pitt.

Mon Dieu, pensa-t-elle avec affolement. *Il est mort !*

Sandecker et Giordino les remarquèrent en même temps et se précipitèrent.

« Où est Pitt ? demanda l'amiral.

— Encore là-dessous quelque part, marmonna Riley. Il a refusé de faire demi-tour. J'ai essayé, amiral. Je vous jure, j'ai tout fait pour l'empêcher de continuer mais il n'a rien voulu écouter.

— Je n'en attendais pas moins de lui.

— Pitt n'est pas le genre de type à mourir, déclara résolument Giordino.

— Il avait un message pour vous, amiral.

— Lequel ?

— Il tenait à vous dire qu'il avait un train à prendre.

— Il a peut-être réussi à entrer dans la carrière principale ! » s'exclama Giordino, en reprenant espoir.

Riley versa une douche froide sur son optimisme.

« Aucune chance. Il ne doit plus avoir d'air, à présent. Il s'est sûrement noyé. »

La mort dans les ténèbres d'une caverne au plus profond de la terre est une chose à laquelle personne n'aime penser. L'idée est trop monstrueuse, trop horrible à envisager. On a connu des plongeurs perdus et pris au piège, qui s'usaient littéralement les doigts jusqu'à l'os en essayant de se gratter un passage à travers un kilomètre de roche. D'autres renoncent simplement, se croyant revenus dans le ventre de leur mère.

La dernière idée à venir à l'esprit de Pitt était celle de la mort. Cette simple pensée suffirait à déclencher la panique. Il s'appliquait uniquement à conserver son air et à lutter contre la désorientation, spectre éternel des plongeurs en grottes.

L'aiguille de son indicateur de pression vacillait sur la dernière ligne, avant le mot VIDE. Combien de temps lui restait-il ? Une minute, deux, peut-être trois avant qu'il respire par un tuyau vide.

Sa palme souleva accidentellement un nuage de vase aveuglant qui étouffa sa lumière. Il s'immobilisa, en suspension, distinguant à peine la direction de ses bulles d'air devant son masque. Il suivit leur ascension jusqu'à émerger en eau claire, puis il se mit à marcher comme une mouche sur le plafond de la caverne, en se hissant du bout des doigts. C'était une sensation singulière, comme si la gravité n'existait plus.

Une fourche dans le passage surgit de l'obscurité. Il ne pouvait se permettre le luxe d'une perte de temps et, sans réfléchir, il roula sur lui-même et nagea dans l'embranchement de gauche. Soudain, sa lumière éclaira une combinaison déchirée et pourrie dans la vase. Il s'en approcha prudemment. A première vue, elle paraissait froissée et aplatie, comme si son propriétaire l'avait jetée. Le faisceau lumineux glissa sur les jambes, sur le torse creusé et s'arrêta sur le masque encore serré autour de la cagoule. Les orbites vides d'un crâne regardèrent Pitt.

Avec un sursaut, il nagea à reculons pour s'éloigner du macabre spectacle. Les restes d'un des plongeurs perdus lui avaient sauvé la vie, du moins l'avaient brièvement allongée ; le passage devait être une impasse. Les ossements du second plongeur se trouvaient probablement enfouis dans ces ténèbres.

A la fourche, Pitt consulta son compas. Ce fut un geste futile. Il n'avait d'autre choix que d'aller à droite. Il avait déjà abandonné le dévidoir encombrant. Depuis longtemps, sa réserve d'air avait dépassé le point de non-retour.

Il essayait de retenir sa respiration, de conserver son air, mais déjà il sentait diminuer la pression. Il ne lui restait que quelques précieuses secondes.

Il avait la bouche très sèche et ne pouvait avaler ; il commençait à avoir très froid. Il était depuis très longtemps dans l'eau glaciale et éprouvait les premiers symptômes de l'hypothermie. Un calme étrange l'envahit alors qu'il nageait plus profondément dans le noir accueillant.

Pitt accepta la dernière bouffée d'air comme on accepte l'inévitable et se déchargea des bouteilles inutiles qui sombrèrent dans la vase. Il ne sentit pas la douleur quand il se cogna le genou contre un tas de pierres. Une minute, c'était tout ce qui lui restait. L'air de ses poumons ne le mènerait pas plus loin. L'horreur de finir comme les plongeurs de l'autre passage s'imposa à son esprit. Une vision du crâne vide lui apparaissait, semblait le narguer.

Il avait la tête et les poumons en feu, atrocement douloureux. Il continua de nager, n'osant s'arrêter avant que son cerveau cesse de fonctionner.

Quelque chose scintilla, dans le passage. A des kilomètres, apparemment. Sa vision se brouillait. Son cœur battait à ses oreilles et il avait la poitrine écrasée dans un étau. Le dernier atome d'oxygène de ses poumons était épuisé.

Les derniers moments désespérés se refermaient sur lui. Sa sonde de nuit était terminée.

82

Lentement mais sans pitié, le filet se resserrait autour de la troupe réduite de Macklin, qui se battait toujours. Les morts et les blessés gisaient dans une mer de douilles.

Le soleil avait dissipé le brouillard. Ils voyaient mieux leur cible, maintenant, mais ceux qui les entouraient la voyaient aussi. Ils n'avaient pas peur. Dès le début, ils savaient que leurs chances de fuite étaient nulles. Pour le combattant britannique, ce n'était pas une nouveauté que de se battre loin de sa forteresse insulaire.

Macklin se traîna vers Shaw. Il avait le bras gauche en écharpe et un pied enveloppé d'un pansement ensanglanté.

« J'ai peur que ce ne soit la fin, mon vieux. Nous ne pouvons pas les repousser beaucoup plus longtemps.

— Vous et vos hommes avez été admirables, répondit Shaw. Encore bien meilleurs qu'on ne l'espérait.

— Ce sont de braves gens, ils ont fait de leur mieux, murmura le lieutenant avec lassitude. Est-ce qu'il y a des chances de percer dans ce damné trou ?

— Si je demande encore une fois à Caldweiler où il en est, il va probablement me casser la gueule avec une pelle.

— Autant jeter une charge là-dedans et laisser tomber. »

Shaw regarda fixement Macklin. Puis il rampa précipitamment vers la fosse. Les hommes qui hissaient les seaux avaient l'air de tomber d'épuisement. Ils ruisselaient de sueur et respiraient à grands coups.

« Où est Caldweiler ?

— Il est descendu lui-même. Il dit que personne ne peut creuser aussi vite que lui. »

Shaw se pencha sur le trou. Le puits d'aération formait un coude et le Gallois était hors de vue. Shaw l'appela. Une motte de terre, de la taille d'un homme, apparut dans le fond.

« Quoi encore, bon Dieu ?

— Nous n'avons plus de temps, lui cria Shaw. Est-ce qu'on ne peut pas faire sauter ça à l'explosif ?

— Pas bon, répliqua Caldweiler. Les parois s'écrouleront.

— Nous devons le risquer. »

A bout de forces, Caldweiler tomba à genoux.

« Bon. Lancez une charge. Je vais essayer. »

Une minute plus tard, le sergent Bentley fit descendre au bout d'une corde une musette contenant le plastic. Caldweiler tamponna avec précaution les charges flexibles dans des trous profonds, régla les détonateurs et signala qu'on le remonte. Dès qu'il fut à sa portée, Shaw le prit sous les aisselles et le tira à la surface.

Le Gallois fut atterré par la scène de carnage autour de lui. Il ne restait que quatre hommes indemnes, dans la troupe de Macklin, et pourtant ils continuaient de tirailler dans les bois comme des forcenés.

La terre gronda et frémit sous leurs pieds, un nuage de poussière monta du puits. Immédiatement, Caldweiler redescendit. Shaw l'entendit tousser mais ses yeux ne pouvaient pénétrer le tourbillon de poussière.

« Est-ce que les parois ont tenu ? » cria-t-il.

Pas de réponse. Puis il subit une secousse de la corde et la ramena en tirant de toutes ses forces. Il ne sentait presque plus ses bras quand la tête terreuse de Caldweiler apparut enfin. Il crachota des mots incohérents, s'éclaircit la gorge et put enfin annoncer d'une voix éraillée :

« Nous y sommes. Nous avons percé. Dépêchez-vous, avant de vous faire abattre. »

Macklin était là aussi. Il serra la main de Shaw.

« Si nous ne nous revoyons pas, bonne chance.

— Moi de même. »

Le sergent Bentley lui tendit une torche.

« Vous en aurez besoin, monsieur. »

Caldweiler avait noué trois cordes bout à bout.

— Ça devrait vous amener jusqu'au sol de la carrière, dit-il. Maintenant descendez. »

Shaw glissa dans le trou et commença sa descente. Il s'arrêta un instant pour regarder en l'air.

La poussière de l'explosion n'était pas retombée et il ne put voir les visages anxieux.

Sur le bord du périmètre, les hommes du lieutenant Sanchez étaient encore tapis derrière les arbres et les rochers, et ils déversaient un feu nourri dans la ravine pleine de broussailles. Depuis le début de la fusillade, il avait perdu un homme et huit autres étaient blessés. Il avait été touché aussi par une balle traversant sa cuisse de part en part. Il avait ôté son blouson et pansé les trous d'entrée et de sortie avec sa chemise.

« Leur tir s'est calmé, annonça le sergent Hooper entre deux jets de jus de chique.

— C'est un miracle qu'il y en ait encore en vie là-dedans, grogna Sanchez.

— Personne ne se bat si dur, à part les terroristes fanatiques.

— Ils ont été bien entraînés, il faut le reconnaître. »

Le lieutenant se tut brusquement, tendit l'oreille. Puis il regarda entre les deux gros rochers qui l'abritaient.

« Ecoutez !

— Mon lieutenant ?

— Ils ont cessé de tirer.

— Ça pourrait être une ruse pour nous couillonner.

— Je ne crois pas. Passez la consigne du cessez-le-feu. »

Bientôt un étrange silence plana sur les bois déchiquetés. Lentement, un homme se dressa hors des broussailles, son fusil tenu au-dessus de la tête.

« Merde alors, marmonna Hooper. Il est en battle-dress.

— Probablement acheté aux surplus militaires.

— Il a l'air salement satisfait, le salaud. »

Sanchez se releva et alluma nonchalamment une cigarette.

« J'y vais. S'il se met seulement les doigts dans le nez, coupez-le en deux.

— Restez sur le côté, mon lieutenant, pour que nous ne vous ayons pas dans le champ. »

Sanchez acquiesça et s'avança. Il s'arrêta à un mètre ou deux du sergent Bentley et l'examina, notant la figure noircie, le casque à filet hérissé de petits branchages, l'écusson. Le visage n'exprimait aucune peur. Au contraire, il souriait.

« Bonjour, mon lieutenant, dit Bentley.

— C'est vous qui commandez ici ?

— Non, mon lieutenant. Si vous voulez bien me suivre, je vais vous conduire à mon supérieur.

— Vous vous rendez ?

— Oui, mon lieutenant. »

Sanchez leva son fusil.

« C'est bon, après vous. »

Ils passèrent à travers les buissons effeuillés par les balles et descendirent dans la ravine. Sanchez regarda les corps éparpillés, la terre trempée de sang. Les blessés le dévisageaient avec indifférence. Trois hommes, qui paraissaient indemnes, se mirent au garde-à-vous.

« A l'alignement, les gars », ordonna sévèrement Bentley.

Sanchez était dérouté. Ces hommes ne ressemblaient pas à des terroristes. Ils avaient l'air de soldats en uniforme, très disciplinés et entraînés au combat. Bentley le conduisit vers deux hommes assis à côté d'un trou. Celui qui semblait s'être roulé dans la boue pour une publicité de détergent se penchait sur l'autre et coupait une botte pleine de sang. L'homme allongé à côté de lui leva les yeux vers Sanchez et fit un salut militaire impeccable.

« Bonjour. »

Une bande de joyeux drilles, pensa Sanchez.

« C'est vous qui commandez ici ?

— Oui, certainement, répondit Macklin. Puis-je avoir l'honneur de connaître votre nom, lieutenant ?

386

— Lieutenant Richard Sanchez, United States Marine Corps.

— Tiens, comme on se retrouve. Je suis le lieutenant Digby Macklin, des Royal Marines de Sa Majesté. »

Sanchez resta bouche bée. La voix lui manqua et il ne trouva rien d'autre à marmonner que :

« Ah ! ça alors. »

La première chose que remarqua Shaw, quand il descendit par le puits d'aération, ce fut la puanteur humide et moisie qui montait vers lui. Au bout de vingt mètres, il ne put tâter plus longtemps des pieds les parois de terre autour de lui. Il se cramponna à la corde et braqua sa torche dans le noir.

Il avait abouti à une vaste caverne, d'au moins treize mètres de haut. Elle était vide, à part un grand tas de débris dans un coin. La corde s'arrêtait à quatre mètres du sol. Il fourra sa torche dans sa ceinture, aspira profondément et lâcha tout.

Il tomba comme un caillou dans l'obscurité d'un puits, une sensation effrayante qu'il n'aimerait jamais retrouver.

Tout l'air s'échappa de ses poumons quand il atterrit. Il aurait dû tomber tout droit, ses jambes absorbant le choc, mais quand il bascula sur le côté, son poignet frappa quelque chose de dur et il entendit le craquement inquiétant de l'os fracturé.

Pendant deux ou trois minutes il resta assis, serrant les dents, grimaçant de douleur et s'apitoyant sur son sort. Enfin, il se secoua en se disant que d'ici quelques minutes les Américains allaient descendre.

A tâtons, il prit sa torche à sa ceinture et l'alluma. Heureusement, elle n'était pas cassée.

Il se trouvait à côté des rails d'une voie étroite qui disparaissaient dans un tunnel, au fond de la caverne. D'une main, il déboucla et ôta maladroitement sa ceinture, pour en faire une écharpe de fortune, se releva et suivit la voie dans le tunnel.

Il marchait entre les rails, en veillant à ne pas buter contre les traverses. Au bout d'une cinquantaine de mètres, la voie monta en pente douce. Shaw s'arrêta et braqua sa torche devant lui.

Deux yeux rouges monstrueux parurent le regarder.

Avec précaution il s'approcha, son pied heurta quelque chose de résistant et, baissant les yeux, il vit d'autres rails, beaucoup plus écartés, ceux-là, une voie plus large encore que celle des chemins de fer britanniques. Il sortit du tunnel dans une autre caverne.

Mais celle-ci était une immense crypte pleine de morts.

Les yeux rouges étaient deux lanternes montées à l'arrière d'une voiture de chemin de fer. Sur la plateforme d'observation il y avait deux corps, deux momies plutôt, encore entièrement vêtus. Leurs crânes noircis regardaient dans les ténèbres éternelles.

Shaw eut l'impression que ses cheveux se dressaient sur sa tête et il oublia la douleur de son poignet. Pitt avait eu raison. La carrière souterraine livrait le secret du *Manhattan Limited*.

Il regarda autour de lui, s'attendant à voir un squelette vêtu d'un linceul et tenant une faux, qui lui ferait signe d'un index osseux, et l'appellerait. Il longea la voiture en remarquant avec surprise qu'elle n'était pas rouillée. Au marchepied, juste avant le soufflet, un autre tas gisait, la tête appuyée contre une roue d'acier. Par curiosité morbide, Shaw s'accroupit et l'examina.

A la lumière de la torche, la peau, d'un marron-gris foncé, avait la consistance du cuir. Au fil des mois et des années, le corps s'était desséché et durci, momifié naturellement dans l'air sec de la carrière. La casquette à visière, encore posée sur la tête, révélait que cet homme avait été le contrôleur.

Il y en avait d'autres, des dizaines, dans tout le train, figés dans l'ultime posture de la mort. La plupart avaient péri assis, quelques-uns étaient allongés. Les vêtements étaient dans un état de conservation remarquable et Shaw n'eut aucun mal à distinguer les hommes des femmes.

Plusieurs cadavres étaient raidis dans des positions tordues, sous la porte ouverte du fourgon. Devant eux, un tas de caisses en bois étaient en partie chargées dans un wagonnet de mine. Une des momies avait ouvert une caisse et tenait un bloc rectangulaire contre sa poitrine. Shaw frotta la poussière de l'objet et fut stupéfait de voir briller de l'or.

Mon Dieu, pensa-t-il. Au taux d'aujourd'hui, il doit y avoir pour plus de trois cents millions de dollars là-dedans !

Malgré la tentation de s'attarder pour contempler ce trésor, Shaw se força à continuer son exploration. Ses vêtements étaient trempés de sueur et pourtant il avait l'impression d'être dans une chambre froide.

Le mécanicien était mort dans sa locomotive. Le grand monstre de fer était couvert par près d'un siècle de poussière mais Shaw pouvait encore déchiffrer les beaux chiffres d'or « 88 » et la bande rouge sur le flanc.

A dix mètres devant le « ramasse-vaches » de la loco-motive, un énorme éboulement bouchait l'entrée prin-cipale de la carrière. La plupart des morts se trouvaient là, leurs mains décharnées encore crispées sur des man-ches de pelles et de pioches. Ils avaient dû creuser fré-nétiquement jusqu'à leur dernier souffle et avaient déplacé des tonnes de pierres, mais c'était dérisoire. Cent hommes n'auraient pu traverser en un mois cette montagne de terre et de roche.

Malgré sa volonté, Shaw tremblait. Comment était-ce arrivé ? Une horreur indicible planait sur ces lieux. Impuissants, pris au piège dans une sombre prison sou-terraine, quelles tortures de l'esprit ces malheureux avaient-ils endurées avant que la mort les délivre ?

Il fit le tour de la locomotive et du tender puis il monta dans la première voiture Pullman et la longea. La pre-mière chose qu'il y vit fut une femme allongée sur une couchette, serrant dans ses bras deux petits enfants. Il se détourna et continua d'avancer.

Il fouilla dans tous les bagages à main qui paraissaient pouvoir contenir le Traité Nord-Américain. La fouille était d'une lenteur désespérante. Il se pressa, quand une panique glacée s'empara de lui. La lumière de sa torche baissait, les piles ne dureraient plus que quelques minutes.

La septième et dernière voiture Pullman, celle aux macabres occupants de la plate-forme d'observation, portait sur sa porte l'emblème de l'aigle américain. Shaw s'en voulut amèrement de n'avoir pas commencé par là. Il tourna le bouton de porte, la poussa, entra. Il fut saisi par l'opulence de la voiture privée.

Un corps coiffé d'un chapeau melon, un journal jauni recouvrant sa figure, se vautrait dans un fauteuil à pivot en velours rouge capitonné. Deux de ses compagnons étaient courbés sur une table de salle à manger en acajou, la tête sur les bras repliés. L'un d'eux portait un pantalon et un veston de coupe anglaise, l'autre un costume léger. Ce fut ce dernier qui intéressa immédiatement Shaw. Une main desséchée se crispait sur la poignée d'un petit sac de voyage.

Comme s'il avait peur de réveiller l'homme, Shaw dégagea laborieusement le sac des doigts rigides.

Soudain il se figea. Du coin de l'œil, il avait cru percevoir un mouvement imperceptible. Mais ce ne pouvait être qu'une illusion. Les ombres dansantes réveillaient des peurs innées. Il se dit que s'il laissait faire son imagination, sa faible lumière pourrait donner l'apparence de la vie à n'importe quoi.

Et puis son cœur s'arrêta. Un cardiologue dirait que c'est impossible. Mais son cœur s'arrêta de battre alors qu'il était paralysé par le reflet dans la vitre.

Derrière lui, le cadavre au chapeau melon dans le fauteuil rouge se redressait. Puis la chose hideuse abaissa son journal et sourit à Shaw.

Dirk Pitt désigna de la tête le sac de voyage.

« Vous ne trouverez pas là-dedans ce que vous cherchez. »

Jamais Shaw ne put nier, plus tard, qu'il avait été épouvanté à en devenir idiot. Il se laissa tomber dans un fauteuil, attendant que son cœur se remît en marche. Il voyait maintenant que Pitt portait une vieille redingote sur une combinaison de plongée noire. Quand il reprit finalement ses esprits, il marmonna :

« Vous avez une façon déconcertante d'annoncer votre présence. »

Pitt ajouta au faible éclairage la lumière de sa torche puis il reporta nonchalamment son attention sur le vieux journal.

« J'ai toujours su que je suis né quatre-vingts ans trop tard. Voilà une Stutz Bearcat torpédo d'occasion, avec un kilométrage réduit, pour six cent soixante-dix dollars seulement. »

Depuis douze heures, Shaw avait épuisé toutes ses réactions émotives et n'était guère d'humeur à plaisanter.

« Comment avez-vous fait pour arriver ici ? demanda-t-il.

— J'ai nagé en passant par l'issue de secours, répondit Pitt en continuant de parcourir les petites annonces d'automobiles. J'ai usé tout mon air et failli me noyer. Je serais mort si je n'avais eu la chance de trouver une poche d'air sous un vieil engin de terrassement submergé. Une bouffée de plus m'a permis de déboucher dans un tunnel latéral. »

D'un geste large Shaw désigna tout l'intérieur du Pullman.

« Que s'est-il passé ici ?

— A cette table, l'homme au sac de voyage est, ou plutôt était, Richard Essex, sous-secrétaire d'Etat. L'autre était Clement Massey. A côté de Massey, il y a une lettre d'adieu à sa femme. Elle raconte toute la tragique histoire. »

Shaw prit la lettre et cligna des yeux devant l'encre fanée.

« Ainsi, ce Massey était un pilleur de trains.

— Oui, il visait le fourgon d'or.

— Je l'ai vu. Il y a de quoi racheter la Banque d'Angleterre.

— Le plan de Massey était incroyablement complexe pour son époque. Ses complices et lui ont arrêté le train à un poste d'aiguillage abandonné, appelé Mondragon Hook. Là, ils ont forcé le mécanicien à conduire le *Manhattan Limited* sur le vieil embranchement, jusqu'à la carrière, avant que les voyageurs s'aperçoivent de ce qui se passait.

— A en juger par tout ça, il a obtenu plus qu'il n'escomptait.

— Par plus d'un côté. Ils n'eurent pas de mal à maîtriser les gardes du fourgon. Cette partie du plan avait été bien répétée. Mais les cinq gardes du corps militaire escortant Essex et le traité à Washington ont été une dure surprise. Quand la fusillade s'est calmée, les gardes étaient tous morts et Massey avait perdu trois hommes.

— Apparemment, ça ne l'a pas arrêté, dit Shaw, lisant la lettre.

— Non, il a suivi le plan et maquillé la catastrophe du viaduc Deauville-Hudson. Puis il est revenu à la carrière et a fait détoner les charges de poudre noire pour boucher l'entrée. Il avait maintenant tout son temps pour décharger l'or et fuir par l'issue de secours.

— Comment était-ce possible, si elle était inondée ?

— Les plans les mieux ourdis... L'issue de secours monte à un plus haut niveau que le fond de la carrière où s'est produite la première inondation. Quand Massey a kidnappé le *Manhattan Limited*, la sortie de secours était encore à sec. Mais lorsqu'il a fait sauter l'entrée, les ondes de choc ont ouvert des fissures souterraines et les infiltrations d'eau sont apparues dans le puits et ont coupé toute chance d'évasion, condamnant tout le monde à une mort lente et horrifiante.

— Pauvres diables... Ils ont dû mettre des semaines à périr de froid et de faim.

— Bizarre que Massey et Essex se soient assis à la même table pour mourir ensemble, murmura Pitt. Je me demande ce qu'ils se sont trouvé en commun, à la fin. »

Shaw braqua sa torche sur Pitt.

« Dites-moi, monsieur Pitt, vous êtes venu seul ?

— Oui, mon camarade de plongée a fait demi-tour.

— Je suppose que vous avez le traité. »

Pitt examina Shaw par-dessus le journal, ses yeux verts impénétrables.

« Vous supposez juste. »

Shaw glissa une main dans sa poche et braqua le Beretta 25.

— Alors je crains que vous ne deviez me le remettre.

— Pour que vous le brûliez ? »

Shaw hocha silencieusement la tête.

« Navré, dit Pitt sans se troubler.

— J'ai l'impression que vous ne comprenez pas pleinement la situation.

— Il est évident que vous êtes armé.

— Et vous ne l'êtes pas.

— J'avoue que cette idée ne m'est pas venue à l'esprit.

— Le traité, monsieur Pitt, s'il vous plaît.

— Il est à qui le trouve, monsieur Shaw. »

Shaw poussa un long soupir.

« Je vous dois la vie, alors je manquerais aux devoirs les plus élémentaires en vous tuant. Cependant, la copie du traité a infiniment plus d'importance pour mon pays que la dette personnelle entre nous.

— Votre copie a été détruite à bord de l'*Empress of Ireland.* Celle-ci appartient aux Etats-Unis.

— Peut-être, mais le Canada appartient à la Grande-Bretagne. Et nous n'avons aucune intention d'y renoncer.

— L'empire ne peut durer éternellement.

— L'Inde, l'Egypte et la Birmanie, pour ne citer que quelques possessions, n'ont jamais été définitivement à nous. Mais le Canada a été colonisé et bâti par les Britanniques.

— Vous oubliez les leçons d'histoire, Shaw. Les Français étaient là les premiers. Ensuite, les Anglais, Après vous, sont venus les immigrants, les Allemands, les Polonais, les Scandinaves et même les Américains qui se sont installés au nord, dans les provinces occidentales. Votre gouvernement tenait les rênes en maintenant une struc-

393

ture de pouvoir dirigée par des gens nés ou élevés en Angleterre. La même chose est vraie de vos autres pays du Commonwealth. Les gouvernements locaux et les grandes industries peuvent être dirigés par des autochtones, mais les hommes qui prennent les décisions majeures sont envoyés par Londres.

— Ce système s'est révélé parfaitement efficace.

— La géographie et la distance finiront par vaincre le système. Aucun gouvernement ne peut indéfiniment en gouverner un autre à des milliers de kilomètres.

— Si le Canada quitte le Commonwealth, l'Australie ou la Nouvelle-Zélande risquent d'en faire autant, et même l'Ecosse et le pays de Galles. Je ne puis rien imaginer de plus désolant.

— Qui peut dire où passeront les frontières nationales d'ici mille ans ? Et d'ailleurs, cela intéresse qui ?

— Moi, monsieur Pitt. Je vous prie de me remettre le traité. »

Pitt ne répondit pas mais tourna la tête, l'oreille tendue. Un bruit de voix lointaines lui parvenait d'une galerie.

« Vos amis m'ont suivi par le puits d'aération, dit Shaw. Nous n'avons plus de temps.

— Vous me tuerez et ils vous tueront.

— Pardonnez-moi, monsieur Pitt. »

Le canon du Beretta se pointa entre les deux yeux de Pitt.

Une détonation assourdissante claqua dans le sombre silence de la caverne. Pas le bruit sec d'un Beretta de petit calibre mais l'explosion d'un Mauser automatique 7,63, la tête de Shaw bascula de côté et il se tassa dans son fauteuil.

Pitt examina le trou fumant au centre de son journal, puis il se leva, posa le Mauser sur la table et souleva Shaw pour l'allonger par terre.

Il leva les yeux au moment où Giordino bondissait par la porte comme un taureau furieux, tenant un fusil de guerre devant lui. Il s'arrêta net et regarda avec stupéfaction le chapeau melon encore juché sur la tête de Pitt. Puis il remarqua Shaw.

« Mort ?

— Ma balle lui a éraflé le crâne. Le vieux est solide. Après une sale migraine et quelques points de suture, il va probablement revenir à l'assaut pour avoir ma peau.

— Où est-ce que tu as trouvé une arme ?

— Je l'ai empruntée à ce monsieur, répondit Pitt en désignant la momie de Clement Massey.

— Le traité ? » demanda anxieusement Giordino.

Pitt fit glisser un grand feuillet d'entre les pages de son journal et le tint devant sa torche de plongée.

« Le Traité Nord-Américain, annonça-t-il. A part un trou calciné entre deux paragraphes, il est aussi lisible que le jour où il a été signé. »

84

Dans l'antichambre du Sénat canadien, le Président des Etats-Unis arpentait nerveusement le tapis et son expression révélait une profonde appréhension. Alan Mercier et Harrison Moon entrèrent et attendirent en silence.

« Pas de nouvelles ? demanda le Président.

— Aucune », répondit Mercier.

Moon avait une mine lugubre et découragée.

« Le dernier message de l'amiral Sandecker laisse entendre que Pitt a pu se noyer dans la carrière. »

Le Président serra l'épaule de Mercier comme s'il voulait puiser des forces chez lui.

« Je n'avais pas le droit d'attendre l'impossible.

— Le jeu valait la chandelle. »

Le Président ne pouvait se défaire de l'accablement qui lui serrait le cœur.

« Toute excuse à un échec sonne creux. »

Le secrétaire d'Etat Oates apparut sur le seuil.

« Le Premier ministre et le gouverneur général sont arrivés dans la salle du Sénat, monsieur le Président. Les ministres sont assis et attendent. »

La douleur de la défaite était visible dans les yeux du Président.

« Messieurs, il semble qu'il ne reste plus de temps, pour nous comme pour les Etats-Unis. »

La tour de la Paix de quatre-vingt-quinze mètres, formant le bloc central de l'immeuble du Parlement, grandissait progressivement à travers le pare-brise de l'appareil A.D.A.V. Scinletti, alors qu'il tournait au-dessus de l'aéroport d'Ottawa.

« Si nous ne sommes pas mis en attente par la tour de contrôle, dit Jack Westler, nous devrions nous poser dans cinq minutes.

— Laissez tomber l'aéroport. Posez-nous sur la pelouse devant le Parlement. »

Westler ouvrit de grands yeux.

« Je ne peux pas faire ça ! Je perdrais ma licence de pilote.

— Je vais vous faciliter les choses. »

Pitt tira le vieux Mauser du sac de voyage de Richard Essex et vissa le canon dans l'oreille du jeune pilote.

« Maintenant atterrissez.

— Si vous tirez... si vous me tuez, nous allons nous écraser, bégaya Westler.

— Qui a besoin de vous ? répliqua froidement Pitt. J'ai plus d'heures de vol que vous. »

Blanc comme un linge, Westler entama sa descente.

Une foule de touristes qui photographiaient un agent à cheval de la Police montée canadienne levèrent le nez vers le ciel au bruit des moteurs, puis ils se dispersèrent comme un tourbillon. Pitt jeta le pistolet sur son siège, ouvrit la portière et sauta avant que les roues se posent sur la pelouse.

Il fonça parmi les badauds, avant que le Mountie ahuri ait le temps d'intervenir. La porte de la tour de la Paix était bloquée par des rangées de touristes, qui espéraient apercevoir le Président. Pitt les bouscula, sourd aux cris des gardes.

Une fois dans le grand hall, il fut un instant désorienté. Deux douzaines de câbles serpentaient sur le sol.

Il les suivit en courant, sachant qu'ils aboutissaient aux vidéo-caméras chargées d'enregistrer le discours du Président. Il allait atteindre la porte de la salle du Sénat, quand un Mountie gigantesque, en grande tenue écarlate, lui barra le chemin.

« Pas plus loin, vous !

— Conduisez-moi auprès du Président, vite ! » cria Pitt.

A peine eut-il parlé qu'il se rendit compte de l'absurdité de sa requête.

Le Mountie regardait d'un air incrédule son incroyable tenue. Pitt n'avait eu que le temps d'ôter le haut de sa combinaison thermique et d'emprunter la veste de Giordino — de deux tailles trop petite — avant de sauter dans l'avion de Westler. Il portait encore le fuseau de caoutchouc et il était pieds nus.

Deux autres Mounties surgirent qui l'empoignèrent par les bras.

« Ouvrez l'œil, les gars ! Il pourrait avoir une bombe dans cette sacoche !

— Il n'y a rien là-dedans qu'un bout de papier ! » protesta Pitt, ivre de rage.

Des touristes s'approchaient, curieux de connaître la raison de ce brouhaha, prenaient des photos.

« Nous ferions mieux de l'éloigner d'ici », dit le grand Mountie, en s'emparant du sac de voyage.

Jamais Pitt n'avait été aussi désespéré.

« Enfin, bon Dieu, écoutez-moi, je... »

Il allait être emmené sans cérémonie quand un homme en costume de ville bleu marine fendit la foule. Il jeta un coup d'œil à Pitt et s'adressa au Mountie.

« Vous avez des ennuis, agent ? demanda-t-il en exhibant sa carte du Service Secret U.S.

— Un terroriste qui essaie de pénétrer dans le Sénat... »

Brusquement, Pitt se dégagea et s'élança vers le nouveau venu.

« Si vous êtes du Service Secret, aidez-moi ! cria-t-il sans même s'apercevoir qu'il hurlait.

— Doucement, mon vieux, dit l'homme en portant vivement une main à son pistolet, sous l'aisselle.

— J'ai un document important pour le Président. Je m'appelle Pitt. Il m'attend. Il faut absolument que vous me conduisiez auprès de lui ! »

Les Mounties se jetèrent de nouveau sur lui, avec fureur cette fois. L'agent du Service Secret leva une main.

« Un instant, dit-il, puis il examina Pitt d'un air sceptique. Je ne pourrais pas vous conduire auprès du Président, même si je le voulais.

— Alors trouvez-moi Harrison Moon ! gronda Pitt qui commençait à se lasser de cette situation grotesque.

— Moon vous connaît ?

— Je vous prie de le croire ! »

Mercier, Oates et Moon, assis dans l'antichambre du Sénat, regardaient le Président sur un écran de contrôle de la télévision quand la porte s'ouvrit à la volée et une horde d'agents du Service Secret, de Mounties et de gardes du Sénat fit irruption comme un raz de marée, en poussant Pitt, de toutes leurs mains.

« Rappelez les chiens ! glapit Pitt. Je l'ai ! »

Mercier se leva d'un bond, bouche bée, trop ahuri pour réagir immédiatement.

« Qui est cet homme ? demanda Oates.

— Dieu de Dieu, c'est Pitt ! » souffla Moon.

Les bras cloués au corps, un œil à moitié fermé par un coup de poing sournois, Pitt désigna de la tête le vieux sac de voyage que tenait le grand Mountie.

« La copie du traité est là-dedans. »

Pendant que Mercier se portait garant de Pitt et chassait de la pièce tous les agents, Oates examina les termes du traité. Enfin il releva les yeux, l'air hésitant.

« C'est vrai ? Je veux dire, ce n'est pas un faux ? »

Pitt s'écroula dans un fauteuil, tâtant avec précaution l'enflure sous l'œil au beurre noir ; sa longue mission était apparemment terminée.

« Soyez tranquille, monsieur le ministre, vous tenez en main l'article authentique. »

Mercier revint, après avoir fermé la porte, et feuilleta rapidement la copie du discours du Président.

« Il est à deux minutes environ de sa déclaration, annonça-t-il.

— Il faut vite lui porter ça ! » s'exclama Moon.

Mercier se tourna vers l'homme épuisé dans le fauteuil.

« Je crois que M. Pitt devrait avoir cet honneur. Il représente les hommes qui sont morts pour cette feuille de papier. »

Pitt se redressa aussitôt.

« Moi ? Je ne peux pas me présenter devant cent millions de téléspectateurs regardant le Parlement canadien et interrompre une allocution présidentielle ! Pas comme ça ! J'ai l'air d'un ivrogne de bal costumé !

— Inutile, dit Mercier en souriant. J'interromprai moi-même le Président et je lui demanderai de venir ici un instant. Ensuite, ce sera à vous. »

Dans le décor rouge sombre du Sénat, les membres du gouvernement canadien étaient médusés par l'invitation du Président des Etats-Unis à entamer des négociations pour la fusion des deux nations. C'était la première fois qu'ils en entendaient parler. Seul Charles Sarveux restait imperturbable, calme, impassible.

Des murmures coururent sur les bancs, quand le conseiller du Président pour la Sécurité nationale monta à la tribune et lui parla à l'oreille. L'interruption d'un important discours était une chose inconcevable, un manquement à tous les usages, et ne pouvait que provoquer des mouvements divers.

« Je vous prie de m'excuser un moment », dit le Président, ce qui mit le comble au mystère.

Quittant la tribune, il poussa la porte de l'antichambre.

A ses yeux, Pitt apparut comme une épave sortie de l'enfer. Il s'avança et l'entoura de ses bras.

« Monsieur Pitt, vous ne pouvez savoir combien je suis heureux de vous voir !

— Navré d'être en retard. »

Ce fut tout ce que Pitt trouva à répondre. Puis il se força à sourire et présenta avec précaution le papier troué.

« Le Traité Nord-Américain. »

Le Président le prit et le parcourut vivement. Quand il releva la tête, Pitt fut surpris de voir des larmes briller dans ses yeux. D'une voix brisée par l'émotion, le Président murmura un « merci » étranglé et le quitta.

Mercier et Moon se rassirent devant la télévision et regardèrent le Président remonter à la tribune.

« Je vous présente toutes mes excuses pour cette interruption, mais un document d'une immense portée historique vient à peine de m'être remis. Il s'agit du Traité Nord-Américain... »

Dix minutes plus tard, le Président concluait solennellement :

« Ainsi, depuis soixante-quinze ans, selon les termes ici présentés, le Canada et les Etats-Unis ont existé à leur insu comme deux nations alors que, selon la loi internationale, ils n'en formaient qu'une... »

Mercier laissa échapper un soupir de soulagement.

« Dieu soit loué, il ne les a pas giflés en déclarant qu'ils nous appartenaient.

— L'avenir nous jugerait mal, poursuivit le Président, si nous ne considérions pas le formidable potentiel que nous ont légué nos anciens dirigeants. Nous ne devons plus être séparés les uns des autres comme nous l'avons été par le passé. Nous ne devons plus nous considérer comme des Anglais-Canadiens, des Anglo-Américains, des Canadien-Français ou des Mexico-Américains. Nous devons nous considérer simplement comme des Américains. Parce que c'est ce que nous sommes, des Nord-Américains... »

Les membres du Parlement, du gouvernement, les premiers ministres des provinces manifestaient divers degrés d'émotion. Certains rageaient en silence, d'autres paraissaient songeurs, d'autres encore hochaient la tête comme s'ils étaient d'accord. Il était clair que le Président ne brandissait pas le traité au-dessus de leur tête comme un gourdin. Il n'exigeait rien, il ne menaçait pas.

Mais pas un instant ils ne pouvaient douter que le pouvoir était là.

« Nos deux histoires sont étroitement mêlées, nos deux peuples singulièrement semblables par le mode de vie et la sensibilité. La seule différence fondamentale entre nous est un attachement à la tradition... Si les provinces du Canada décident d'aller chacune de leur côté, elles affronteront un long et difficile voyage qui ne peut se terminer que par des collisions. Pour le bien de tous, cela ne doit pas arriver. Par conséquent, je fais appel à vous pour que vous construisiez avec moi la nation la plus puissante de la terre... Les Etats-Unis du Canada. »

Quand le Président se tut, les applaudissements furent discrets et dispersés, les auditeurs restaient assommés, ne sachant trop comment prendre cette proposition d'une seule nation. L'inconcevable avait enfin été dévoilé au grand jour.

Mercier soupira et tourna le bouton de la télévision.

« Eh bien, c'est commencé, murmura-t-il.

— Oui, dit Oates. Grâce à Dieu, le traité est arrivé à temps, sinon nous aurions assisté à un désastre politique. »

Instinctivement, ils se tournèrent tous pour exprimer leurs remerciements à celui qui avait tant fait pour eux.

Mais Dirk Pitt dormait profondément.

85

La Rolls du Premier ministre s'arrêta à côté de l'immense avion portant le sceau présidentiel. Les hommes du Service Secret descendirent des autres voitures du cortège et se disposèrent discrètement de part et d'autre de la rampe d'embarquement.

Dans la limousine, Sarveux se pencha et tira sur l'abattant d'une table de noyer ciré, encastrée dans le dossier du siège avant. Puis il ouvrit un coffret et y prit une carafe en cristal de whisky Seagram's Crown Royal et deux gobelets.

« Buvons à deux vieux et bons amis qui ont couvert un bien long chemin.

— Vous pouvez le dire, acquiesça le Président en soupirant. Si jamais quelqu'un avait découvert que nous travaillions tous deux en secret, durant toutes ces années, pour formuler le concept d'une nation unique, nous aurions été fusillés pour haute trahison. »

Sarveux sourit légèrement.

« Chassés de nos fonctions, peut-être, mais sûrement pas fusillés. »

Le Président but un peu de whisky, l'air songeur.

« Bizarre, comme une conversation à bâtons rompus entre un jeune ministre et un tout nouveau sénateur, devant la cheminée d'un pavillon de chasse, il y a si longtemps, a pu changer le cours de l'histoire.

— Le bon moment et le lieu bien choisi, pour une rencontre de hasard entre deux hommes partageant le même rêve...

— La fusion des Etats-Unis et du Canada était inévitable. Sinon d'ici cinquante ans, au moins d'ici deux siècles. Vous et moi avons simplement œuvré ensemble pour avancer la date.

— J'espère que nous n'aurons pas à le regretter.

— Un continent uni, avec presque la même population et la même superficie que l'Union soviétique, n'a rien à regretter. Ce sera peut-être le salut des deux pays.

— Les Etats-Unis du Canada, murmura Sarveux. Je trouve que ça sonne bien.

— Comment envisagez-vous l'avenir ?

— Les Provinces Maritimes — Terre-Neuve, la Nouvelle-Ecosse, et le Nouveau-Brunswick — sont déjà coupées du reste du Canada par le Québec indépendant. Elles auront tout intérêt à entrer dans l'Union ces mois prochains. Le Manitoba et le Saskatchewan suivront. Une décision facile pour ces provinces, parce qu'elles ont toujours eu des liens étroits avec vos Etats agricoles du Nord-Ouest. Ensuite, je pense que la Colombie Britannique entamera des négociations. Ainsi, ayant perdu les grands ports de l'Atlantique et du Pacifique, les autres provinces s'aligneront progressivement.

— Et le Québec ?

— Les Français vont temporairement exulter dans leur indépendance. Mais à la froide lumière des inévitables difficultés économiques, ils accepteront la souveraineté générale comme une assez bonne affaire, après tout.

— Et la Grande-Bretagne ? Comment va-t-elle réagir ?

— Comme avec l'Inde, l'Afrique du Sud et les autres colonies. Elle nous dira adieu à regret.

— Quels sont vos projets, mon ami ?

— Je me porte candidat à la Présidence du Québec.

— Je ne vous envie pas. Ce sera une lutte difficile et dure.

— Oui, mais je gagnerai, nous gagnerons. Le Québec aura fait un pas de plus pour se joindre à l'Union. Et, ce qui est plus important, j'occuperai une position me permettant de garantir la fourniture d'électricité de James Bay et d'assurer que vous bénéficierez du développement de votre découverte pétrolière dans la baie d'Ungava. »

Le Président posa son gobelet vide sur la table et regarda Sarveux.

« Je suis désolé, pour Danielle. La décision de vous parler de sa liaison avec Henri Villon n'a pas été facile à prendre. Je ne savais pas comment vous l'accueilleriez ni même si vous me croiriez.

— Je vous ai cru, dit tristement Sarveux, parce que je savais que c'était vrai.

— S'il y avait eu un autre moyen...

— Il n'y en avait pas. »

Il ne restait plus rien à dire. Le Président ouvrit la portière. Sarveux le prit par le bras et le retint.

« Une dernière question doit être réglée entre nous.

— Oui ?

— Le Traité Nord-Américain. Si tout le reste échoue, allez-vous forcer le Canada à respecter ses clauses ?

— Oui, répondit le Président, une lueur dure dans les yeux. Il n'est plus question de reculer. Si je le dois, je n'hésiterai pas à faire respecter le traité. »

86

Il pleuvait quand Heidi entra en boitant dans la salle d'embarquement de la T.W.A. à l'aéroport Kennedy, un de ces déluges de New York qui arrachait les feuilles des arbres et ralentissait la circulation de l'heure de pointe à une allure d'escargot. Elle portait son uniforme d'officier de marine sous un imperméable bleu et ses cheveux scintillants de gouttes d'eau dépassaient de la casquette blanche réglementaire. Elle posa sur le tapis son sac de voyage à bandoulière et, se tenant en équilibre sur sa jambe valide, elle s'assit dans un fauteuil.

Après le tourbillon des dernières semaines, la perspective d'un retour à la routine la déprimait. Elle n'avait pas revu Pitt depuis qu'il était parti précipitamment pour Ottawa et les Marines gardant Brian Shaw avaient refusé de la laisser approcher avant qu'il soit transporté, inanimé, par ambulance, dans un hôpital militaire. Dans le feu de l'action, on l'avait pratiquement oubliée. C'était uniquement grâce à la prévenance de l'amiral Sandecker qu'elle avait été conduite à New York pour un sommeil bien mérité au Plaza Hotel et que sa place avait été retenue en première classe, sur un vol du lendemain, pour regagner son poste à San Diego.

Elle regarda par la fenêtre les flaques formées sur la piste par la pluie, qui reflétaient en deux dimensions les lumières multicolores. Si elle avait été seule, elle se serait permis le luxe d'une bonne crise de larmes. En se rappelant comment Shaw l'avait émue, elle fut prise d'une profonde nostalgie. Il avait envahi sa vie et elle regrettait maintenant l'amour qu'il lui avait volé. Mais elle n'éprouvait pas de remords, rien que de l'irritation contre elle-même, pour avoir perdu le contrôle.

Sourde et aveugle aux passagers qui l'entouraient, elle essaya de chasser de sa mémoire les sentiments et les actions honteuses des dernières semaines.

« J'ai déjà vu des créatures mélancoliques, dit une voix familière à côté d'elle, mais vous, madame, vous remportez la palme.

— Ça se voit tant ? demanda-t-elle, surprise d'entendre sa voix si calme.

— Comme un nuage noir devant le coucher de soleil », répliqua Pitt avec un sourire malicieux.

Il portait un blazer marine et un pantalon rouge et la regardait au-dessus d'un énorme bouquet de fleurs diverses.

« Vous ne pensiez pas que j'allais vous laisser vous esquiver sans dire au revoir ?

— Au moins, quelqu'un s'est souvenu... »

Heidi se sentait moite, dépenaillée, fatiguée, blessée, rejetée.

« Ne faites pas attention si je me montre garce, dit-elle. C'est ma soirée d'apitoiement.

— Voici qui vous égaiera peut-être. »

Il déposa les fleurs sur ses genoux. Le bouquet était si grand qu'elle en émergeait à peine.

« Elles sont magnifiques. Je crois que je vais pleurer, maintenant.

— Non, je vous en prie. J'ai toujours voulu acheter une boutique de fleuriste à une jolie fille. »

Elle tira Pitt vers elle, l'embrassa sur la joue et refoula ses larmes.

« Merci, Dirk. Vous serez toujours mon plus cher ami.

— Un ami ? Vous ne pouvez pas faire mieux ?

— Pouvons-nous jamais être autre chose, l'un pour l'autre ?

— Non... sans doute pas... Curieux que deux êtres si exceptionnels n'aient pas été capables de tomber amoureux.

— Dans mon cas, c'était à cause de quelqu'un d'autre.

— La duplicité des femmes ! Elles tombent dans les bras d'hommes qui les traitent comme des paillassons et elles finissent par épouser un bon bourgeois. »

Elle évita le regard de Pitt et regarda par la vitre.

« Nous n'avons jamais appris à maîtriser nos sentiments.

— Shaw vous aime ?

— J'en doute.

— Vous l'aimez ?

— Je perds mon sens pratique quand il s'agit de Brian. Oui, je l'aime, pour tout le bien que ça me fera. Nous nous consumions mutuellement. Il avait ses raisons, moi les miennes. S'il voulait de moi, je me précipiterais tout de suite vers lui. Mais ça n'arrivera jamais.

— Voilà la triste figure qui revient ! Je refuse d'expédier une femme larmoyante à bord d'un avion. Vous ne me laissez pas le choix et je suis obligé de vous distraire avec un de mes tours de magie. »

Heidi rit tout bas entre ses larmes.

« Depuis quand pratiquez-vous la magie ? »

Pitt prit un air vexé.

« Comment ! Vous n'avez jamais entendu parler de Pitt le Magnifique, le grand illusionniste ?

— Jamais.

— Eh bien, vous allez voir, mécréante. Fermez les yeux.

— Vous plaisantez.

— Fermez les yeux et comptez jusqu'à dix. »

Heidi finit par obéir. Quand elle les rouvrit, Pitt avait disparu et Brian Shaw était assis à sa place.

La crise de larmes qu'elle avait réprimée déferla et ce fut avec une figure ruisselante qu'elle se jeta dans ses bras.

« Je vous croyais en prison », gémit-elle entre deux sanglots.

Shaw souleva l'imperméable qu'il tenait plié sur ses genoux et révéla les menottes.

« Pitt s'est arrangé pour que je puisse venir. »

Elle toucha tendrement le pansement qui dépassait de la casquette de tweed.

« Comment allez-vous ?

— Ma double vision a presque disparu », répondit-il avec le sourire.

L'hôtesse au portillon d'entrée annonça l'embarquement, à bord du vol de Heidi.

« Que va-t-il vous arriver ?

— Je pense que je vais faire un séjour dans une de vos prisons fédérales.

— Est-ce que vous me trouveriez ridicule si je vous disais que je vous aime ?

— Est-ce que vous me prendriez pour un menteur si je vous disais la même chose ?

— Non. »

Elle éprouva un immense soulagement, car elle savait qu'il ne mentait pas.

« Je vous promets qu'un jour nous serons ensemble », dit-il.

Cet événement-là, Heidi en était sûre, ne se réaliserait jamais. Elle en était déchirée. Elle s'arracha aux bras de Shaw en murmurant :

« Je dois partir. »

Il lut la douleur dans ses yeux et comprit. Il la souleva et la mit sur ses béquilles. Une hôtesse vint prendre le sac de voyage et les fleurs.

« Adieu, Heidi. »

Elle embrassa légèrement Brian sur la bouche.

« Adieu. »

Quand Heidi eut disparu par la porte d'embarquement, Pitt revint.

« Une femme épatante, dit-il. Ce serait dommage de la perdre.

— Merveilleuse, oui...

— Si vous ne vous dépêchez pas, elle partira sans vous. »

Shaw le regarda fixement.

« Qu'est-ce que vous racontez ? »

Pitt lui fourra une enveloppe dans la poche.

« Votre billet et votre carte d'embarquement. Je me suis arrangé pour que vous soyez à côté l'un de l'autre.

— Mais je suis en état d'arrestation comme agent ennemi. »

Shaw était complètement égaré. Pitt haussa les épaules.

« Le Président me doit une faveur.

— Il sait ce que vous faites ?

— Pas encore. »

Shaw secoua la tête.

« Vous risquez gros, en me rendant la liberté.

— Ce ne sera pas la première fois. Et n'oubliez pas que vous m'avez promis une leçon de backgammon. »

Shaw prit entre ses deux mains celle que lui tendait Pitt. Puis il les leva, montrant les bracelets d'acier.

« C'est vraiment déplaisant, ces trucs-là.

— Crocheter une serrure, ce doit être un jeu d'enfant pour un agent secret. »

Shaw se livra à quelques mouvements, sous l'imperméable. Puis il présenta les menottes, ses mains libres.

« Je suis un peu rouillé. Je faisais ça beaucoup plus vite, dans le temps.

— James Bond aurait été fier de vous.

— Bond ?

— Oui, il paraît que vous étiez très copains. »

Shaw laissa échapper un soupir.

« Il n'existe que dans les romans.

— Vraiment ? »

Shaw fit un geste vague puis il dévisagea longuement Pitt.

« Pourquoi faites-vous cela, après tout le mal que j'ai fait à Heidi ?

— Elle vous aime, répondit Pitt avec simplicité.

— Qu'avez-vous à y gagner ?

— Rien qui grossira mon compte en banque.

— Alors pourquoi ?

— J'aime bien faire des choses qui sortent de l'ordinaire. »

Avant que Shaw puisse répondre, Pitt tourna les talons et disparut dans la foule des voyageurs.

La pluie avait cessé et Pitt baissa la capote de la Cobra. Il roula vers les lumières de Washington, spectrales sous les nuages bas. Le vent ébouriffait ses cheveux. Il respira à pleins poumons l'odeur d'herbe mouillée qui montait d'un champ, au bord de la route.

Serrant ses mains sur le volant, il appuya l'accélérateur au plancher et observa l'aiguille du compteur qui glissait lentement vers le rouge.

Table

Prologue : Journée de mort 7

   I. *Le garrot de Roubaix* 21

  II. *Le* Bidule 101

 III. *Le Traité Nord-Américain* 131

 IV. *L'*Empress of Ireland 205

  V. *Le* Manhattan Limited 305

Le Livre de Poche / Thrillers

Extrait du catalogue

Adler *Warren*
La Guerre des Rose

Benchley *Peter*
Les Dents de la mer

Breton *Thierry*
Vatican III

Breton *Thierry* et **Beneich** *Denis*
Softwar « La Guerre douce »

Brussolo *Serge*
La Main froide

Camp *Jonathan*
Trajectoire de fou

Carré *John le*
Comme un collégien
La Petite Fille au tambour

Clancy *Tom*
Octobre rouge
Tempête rouge
Jeux de guerre
Le Cardinal du Kremlin
Danger immédiat
La Somme de toutes les peurs

Coatmeur *Jean-François*
Yesterday
Narcose
La Danse des masques
Des feux sous la cendre

Cook *Robin*
Vertiges
Fièvre
Manipulations
Virus
Danger mortel
Syncopes
Sphinx
Avec intention de nuire
Naissances sur ordonnance
Vengeance aveugle

Cooney *Caroline B.*
Une femme traquée

Coonts *Stephen*
Le Vol de l'Intruder
Dernier Vol
Le Minotaure
État de siège

Corbin *Hubert*
Week-end sauvage

Cornwell *Patricia*
Mémoires mortes
Et il ne restera que poussière...
Une peine d'exception

Postmortem
La séquence des corps

Crichton *Michael*
Sphère

Cruz Smith *Martin*
Gorky Park
L'Étoile Polaire

Cussler *Clive*
L'Incroyable Secret
Panique à la Maison Blanche
Cyclope
Trésor
Dragon
Sahara

Daley *Robert*
La Nuit tombe sur Manhattan
L'Homme au revolver
Le Prince de New York
Le Piège de Bogota

Deighton *Len*
Prélude pour un espion
Fantaisie pour un espion
Fugue pour un espion

Dibdin *Michael*
Coups tordus
Cabale

Dickinson *William*
Mrs. Clark et les enfants du diable
De l'autre côté de la nuit
  (Mrs. Clark à Las Vegas)

Dorner *Marjorie*
Plan fixe

Dunne *Dominick*
Une femme encombrante
Une saison au purgatoire

Easterman *Daniel*
Le Septième sanctuaire

Fast *Howard*
La Confession de Joe Cullen

Feinmann *José Pablo*
Les Derniers Jours de la victime

Fielding *Joy*
Qu'est-ce qui fait courir Jane ?
Ne me racontez pas d'histoires

Follett *Ken*
L'Arme à l'œil
Triangle
Le Code Rebecca
Les Lions du Panshir
L'Homme de Saint-Pétersbourg

Folsom Alan
L'Empire du mal

Forsyth Frederick
Le Quatrième Protocole
Le Négociateur
Le Manipulateur
L'Alternative du diable
Le Poing de Dieu

Frye Alexandra
Une épouse et une mère parfaite

Gernicon Christian
Le Sommeil de l'ours

Giovanni José et **Schmitt** Jean
Les Loups entre eux

Graham Caroline
Meurtres à Badger's Drift

Granger Bill
Un nommé Novembre

Hayes Joseph
La Maison des otages

Heywood Joseph
L'Aigle de Sibérie

Hiaasen Carl
Cousu main

Higgins Jack
Solo
Exocet
L'Irlandais
La Nuit des loups
Saison en enfer
Opération Cornouailles
L'Aigle a disparu
L'Œil du typhon
L'Aigle s'est envolé
Confessionnal

Higgins Clark Carol
Par-dessus bord

Higgins Clark Mary
La Nuit du renard
La Clinique du docteur H.
Un cri dans la nuit
La Maison du guet
Le Démon du passé
Ne pleure pas ma belle
Dors ma jolie
Le Fantôme de Lady Margaret
Recherche jeune femme aimant
    danser
Nous n'irons plus au bois
Un jour tu verras

Highsmith Patricia
L'Homme qui racontait des histoires

Huet Philippe
Quai de l'oubli

Hunter Stephen
Target

Kakonis Tom
Chicane au Michigan

Katz William
Fête fatale

Kelman Judith
Le Rôdeur

Kerlan Richard
Vol sur Moscou

King Stephen
Dead Zone

Klotz Claude
Kobar

Kœnig Laird
La Petite Fille au bout du chemin

Koontz Dean R.
La Nuit des cafards

Lenteric Bernard
La Gagne
La Guerre des cerveaux
Substance B
Voyante

Le Roux Gérard - **Buchard** Robert
Fumée verte
Fumée rouge

Loriot Noëlle
L'Inculpé
Prière d'insérer

Ludlum Robert
La Mémoire dans la peau
Le Cercle bleu des Matarèse
Osterman week-end
L'Héritage Scarlatti
Le Pacte Holcroft
La Mosaïque Parsifal, t. 1 et 2
La Progression Aquitaine
La Mort dans la peau
Une invitation pour Matlock
Sur la route de Gandolfo
L'Agenda Icare
L'Echange Rhinemann
La Vengeance dans la peau

MacDonald Patricia J.
Un étranger dans la maison
Sans retour
La Double Mort de Linda
Petite Sœur

Mason David
Tempête sur Babylone

Meigs Henry
La Porte des tigres

Melnik Constantin
Des services « très » secrets

Morrell David
La Fraternité de la Rose
Le Jeu des ombres
Les Conjurés de la pierre
La Cinquième Profession
Les Conjurés de la flamme

Oriol Laurence
Le Domaine du Prince

Patterson *James*
Le Masque de l'araignée

Perez-Reverte *Arturo*
Le Tableau du maître flamand
Club Dumas

Puzo *Mario*
Le Quatrième K

Raynal *Patrick*
Arrêt d'urgence

Ryck *Francis*
Le Nuage et la Foudre

Ryck *Francis* et **Edo** *Marina*
La Toile d'araignée dans le rétroviseur

Sanders *Lawrence*
Les Jeux de Timothy
Chevaliers d'orgueil
Manhattan Trafic

Schneider *Joyce Anne*
Baignade interdite

Simmel *Johannès Mario*
Le Protocole de l'ombre
Et voici les clowns...

Smith *Rosamond*
Le Département de musique

Spillane *Mickey*
L'Homme qui tue

Stuart-Nathan *R.*
Le Tigre blanc

Topol *Edward*
La Substitution

Topol *Edward* et **Neznansky** *Fridrich*
Une place vraiment rouge

Uhnak *Dorothy*
La Mort est un jeu d'enfants

Wambaugh *Joseph*
Le Mort et le Survivant

Wiltse *David*
Le Baiser du serpent

Composition réalisée par JOUVE

Imprimé en France sur Presse Offset par

BRODARD & TAUPIN

GROUPE CPI

La Flèche (Sarthe).
N° d'imprimeur : 6161 – Dépôt légal Édit. 9815-03/2001
LIBRAIRIE GÉNÉRALE FRANÇAISE - 43, quai de Grenelle - 75015 Paris.

ISBN : 2 - 253 - 03799 - 0   ◈ 30/7499/4